MISTERIO
EN EL CLUB
DE LECTURA

Título original: *The Secret Book and Scone Society*

© 2017, Ellery Adams
Primera edición: Kensington Publishing Corp.
Publicado de acuerdo con Sandra Bruna Agencia Literaria, S.L.
Todos los derechos reservados

© de esta edición:
Editorial Alma
Anders Producciones S. L., 2024
www.editorialalma.com

© de la traducción: Ana Alcaina
© Ilustración de cubierta y contra: Iratxe López de Munáin

Diseño de la colección: lookatcia.com
Diseño de cubierta: lookatcia.com
Maquetación y revisión: LocTeam, S. L.

ISBN: 978-84-19599-40-7
Depósito legal: B-21624-2023

Impreso en España
Printed in Spain

El papel de este libro proviene de bosques gestionados de manera sostenible.

COZY MYSTERY

ELLERY ADAMS

MISTERIO EN EL CLUB DE LECTURA

Libros y bollos
a cambio de secretos

Para Leann Sweeney, con amor

Los libros están por todas partes, y siempre nos invade la misma sensación de aventura. Los libros de segunda mano son libros salvajes, libros sin hogar; se han unido en bandadas de pájaros de plumas abigarradas y poseen un encanto del que carecen los ejemplares domesticados de la biblioteca. Además, en semejante compañía, inopinada y heterogénea, podríamos, sin querer, rozarnos con un completo desconocido que, con un poco de suerte, tal vez se convierta en nuestro mejor amigo en el mundo entero.

VIRGINIA WOOLF

INTEGRANTES DEL CLUB SECRETO DE LA LECTURA Y LA MERIENDA

Nora Pennington, propietaria de la librería Miracle Books

Hester Winthrop, propietaria de la panadería Gingerbread House

Estella Sadler, propietaria de la peluquería y salón de belleza Magnolia, Salón y *Spa*

June Dixon, empleada del balneario Miracle Springs Thermal Pools

SOCIOS DE LA INMOBILIARIA PROPIEDADES PINE RIDGE

Neil Parrish

Fenton Greer

Collin Stone

Vanessa MacCavity

CAPÍTULO UNO

Un libro debe ser un pico de hielo capaz de romper
el mar helado que llevamos en el alma.

FRANZ KAFKA

El hombre del banco del parque se quedó mirando embobado el espacio vacío sobre el nudillo del meñique de Nora Pennington. Los extraños siempre se quedaban como hipnotizados por el fragmento de dedo ausente. Fijaban la mirada en el pellejo arrugado que cubría el pequeño muñón de la falange durante cinco incómodos segundos y luego la apartaban bruscamente con expresión de lástima, asco o ambas cosas.

Como la mayoría de los desconocidos, el hombre solo mantuvo la atención en el meñique de Nora contados segundos, pues la mujer tenía otras cicatrices igual de fascinantes: no podía concentrarse solo en una.

Le tembló ligeramente la barbilla, como si supiera que estaba comportándose de forma grosera y que lo que debía hacer era dejar de mirar, pero fuese incapaz de hacerlo. Despacio, fue desplazando la mirada por la burbuja de piel lisa del dorso de su mano, más rosada y brillante que la piel que la rodeaba, y Nora intuyó que al hombre le había asaltado un deseo irracional de tocarla.

Años antes, cuando Nora estaba ingresada en el hospital, una enfermera del turno de noche con un pelo plateado que, bajo la luz, resplandecía como las escamas brillantes de los peces, le dijo que la quemadura de su mano tenía la forma de Islandia. —Yo soy de allí —añadió la enfermera con orgullo. En su voz se reflejaba la canción de cuna de una abuelita, una infusión de manzanilla y una manta de felpilla. Era lo único que lograba atravesar el velo de dolor de Nora—. ¡Si hasta tienes las dos penínsulas que hay en la costa oeste de Islandia! ¿Lo ves? Son las que parecen un par de pinzas de cangrejo.

Nora no abrió los ojos para mirar. No quería dar carta de existencia a la enfermera. No quería consuelo. Lo que quería era que la dejaran en paz, para poder hundirse más aún en su pantano de agonía y remordimiento.

El hombre del banco se removió en el asiento, devolviendo a Nora al presente.

Estaba estudiando el brazo derecho de ella, señalado con su cicatriz más oscura y rabiosa: una carabela portuguesa nadando a lo largo de su piel, desde la muñeca hasta el hombro. Y si bien parte de la umbrela roja y violeta desaparecía en el interior de su blusa blanca, por encima del cuello reaparecían estampas de otras criaturas marinas. Un desfile de pulpos de color claro y brillante le recorría el cuello y la mejilla, atrapados para toda la eternidad en los surcos y ondulaciones que las llamas le habían labrado en la piel.

El hombre desplazó la mirada a la otra mano de Nora, la mano intacta.

Aquello no era lo habitual; la mayoría de la gente ponía fin a la inspección de su rostro con una expresión de desamparo. Sabía exactamente lo que les pasaba por la cabeza cuando la miraban de ese modo.

«Qué lástima... Con lo guapa que sería si no tuviera todas esas cicatrices...».

Sin embargo, aquel hombre no había reaccionado con la típica expresión de falsa empatía. A todas luces, estaba más interesado en el bollito que Nora llevaba en la mano que en seguir inspeccionando las marcas de sus quemaduras.

La mujer se sorprendió relajando la rígida postura que adoptaba su cuerpo cada vez que algún desconocido pasaba revista a sus lesiones cutáneas.

—Perdone, pero ¿de dónde ha sacado eso? —dijo el hombre, señalando el panecillo medio desmigado.

—De la panadería Gingerbread House —contestó Nora, que había estado dando de comer las migas a un grupito de palomas—. Se llaman «bollos reconfortantes». La panadera, Hester, hace bollitos personalizados basándose en lo que considera que puede proporcionar alguna forma de consuelo a sus clientes. Debería ir a verla.

—Me encantan los bollitos, pero hace siglos que no me como ninguno. Antes me zampaba un bollo con pepitas de chocolate cada martes por la tarde en una cafetería chiquitita que hay cerca de mi oficina, pero eso era antes de todo lo que pasó. No podía ni mirar a la camarera a la cara después de... —El hombre se quedó callado bruscamente. Permaneció inmóvil observando a las palomas devorar las migas de Nora. Cuando ya no quedaba ni rastro, preguntó a la mujer—: ¿Por qué les da de comer el suyo a los pájaros?

—Estaba en la panadería comprándome un rollo de canela cuando vi que a un cliente se le caía el suyo al suelo —explicó Nora—. Yo prefiero los rollos de canela en lugar de los bollitos porque son más fáciles de comer cuando estoy leyendo. Es mi máxima prioridad cuando se trata de comida; hay gente que está obsesionada con las calorías, los valores nutricionales y los antioxidantes, mientras que yo miro la comida y me pregunto: «¿Podré comerme esto sin tener que soltar el libro que tengo entre las manos?».

Su respuesta arrancó al hombre una leve sonrisa. Señaló el edificio amarillo con motivos decorativos y puertas de color azul cobalto al otro lado del parque. La antigua estación de tren, reconvertida en librería, tenía un halo de seductora decadencia.

—Por lo que dice, deduzco que debe de pasar mucho tiempo ahí dentro —señaló él.

—Pues sí. —Sacudiéndose las migas de las manos, Nora añadió—: La librería, Miracle Books, es mía.

Al oír eso, el hombre se volvió inmediatamente hacia ella para mirarla de frente.

El brusco movimiento asustó a las palomas, que levantaron el vuelo en un estallido de alarmados zureos y frenéticos aleteos.

—Una empleada afroamericana del balneario me ha hablado de la biblioterapeuta local. ¿Se refería a usted?

Nora vio un destello de anhelo en los ojos del hombre. Lo había visto centenares de veces, pero solo en aquellas personas que se atrevían a mirarla directamente.

—La mujer me ha dicho que la biblioterapeuta ayuda a la gente a resolver sus problemas recomendándoles determinados títulos. —El hombre señaló hacia Miracle Books—. Tiene sentido que sea la dueña de una librería.

—No tengo ninguna formación específica ni ningún título oficial —explicó Nora, presentándole su exención de responsabilidad habitual—. Antes de venirme a vivir a Miracle Springs, era bibliotecaria. No he ido nunca a ningún curso de psicología ni he hecho ningún tipo de terapia formal.

El hombre frunció el ceño con gesto confuso.

—La mujer me ha dicho que los vecinos del pueblo van a verla cuando no consiguen hacer avances en las consultas del resto de los servicios locales. Pero no lo entiendo: ¿cómo puede lograr usted algo que ni los profesionales ni las aguas termales son capaces de conseguir?

La librera se encogió de hombros.

—Tampoco hay ninguna garantía de que mi método funcione. Me paso el día leyendo. Y escuchando a la gente. La escucho de verdad. —Sostuvo la mirada suspicaz del hombre—. En todos los continentes y por los siglos de los siglos, todas las historias son prácticamente las mismas, no cambian demasiado: corazones rotos, orgullo herido, personajes que se alejan de su hogar y se pierden... O que toman caminos equivocados o decisiones desastrosas. En todas las historias resuenan la soledad, el sufrimiento, la añoranza, la redención, el perdón, la esperanza... y el amor. —Entonces fue ella quien señaló hacia la librería—. Ese edificio está repleto de libros que, al abrirse, revelan nuestra historia común. Y con un poco de suerte, las palabras de esos libros le obligan a una a enfrentarse a las crudas verdades de su vida. Después de dejarte hecha un mar de lágrimas, logran que vuelvas a ponerte en pie. Las palabras tiran de ti hacia arriba, muy arriba, cada vez más, hasta que vuelves a notar el calor del sol otra vez en la cara. Hasta que, de pronto, vas de camino al buzón y te pones a tararear una canción, o te compras un ramo de gerberas porque te encantan los colores vivos. Y te ríes de nuevo, con la libertad efervescente de las burbujas de champán en una copa alta de cristal. ¿Cuándo fue la última vez que se rio usted así?

El hombre torció el gesto. Estaba intentando controlar sus emociones, impedir que la angustia se apoderara de él. Se agarró las rodillas con tanta fuerza que los nudillos se le pusieron blancos. Apartó la mirada de la mujer y Nora pensó que iba a levantarse y marcharse, pero en vez de eso, preguntó:

—¿Cómo funciona... lo de la biblioterapia?

—Vaya a la Gingerbread House y compre un bollito personalizado —le contestó Nora—. Dígale a Hester que va a venir a verme y ella le pondrá el bollo en un recipiente para llevar. Tengo café en la librería, pero lo más sofisticado que puedo preparar con mi cafetera exprés es un *latte,* así que, si está acostumbrado a *mocaccinos* con leche de soja y sin espuma, se va a llevar una desilusión.

—Confieso que en ocasiones he tomado decisiones que me han complicado la vida y han comprometido mis principios —dijo el hombre—, pero nunca me he tomado el café de ninguna otra forma que no fuera solo.

—Entonces, empezamos con buen pie.

Nora se levantó.

—Mientras se come el bollo, puede contarme qué le trae por Miracle Springs. —Levantó las manos en el aire—. Piense que no va a ser una sesión de terapia tradicional en la que nos sentamos y usted se pone a hablar durante horas. No es necesario que entre en detalles conmigo; solo necesito unas pinceladas gruesas, asomarme un momento al meollo de su dolor. De esa forma podré escoger los libros adecuados y después podrá ponerse a leer para empezar de nuevo de cero esta misma tarde.

El hombre lanzó un gruñido con cierto aire de fastidio.

—La verdad es que no me gusta mucho leer.

—Ah. —Nora se apartó unos pasos y luego se detuvo y se dio media vuelta—. Ha venido a Miracle Springs a cambiar algunos aspectos de su vida, ¿no es así? Pues aficionarse a la lectura es un cambio para bien. Hágame caso, nadie ha salido nunca perdiendo por volverse un apasionado de la lectura... por descubrir las lecciones que han aprendido quienes tienen el coraje suficiente de ponerse a escribir negro sobre blanco.

—En eso tiene razón. —Otro gruñido de fastidio—. ¿Qué es lo peor que podría pasarme por abrir la cubierta de un libro, eh?

Por primera vez desde que habían empezado a hablar, Nora sonrió. Y como estaba enseñándole al hombre el costado intacto de su cara, se dio cuenta de que este estaba completamente absorto.

—Ni se lo imagina —dijo Nora. La sonrisa titubeó un momento en sus labios antes de desvanecerse por completo—. Las historias que encierran los libros son como las personas: si no te aproximas a ellas con la mente abierta y una buena dosis de respeto, no te revelarán su esencia, oculta celosamente en su interior. Y en ese caso, te perderás todo lo que tienen que ofrecerte. Seguirás tu paso por la vida como un cascarón vacío, en lugar de como un enérgico caleidoscopio de pasión, sabiduría y experiencia.

El hombre se la quedó mirando durante largo rato.

—No quiero seguir siendo un cascarón vacío. He venido a Miracle Springs varios días antes que mis socios para pensar cómo arreglar las cosas antes de que vuelva a ocurrir lo mismo otra vez. Hasta ahora, nada ha funcionado. Mis socios llegan en el tren de las tres de la tarde, así que no tengo nada que perder por probar su método. —Sonrió—. Y al menos me habré comido un bollito por intentarlo. ¿Dónde está esa famosa panadería, la Gingerbread House?

Nora le indicó cómo encontrarla y luego siguió andando hacia Miracle Books. Tenía cosas que hacer en la librería antes de que el hombre acudiese para su sesión. El minibús del hotel no tardaría en llegar, y eran los minibuses llenos de gente acaudalada y necesitada de esperanza los que pagaban las facturas de Nora.

A Nora Pennington le encantaba vender libros, al igual que hablar de libros con la gente, pero, en realidad, su mayor motivación era curar a las personas por medio de los libros.

Cuatro años antes, cuando ingresó en la unidad de quemados de un hospital, le había rezado a Dios pidiendo morir. Sus plegarias no solo no fueron atendidas, sino que recibió una atención médica de primerísima calidad y una serie de recetas perfectas a base de libros e historias, cortesía de una enfermera islandesa de pelo plateado.

Al principio, la enfermera le trajo libros sobre hombres físicamente deformes capaces de grandes genialidades, gestas de amor, actos de locura o todo lo anterior a la vez, y aunque Nora se negaba a ver la televisión o recibir visitas, se releyó *Frankenstein* a regañadientes.

A continuación vino *El fantasma de la ópera*, seguido de la versión de Christine Sparks de *El hombre elefante*.

—¿Es que intentas que me deprima? Porque, sinceramente, creo que no necesito ayuda para eso —le dijo Nora a la enfermera, refunfuñando.

Se lo había dicho enfadada. Siempre estaba enfadada, y cuando no lo estaba, entonces estaba deprimida. No sentía ninguna otra clase de emociones. Como respuesta, la enfermera le había dejado un ejemplar de *El jorobado de Notre Dame* en la cama.

—Me parece que ya estoy lista para leer *Drácula* o *El doctor Jekyll y el señor Hyde* —le dijo a su cuidadora cuando se terminó el clásico de Victor Hugo.

—Ahora vas a tocar otros temas —le informó alegremente la enfermera, colocándole en la mesilla de noche *Buscando a Alaska,* de John Green; *Waiting for Morning,* de Karen Kingsbury; y *Night Road,* de Kristin Hannah.

A consecuencia de los calmantes, Nora no se percató de inmediato de que lo que todas aquellas novelas tenían en común era el tema de la conducción bajo los efectos del alcohol, así que siguió leyendo. A medida que iba pasando las páginas, su dolor emocional fue haciéndose tan intenso como el físico.

—¿Qué pretendes con esto? —le susurró a la enfermera una noche—. Ya sabes lo de mi accidente. Creía que eras una buena persona.

—Tienes que tocar fondo, mi querida niña —le contestó la mujer en un susurro, con su voz de nana—. Así, después podrás tomar impulso con los pies y empezar a nadar hacia la superficie. Eres fuerte. Podrás llegar, no lo dudes, pero te va a hacer daño. Tienes que limpiar la herida por completo para que pueda sanar. Deja que los libros sean tu antiséptico. Ahora tienes que soportar el dolor para poder optar a vivir un mañana mejor; de lo contrario, repetirás los mismos errores que te han dejado postrada en esta cama.

Nora se leyó todos los libros. Cuando terminó, la enfermera le llevó otro titulado *The Burn Journals,* de Brent Runyon.

—Es la historia de un chico que se quemó a lo bonzo cuando tenía catorce años —le explicó a Nora—. Ya sé que tú no te quemaste a propósito, pero he pensado que te gustaría leer cómo fue su proceso de recuperación. Puede que hasta te haga reír y todo.

«Lo dudo», pensó Nora. Había hecho algo terrible, imperdonable. No volvería a haber risas en su vida. Nunca más.

Pero se leyó el libro. Y el siguiente. Y otro más. La víspera de que le dieran el alta del hospital, Nora había pedido más libros.

—Tú eres bibliotecaria —le respondió la enfermera con una sonrisa—. Sabes dónde encontrarlos.

Nora bajó la mirada.

—No voy a volver. Necesito empezar de cero... en otro lugar.

La enfermera se sentó en la orilla de la cama y le cogió la mano buena.

—¿Y cómo sería ese sitio en el que empezarías una nueva vida?

—Tendría que haber montones y montones de libros —respondió Nora—. No puedo vivir sin ellos. —Con la mirada fija en las luces y la omnipresente neblina del paisaje urbano que se extendía al otro lado de su ventana, añadió—: Estaría en el campo. En una zona remota y preciosa. Un sitio donde la gente aún cultive sus huertos y construya cajas nido para las golondrinas púrpura. Donde hagan desfiles estrambóticos en las fiestas locales y vendan pasteles en la calle. Un lugar donde la gente busque a las mascotas de los pósteres clavados en los postes telefónicos. Un pueblo, o una ciudad pequeña. No tan pequeña como para que todo el mundo ande entrometiéndose en mis asuntos, pero lo bastante para que los lugareños acaben por acostumbrarse a mi aspecto. Al final, dejarán de murmurar a mis espaldas.

—¿Y cómo piensas ganarte la vida en ese paraíso? —le preguntó la enfermera.

Acongojada, Nora no supo cómo responder a aquella pregunta. Había estado tan absorta en sus fantasías que ni siquiera se había planteado los aspectos prácticos. Durante su larga convalecencia, había ignorado a las visitas, las llamadas telefónicas y las cartas, pero a partir del día siguiente no podría seguir escondiéndose del mundo exterior.

Sus cicatrices empezaron a dolerle, lo cual era bueno, porque el dolor la mantenía anclada en la realidad. Quería sentir dolor. Se lo merecía, de modo que lo acogía con los brazos abiertos.

—Abriré una librería —dijo con calma—. Tengo algunos ahorros, y si encuentro algún pueblo donde haga falta una librería...

—¿Y no hacen falta en todos? —la interrumpió la enfermera, con un destello burlón en sus ojos azul glaciar.

Nora sonrió entonces. Cuando sonreía, los músculos faciales le tensaban la herida de la quemadura en la mejilla derecha y sentía mucho dolor, pero le debía una sonrisa a aquella mujer, por lo menos.

—Si quieren tener alma, sí: todos los pueblos necesitan una librería.

El ruido de las campanillas dio la bienvenida a Nora cuando empujó la puerta de Miracle Books. No era un tintineo débil y melodioso, sino un fuerte estallido de sonidos metálicos que salían de un arnés de cuero recubierto de campanas de latón del tamaño de pelotas de béisbol. Nora había comprado los arreos en el mercadillo de segunda mano y los colgó de un clavo en la parte posterior de la puerta; de ese modo estaba al tanto cada vez que entraba un cliente en la tienda, aun cuando ella estuviese en el otro extremo del laberinto de estanterías que había construido para canalizar la afluencia de gente desde la parte delantera hacia la taquilla de venta de billetes de la antigua estación de tren.

Todo el mobiliario de la librería —desde el diván hasta el sofá de cuero y la colección de sillas tapizadas en distintos estados de deterioro— procedía de diferentes mercadillos y ventas privadas de objetos de segunda mano, normalmente en los jardines o los garajes de los vecinos. De vez en cuando, Nora adquiría algunos objetos en la empresa de subastas local, pero reservaba esos tesoros para su propio hogar, una casita diminuta de cuatro habitaciones que en otros tiempos había sido un vagón de ferrocarril en perfecto estado de funcionamiento. Los lugareños se referían a su humilde y minúscula morada como «La Casita del Vagón de Cola», porque su vagón reconvertido era de color rojo brillante, como el del famoso libro infantil *The Little Red Caboose*.

Tras cambiar el letrero de Cerrado por el de Abierto, Nora siguió adentrándose en el interior de la tienda. Tenía que poner el café en la cafetera, pues el minibús iba a llegar a la zona del aparcamiento público de un momento a otro.

Nora entró en la pequeña taquilla donde antes se vendían los billetes de tren a los viajeros de Miracle Springs. Para convertir la oficina expendedora de billetes en una rudimentaria cafetería, Nora había quitado el separador de cristal de la ventanilla y había colgado una pizarra junto al hueco ahora libre en la que figuraban los nombres literarios de la oferta de combinaciones cafeteras de Miracle Books:

> Café Ernest Hemingway: Tostado oscuro
> Café Louisa May Alcott: Tostado claro
> Café Agatha Christie: Descafeinado
> Café Wilkie Collins: *Cappuccino*
> Café Jack London: *Latte*
> Té DanTÉ Alighieri: Earl Grey

De vez en cuando, los clientes sugerían alguna receta compleja y novedosa para una combinación de expreso junto con el nombre de algún autor que, según ellos, le iba como anillo al dedo.

Nora —que había aprendido a manejar con suma delicadeza los sentimientos del prójimo desde que su vida diera un dramático vuelco en una autopista mal iluminada cuatro años atrás— sonreía y felicitaba a la persona en cuestión por su creatividad. Luego le confesaba que, puesto que la suya era una cafetera exprés de segunda mano, a duras penas podía calentar la leche al vapor, pero si algún día tenía oportunidad de comprar una máquina de mejor calidad, sin duda tendría en cuenta su sugerencia.

En ese momento, el entusiasta cliente se ponía a mirar alrededor en la tienda y reparaba, seguramente por vez primera, en la cinta aislante que recorría la parte del asiento de la silla de ratán o que la lámpara de lectura solo contaba con una bombilla en lugar de tres. Teniendo en cuenta que habían acudido hasta Miracle Springs con el propósito de curar sus heridas —ya fuesen de índole física o emocional, no siempre era fácil distinguirlas—, los clientes de Nora eran, por regla general, personas bastante empáticas, por lo que entonces solían cambiar de tema, pedir uno de los cafés del menú y gastarse más dinero del que tenían previsto en un principio.

Nora facilitaba más aún esta última opción abarrotando la tienda de objetos que la gente suele comprar por impulso: no solo comercializaba libros nuevos y de segunda mano —en muy buen estado—, sino también libros firmados por el autor, libros antiguos y de colección, marcapáginas, exlibris y «embellecedores de estantes».

«Embellecedores de estantes» era la expresión general con la que Nora denominaba los objetos decorativos como sujetalibros, figurillas, pósteres enmarcados, pisapapeles, tiestos, pajareras, platos grabados con retratos, señuelos, piezas de arte popular, cartelitos bordados en punto de cruz, cajas de té, tinteros, albarelos de farmacia, jarrones de cristal de la época de la Gran Depresión, letreros de hojalata, bustos de piedra, trofeos *vintage,* balanzas de latón, juegos de mesa antiguos, etcétera, piezas que colocaba estratégicamente en todos los anaqueles.

Adquiría cada uno de dichos artículos por un módico precio, o incluso por su precio mínimo. Algunos sábados por la mañana se paseaba por las ventas de objetos usados que los vecinos organizaban en los jardines o los garajes de sus casas, y algún que otro domingo recorría los mercadillos de segunda mano, examinando con suma atención cualquier artículo que captara su interés. Los vendedores locales habían aprendido a respetar su ojo clínico y selectivo, así como sus habilidosas dotes para el regateo. También sabían que luego revendía sus mercancías sacándose un beneficio, pero el margen era tan escaso que no le envidiaban para nada el balance de resultados de sus cuentas.

«¿Y qué otra cosa puede hacer una mujer como esa?», murmuraban algunos de los vendedores menos caritativos, considerándose a sí mismos magnánimos por ofrecer a Nora alguna que otra rebaja de vez en cuando.

Por supuesto, ella sabía exactamente qué comerciantes pensaban eso y no dudaba en aceptar los descuentos que le ofrecían, pues lo único que tenía era Miracle Books y haría cualquier cosa con tal de mantener a flote su librería.

«Bueno, casi cualquier cosa...», pensó mientras echaba varias cucharadas de café molido en un filtro de papel. No se había mostrado muy receptiva a las sugerencias de los lectores locales, la mayoría de los cuales eran mujeres que querían abrir un club de lectura y utilizar Miracle Books como sede para sus reuniones. A Nora no le importaba ese aspecto de la iniciativa, pero se había negado en redondo cuando le habían propuesto que fuera la dinamizadora del club de lectura.

«No puedo», fue lo único que le dijo a la señora Cassidy en su momento. No es que le disgustara la idea de hablar de una obra de ficción femenina mientras alguien pasaba una bandeja de postres caseros, lo que no soportaba era la idea de tener que ocupar el centro de atención. Solo se sentía realmente cómoda en el interior de la taquilla de venta de billetes, con aquel mostrador de madera bien recio separándola del resto de la gente. Eso de sentarse en medio de un corro frente a un grupo de mujeres... No, empezarían a hacerle preguntas. Seguro que querrían saber cosas de ella, conocerla, y Nora no podía permitir que sucediera tal cosa.

Se había ido a vivir a Miracle Springs para olvidar.

El tintineo de las campanillas resonó en la entrada de la librería y Nora volvió a consultar su reloj. Aún era pronto para el minibús, y era imposible que el hombre del banco hubiera tenido tiempo material de ir a la Gingerbread House, hacer que le preparasen un bollito reconfortante para llevar y acercarse hasta la librería para su sesión de biblioterapia. Eso significaba que la persona que acababa de entrar era un cliente, así que Nora dejaría que se pasease con calma entre los pasillos, pues nunca abordaba a quienes acudían a su local a curiosear a menos que diesen alguna indicación de necesitar ayuda, y se había vuelto toda una experta en detectar los estados de ánimo y las vibraciones de la gente.

Lo cierto es que, cuando era bibliotecaria, no prestaba demasiada atención a esa clase de cosas. Una vez, una usuaria había solicitado un libro sobre los colores de las auras. El título hacía tiempo que estaba descatalogado y solo podía conseguirse mediante préstamo interbibliotecario. Mientras Nora rellenaba el formulario, la usuaria le informó de que la suya era un aura de color rojo oscuro.

—Es usted una mujer práctica, trabajadora, leal y honesta —le dijo—. También es una superviviente. Tendrá que enfrentarse, si no lo ha hecho ya, a un episodio traumático muy grave.

Nora, quien, ingenuamente, se consideraba a sí misma una mujer satisfecha, no hizo ningún caso del vaticinio de la mujer, pensando que sin duda se trataba de los desvaríos de la típica adepta al New Age.

Y sin embargo, el episodio traumático la esperaba a la vuelta de la esquina. De hecho, iba directo hacia ella como un tren fuera de control, y Nora estaba justo en su camino, demasiado ocupada con el trabajo y otras obligaciones para darse cuenta de que el tren estaba a punto de arrollarla.

«¿Las auras cambian?», se preguntó mientras pulsaba el botón de la cafetera. Deberían hacerlo. Porque la gente también cambia, para bien o para mal.

Oyó el silbido del tren de las tres a lo lejos. Nunca se cansaba de oír su prolongado y desgarrador lamento, pues ¿qué otro sonido era capaz de transmitir el romanticismo de volver a casa y el dolor de tener que marchar? El siguiente silbido, que sonaría al cabo de cinco minutos aproximadamente, significaba que el tren estaba a punto de adentrarse en el estrecho y oscuro túnel que precedía a la estación de Miracle Springs.

De pronto, la librera sintió un hormigueo en el hueco que antes ocupaba la punta de su meñique. Se quedó mirando su mano fijamente, turbada por aquella sensación. Nunca hasta ese momento había experimentado nada parecido.

—Perdone —dijo una voz suave y femenina, y Nora se escondió la mano mutilada a la espalda.

—Dígame, ¿en qué puedo ayudarla? —preguntó, apartando el lado quemado de su rostro.

Como todos los forasteros, la mujer reparó en las cicatrices de Nora, pero solo les echó una ojeada superficial.

—¿Tiene algún libro de recetas para hacer bollos o panecillos? Es que me acabo de comer uno absolutamente delicioso en la Gingerbread House, pero la panadera me ha dicho que la receta no puede reproducirse porque los suyos los hace a partir de los recuerdos más entrañables de sus clientes. Me ha dicho que usa una receta básica y que luego va añadiendo los ingredientes en función de lo que le cuenta cada uno.

—Eso es lo que tengo entendido yo también —corroboró Nora—. ¿Qué sabor tenía su bollito?

—A naranja y nata. —La mujer esbozó una sonrisa radiante—. El primer bocado me transportó directamente a la casa de mi abuela en Florida. Tenía varios naranjos allí. Cada vez que iba a verla, horneábamos cosas riquísimas. En su cocina reinaba el desorden y el sol entraba a raudales. Me encantaba pasar tiempo con ella.

Nora salió del interior de la taquilla de venta de billetes.

—Tengo varios libros de cocina de recetas para hacer bollos, pero lo mejor es crearse una el suyo propio.

—Pues sí, yo me conformaría con eso —repuso la mujer. Era más joven que Nora, que rondaba los cuarenta, pero a sus ojos asomaba la expresión sabia y ligeramente recelosa de quien ha experimentado una década entera de angustia en muy poco tiempo—. Si pudiera pasar unas horas acompañada por los recuerdos de mi abuelita, lo haría.

Mientras Nora guiaba a la mujer hacia la sección de cocina, ocurrieron dos cosas: en primer lugar, volvió a sentir el mismo hormigueo en el meñique mutilado y, de manera simultánea, el segundo silbido del tren anunció la llegada inminente a Miracle Springs de más personas con necesidad de curar sus heridas.

La mujer, que se había parado un momento a coger un zorro de cristal de vaselina de una estantería, no se había dado cuenta de que Nora se había detenido.

—Mi abuela tenía un zorro igual que este —dijo la mujer, recorriendo con los dedos el lomo liso del zorro—. Me dejaba tocar todas sus cosas, incluso siendo aún muy pequeña. Mi casa, en cambio, era un auténtico museo: era más importante impresionar a las visitas que sentirse cómodos.

—¿A qué se dedica usted? —le preguntó Nora.

La mujer torció el gesto.

—Soy contable. Se me da muy bien, pero lo odio.

—¿Y aún le gusta la cocina?

—No lo sé. —No parecía muy segura—. Puede que sí.

Nora señaló hacia un sillón de terciopelo morado.

—Voy a poner una pila de libros en ese sillón; me parece que necesita leer usted esos libros. Si los lee todos, en orden, creo que encontrará su propia cocina con olor a naranjos y bañada por la luz del sol.

Al cabo de veinte minutos, la mujer salió de la librería con el zorro y dos bolsas llenas de ejemplares. Una estaba repleta de libros de cocina, mientras que la otra contenía la autobiografía de Éric Ripert; *Chocolat,* de Joanne Harris; *El club de la buena estrella,* de Amy Tan; *París era una fiesta,* de Ernest Hemingway; *Un viaje de diez metros,* de Richard Morais; *Rapsodia Gourmet,* de Muriel Barbery; y *Kitchen,* de Banana Yoshimoto.

Nora observó a la mujer dirigirse hacia el parque con un paso más ligero y brioso y deseó que los libros surtieran su efecto. Si lo hacían, la mujer dejaría su cocina patas arriba. Compraría un montón de cachivaches para su apartamento espartano, perfectamente ordenado. Se soltaría el pelo y tomaría decisiones arriesgadas. Encontraría la felicidad.

Sin dejar de examinar la plaza del parque, Nora se preguntó dónde se habrían metido los pasajeros del minibús. El vehículo de color verde del hotel estaba aparcado en su sitio habitual, pero no había ni rastro de los huéspedes del principal alojamiento del pueblo: ni se paseaban por las aceras ni callejeaban por entre las hileras de pintorescas tiendas de Bath Street para ir al restaurante Pink Lady Grill o a la Gingerbread House.

En ese preciso instante, un destello de color rojo captó la atención de Nora, quien refunfuñó para sus adentros cuando vio a una mujer alta y esbelta pasar por delante del escaparate de la librería. La mujer abrió la puerta de golpe, haciendo caso omiso del ruidoso estruendo de las campanillas, y se desplomó sobre la butaca más próxima como una reina a la espera de la adulación de sus súbditos. El mohín caprichoso de sus labios se transformó en una sonrisa aviesa y a todas luces satisfecha.

—Ya puedes dar por cancelada tu próxima sesión de biblioterapia.

—Yo también me alegro de verte, Estella. —Nora recogió los libros de bolsillo que un cliente había dejado de cualquier manera en la mesa junto a la butaca de la recién llegada—. Deduzco que te refieres al hombre que conocí en el banco del parque. ¿Por qué no va a venir? ¿Qué ha pasado? ¿Lo has asustado?

—¿Quién? ¿Yo? —Estella se hizo la ofendida, pero Nora no se tragó su teatrillo—. ¡Pero si ni siquiera he tenido ocasión de conocerlo...! Estaba en el hotel malgastando mi valioso tiempo con un tipo que creía que tenía potencial, pero resulta que, además de pagarle la pensión a su exmujer, tiene que costear los estudios universitarios de sus tres hijos. Con ese, a mí no me quedaría ni un céntimo. —Hizo un gesto de desprecio con una mano de manicura perfecta.

Nora se moría de ganas de volver a poner los libros en sus estantes y ver cómo iba el café. Aunque Estella no le caía del todo mal, rara era la vez que se sentía a gusto en su compañía.

Recordando la extraña sensación que había notado justo cuando sonaba el segundo silbido del tren, Nora sintió una inexplicable punzada de miedo. Señaló hacia el escaparate con el pulgar.

—¿Dónde se ha metido todo el mundo?

Estella volvió a esbozar la misma sonrisa.

—Están todos en la estación de tren, atraídos como moscas a la miel... El *sheriff* ha aparecido hace unos segundos y, como él y yo nunca hemos hecho buenas migas, he optado por escurrir el bulto.

Nora, quien de forma deliberada no miraba nunca a nadie a los ojos, olvidó su propia norma y miró a Estella con expresión impaciente.

—¿Qué ha pasado? Suéltalo de una vez, anda.

Cruzándose de brazos con aire decepcionado, Estella murmuró algo sobre lo muermo que era todo el mundo, pero al final accedió a responder la pregunta de Nora.

—Cuando tu amigo el del banco le pidió a Hester uno de sus bollitos reconfortantes, le dijo que se lo pusiera para llevar porque luego iba a venir aquí a verte. Salió de la panadería con el paquete en la mano, pero no llegó a Miracle Books. —Estella se recostó en el sillón y se alisó la falda de su vestido blanco de tirantes—. Estoy segura de que preferiría mil veces estar en este sillón tan cómodo que en el lugar donde está ahora.

Nora sabía que no le iba a gustar la respuesta a su pregunta, pero no tenía más remedio que hacerla.

—¿Y qué lugar es ese?

—En la vía ferroviaria —declaró Estella, sin aliento—. Alguien lo empujó delante del tren de las tres en punto.

CAPÍTULO DOS

La locomotora silbó de nuevo, mucho más cerca, y luego, sin
ningún otro rugido o clamor que anunciara su llegada, una figura
oscura y sinuosa se materializó ante sus ojos describiendo una curva
y recortándose sobre las sombras al final de la vía terraplenada.

F. Scott Fitzgerald

E stella Sadler tenía un auténtico don para el melodrama.
Cada vez que entraba o salía de alguna habitación, se comportaba como si todo el mundo estuviera mirándola.
Llevaba vestidos ceñidos, faldas de tubo y camisas ajustadas
—cada prenda de ropa diseñada para dirigir la atención hacia
sus provocativas curvas— y nunca aparecía en público sin ir
perfumada, maquillada o perfectamente peinada. Estella in-
vertía una cantidad ingente de tiempo, esfuerzo y dinero en el
cuidado de su imagen. Aspiraba a ser considerada la soltera más
deseable de todo Miracle Springs y, según Nora tenía entendido,
llevaba más de una década ostentando ese título. Nora también
sabía que había muchas mujeres en el pueblo que le tenían oje-
riza y le dedicaban epítetos muy feos a sus espaldas, temerosas
de que hubiese puesto las miras en sus maridos.

Esos temores eran totalmente infundados: lo último que buscaba Estella era tener un lío con un hombre que compartiese su
mismo código postal. Lo que ella quería con toda su alma era
que un adinerado desconocido se la llevase bien lejos de Miracle

Springs, la localidad que la había visto nacer y crecer. En cierta ocasión, mientras le cortaba a Nora su abundante melena castaña, Estella había hecho un gesto con la mano abarcando la peluquería Magnolia, Salón y Spa, y había dicho: «Hay mujeres que matarían por tener su propio negocio. Yo les alquilo su espacio de trabajo a otras dos estilistas y tengo además una empleada a tiempo parcial en el spa. Puedo cogerme vacaciones siempre que quiero, tengo una casita preciosa, ropa buena y dinero suficiente en el banco para pagar las facturas religiosamente todos los meses, pero quiero mucho más».

Nora, que estaba acostumbrada a que la gente compartiese sus deseos y esperanzas con ella, posiblemente porque era discreta y reservada, se limitó a escuchar en silencio sentada en la silla mientras Estella enumeraba los lugares exóticos que le gustaría visitar algún día. «Pero no para ir yo sola —había añadido—. Quiero a alguien que me acompañe y que cuide de mí allá donde vayamos. Alguien que quiera enseñarme el mundo, pero que también me trate como a una reina cuando estemos en casa viendo la televisión. —Las tijeras de Estella habían interrumpido su movimiento—. ¿Tienes algún libro que me ayude a conseguir a un hombre? ¿Alguna guía de cómo cazar a un millonario con un corazón de oro?».

Aunque dudaba que fuese a servirle de algo, Nora le había encontrado esa guía a Estella. También la había introducido en el mundo de la novela romántica de la mano de autoras como Catherine Coulter, Brenda Joyce, Candice Proctor, Bertrice Small, Diana Gabaldon y Jade Lee. Estella le confesó que de niña había sido una lectora voraz, pero que de adulta se había centrado demasiado en sus ambiciones como para dedicar su tiempo a la lectura. Sin embargo, con algo de persuasión por parte de Nora, la peluquera había retomado su idilio con la ficción.

—No me lo estoy inventando, ¿eh? —estaba diciendo ahora, inclinando el cuerpo hacia delante en la butaca para transmitir la seriedad de sus palabras—. Aunque parezca el argumento de una novela de John Grisham. Bueno, de Grisham puede que no. Ponle tú misma el nombre del escritor capaz de idear una trama en la que alguien empuja a un pobre turista desprevenido por el borde superior del túnel del tren... ya sabes dónde digo, el sitio ese al que las madres siempre les dicen a sus hijos que no se acerquen, por si acaso.

En un intento de apaciguar su calenturienta imaginación, la librera visualizó el lugar donde el hombre del banco debía de haber exhalado su último aliento. No quedaba lejos de la Casita del Vagón de Cola. Al igual que el jardín trasero de Nora, el terreno que llevaba hasta la boca del túnel formaba una pendiente muy pronunciada, y aunque el ayuntamiento había levantado una valla metálica para impedir que la gente se acercase a la zona en cuestión, para paliar su aburrimiento, los adolescentes pasaban las horas muertas rompiendo la valla cada dos por tres. Les había dado por sentarse sobre la estrecha franja de cemento que daba a las vías del tren, con las piernas colgando en el aire y gritando obscenidades a la oscuridad del túnel. Les hacía gracia oír el eco de sus voces y disfrutaban sintiéndose invulnerables, por efímera que fuera la sensación.

Por si fuera poco, en Miracle Springs persistía una tradición que alentaba a los enamorados a colgar un pequeño candado en la valla y arrojar la llave a la vía. Si las ruedas de algún tren aplastaban la llave al pasar, la persona que había colgado el candado le robaría el corazón a quienquiera que fuese su objeto de deseo, siempre y cuando se hubiese acordado de grabar sus iniciales en la llave.

—Pero ¿por qué iba a haber bajado hasta ahí, para empezar? —murmuró Nora, hablando consigo misma.

Claramente decepcionada por la reacción de Nora ante sus noticias, Estella se levantó del sillón y se dirigió al escaparate a ver si había algún indicio de movimiento fuera, en la calle.

—Tal vez no lo hayan empujado. A lo mejor se ha tirado él —sugirió Estella mientras examinaba el parque—. Piénsalo, nadie viene a Miracle Springs porque es una persona feliz.

Nora reflexionó sobre aquel comentario.

—Pero no todos nuestros visitantes vienen porque sean desgraciados, tampoco. Ni porque padezcan algún trastorno o enfermedad. A algunas personas simplemente les gusta la tranquilidad. Miracle Springs es un oasis, un refugio de la vorágine de vida ruidosa, frenética y exigente que no hace sino generar agotamiento y estrés. Nuestra conexión de wifi solo funciona a ratos, no tenemos quinientos canales de televisión y llevamos un ritmo de vida pausado. Aquí la gente puede descansar. Puede estar rodeada de silencio.

Estella puso cara de exasperación.

—Silencio. Descanso. ¡Puaj! Por eso este pueblo es tan odioso. Yo no quiero un ritmo de vida pausado. ¡Quiero la velocidad de una montaña rusa! Modernidad y fascinación. Riesgo y escándalo. En cincuenta años, nada ha cambiado en Miracle Springs. La gente viene aquí porque piensa que es un sitio mágico. Lo ven en las aguas termales, en los batidos de kale o en las sesiones de yoga al amanecer... creen en algo en lo que yo no creo. Tu hombre del parque, en cambio... Dicen por ahí que ya lo había probado todo. Había hecho meditación, había dado largas caminatas, había ido a hacerse masajes, había visitado el balneario y las aguas termales varias veces...

—¿«Dicen por ahí»? ¡Pero si ni siquiera lleva muerto una hora! ¿Está la gente haciendo cola en lo alto de la pendiente para intentar ver el cadáver, aunque sea de refilón? —preguntó Nora con brusquedad. No sabía por qué se había puesto a la defensiva en nombre de aquel hombre. No lo conocía de nada, pero lo cierto es que, en el momento de su muerte, iba de camino a verla a ella. Iba a acudir a ella en busca de ayuda. En cierto modo, se sentía responsable de su bienestar, y no solo eso, sino que sabía perfectamente qué se sentía cuando alguien se te quedaba mirando boquiabierto, y no le gustaba nada la idea de que hubiera una multitud de extraños apelotonada mirando con aire morboso el cuerpo destrozado del hombre. La intensidad de su rabia le hizo sentir una picazón en las cicatrices de sus quemaduras.

—Cariño, tengo una peluquería. —Estella parecía satisfecha por haber conseguido arrancar al fin una reacción a Nora—. En cuanto mis clientas me ven, empiezan a cantar como pajaritos. Se mueren por contarme las últimas noticias, y no hay noticia bomba más impactante que la muerte de un forastero espachurrado como una lombriz por el tren de las tres en punto.

Nora sacudió brevemente la cabeza, negándose a dedicar un solo segundo de su pensamiento a la detallada descripción de Estella.

—¿Y por qué dicen que lo han empujado?

Estella se apartó del cristal del escaparate.

—Hace una tarde preciosa de verano y no llueve desde hace varios días. La hierba que lleva al precipicio está seca. La loseta de cemento está seca. Eso significa que no puede haber resbalado: o tu amigo se coló por el agujero de la valla y se tiró a la vía del tren porque no podía soportar la idea de seguir viviendo, o alguien lo siguió hasta el saliente del borde superior del túnel y lo arrojó a la vía de un empujón. Sea como sea, ahora todos sus problemas se han terminado.

«¿Y cuáles serían esos problemas?», se preguntó Nora, recordando su conversación en el parque y cómo el hombre había admitido haber comprometido sus principios. También había mencionado que sus socios iban a llegar en el tren de la tarde y que quería tenerlo todo ya solucionado para entonces. ¿Acaso había visto el suicidio como su única salida? ¿Era aquella su forma de solucionar las cosas?

Nora comprendía, mejor que la mayoría de la gente, lo irresistible que podía parecer entregarse a los brazos de un sueño eterno, pues ella misma había pasado incontables noches en una unidad de quemados deseando justo eso, pero aunque su espíritu había arrojado la toalla, su cuerpo se había negado a rendirse. Y al final, una enfermera islandesa y una pila de libros le habían indicado el camino. Le habían proporcionado una salida. Las historias le habían enseñado que la única forma de escapar del dolor era aceptándolo y acercándose más a él, dejar que la quemara como si viviera un segundo incendio.

El sonido de las campanillas la sobresaltó, sacándola de su ensueño, y otra mujer entró en la librería. A diferencia de Estella, cuyos movimientos eran lánguidos y felinos, la recién llegada, que tenía el pelo rubio y rizado y el rostro lleno de pecas, prácticamente echaba chispas con toda su energía frenética.

Era Hester Winthrop, la dueña de la panadería Gingerbread House.

—¡Ese hombre! Neil. —Señaló en dirección al túnel—. Acababa de hacerle un bollito reconfortante... ¡y ahora está muerto!

La panadera aún llevaba puesto el delantal. Unas manchas de harina salidas de un test de Rorschach recubrían la tela de color rojo y le temblaba la mano. En circunstancias normales, Nora murmuraría algún comentario compasivo antes de buscarse una excusa para desaparecer en la trastienda, pero se sorprendió a sí misma diciendo:

—¿Os apetece un café? —Había incluido a Estella en la invitación—. Podríamos sentarnos en las sillas que hay junto al mostrador de la taquilla de venta de billetes.

—Un café estaría bien —dijo Hester, remetiéndose un rizo empastado de harina por detrás de la oreja.

Estella arqueó las cejas.

—¿Tienes algo de *whisky* ahí detrás? —preguntó—. ¿O alguna botellita de rayo blanco escondida detrás de los tomos de las enciclopedias?

A Nora le costó unos segundos captar la referencia. Aunque en las noches húmedas de verano había visto a muchos lugareños sentados en el porche de sus casas bebiendo a sorbos el líquido semitransparente típico de Carolina del Sur directamente de los tarros de cristal, lo cierto es que ella nunca había probado aquel alcohol casero.

—No tengo alcohol de ninguna clase —dijo, caminando delante de las otras dos mujeres—. Pero el café que hago es muy fuerte.

Llenó dos tazas en el interior de la taquilla y las depositó en el mostrador.

Hester cogió la taza con el dibujo de la galleta con pepitas de chocolate y el texto que decía: VENTE AL LADO OSCURO: AQUÍ TENEMOS GALLETAS. Se rio.

—Qué graciosa...

Vio a Estella coger la segunda taza.

—¿Qué dice la tuya?

—SOLO EL 2 % DE LA POBLACIÓN ES PELIRROJA, ASÍ QUE BÁSICAMENTE SOY UN UNICORNIO.

Estella asintió con la cabeza, mostrando su aprobación.

—Me gusta.

—¿Cuántas tazas tienes? —Hester se asomó por la ventanilla.

—Más de cien. Tengo una estantería entera llena, ¿lo ves? —Nora se apartó a un lado para que Hester viera todas las tazas sin problemas—. Tengo una hilera solo para niños, para el chocolate a la taza; las de Superman, Grumpy Cat y Snoopy son sus favoritas.

Una sombra oscureció fugazmente la expresión de Hester, un revoloteo que evocaba algún recuerdo doloroso que no había querido que aflorara a la superficie. Sin embargo, desapareció cuando Estella preguntó a Nora si se había reservado alguna taza especial para ella.

—No. —Nora añadió un dedo de crema de leche a su taza de I ♥ HOBBITS—. Pero nunca compro una taza que no quiera usar yo misma. Siempre las sostengo en la mano antes de comprarlas para asegurarme de que me resultan confortables.

—Hablando de confort, eso de que le des a cada persona una taza de café exclusiva se parece un poco a lo que hago yo con mis bollos —señaló Hester una vez que estuvieron sentadas en el corro de sillas junto a la oficina—. Utilizo una receta básica y luego añado fruta fresca, frutos secos y especias después de conocer y charlar un rato con mis clientes.

Estella sentía demasiada curiosidad para beberse el café.

—¿Y cómo funciona? No conoces de nada a esos forasteros, y sin embargo siempre dicen que tus bollitos consiguen despertar en ellos viejos recuerdos. No entiendo cómo lo haces.

—Cada persona emite una sensación y yo la percibo. Hay gente capaz de ver colores o energía en los demás, ¿verdad? Bueno, pues yo detecto olores y sabores, solo que únicamente puedo hacerlo en mi panadería —explicó Hester—. Y no siempre funciona; tengo muchísimos clientes desilusionados con mis bollos. En lugar de evocar un recuerdo reconfortante, el sabor los transporta a un momento de su vida que preferirían olvidar para siempre.

—El olvido no existe —murmuró Nora, tocándose con aire ausente parte de la cicatriz en forma de medusa del brazo—. Pero ¿y ese hombre? Neil. Háblame del bollito personalizado que le preparaste.

Hester tomó un sorbo de café, con la mirada perdida de pronto.

—A pesar de que pidió un bollo reconfortante, yo ya intuí que no se creía con derecho a sentirse reconfortado con nada. Parecía atormentado por la culpa. Cuando la gente que tiene algún cargo de conciencia entra en mi panadería, la cara se les ilumina como la estrella de un árbol de Navidad. Si han venido a Miracle Springs en busca de alivio para un cáncer o unos dolores de artritis o de lo que sea, cuando los envuelve el olor a pan recién horneado también se les ilumina la cara con esa misma luz, como si fueran luciérnagas. Ese aroma habla del regreso al hogar.

—¡No tenía ni idea de que además de panadera eras poeta! —exclamó Estella con aire burlón.

—¿Acaso no escondemos todos algo más de lo que se ve a simple vista? —preguntó Hester a modo de respuesta. Hizo una pausa para tomar otro sorbo de café—. Bueno, el caso es que pidió a regañadientes un bollito para llevar y me dijo que pensaba llevárselo a la librería Miracle Books. Deduje que había reservado una sesión contigo, Nora. ¿Era así?

Nora asintió con la cabeza.

—Así que me puse a charlar con él, como suelo hacer con todos mis clientes. Le pregunté de dónde era, cuánto tiempo tenía previsto quedarse por aquí, etcétera. —Hester se tocó el labio inferior—. Estoy acostumbrada a que la gente sea más bien reservada, pero lo de ese hombre... parecía que le hubiese comido la lengua el gato. Pensé que iba a hacer falta una combinación de sabores muy potente para hacer aflorar un buen recuerdo a la superficie, así que decidí ir a por todas y escogí una receta de invierno: moca con menta.

Estella lanzó un gemido.

—Mmm, eso suena riquísimo...

Hester le sonrió.

—Gracias. Total, que añadí chocolate negro, pepitas de chocolate y café frío a la masa base. Hicieron falta quince minutos para hornear el bollo y otros cinco para que se enfriara, tiempo durante el cual descubrí que Neil trabajaba para una empresa de gestión inmobiliaria, sea lo que sea eso. Después de insistir con delicadeza para sonsacarle un poco más, me explicó que su empresa es la promotora de los Meadows, esa urbanización por la que ha habido tanta polémica.

Nora había leído algo sobre la urbanización en el periódico *Miracle Springs Free Press*. A ella le traía sin cuidado si construían o no un complejo de casas adosadas idénticas en cuatro mil hectáreas de tierras de pastos: siempre y cuando no le subieran los impuestos y hubiese posibilidades de ampliar su base de clientes habituales, el proyecto le parecía perfecto. Sin embargo, otros vecinos no lo habían recibido con los brazos abiertos, sino todo lo contrario, y aunque a Nora no le interesaban los chismes, la urbanización era el tema de conversación más popular entre los vecinos. Nora no podía ni comprar plátanos en la frutería sin tener que oír una larga retahíla de quejas furibundas.

—A mí no me importa que construyan esa urbanización —comentó Estella—. Cuantos más habitantes, más clientes potenciales para mí. Para todos los negocios locales, en realidad. ¿A alguna de las dos os molesta que vayan a construirla?

La librera negó con la cabeza, pero Hester frunció el ceño.

—A mí tampoco me importa que aumente la población de Miracle Springs, pero no me gusta nada la idea de ver una hilera tras otra de casas apelotonadas unas encima de otras como sardinas en lata. He visto los planos de los Meadows. El nombre le va que ni pintado, «los Prados», puesto que no va a quedar ni un solo árbol en pie en esa «comunidad». —Separó las manos—. Casi no había zonas verdes, y las casas son demasiado grandes para unas parcelas tan estrechas. Un adefesio que ocupará cuatro mil hectáreas de nuestro pueblo.

Aquella noticia resultaba deprimente para Nora, pues una de las cosas que más le gustaban de Miracle Springs era su bucólico entorno. Ubicada entre las montañas del oeste de Carolina del Norte, la pequeña localidad tenía la suerte de contar con lo mejor de cada estación: mostraba un increíble despliegue de hojas en otoño, varios centímetros de nieve prístina en invierno y una auténtica explosión de flores durante los meses de primavera y verano. Las calles arboladas estaban flanqueadas por unos preciosos jardines que embellecían unas casas modestas y unas encantadoras casitas rurales. En todo Miracle Springs se respiraba una clara sensación de orgullo, lo cual se reflejaba en la cantidad de recorridos que se ofrecían para ver las casas y visitar los jardines.

—¿Averiguaste algo más sobre... Neil? —A Nora le pareció raro pronunciar su nombre en voz alta, pues para ella seguía siendo el hombre del banco del parque. Creía que habría tiempo de sobra para presentaciones cuando estuviese en su librería.

—No mucho más, no —dijo Hester—. Tenía que atender al resto de la clientela. Cuando su bollito se enfrió, lo recubrí con un glaseado de menta y se lo puse en una caja para llevar. En cuanto cogió la caja, le cambió la cara: percibió el olor del chocolate y la menta. Intentó devolverme la caja, diciendo que no se la merecía.

Estella lanzó un gruñido.

—Eso es una falta de educación. Pero si te acababas de pasar veinte minutos preparándole un bollo personalizado...

—Era su sentimiento de culpa el que hablaba —explicó Hester—. Ya he visto esa misma reacción otras veces, así que le insistí para que se quedara con la caja y le di un consejo sacado directamente de las palabras de Maya Angelou. Le dije: «Mientras sigas respirando, nunca es demasiado tarde para hacer algo bueno».

—Pues como ya ha dejado de respirar, yo diría que para él sí es demasiado tarde —sentenció Estella con rotundidad.

Hester se volvió para mirarla de frente.

—Tal vez no. Tal vez podemos ayudarlo a encontrar algo de paz.

A Nora no le gustó nada que la panadera hubiese hablado en plural, pero antes de que tuviera tiempo de responderle, sonaron las campanillas de la entrada.

—¡Señora Pennington! —retumbó una voz—. ¿Está usted ahí? El *sheriff* quiere verla.

En lugar de responder a gritos, Nora se encaminó a la parte delantera de la tienda. Estella y Hester soltaron sus tazas de café y fueron tras ella.

—¿Qué pasa? —le preguntó Nora al hombre del uniforme de color caqui y marrón.

El ayudante del *sheriff,* que tenía la cara roja como un tomate por la mezcla de acaloramiento, arrogancia y sobreexcitación, se quitó el sombrero y se limpió el sudor de la frente con el antebrazo.

—Ha muerto un forastero y el *sheriff* necesita hablar con usted. De inmediato. Y con usted también, señora —dijo, incluyendo a Hester.

Estella, que no estaba acostumbrada a que un miembro del sexo opuesto no le hiciese el menor caso, empezó a hacer pucheros.

—¿Y yo qué?

El ayudante, de unos treinta y tantos años, irguió el cuerpo y le dedicó una sonrisa varonil.

—Es mejor que no se vea involucrada en todo esto, señora. Es un asunto muy feo.

—Llámame Estella. Y no me trates de usted, que eso es para las abuelas y las devotas de la iglesia. Yo estoy soltera y soy una pecadora recalcitrante. —Estella le guiñó un ojo al ayudante antes de hablarle a Nora en un susurro—. Después de mi última clienta del día, que es Chelsea Phillips, a quien le tengo que hacer el color y el corte de pelo de Jennifer Aniston, como de costumbre, me pondré uno de mis vestidos más sexis y subiré al hotel a echarles un ojo a los socios de Neil. Estarán ahogando sus penas en el bar y seguro que a alguno le encantaría tener un hombro bonito sobre el que llorar... Si me entero de algo, te lo diré.

Estella se echó la melena por encima del hombro con la mano, dejando en el aire un toque de olor a jazmín, y salió de la librería. El ayudante, cuya placa lo identificaba con el nombre de Andrews, se paró a observarla mientras se alejaba. A continuación detuvo el movimiento de la puerta antes de que se cerrara del todo.

—¿Necesita cerrar la tienda? —le preguntó a Nora.

La mujer negó con la cabeza.

—Dejaré un cartel junto a la caja registradora. La mayoría de las ventas las hago mediante tarjeta de crédito, pero si tengo que salir un momento a hacer algún recado, la gente suele ser honrada y no pasa nunca nada.

Andrews se fijó por primera vez en el lugar donde estaba.

—No tengo suficiente capacidad de atención para leer libros —dijo—. Imagino que si la historia es buena, tarde o temprano harán la película. Yo soy más de ver películas.

—El libro siempre es mejor que la película —dijo Hester, verbalizando justo lo que Nora estaba pensando en ese momento. Cuando terminó de colocar el cartel junto a la caja, Nora le dio a Andrews un ejemplar de segunda mano de *El juego de Ender*, de Orson Scott Card.

—¿Ha visto esta película?

—Sí. —Andrews sostuvo el libro como si no tuviera ni idea de qué hacer con él—. No estaba mal.

Nora señaló el desgastado ejemplar.

—Le reto a que se lea cincuenta páginas y me lo devuelva sin leer ni una sola página más.

—Ningún problema —respondió Andrews, golpeándose el muslo con el libro con un gesto desdeñoso—. Todavía no he encontrado ningún libro que haya sido capaz de acabarme.

Cuando el ayudante Andrews condujo a Nora y Hester al interior de la pequeña y masculina antesala que había delante del despacho del *sheriff* Hendricks, ya había otra vecina de Miracle Springs sentada en una de las sillas metálicas.

La mujer tenía la piel de color café con leche, los ojos almendrados y el pelo negro cortado muy corto. Llevaba el uniforme blanco almidonado que la identificaba como empleada del balneario Miracle Springs Thermal Pools. Nora la reconoció inmediatamente; era una de sus clientas de la librería, pero no se acordaba de su nombre.

—Dios mío, es una desgracia terrible, ¿verdad? —murmuró la mujer al ver a Nora y Hester.

—Lo es —convino Hester, desplomándose en una silla—. Yo a ti te he visto en la panadería. Te gusta el pan de pasas, ¿verdad? Y cuando quieres algo especial, pides un rollo de almendras.

La mujer sonrió.

—Me declaro culpable. —Se tapó la boca con la mano de golpe—. No he elegido la mejor expresión teniendo en cuenta las circunstancias... Me llamo June Dixon, y como voy vestida como los vendedores de helados, ya os habréis dado cuenta de que trabajo en las aguas termales. Además, os conozco a las dos porque visito con frecuencia vuestros locales. Tenéis que venir a verme al balneario uno de estos días; no sé si las aguas minerales hacen milagros o no, pero, definitivamente, alivian los males y los dolores.

—Suena maravilloso —dijo Hester—. Creo que hace como cinco años que no hago nada relajante. Ni siquiera me acuerdo de la última vez que me di un baño de espuma y agua caliente.

Nora, que había soportado calor suficiente para el resto de sus días, reprimió una expresión de fastidio. Al fin y al cabo, June simplemente estaba siendo amable invitándola a sumergir su piel repleta de lesiones en una de las piscinas de aguas termales.

Estaba a punto de rechazar educadamente su invitación cuando la puerta del despacho del *sheriff* se abrió y un segundo ayudante asomó la cabeza. Aquel agente era mucho mayor y tenía el pelo mucho más canoso que Andrews. Ignorando a las mujeres, llamó con el dedo al ayudante más joven.

—El *sheriff* quiere verte. Ahora mismo.

Andrews se metió en el interior de la oficina. June se echó a reír en cuanto la puerta se cerró a su espalda.

—Es como un chiquillo al que llaman al despacho del director.

—¿Conoces ya al *sheriff* Todd Hendricks? —le preguntó Hester en voz baja—. La gente lo llama *sheriff* Sapo Hendricks a sus espaldas por algo...

—La verdad es que no he tenido el gusto todavía —respondió June.

Hester soltó un resoplido.

—Pues yo sí. No le caen bien las mujeres. O al menos cualquier mujer que haya tenido la osadía de dejar atrás la década de 1950. Cada vez que entra en la panadería, me echo a temblar. Siempre hace el mismo comentario diciendo que todas las mujeres deberían llevar delantal.

—¿Por qué no le quemas su bollo la próxima vez? —sugirió Nora.

La panadera negó con la cabeza.

—No puedo estropear un bollito perfectamente comestible adrede. Eso iría en contra de mis principios como panadera. ¿No puedes tú darle algún libro para que cambie de opinión sobre las mujeres?

—No creo que un hombre así vaya a leer a Gloria Steinem sin tener una pistola apuntándole a la cabeza —dijo Nora. Miró a June—. Te reconozco por tus compras de libros. Te gustan casi todos los géneros, pero eres una lectora de género compulsiva. Cuando estás con la vena de la ciencia ficción, te pasas semanas leyendo ciencia ficción. Luego, de pronto, vas y dejas ese género y empiezas con la ficción histórica. —Hizo una pausa para respirar—. ¿Fuiste tú quien le habló a Neil de mí?

June separó las manos.

—No sabía si hacía bien enviándolo a tu librería, pero intuía que sí. Una vez te oí hablar de ese don especial que tienes para curar a la gente, pero que conste que no pretendía espiar ni nada parecido. Estaba en la librería rebajando la pila de libros que había elegido a la mitad. Mi presupuesto no se ajusta a mis deseos. —Se encogió de hombros—. Mientras estaba sentada en mi silla, concentrada en hacer mi difícil selección, te oí hablar con una mujer a la que le estaba costando mucho superar la muerte de su madre. Ya hacía un año que había fallecido, pero la pobre chica estaba en un sinvivir. Oí cómo te contaba el trance por el que estaba pasando y luego te oí a ti darle algunos libros para que pudiera pasar página, nunca mejor dicho.

—Así que pensaste que tal vez podría hacer lo mismo por Neil, ayudarlo a pasar página —dijo Nora—. ¿Y te contó él qué era lo que lo angustiaba tanto?

—Solo dejó caer algunas cosas como de pasada, pero tuve la sensación de que había algo turbio relacionado con los Meadows y que se arrepentía de haber tenido algo que ver con eso. —June chasqueó la lengua—. Creo que estaba decidido a enmendar sus errores, pero necesitaba inspiración. Llegó a Miracle Springs varios días antes que sus socios en busca de algo capaz de curar sus heridas. Así fue como lo describió, pero yo creo que lo que buscaba era otra cosa.

Hester ladeó la cabeza.

—¿Armarse de valor?

—No es fácil enfrentarse a nuestros demonios —dijo June, bajando la mirada a su regazo.

Nora se percató de que June se había incluido a sí misma en esa frase, y cuando miró a Hester, vio con claridad que el comentario de June también la había afectado a ella.

«La gente acude a Miracle Springs con la esperanza de curarse definitivamente, pero ¿cuántos de sus habitantes esconden heridas que no se han curado todavía?», pensó Nora.

En el silencio, más reflexivo que incómodo, la librera sintió una frágil conexión con Hester y June. Era una sensación que recordaba de su vida anterior: una tímida calidez capaz de llegar a prender y convertirse en la llama de la amistad verdadera.

«Tú no puedes ser amiga de nadie. Los amigos comparten sus secretos», se recordó a sí misma. Aun así, ahora las tres estaban allí porque un hombre había hablado con ellas. Ahora estaba muerto, pero iba de camino a su librería, por lo que el único vínculo que unía ahora a Nora con el fallecido eran Hester y June.

—Creo que tienes razón —le dijo Nora a June—. Creo que Neil tomó una serie de decisiones con las que no podía seguir viviendo. Quería enmendar sus errores. No parecía alguien al borde del suicidio. Si tuviera que hacer alguna hipótesis, yo diría que daba esas largas caminatas y hacía meditación porque estaba intentando idear la forma de deshacer el daño que él o su empresa habían causado. Conmigo habló en plural más de una vez.

—Eso significa que él no era el único responsable de lo que fuese que lo estuviese atormentando. Uno o algunos de sus socios debían de estar involucrados también —señaló Hester—. Aunque si el resto de sus socios iban en el tren de las tres...

—¿Quién lo empujó a la vía entonces? —preguntó June con indignación—. ¿Y qué clase de persona sería capaz de hacer una cosa así?

Las dos mujeres miraron con aire expectante a Nora, quien a su vez fijó la mirada en la abultada cicatriz del dorso de su mano.

—Alguien que no podía dejar que Neil siguiera los dictados de su conciencia —dijo—. Quienquiera que haya hecho esto, no podía permitir que Neil causara problemas. Tenía que saber, de alguna manera, que estaba dispuesto a hacer algunos cambios.

—Ahora el *sheriff* tendrá que poner los Meadows bajo el foco de la investigación; así Neil no habrá muerto en vano —señaló Hester, aunque no parecía confiar demasiado en que ese fuera a ser el resultado.

Tras apenas dos minutos en compañía del *sheriff* Todd Hendricks, la antipatía de Nora hacia el rollizo agente de la ley le hacía difícil imaginárselo investigando cualquier cosa que no estuviera frita o recubierta de salsa de carne. El hombre no hacía el menor esfuerzo por disimular que le resultaba poco atractiva físicamente, y solo escuchaba su declaración a medias, teoría que Nora puso a prueba callándose en mitad de una frase en un momento dado. El *sheriff* lanzó un gruñido como si Nora hubiese acabado la frase y él hizo como que tomaba notas en la libreta que sostenía en equilibrio sobre su oronda barriga.

—Muy bien, creo que ya tenemos lo esencial —dijo cuando la librera llegó a la parte en la que Neil le confesaba haber sacrificado sus principios—. Gracias por su tiempo.

A pesar de que estaba ansiosa por marcharse de allí, no le gustó que el *sheriff* pareciese estar buscando pruebas que respaldasen una teoría preconcebida.

Se puso de pie y lo miró directamente a los ojos.

—Yo no creo que ese hombre se haya suicidado —dijo.

En lugar de mirar a Nora, el *sheriff* Hendricks lanzó al ayudante del pelo entrecano una mirada divertida.

—Vaya, conque no lo cree, ¿eh? ¿Acaso cuenta usted con experiencia en el cuerpo de policía y yo no estoy al corriente... —se interrumpió y consultó sus notas—, señora Pennington?

—No, pero estuve hablando con él. Ese hombre no había perdido la esperanza. No estaba listo para tirar la toalla.

—¿Es su intuición femenina la que habla por usted? —le preguntó el *sheriff* con un inconfundible tono de desprecio.

Cualquier otro día, Nora se habría preguntado qué clase de herida profunda cargaba en su interior el *sheriff* para haberse convertido en semejante capullo, pero estaba demasiado concentrada en el difunto para dejarse distraer.

—Puede ser —contestó, a sabiendas de lo endeble que era ese argumento—, pero Hester y June le dirán lo mismo.

—Ah, pues qué bien. Otras dos mujeres que tienen un presentimiento. Al menos una de ustedes sabe cómo desenvolverse en la cocina... Eso es todo, señora Pennington. Ya la llamaremos si la necesitamos.

El *sheriff* sacudió su voluminosa cabeza en dirección a la puerta, haciendo temblar sus múltiples papadas.

Nora salió del despacho y se dirigió a donde Hester y June estaban esperando.

—Ese pedazo de sapo quiere atribuir la muerte de Neil a un suicidio —les dijo en un susurro—, lo que significa que nadie va a investigar a la empresa que hay detrás de la construcción de los Meadows.

—No podemos permitirlo —sentenció Hester, con las mejillas encendidas de pura indignación.

June separó las manos.

—Pero ¿qué podemos hacer?

De pronto, Nora sintió una especie de picor intenso en cada centímetro de su piel lacerada, como si tuviera agujetas por todo el cuerpo.

—Venid a la librería esta noche —dijo, replegando el brazo lisiado por debajo del bueno—. A las nueve. No sé cómo solucionar esto, pero tendremos que encontrar algún modo de hacerlo.

—Allí estaré —dijo Hester.

—Y yo —aseguró June.

Nora salió de la comisaría sintiéndose extrañamente electrizada y con el estómago un poco revuelto, todo al mismo tiempo.

CAPÍTULO TRES

No hay mayor tortura que llevar dentro de ti
una historia que no has contado jamás.

MAYA ANGELOU

—¿Qué hace esa panda de gatos ahí en la calle? —dijo Estella, señalando con el dedo gordo hacia la puerta de atrás.

Nora había dejado a oscuras la parte delantera de la librería, dejando encendida únicamente la bombilla de la puerta de entrada trasera. También había pegado una nota justo encima del pomo dando indicaciones a Hester, June y Estella de que no tocaran el timbre.

«La puerta está abierta: pasad», había escrito, sin intención de explicar que el timbre destinado a la entrega de mercancías estaba roto y no quería pagar a alguien para que se lo arreglara.

Hester, que había llegado un poco antes que Estella, dejó un par de cajas de galletas en la mesita de centro con la superficie de espejo que había en medio de las cinco sillas. La luz tenue de dos lámparas de mesa se reflejaba sobre la superficie de la mesa, creando un ambiente de intimidad y serena solemnidad. Hester también debió de percibir la sensación, porque habló en lo que a Nora le pareció una voz muy baja, propia de quien está en una biblioteca.

—Yo ya he visto a esa manada de gatos varias veces. Es una cosa asombrosa, pero los he visto seguir a un hombre por todo el pueblo en plena noche.

—Yo también he visto ese fenómeno —dijo Estella. Soltó su bolsito de mano de pedrería en una mesita auxiliar y se desplomó sobre una silla lanzando un suspiro agradecido—. Supongo que no soy la única que está despierta a todas horas, la única diferencia es que no voy por ahí recorriendo las calles mientras me sigue una jauría de gatos maullando sin parar.

—Créeme, no es que quiera atraer la atención sobre mí, pero es que caminar es lo único que me cansa.

Hester y Estella se quedaron mirando boquiabiertas a June cuando se adentró en el haz de luz que proyectaba la lámpara.

—Si no salgo a la calle y me muevo, no puedo volver a dormirme —siguió diciendo June—. Intento hacer ejercicio todos los días, pero no siempre tengo tiempo. O energía.

—Perdona por haberte confundido con un hombre. Debe de ser por la ropa oscura y esa gorra de béisbol que llevas siempre —dijo Estella, sin dejar de mirar a June con cara de completo asombro—. Pero ¿qué les pasa contigo a esos gatos?

Nora no tenía ni idea de a qué se referían las otras mujeres, y eso fue lo que dijo.

—Antes de que os lo explique, ¿a alguien más le apetece una cerveza? He traído varias. —June señaló la neverita de tela que había dejado encima de la mesita de centro. Nora y Hester declinaron amablemente, mientras que Estella dijo que ella ya había bebido bastante vino en el hotel.

—Las noches de verano me gusta tomarme una cerveza fría de vez en cuando. El resto del año, ni siquiera la toco —dijo June al tiempo que abría su lata. Se oyó un chasquido seguido de un silbido de aire. La mujer sonrió y dio un rápido sorbo antes de repantigarse en la silla—. La única razón por la que puedo permitirme vivir en mi casa es porque la loca de los gatos que vivía ahí antes que yo murió y la dejó en un estado deplorable. No la llamo «la loca» a la ligera, no, porque todos tenemos nuestros problemas, pero esa mujer había perdido la chaveta por completo. Arrancó todo el césped del jardín y lo sustituyó por hierba gatera. Yo he hecho todo lo posible por eliminarla, pero la hierba gatera es muy invasiva. Madre mía, hay que ver cómo se multiplica... Y cuando digo que se multiplica, ¡me refiero a que lo hace por todas partes! En el huerto, entre los tablones de la valla, debajo del porche... Os juro que crece alrededor del buzón y debajo de los neumáticos de mi coche mientras duermo.

Hester se echó a reír.

—¿Y los gatos ya aparecían por ahí antes de que te fueras a vivir a la casa?

June asintió con la cabeza.

—Al principio no me daba cuenta porque solo aparecían de noche. Solo son salvajes unos pocos. He llamado a los servicios de control de animales cientos de veces y siempre me prometen que vendrán a llevarse a los gatos salvajes, pero nunca lo hacen. El resto de los gatos llevan collar. Les gusta mi casa porque les encantaba la anterior dueña. La mujer les daba todos los domingos un pollo asado entero para que se lo comieran. Se sentaba en las escaleras delanteras y tiraba trozos de pollo a todos los mininos que se presentaban a cenar, así que mi jardín trasero huele a hierba gatera y el delantero huele a KFC.

Estella se sumó a las risas de las demás.

—Con razón aparecen gatos a todas horas... Esperan que seas la próxima loca de los gatos.

—Pero ¿por qué te siguen cuando andas por la calle? —quiso saber Nora.

June se encogió de hombros.

—Seguramente mi olor corporal huele a colonia de hierba gatera. Os juro que esa hierbaja crece hasta en las grietas de las paredes.

—Eres como el flautista de Hamelín, solo que a tu pesar... —comentó Hester.

Nora tenía que ver aquello con sus propios ojos. Se dirigió a la puerta de atrás y la abrió despacio. El estrecho callejón de detrás del edificio, que daba a las vías del ferrocarril abandonadas, estaba completamente desierto.

—Se habrán ido a casa —dijo June cuando Nora regresó junto al corro de sillas—, pero si quieres ver el desfile gatuno no tienes más que levantarte entre las dos y las cuatro de la mañana. Entonces casi seguro que nos ves a todos por ahí dando vueltas por la calle.

—¿Y tú por qué no puedes dormir? ¿Qué es lo que te quita el sueño? —preguntó Nora, e inmediatamente se arrepintió de haberlo preguntado. Agitó las manos de un lado a otro como si pudiera borrar sus palabras—. No importa, hablemos de lo que nos ha traído aquí.

Hester retiró la tapa de sus cajas de galletas.

—He traído cosas para picar: palitos de queso cheddar y minicruasanes de melocotón.

Nora sacó unas servilletas, una jarra de limonada y un bol de moras recién cogidas. Había cogido las moras después de cenar, las había lavado y las había colocado en un bol *vintage* de vidrio opalino que estaba en un estante de la librería junto a los libros de jardinería. Al día siguiente, lavaría el bol y lo devolvería a su sitio para que llamara la atención de algún futuro cliente de Miracle Books.

—Si queréis agua o limonada, servíos vosotras mismas y coged una taza de café de ahí atrás —les indicó Nora.

Cuando nadie se movió, Estella miró a Hester y June.

—Nora me ha contado lo de su entrevista con el *sheriff*. ¿Vosotras dos tuvisteis una experiencia parecida con él?

—Sí —dijo Hester—. Me quedó muy claro que piensan declarar que la muerte de Neil ha sido un suicidio.

June sonrió con satisfacción.

—Al *sheriff* solo le interesaba parte de mi declaración. Cuando le dije que Neil parecía un alma atormentada, Hendricks dejó de escucharme al instante. Tenía más cosas que decir, pero no quiso oírlas. —Tensó la mandíbula con enfado—. No soporto la mala educación, así que no me dio la gana de moverme de la silla. Traté de serenarme y le rogué que no obrase tan precipitadamente para determinar qué clase de muerte ha sido, pero, de golpe y porrazo, el *sheriff* Sapo se puso muy impertinente. —Chasqueó los dedos y se volvió hacia Hester—. No exagerabas nada cuando dijiste que no le gustan las mujeres.

—No, si gustarle, sí que le gustan —repuso Estella con desdén—, pero solo si están desnudas y las pasan por el Photoshop hasta que parezcan personajes de dibujos animados. Además, también está suscrito a uno de esos chats de sexo *online*. Yo ya sabía que el Sapo era un capullo integral antes de que una clienta que tiene la desgracia de trabajar para su departamento me contase todas estas miserias sobre él, pero nunca me había parado a pensar en él como jefe de nuestras fuerzas policiales. Tengo la sensación de que en este caso está optando por la presunción más fácil, la del suicidio, únicamente por pura pereza.

—También es la opción menos controvertida, porque solo alguien muy cercano a Neil podría rebatirla —señaló Nora—. ¿Hay alguna posibilidad de que el *sheriff* tenga algo que ver con los Meadows?

June dejó su cerveza en la mesa y frunció el ceño.

—¿Te refieres a si es uno de los inversores o algo así? Como ninguna de las cuatro tenía la más remota idea sobre los tejemanejes financieros del *sheriff*, Hester cambió de tema.

—¿Y tú has podido averiguar algo ahí en el hotel esta tarde? —le preguntó a Estella.

A la peluquera le encantaba ser el centro de atención. Mientras las demás aguardaban su respuesta, descruzó las piernas, extendió la mano con un movimiento lánguido, cogió un palito de queso y luego se recostó hacia atrás y volvió a cruzar las piernas.

«Si fuera una gata, ahora mismo se pondría a ronronear», pensó Nora.

—El nombre completo de nuestro amigo el fiambre es Neil Parrish —empezó a decir. Al captar las miradas de reprobación por su manera de formular la frase, rectificó de inmediato—. De nuestra víctima. Perdón. —Mordisqueó con aire avergonzado la punta del palito de queso—. Trabajaba para una promotora inmobiliaria llamada Propiedades Pine Ridge. Estaba a cargo del dinero. Me gustaría fingir que he entendido algo más, pero lo que sé sobre el negocio de las inversiones inmobiliarias cabría en un dedal.

—No te preocupes, cielo. Seguro que lo has hecho muy bien —dijo June.

La sonrisa que Estella dedicó a June era tan radiante que Nora se preguntó si la vampiresa oficial del pueblo tendría alguna amistad femenina. A juzgar por su reacción, no estaba acostumbrada a que otras mujeres le expresaran muestras de amabilidad.

—Buscaré a ver qué hay en internet sobre la empresa de Neil mientras tú sigues contándonoslo todo —le dijo Nora a Estella a la vez que encendía su portátil. Por su pasado como bibliotecaria, era una experta en hacer búsquedas *online,* pero lo cierto es que nunca había llegado a confiar del todo en la tecnología hasta que abrió Miracle Books. Ahora gestionaba su inventario, cuadraba los presupuestos y exhibía los tesoros de la tienda en una página web que había diseñado y mantenía ella misma. Lo que no hacía nunca era entrar en las redes sociales o buscar a gente de su antigua vida. Para Nora, la mujer que era antes estaba, a todos los efectos, tan muerta como Neil Parrish.

—Bueno, pues al principio me quedé pululando alrededor de su grupo —explicó Estella, prosiguiendo con su relato—. Son cuatro hombres y una mujer, todos muy finos y elegantes. Los típicos urbanitas, de esos que hablan muy rápido. De los que tienen mucho aguante con el alcohol. ¿Sabéis quién es Bob Loman? ¿El barman principal del bar Oasis? —Las mujeres miraron a Estella con cara de perplejidad—. Vosotras tres no salís mucho, ¿no?

—¿Tú tienes idea de lo temprano que se levantan los panaderos? —le preguntó Hester.

Estella parpadeó.

—No. ¿A qué hora se levantan?

—Yo estoy en la Gingerbread House a las cuatro y media de la mañana. Salvo los domingos —dijo Hester—. Eso es medio día. Como Nora, me cojo los lunes libres.

Estella lanzó un silbido.

—Mi primer cliente no entra por la puerta hasta las diez. No soy muy de mañanas. Bueno, el caso es que Bob tiene don de gentes. Cuando está con sus clientes, consigue que se relajen enseguida. Y se le da de maravilla charlar de cosas superficiales, pero los socios de Neil apenas repararon en su presencia. Se llevaron sus copas a una mesa y se sentaron en esas fabulosas sillas de ratán de respaldo alto. —Se interrumpió de nuevo—. Supongo que ninguna de vosotras ha estado en el Oasis; hay una barra en forma de ele en un lado de la sala y unos reservados pequeños que ocupan toda la pared del lado opuesto. En el centro hay sillas de ratán, mesas auxiliares redondas de madera o latón y macetas con palmeras. El ajedrezado de baldosas del suelo y el papel pintado de hojas de plátano contribuyen aún más a recrear el ambiente tropical. De fondo suena música cubana de *jazz*.

—Parece el bar de una playa caribeña —comentó June.

—Esa es la idea, pero los socios de Neil no estaban para nada relajados. Aunque tampoco los culpo —añadió Estella—. Al fin y al cabo, el tren en el que viajaban acababa de aplastar a su compañero de trabajo. —Levantó las manos con actitud defensiva—. No lo digo en plan desagradable, solo intento señalar lo obvio. Lo normal habría sido que los compañeros de Neil estuvieran conmocionados y desolados.

Nora levantó la vista de la pantalla del portátil.

—¿Y no lo estaban?

—En la primera ronda de bebidas, tal vez sí, pero a medida que iba avanzando la tarde y la *happy hour,* parecían más preocupados que tristes.

Estella mordió otro trozo de palito de queso y adoptó un aire reflexivo mientras masticaba.

—¿Creéis que estaban preocupados por la empresa? —preguntó Hester.

Estella lo meditó un instante.

—Es posible. A ver, dos de los hombres estaban con los teléfonos móviles todo el rato y no paraban de escribir mensajes como locos, pero hay mucha gente que envía mensajes después de una tragedia.

June soltó un resoplido burlón.

—La generación de los *millennials,* tal vez. Yo tengo cuarenta y pico años y si a un compañero de trabajo mío lo hubiera arrollado un tren, de lo último que estaría pendiente sería del móvil. Lo más probable es que quisiera estar sola. Me iría a dar un paseo o algo así. Salir a la calle siempre me tranquiliza.

—A mí me pasaría lo mismo —dijo Hester—. Pero yo no soy como la mayoría de las personas de treinta y cinco años.

June sacó un minicruasán de melocotón de la caja de galletas y señaló con ella a Hester.

—¡Y yo doy gracias por eso, desde luego!

Esta vez fue Hester quien recompensó a June con una luminosa sonrisa.

—Dijiste que ibas a intentar arrimarte a uno de los hombres de Pine Ridge. ¿Tuvo éxito tu artimaña? —Nora detestaba tener que estropear un momento tan tierno, pero quería saber si Estella tenía algo más que decirles antes de pasar a concentrarse en los resultados de su búsqueda con el portátil.

Estella le lanzó una sonrisa seca.

—¿Mi artimaña? Lo dices como si fuera una Mata Hari.

Al darse cuenta de que parecía como si estuviera usando frases sacadas de las novelas, Nora se sonrojó. Las cicatrices en forma de pulpo de sus mejillas le palpitaron un instante.

—Lo tomaré como un cumplido —dijo Estella al ver la incomodidad de Nora—. Y la verdad es que me sentí como si estuviera en una novela de espías. No una de Tom Clancy ni nada parecido, pero el caso es que me senté justo detrás de su mesa, solo que ellos no podían verme por lo altos que eran los respaldos de las sillas. Además, había una palmera justo entre su mesa y la mía. Utilicé el espejito de mi polvera para espiarlos y vigilarlos de reojo.

—Muy ingeniosa.

Hester sirvió tres vasos de limonada y le ofreció uno a Estella, quien se quedó mirando el vaso como si beber una mezcla de zumo de limón, azúcar y agua fría fuera la idea más ridícula del mundo, y luego se bebió el contenido en varios tragos.

—Solo oía murmullos en voz baja hasta que al final la mujer decidió irse a su habitación, así que solo quedaron el galán de cine bronceado, alto y apuesto, al que yo llamo el Buenorro, y su amigo el nervioso, uno con cara de araña. Yo quería coquetear con el Buenorro, claro, pero sabía que llegaría mucho más lejos con... —Agitó el dedo índice en el aire, frunciendo los labios con gesto concentrado. Mirando a Nora, le preguntó—: ¿Cómo se llamaba el sirviente del conde Drácula?

—R. M. Renfield —contestó Nora—. ¿El que comía insectos?

June, que acababa de darle un mordisco a su segundo minicruasán de melocotón, lanzó un gemido de protesta o de asco, Nora no lo sabría decir.

—¡Renfield! —exclamó Estella—. Justo a ese es al que me recordaba el otro tipo. Le quedaban dos telediarios para cumplir los sesenta y era, con diferencia, el más viejo del grupo. También era el que estaba más nervioso. No dejaba de secarse la frente con un pañuelo y bebía más que los demás, así que cuando el Buenorro se fue al baño, me fui directa a por Renfield.

—¿Por qué estoy mordiéndome las uñas de la intriga? —Hester estaba sentada al borde de su silla—. Ya sé que estás aquí y que todo eso ya ha pasado, pero es como si estuviera ahí contigo ahora mismo, sufriendo por ti.

—Sabes cómo contar una historia —le dijo Nora a Estella—. Y estás a punto de llegar a la mejor parte, ¿a que sí?

Estella la miró con aire vacilante.

—El caso es que no tenía tiempo de ponerme en plan damisela en apuros porque el Buenorro no iba a tardar en volver, así que me senté al lado de Renfield y me hice la sorprendida y también un poco la ofendida por que hubiese empezado a beber sin mí.

June soltó una sonora carcajada.

—Madre de Dios, cómo me habría gustado haber estado ahí para ver la cara de ese hombre...

—Me dijo: «Perdón, ¿cómo dice?» y yo me hice la loca. «Ah, pero ¿tú no eres mi cita a ciegas?», le susurré, acercando mi silla a la suya. Apoyé la mano en su antebrazo y fue entonces cuando me fijé en lo que había escrito en su servilleta.

Nora sintió un inexplicable arrebato de emoción. Por fin, una pista.

—Peto no te pares ahora —protestó June.

—No le encontraba ningún sentido a las palabras —admitió Estella—. Podían ser las iniciales del nombre de alguien o un lugar y espero recordarlas correctamente. Las anoté en cuanto me alejé de Renfield. —Abrió su bolsito de pedrería y sacó una servilleta estampada con una palmera verde y las palabras *Relax, Escapada, Disfrute* en letra cursiva. Estella había escrito tres palabras adicionales en el borde inferior de la servilleta, pero por desgracia la tinta se había humedecido y ahora las letras estaban borrosas.

Hester señaló la servilleta.

—Por favor, dime que aún puedes leer lo que dice ahí.

—Sí, claro que puedo. —Estella entrecerró los ojos para leer las palabras—. «DHCB» era la primera tanda de abreviaturas o como se llamen. «A. G.» era la segunda. La última era solo una palabra suelta: «Buford».

Las otras tres mujeres intercambiaron miradas de perplejidad.

—¿Buford? —exclamó June, levantando las manos en el aire—. ¿Y eso qué es, una persona o un sitio?

—No lo sé. No me dio tiempo a poner en práctica mis truquitos de magia habituales, así que no conseguí sonsacarle ninguna información sobre la inmobiliaria, los Meadows o el papel de Neil

—dijo Estella, con un mohín de frustración—. Lo único que pude hacer fue echarle un vistazo a esa servilleta antes de que Renfield me dijera que se llamaba Fenton Greer y que él no era mi cita a ciegas. Aunque también me dijo que, como su socio estaba a punto de volver del baño, estaría encantado de quedar conmigo el miércoles por la noche para repetir nuestra inexistente cita.

—¿Y le dijiste que sí? —preguntó Hester casi sin aliento.

—Pues claro. —Estella miró a Hester como si no estuviera bien de la cabeza—. ¿Cómo si no voy a averiguar más cosas sobre esa gente?

Sin querer, Estella acababa de propiciar la perfecta entrada para que Nora compartiese con ellas los resultados de su búsqueda en Google sobre «Propiedades Pine Ridge».

—Yo puedo arrojar algo de luz sobre eso —anunció, girando el ordenador para que las demás pudieran ver la pantalla.

La página de inicio de Propiedades Pine Ridge estaba compuesta por unos párrafos de texto y unas vistosas fotografías que representaban una visión idílica del sueño americano. En ellas aparecía una mujer hispana ocupándose de un exuberante jardín con flores, un padre sacado de las ilustraciones de Norman Rockwell columpiando a una niña de melena dorada, un perro labrador retriever sentado en el felpudo de la entrada de una casa, una pareja de ancianos de rasgos asiáticos compartiendo un balancín en el porche y, en la fotografía de mayor tamaño, una familia afroamericana posando delante de su casa perfecta.

—«Propiedades Pine Ridge: Constructores de sueños, creadores de hogares». —June asintió con aire pensativo—. Ese eslogan suena muy bien. Han incluido personas de orígenes diversos. ¿Y eso de ahí qué es? ¿Un enlace a otra página con más información sobre sus prácticas de construcción sostenible? —Sus cejas se arqueaban cada vez más—. Según esta web, parecen la empresa perfecta, pero Estella nos ha descrito a unos vendedores de crecepelos.

—Deben de estar metidos en prácticas comerciales muy turbias —dijo Nora—. Sea lo que sea, tiene que tratarse de un asunto muy gordo por cómo se arrepentía Neil de haber participado.

Estella hizo un movimiento oscilante con la mano.

—Alguien estaba dispuesto a impedir que esas prácticas saliesen a la luz, así que seguramente aún siguen con ellas. Debe de haber montañas de dinero de por medio, mirad qué web tan sofisticada y elegante tienen...

—Los Meadows no es la única promoción inmobiliaria que tienen. —Nora se inclinó por encima del portátil e hizo clic en el enlace a un mapa—. Este verano Propiedades Pine Ridge tiene previsto comenzar las obras de construcción de otra urbanización de ensueño al este de Asheville, y ya han empezado a construir casas en una localidad llamada Bent Creek.

—¿Puedes hacer clic en la pestaña de «¿Quiénes somos»? —preguntó Hester.

Nora hizo lo que le pedía y el cuarteto de mujeres se arremolinaron en torno a la pantalla.

—¡Ese es el grupo del bar! —exclamó Estella, dando unos golpecitos en la pantalla con una uña de gel—. Ese de ahí es Renfield, alias Fenton Greer, a su lado está la mujer que cubre la cuota de género, Vanessa MacCavity, y ese es Neil Parrish. —Examinó las imágenes un par de segundos más—. Falta el tío macizo, el señor Buenorro.

—Tal vez aparezca aquí. —Hester señaló otra pestaña que decía «Socios».

Nora hizo clic en la palabra.

—Ahí está —dijo Estella inmediatamente—. El tipo moreno de pelo negro.

—Collin Stone, de Construcciones Stone —dijo Nora en voz alta—. Con razón está tan moreno..., seguro que pasa mucho tiempo al aire libre. —Siguió examinando los nombres y las caras de la página web. Los otros socios eran inversores, gestores de préstamos, agentes inmobiliarios y abogados especializados en bienes inmuebles de las localidades de Fine's Creek y Walnut. Cuando Nora continuó desplazándose hacia abajo por la web, aparecieron los socios de Miracle Springs, entre los que se incluían los nombres de Dawson Hendricks, del banco Madison County Community Bank, y Annette Goldsmith, de la inmobiliaria Star Realty.

Nora miró a las otras mujeres.

—¿Ese Dawson no será...?

—¿Familia del *sheriff* Sapo? —intervino Hester—. Sí, Dawson es su hermano mayor. Son tres hermanos Hendricks: el pequeño se fue a vivir al Medio Oeste y rara vez viene a visitar a su familia.

Estella sonrió con aire burlón.

—¿Y a alguien le extraña? Si alguna vez consigo salir de este pueblo, no pienso volver en la vida.

—¿Por qué odias Miracle Springs? —le preguntó June con timidez.

—Es una larga historia, además de triste —murmuró Estella.

Nora hizo un amplio movimiento con el brazo, abarcando las estanterías que las rodeaban.

—Ya ves que tu historia está muy bien acompañada...

Estella la recompensó con una sonrisa débil.

—Supongo que sí, y seguro que la mía no es la historia más larga ni la más triste ni tampoco única. Además, la gente lleva cambiándola y añadiéndole un montón de elementos ficticios de mierda desde que era una adolescente. Cada vez que escucho la última versión, me dan ganas de reír. La mayoría no tiene ni idea de lo que habla cuando se ponen a criticarme. —Fijó una mirada cargada de ira en la estantería más próxima, que contenía algunos libros de bolsillo de Stephen King y una colección de calabazas de Halloween de plástico de los años cincuenta—. Si me importase, saldría mañana mismo a aclarar las cosas y a sacarlos a todos de su error, pero me importa un bledo. Neil Parrish, en cambio, ya no tiene voz para defenderse. ¿Quién va a contar la versión veraz de su historia?

Nora nunca había oído a Estella soltar un discurso tan apasionado, pero sus palabras la conmovieron.

—Nosotras.

—¿Cómo? —quiso saber Hester—. Lo único que tenemos son unas iniciales...

—Tenemos mucho más que eso —señaló Nora—. Tenemos a Mata Hari. Ya tiene una cita para cenar con uno de los socios de Neil y le va a sacar toda la información que pueda. ¿June? ¿Tú podrías rondar cerca del grupo si se pasan por el balneario a bañarse en las piscinas de agua caliente?

Una enorme sonrisa se desplegó en el rostro de la mujer.

—Claro que sí. En los baños termales el eco resuena de forma muy potente. Si alguno se pone incluso a susurrar al oído a alguno de los demás, me enteraré de todo lo que digan.

—Perfecto. —Nora miró a Hester—. Mañana es lunes, así que tú y yo tenemos el día libre. ¿Qué te parece si vamos a visitar la casa piloto de los Meadows? Así podremos ver cómo es esa tal Annette Goldsmith de la inmobiliaria Star Realty.

—Cuenta conmigo, aunque es un poco raro que vaya a visitar casas o pisos de muestra teniendo en cuenta que yo ya tengo casa propia.

Nora se encogió de hombros.

—Y yo igual, pero los agentes inmobiliarios se pasan el día intentando convencer a la gente para que se cambie de casa.

Ya verás como Annette hará todo lo que esté en su mano para engatusarnos y plasmar nuestra curiosidad en la firma de unas arras.

—Podéis incluso llevar el plan un poco más allá —intervino Estella—. Si cogéis un plano de la casa, entonces podréis pedir hora con Dawson Hendricks en el banco. No hace falta que rellenéis todo el papeleo, solo que estéis con él el tiempo suficiente para soltar el nombre de Neil y observar la reacción de Dawson.

June miró fijamente a Estella.

—Eres una genia, ¿te lo han dicho alguna vez?

—La verdad es que no —murmuró Estella en voz baja.

Con la esperanza de conservar la energía positiva que habían ido acumulando entre las cuatro, Nora volvió a hablar:

—La clave de nuestro éxito reside en escuchar con atención. Y en nuestra discreción. De ahora en adelante, solo podemos confiar en nosotras.

Hester no parecía muy convencida. Empezó a retorcerse uno de sus rizos alrededor del dedo índice, luego lo soltó y volvió a repetir el mismo movimiento.

—A ver, no os lo toméis como algo personal, pero estoy un poco desentrenada con respecto a confiar en la gente. Me caéis todas muy bien, de verdad, pero ¿cómo puedo saber si es seguro confiar en vosotras tres?

Estella y June se mostraron de acuerdo con ella con un murmullo.

Nora permaneció en silencio durante un rato tan prolongado que las otras mujeres intercambiaron miradas de nerviosismo.

Recorriendo con el dedo el trazo arrugado de una de sus cicatrices, Nora palpó el límite entre la piel lisa e intacta y la carne injertada. Era imperfecta, eso ya lo sabía. Se lo recordaba cada vez que se miraba al espejo. Cada vez que se miraba el brazo. Cada vez que la mirada de otra persona se detenía en su rostro. Pero aún tenía su voz y los restos de su corazón malherido.

Dirigiendo la mirada a la estantería más próxima, Nora Pennington decidió que había llegado el momento de hacer algo más que simplemente sobrevivir. Había llegado la hora de volver a vivir.

—Solo hay una forma de ganarse la confianza de las demás —dijo, volviéndose para mirar de frente a Hester, June y Estella—. Y es contarnos mutuamente nuestras historias.

CAPÍTULO CUATRO

La tranquilidad y una casa bien construida no tienen precio.

PROVERBIO DANÉS

N ora estaba sentada junto a la mesita del porche delantero de su casa observando cómo el sol inundaba de luz las colinas que rodeaban Miracle Springs. Aunque se había levantado más temprano de lo habitual, se imaginó a decenas de excursionistas ya en marcha, recorriendo a pie el Sendero de los Apalaches. El verano era la temporada de mayor afluencia en el Sendero y Miracle Springs era un destino muy popular entre los amantes de las excursiones por sus vistas espectaculares, sus lugares de acampada, sus alojamientos en cabañas en los árboles, sus tiendas y sus aguas termales. El hecho de que el Sendero pasase tan cerca del centro de la población era una ventaja adicional tanto para los comercios locales como para los senderistas: quienes solo estaban de paso —los que recorrían el camino desde el principio en Georgia hasta el final en Maine— podían dejar sus mochilas en un lugar seguro mientras cenaban o iban a comprar.

Nora había oído muchas veces a los huéspedes del hotel maravillarse de la cantidad de cosas que los senderistas podían echarse a la espalda.

«Yo no podría vivir sin mi cafetera», decía alguien al ver a un excursionista cargado con una pesada mochila.

«Ni yo sin darme una ducha con agua caliente», añadía alguien más, pensando en la simple posibilidad con una mezcla de asombro y espanto.

A Nora no le apasionaba ir de *camping* y comprendía perfectamente el deseo de vivir con ciertas comodidades. Sin embargo, cuando se trataba de viajar ligero, ella y los senderistas tenían más cosas en común que los turistas que se alojaban en el hotel.

Anteriormente, la librera había vivido en una casa de estilo colonial de la década de 1920. Tenía techos de casi tres metros, suelos de madera maciza, cinco chimeneas, un sótano, una pérgola, un jardín con una fuente y una lista interminable de problemas. Cuando no estaba ocupada con sus obligaciones de bibliotecaria, Nora pasaba casi todo su tiempo libre limpiando la casa, ocupándose del jardín o esperando a algún técnico de reparaciones.

La Casita del Vagón de Cola no le exigía tanto, ni mucho menos. Con solo cuatro habitaciones —cocina, salón, dormitorio y un cuarto de baño— no había un solo centímetro desaprovechado. También había convertido la plataforma del vagón que llevaba a la puerta principal en una terraza cubierta, lo que le procuraba otro lugar para leer, comer o sentarse y pensar.

Para que los inviernos resultasen lo más cómodos y acogedores posible, Nora había instalado una estufa de leña de hierro en miniatura. Fabricada originalmente para su uso a bordo de los barcos, la diminuta estufa era perfecta para la también diminuta casa de Nora. Emitía una cantidad impresionante de calor y el funcionamiento costaba una miseria, ya que la leña en las montañas de la parte occidental de Carolina del Norte no valía mucho dinero.

Tanto los lugareños como los forasteros sentían verdadera fascinación por la Casita del Vagón de Cola. Su reducido tamaño y los detalles de su diseño despertaban toda su curiosidad, y nunca se cansaban de preguntarle cómo podían caberle todas sus pertenencias en un espacio tan minúsculo.

«¿Dónde guardas la ropa?», le había preguntado Estella una vez. «¿Y los zapatos, el maquillaje, las joyas y todas esas cosas?».

Pero es que esa era la gracia: Nora no tenía nada de eso. Su guardarropa consistía en unos tejanos y un puñado de camisetas, blusas y jerséis. Tenía unas zapatillas de deporte, dos pares de zapatos planos y un par de botas recias para la nieve. Aparte de los pendientes de perlas de su madre, nunca llevaba joyas, y aunque se maquillaba, la colección entera de cosméticos de Nora cabía en el interior de un tarro de galletas, un hecho que habría dejado a Estella muda de estupefacción.

Consciente de la curiosidad natural que sentía todo el mundo por la Casita del Vagón de Cola, esa mañana Nora ya estaba más que preparada para recibir a Hester en la puerta de su casa y soportar la lluvia de preguntas absolutamente previsibles sobre su falta de posesiones, sobre todo cuando se trataba de cosas personales como fotografías, anuarios escolares o cualquier detalle capaz de vincular a Nora con familiares o amigos.

—Me imagino que ya habrás desayunado —dijo Hester, reuniéndose con ella en el porche—, pero te he traído una barra de pan para después. Es pan de ayer, pero sigue estando mejor que el que venden en el supermercado.

Nora aceptó la bolsa blanca de papel.

—Gracias. ¿Qué tipo de pan es?

—Pan de maíz. Aunque me encanta hacerlo en verano por el olor que deja en toda la panadería, prefiero comerlo en invierno con un bol gigante de chile. —En lugar de sentarse junto a la mesita del café con Nora, la panadera se acomodó en la mecedora al otro lado de la puerta principal—. Nunca me puedo resistir a la clásica mecedora. Yo tengo una butaca de esas que se mueven hacia delante y atrás en el porche. Está bien, pero no es lo mismo. Además, chirría cada vez que me muevo. Me pone de los nervios. Le he echado lubricante por todas partes, pero no encuentro la causa de los chirridos. Es como cuando te salta el detector de humos en algún rincón de la casa porque se está quedando sin batería, pero no sabes dónde está exactamente. —Se echó a reír—. Imagino que tú no tienes ese problema.

Nora sonrió.

—Pues no.

—Qué tranquilidad se respira aquí... No tienes ni un solo vecino. —Hester fijó la vista en las vías del ferrocarril—. ¿Qué ocurre cuando pasa el tren?

—Que hace mucho ruido. Tiembla la casa entera. —Nora le contó la experiencia de su primera noche allí—. Parecía como si los bloques de cemento se fueran a derrumbar de un momento a otro y yo fuese a salir rodando por la colina hacia las vías. —Sacudió la cabeza al recordar la escena—. Estaba demasiado alterada para volver a dormirme, pero al final enseguida me acostumbré al traqueteo y los silbidos. De hecho, ahora creo que no podría dormir sin ellos. Una parte de mí siempre está esperando oír los trenes de mercancías por las noches y los de pasajeros por el día. No sé por qué.

Hester la miró.

—A ver, que compraste la vieja estación de tren, preparas el café en la taquilla de venta de billetes y vives más cerca de las vías que cualquier otro vecino del pueblo. A lo mejor eres nuestra jefa de estación extraoficial...

La librera se rio.

—¿Quieres que te enseñe el interior del vagoncito de cola de la jefa de estación antes de que pasemos la siguiente hora o así mintiendo como bellacas?

Hester hizo un gesto afirmativo con la cabeza y Nora se sintió aliviada al ver cómo se comportaba la panadera en el interior de su santuario: desde el momento en que entró en el salón, con su cómodo sofá, la estufa de leña, los estantes de libros y la televisión oculta dentro de una mesita auxiliar, su amiga se mostró cautivada, pero no exageradamente curiosa.

—¡Me encanta! —exclamó casi sin aliento, abriendo los ojos como platos al ver el rincón de su despacho—. ¿Hay compartimentos secretos en todas las habitaciones?

—Ven, que te enseño algunos.

Nora la llevó a la cocina, que tenía las vigas del techo a la vista, un arco de ladrillo encima de los fogones, un horno eléctrico AGA de color azul cobalto y un frigorífico de tamaño normal.

Alargó la mano por debajo de una de las encimeras de madera y sacó la parte que hacía las veces de tabla de cortar, que quedaba oculta, antes de revelar el estante con ruedas para las especias junto al frigorífico. Las bolsas de plástico se guardaban en la parte interna de la puerta de un armario y las conservas, los tarros de salsas y las botellas de cristal tenían su sitio en una repisa construida entre los montantes. Nora empujó la alfombrilla de yute hacia un lado con el pie e indicó a Hester que cogiese la anilla metálica que sobresalía del suelo de madera y tirase de ella.

—¡No me lo puedo creer! —exclamó la panadera cuando introdujo el dedo índice en el centro de la anilla y, tirando de ella con fuerza, se abrió la trampilla de una zona subterránea de despensa.

A continuación, Nora le enseñó los espacios para almacenamiento debajo de su cama, los que había a ambos lados del espejo del baño y los que estaban escondidos en el minúsculo cuarto de la lavadora.

—Si viviese aquí estaría todo el día guardando cosas en su sitio, y si supieras qué clase de ama de casa soy, entenderías la importancia de esa afirmación —dijo Hester cuando su amiga hubo acabado de enseñarle la casa y volvieron a la plataforma que hacía las veces de terraza—. Tu casa es la combinación perfecta de espacio acogedor, confortable, chic y alegre. Menos mal que Annette Goldsmith no ha visto esto, porque entonces se daría cuenta de que nunca va a poder venderte algo mejor.

—Entonces esperemos que consiga disimular lo mucho que me gusta mi casa —dijo Nora.

Después de ponerse una gorra de béisbol para taparse la frente —previamente embadurnada de protector solar, junto con el resto de su piel expuesta—, ella y Hester se montaron en sus bicicletas y se pusieron en marcha hacia los Meadows.

Annette, una rubia toda piernas que iba vestida con un traje de color marfil y con unos zapatos de tacón con estampado de leopardo, estaba quitándole el polvo a una planta artificial cuando Nora y Hester entraron en la casa piloto.

La agente inmobiliaria las recibió con una sonrisa deslumbrante que perdió parte de su intensidad cuando advirtió las cicatrices de Nora, y las invitó a pasearse por la casa con total libertad.

—Yo no soy de esas agentes inmobiliarias que andan todo el rato persiguiendo a los clientes y tratando de convencerlos con argumentos de venta mientras intentan hacerse una idea de qué sensaciones les transmite la casa —les aseguró Annette con otra sonrisa eléctrica—. Tomaos el tiempo que necesitéis, abrid y cerrad los armarios, mirad dentro y, si queréis, palpad las puertas para ver lo robustas que son. Como si estuvierais en vuestra propia casa. Y si queréis hacerme alguna pregunta, no tenéis más que llamarme. Estaré en el porche delantero regando los helechos.

En cuanto Annette salió fuera, Hester se volvió hacia Nora.

—¿Y ahora qué hacemos?

—Será mejor que echemos un vistazo rápido a la casa —propuso Nora—. Y mientras esté donde no pueda vernos ni oírnos, deberíamos fisgar en su oficina.

Hester se enrolló un rizo en el dedo.

—Eso en las novelas siempre funciona, pero lo más probable es que a ti y a mí nos pillen con las manos en la masa.

—No nos va a pillar —la tranquilizó Nora—. Tú estate ojo avizor por si aparece Annette, que yo iré con mucho cuidado para dejar las cosas tal como estaban en su sitio.

Sin dejar de toquetearse el pelo, Hester se fue al piso de arriba. Las dos mujeres vieron rápidamente los cuartos de invitados, los baños y la zona de la buhardilla antes de volver a la planta baja y visitar el dormitorio principal, la cocina y el cuarto de la colada. A continuación, Nora se metió en el despacho mientras Hester montaba guardia en el recibidor. Llevaba una carpeta llena de folletos sobre los Meadows y el plan era dejarla caer al suelo en cuanto Annette entrase por la puerta. El ruido cumpliría un doble cometido: serviría de aviso para Nora e impediría que la agente inmobiliaria pudiese volver inmediatamente al despacho, pues se sentiría obligada a ayudar a recoger los papeles desperdigados por el suelo.

En el despacho reinaba un orden impecable. En el escritorio de madera pulida de Annette había un ordenador, un portabolígrafos de cuero, una grapadora, un expositor de plástico lleno de folletos a color y una placa de latón con el nombre de la agente. Llamaba la atención la ausencia de cualquier objeto de índole personal: fotografías, premios, objetos decorativos o bolas de gomas elásticas. El artículo más interesante parecía ser una agenda semanal sujeta a un portapapeles. En casi todos los espacios en blanco había anotados varios apellidos. Nora leyó los nombres y aunque reconoció a algunos de los clientes de Miracle Books, la mayoría no le sonaban de nada.

Tocó el teclado del ordenador y no se sorprendió al ver que la pantalla se iluminaba y aparecía un cursor parpadeante a la espera de que introdujese una contraseña. Apartando a un lado la silla ergonómica de Annette, Nora abrió el primer cajón. Encontró la colección habitual de clips, grapas, chinchetas, sellos, notas adhesivas y otros artículos de papelería y escritorio, además de un pequeño juego de llaves. Se olvidó de las llaves por el momento y examinó los otros cajones, pero básicamente se trataba de un receptáculo de postales, folletos, boletines y un suministro interminable de tarjetas de visita de la especialista en ventas.

Mejor dicho, eso fue hasta que Nora quiso abrir el cajón inferior de la parte derecha del escritorio: estaba cerrado con llave.

—¡Ajá! —exclamó, y echó mano del juego de llaves.

Por desgracia, la alegría no le duró demasiado, pues ninguna de las llaves abría el cajón, sino que pertenecían a otras cerraduras.

Nora miró alrededor en la habitación, que no contenía más muebles que un par de sillas delante del escritorio. Entonces reparó en las puertas dobles que había en la pared de enfrente.

«¿Qué esqueleto guardas en ese armario?», pensó, e inmediatamente se reprendió por el uso de una frase tan manida. «Que no eres ninguna Angela Lansbury...», siguió flagelándose mientras se dirigía al armario.

Descubrió que, detrás de las puertas dobles, un archivador ocupaba casi todo el armario. Tiró del cajón superior, pero no se abrió, así que volvió a probar con el juego de llaves. Esta vez sí tuvo éxito.

Al leer apresuradamente las etiquetas impresas dedujo que las carpetas colgantes contenían los típicos documentos de cualquier corredor de fincas. Había expedientes separados con los planos de las casas de los Meadows, mapas en blanco y negro donde aparecían las parcelas numeradas, listas de calidades extras disponibles, contratos de compraventa en blanco, formularios específicos para transacciones inmobiliarias como informes de declaración de cierre y muchos otros documentos más. No fue hasta que Nora abrió el segundo cajón cuando descubrió una conexión con Neil Parrish.

Detrás de una carpeta marcada como Seguimientos había otra con la etiqueta Clientes de N. P.

Justo cuando Nora estaba devolviendo el resto de las carpetas a su sitio para husmear en la de Neil, oyó un grito de consternación seguido de una risa nerviosa procedentes del recibidor.

Annette había acabado de regar las plantas.

Nora se sacó el móvil del bolsillo, tomó una foto del documento de la carpeta de Neil sin ni siquiera mirarlo, la devolvió a su sitio y cerró el archivador de nuevo con la llave. Apenas le dio tiempo a cerrar las puertas dobles, dejar el juego de llaves en el escritorio de Annette y volver a poner la silla en su sitio cuando Hester irrumpió atropelladamente en la habitación.

—¡Madre mía, qué torpe soy! —exclamó—. Se me ha caído esto al suelo y todos los papeles han salido volando. Me parece que no he tomado suficiente dosis de cafeína todavía.

Annette entró en el despacho luciendo su mejor sonrisa de comercial.

—Tenemos una Keurig en la cocina. ¿Os apetece un café? Así podemos conocernos un poco más.

—Vale —dijo Nora tras una leve pausa, pues no quería parecer demasiado ansiosa.

Una vez en la cocina, cuatro veces más grande que la de Nora, la agente inmobiliaria les enseñó la selección de cápsulas Keurig.

—Hay azúcar y sacarina en la bandeja junto a la cafetera y la leche semi y desnatada están en la nevera —explicó—. Servíos vosotras mismas. Yo iré a mi escritorio a por unos folletos.

Nora sintió una punzada de inquietud. ¿Y si Annette advertía algo raro en su despacho? ¿Habría movido sin querer el portabolígrafos o el teclado? No lo creía, pero la duda la carcomía por dentro.

—¿Ha habido suerte? —susurró Hester.

—No estoy segura —respondió su amiga en voz baja—. Dejaremos que hable, tal y como habíamos planeado, pero tenemos que dejar caer el nombre de Neil cuando menos se lo espere y observar su reacción.

Las dos mujeres terminaron de preparar sus cafés. Ya habían llevado las tazas a la mesa de la cocina cuando regresó Annette.

—¡Perdón! —se disculpó, agitando su móvil en el aire—. Uno de mis clientes no se decidía entre una casa y otra y al final lo ha hecho, y quería decírmelo inmediatamente. Espero no haberos tenido esperando mucho rato...

—Para nada —le aseguró Hester—. Ni siquiera me ha dado tiempo de probar el café.

Annette la miró con expresión comprensiva.

—Por favor, disfrutad del café. Y mientras vosotras os relajáis, yo aprovecharé para hablaros un poco más de los Meadows y de la clase de urbanización que estamos creando aquí en este entorno maravilloso de Miracle Springs.

Hester estudió detenidamente a la mujer por encima del borde de la taza.

—¿Vives por aquí? Creo que no te he visto nunca por mi panadería. Soy la dueña de la Gingerbread House.

—Vengo en coche desde Asheville todos los días, ahí tengo mi casa —explicó mientras daba la vuelta a un mapa de los Meadows de modo que Hester y Nora pudieran verlo con claridad—. Pero aunque no viviera a más de cuarenta y cinco minutos de aquí, no habría muchas probabilidades de que nos tropezásemos, porque sigo la dieta paleo, y como no tomo trigo ni azúcares, no entro en las panaderías. Aunque desde que empecé a trabajar aquí he oído a un montón de gente hablar de lo ricas que están todas las cosas que haces, así que debes de ser muy buena en tu trabajo.

Esta vez, cuando Annette desplegó su emblemática sonrisa, Hester no se la devolvió.

—¿No comes trigo ni azúcar? ¿Nunca? —Negó con la cabeza—. Si a mí me dijeran que no puedo volver a comer una rebanada de pan casero y calentito, recién salido del horno, no tendría razones para vivir.

—Bueno, pues aquí tendrías un montón de espacio para hacer pan, con una cocina de este tamaño —intervino Nora con la esperanza de ganarse el favor de Annette y dándole pie a que se lanzara a soltarles su discurso de ventas.

La agente inmobiliaria miró alrededor con orgullo, como si hubiera construido aquella cocina ella misma.

—¡Ya lo creo que sí! Hasta tendrías la opción de que te instalásemos un horno industrial. Esa es la ventaja de trabajar directamente con el promotor inmobiliario. Acabarías comprándote la casa de tus sueños. —Hizo una pausa—. ¿Estás pensando en construir la casa de tus sueños, Hester?

—Bueno, me preocupa más el coste —respondió—. No creo que necesite más espacio del que tengo. Nora, en cambio, vive en un vagón de tren. Lo tiene monísimo, pero es muy pequeño.

Annette no pudo ocultar su perplejidad.

—¿En un vagón de tren?

—Un vagón de cola reconvertido —dijo Nora, sintiendo la necesidad de defender su hogar—. Forma parte del movimiento que promueve la construcción y el estilo de vida en minicasas.

—Aaah... —Annette soltó aquella interjección como si fuera una cantante sosteniendo una nota. A pesar de haberse quedado momentáneamente estupefacta, se recuperó enseguida—. Bueno, si lo que necesitas es más espacio, nosotros podemos dártelo. ¿Cuántas habitaciones quieres?

Y acto seguido, Nora se vio dictando una falsa lista de deseos a la agente inmobiliaria, quien asentía enérgicamente mientras tomaba notas en un bloc.

—Me parece que el solar de Cambridge es justo lo que buscas —dijo cuando Nora hubo acabado. Después de abrir el folleto que mostraba una representación artística de una casa estilo Cape Cod de ladrillo con todas las comodidades contemporáneas, Annette les dio unos segundos para examinar el sugerente boceto antes de señalar que el plano de la planta le proporcionaría a Nora todo el espacio que necesitaba. A continuación describió qué terrenos formaban parte del solar de Cambridge y les preguntó si querían visitarlos utilizando el carrito de golf de la empresa.

Como Nora no había conseguido colar aún el nombre de Neil en la conversación, dijo que sí y Annette se sacó un juego de llaves del bolsillo de la americana de su traje.

—¡Genial! Así podemos seguir hablando mientras conducimos.

El carrito de golf estaba aparcado en el garaje de la casa piloto junto a lo que Nora supuso que era el BMW todoterreno negro de Annette. El BMW parecía nuevo, elegante y caro, y Nora se preguntó cuánto se llevaría aquella mujer como comisión de la venta de cada casa. Para tener treinta y pocos años, parecía ganarse la vida bastante bien, al menos a juzgar por la ropa que llevaba y el coche que conducía. Nora decidió indagar un poco más.

—¿Vives en una casa de Pine Ridge? —le preguntó mientras arrancaba el carrito eléctrico.

—No —contestó Annette con despreocupación—. Pine Ridge no tiene ninguna promoción inmobiliaria en el centro de Asheville. Ahí es donde voy a comprar y al gimnasio. También quería vivir sin gastos de mantenimiento, porque me paso el día fuera, así que me compré un piso. Lo compré hace poco, lo que supone una ventaja, porque así me identifico con las preguntas y las preocupaciones de mis clientes cuando tienen que comprarse una casa nueva.

Nora le dio a entender que comprendía lo que decía y Annette siguió conduciendo por la carretera principal, señalando algunas parcelas pertenecientes al solar de Cambridge.

—Qué maravilla... —exclamó Nora cuando Annette se detuvo para enseñarles una parcela esquinera—. Pero no sé si puedo permitirme lo que costaría edificar una casa aquí, sobre todo después de ver cuál es el precio de salida según el folleto.

La agente se mostró imperturbable ante la preocupación expresada por su clienta potencial: había logrado crear interés, que era justo su objetivo. Los asuntos de dinero eran responsabilidad de otros.

—Nuestra colaboración con el Madison County Community Bank nos está dando muy buenos resultados. Si llamas a Dawson Hendricks, estoy segura de que él te demostrará con los números en la mano que construir una casa en los Meadows es una posibilidad muy real. Y una casa con el sello de calidad de Pine Ridge es una gran inversión.

—¿Y qué hay de los plazos de finalización de la obra? —intervino Hester desde el asiento de atrás—. ¿No sufrirán retrasos todos los proyectos después del horrible accidente de su socio...? Lo siento, he olvidado el nombre.

«Qué lista, esta Hester —pensó Annette—. Me va a hacer a mí decir su nombre».

Sin previo aviso, la agente inmobiliaria apartó el pie del acelerador y el carrito se paró de golpe. Nora llevó instintivamente las manos al salpicadero mientras Hester sujetaba el asiento de delante y dejaba escapar un gritito de sorpresa.

—¡Ay, lo siento! —Annette se volvió a mirar a las otras dos mujeres con gesto de preocupación—. ¿Estáis bien?

Nora y Hester asintieron con la cabeza.

Tras una sonora exhalación de alivio, Annette reanudó el trayecto.

—El nombre del socio de Pine Ridge que ha muerto en trágicas circunstancias es Neil Parrish. Lo que le sucedió ha supuesto un terrible mazazo para todo el equipo.

Nora tomó buena nota del gesto de congoja de Annette y de la expresión de tristeza en sus ojos, pero no se creyó ni por un momento que la agente inmobiliaria sintiese una pizca de pena auténtica por la muerte del socio.

—Debería ser yo quien se disculpe —dijo Hester, apoyando la mano en el hombro de Annette—. Tuvo que ser una noticia muy traumática. Al menos no ibas con el resto de tus compañeros en ese tren. Si estuviera en su lugar, no sé si podría quitarme ese momento de la cabeza.

Annette puso en marcha el carrito de nuevo.

—Respondiendo a tu pregunta, no habrá ningún problema para cumplir los plazos de finalización establecidos en nuestros contratos presentes o futuros. —Había vuelto a recuperar su pose de vendedora ejecutiva perfecta y su sonrisa falsa—. Esas fechas las fija nuestro constructor, y Collin Stone es un verdadero profesional. El señor Parrish se ocupaba sobre todo de los aspectos relacionados con las inversiones financieras. El señor Stone dirige Construcciones Stone, y siempre les dice a sus clientes que el hecho de que su nombre aparezca en el membrete de la empresa no significa que se pase el día en una oficina. Estará al pie del cañón como jefe de obra, asegurándose de que tu casa se construye según tus deseos.

Por primera vez, Nora reparó en que en los Meadows parecía todo demasiado tranquilo para ser una urbanización en plena fase de construcción.

—¿Dónde están todos los operarios? —soltó.

—Los socios del señor Parrish han pensado que, después de lo ocurrido, sería de muy mal gusto hacer venir hoy a trabajar a los peones como si nada —explicó Annette—. La construcción se reanudará en breve.

Annette aparcó el carrito de golf delante de la casa piloto. Nora extendió la mano de inmediato y dio las gracias a la agente por su ayuda.

—Supongo que ahora lo que haré será llamar a Dawson Hendricks.

—¡Cuánto me alegro de oír eso! —La sonrisa de Annette era aún más deslumbrante a la luz del sol de la mañana—. Lo avisaré de que te vas a poner en contacto con él para informarte sobre los terrenos de Cambridge. —Le puso una carpeta azul en la mano—. Aquí dentro encontrarás todo lo que necesitas, incluida mi tarjeta. Llámame si tienes alguna duda. —A continuación le dio otra carpeta a Hester—. Por si quieres echarle otro vistazo cuando estés en casa. O si tienes alguna otra amiga que pueda estar interesada en cambiar de casa, dile que venga a verme.

Nora y Hester se subieron a sus bicicletas y pedalearon en silencio hasta llegar al cartel que daba la bienvenida a los visitantes del centro de Miracle Springs.

—Ven a la panadería, que prepararé algo de almuerzo —dijo Hester.

Sentada en un taburete en la isla de la cocina de la panadera, Nora observó fascinada cómo preparaba dos sándwiches de queso fundido y tomates verdes.

—No he visto a Annette demasiado afligida por la muerte de Neil —comentó Hester. Dio la vuelta a los sándwiches en la sartén con movimiento experto y ahí estaban las rebanadas de un pan perfectamente tostado, un queso fundido y cremoso y del tomate verde que se adivinaba entre ellos.

—Yo tampoco —convino Nora.

La panadera emplató los dos sándwiches y llenó dos vasos con agua. A continuación sacó otro taburete e invitó a su amiga a que empezara a comer. Cogiendo la mitad de su propio sándwich, hizo una pausa antes de darle un mordisco.

—A menos que encontrases algo incriminatorio en el despacho de Annette, parece que nuestra incursión ha sido una enorme pérdida de tiempo.

—Su ordenador estaba protegido con contraseña y no he podido examinar con calma el archivador con las carpetas; solo he podido echar un vistazo por encima a una carpeta etiquetada con el nombre de Neil. Dentro había un puñado de documentos casi idénticos, así que le saqué una foto a uno de ellos con la intención de estudiarlo luego con más detalle.

Nora sacó su teléfono y lo puso entre ambas de modo que tanto ella como Hester pudieran ver la pantalla.

—Parece el formulario de una declaración de cierre de una compraventa. —Hester señaló la foto—. Han recortado la parte de arriba, pero me acuerdo de cuando compré mi casa. Cuesta olvidarlo cuando tienes que leer esa lista interminable de tasas e importes varios. No creo que nadie que haya pasado por el trance de pedir una hipoteca pueda olvidar el aspecto que tiene un documento de esos, donde se enumeran todos los cargos y créditos del comprador y del vendedor.

Para evitar responder, Nora probó un bocado de su sándwich. La mezcla de pan esponjoso untado con mantequilla, tomates fritos, queso cremoso y una pizca de pimentón sabía a gloria. Mientras masticaba, Nora sintió que la invadía una oleada de calidez y confort. La sensación la hizo aparcar el hecho de que no había visto documentación de ninguna clase cuando ella y su marido compraron su primera casa. Su marido había utilizado el dinero de una herencia para pagar la entrada y había gestionado todo el proceso de solicitud de hipoteca él solo, sin consultarla a ella ni pedirle que acudiera el día de la firma. Nora no aparecía como cotitular del préstamo, y no fue hasta la noche del accidente cuando descubrió que había muy pocas cosas en su vida que pudiese considerar suyas.

Resultó que ni la casa ni su marido podían contarse entre ellas.

La primera vez que Nora había visto un formulario como el que tenía delante fue cuando compró el viejo vagón de tren. Pagó en metálico tanto el vagón como el reducido terreno que ocupaba, pero no disponía de suficiente efectivo para comprar un local lo bastante grande para albergar un millar de libros, y mucho menos el inventario para llenarlo.

Nora recordó su reunión con el gestor de crédito de una importante entidad bancaria de la población vecina. Una mezcla de miedo y esperanza se había apoderado de su estómago tomando la forma de un remolino, como una lavadora atascada en el ciclo de centrifugado, pero ese día había salido del banco con la posibilidad y la ilusión de empezar de cero.

Hester se levantó del taburete y cogió el salero y el pimentero del estante de las especias. Separó la parte superior de su sándwich y echó un poco de sal en la superficie de queso amarillo.

—¿Quieres sal? —le preguntó a Nora.

Su amiga tenía la mirada fija en la ese del salero.

Hester agitó la mano delante de la cara de Nora.

—¿Hola? ¿Estás aquí?

—Lo de esta mañana no ha sido una pérdida de tiempo —anunció Nora, sacándose un bolígrafo del bolso. Utilizando el trozo de papel de cocina que le había dado Hester, escribió las siglas DHCB en una esquina.

—¿No es esa una de las abreviaturas de la servilleta de Renfield en el bar Oasis? —dijo Hester—. ¿Qué pasa?

Una débil sonrisa afloró a la comisura de los labios de Nora.

—Creo que sé lo que significa o, mejor dicho, a quién se refiere... —Mientras hablaba, Nora tocó cada una de las letras con la punta del bolígrafo—. Creo que DHCB es Dawson Hendricks, del Community Bank.

Hester dio un respingo.

—¿Sabes lo que significa eso, verdad?

—Sí —dijo Nora, sintiendo ya el peso de su decisión—. Tengo que pedir hora con él en el banco y seguir adelante con la farsa de mi intención de comprar una casa en la que no voy a vivir nunca. Aunque si Dawson Hendricks se parece a su hermano, el *sheriff* Sapo, va a ser una reunión algo tensa...

CAPÍTULO CINCO

Y cuando al fin encuentras a alguien a quien crees
poder abrirle tu alma, te detienes sobrecogida
por tus propias palabras... palabras tan herrumbrosas, tan
horrendas, tan vacías y débiles por haber permanecido
tanto tiempo en tu angosto y oscuro interior.

SYLVIA PLATH

Dawson Hendricks no estaba disponible hasta el jueves por la tarde, así que Nora concertó una cita con él a la última hora disponible, que resultó ser las cinco. No era lo ideal, puesto que la librería de Nora abría hasta las seis. Su horario comercial era de diez a seis porque muchas veces pescaba algunas ventas entre los visitantes que se daban un paseo por el distrito comercial antes de ir a cenar al Pink Lady Grill o a alguno de los eclécticos restaurantes de Miracle Springs. Sin embargo, Estella, Hester y June querían quedar el miércoles por la noche para poner en común toda la información recopilada hasta entonces sobre Neil Parrish y su sospechosa muerte.

Nora, que no estaba acostumbrada a actos sociales de ninguna clase, tuvo que mentalizarse de que iba a reunirse con el mismo grupo de mujeres dos veces en una misma semana. No solo eso, lo cierto era que además tenía muchas ganas de verlas.

«Tú misma les dijiste que el único modo de ganarse la confianza de la gente era contándole tus historias», pensó mientras una joven pareja pasaba por caja.

«Tus secretos estaban a salvo, pero aquí estás, ofreciendo tu pasado en bandeja de plata a unas extrañas. ¿Por qué?».

Nora examinó los libros que estaba a punto de meter en una bolsa. El chico había escogido *Soy leyenda,* de Richard Matheson, mientras que su guapa y joven esposa se había quedado con *La campana de cristal,* de Sylvia Plath. El aislamiento y la soledad eran temas centrales en ambas novelas, y a cualquier otra persona aquella elección literaria le parecería extraña tratándose de una pareja que lo más probable es que aún estuvieran en la fase de luna de miel de su matrimonio.

Sin embargo, Nora sabía demasiado bien que era posible que dos personas solitarias se conociesen, creyesen que se habían enamorado, se casasen y luego descubriesen, años después, que seguían sintiéndose solos. Eran esos sentimientos de soledad y aislamiento los que hacían que Nora de pronto quisiera abrirse a las otras tres mujeres. Pasar tiempo con Hester, Estella y June había conjurado recuerdos de la época en que los días de Nora estaban llenos de una intensa vida social. Había sido miembro de dos clubes de lectura, además de voluntaria de la tienda benéfica de la iglesia, y salía regularmente a desayunar, comer y cenar con sus amigas. También tenía múltiples obligaciones relacionadas con el trabajo, cosa que Nora siempre disfrutaba. Estar en la biblioteca, entre libros y bibliófilos, era como pasar tiempo de calidad con la familia. La biblioteca era el lugar donde Nora se sentía como en su propio hogar, algo que nunca había llegado a sentir del todo en su imponente casa, y no importaba el empeño que pusiese en intentarlo, pero nunca había sido capaz de encontrar un hogar en el corazón de su marido.

—Me encanta esta librería —dijo la chica de la pareja cogiendo la bolsa que le ofrecía la librera y mirándola a los ojos apenas un instante. Eso no molestó a Nora, pues estaba acostumbrada a que la gente mirase a cualquier parte menos a su rostro marcado—. Si viviese en Miracle Springs, vendría aquí todos los días —siguió diciendo la chica—. Me perdería en este laberinto de libros, chismes entrañables y sillones mullidos. Ah, y encima el café está buenísimo. Esta es mi idea del paraíso.

—Y la mía también —dijo Nora.

El marido le cogió la bolsa a su mujer.

—Será mejor que nos vayamos antes de que te vengas a vivir aquí —bromeó más bien con frialdad.

—Si lo hago, me traeré a mi gato. —Esta vez, la mujer miró directamente a la cara a Nora—. Se llama Mister Mistoffelees.

—¿Del poema de T. S. Eliot? —adivinó Nora.

La mujer sonrió y asintió con la cabeza. El marido echó a andar hacia la puerta y se volvió a llamarla por encima del hombro:

—Vamos, cariño, que tengo hambre.

—¿Por qué no vais a la Gingerbread House? —le dijo Nora en voz baja a la chica—. Pedid los bollitos reconfortantes, uno para cada uno. Hester tardará al menos media hora en hacerlos, así que menos mal que os habéis comprado algo para leer... Creedme, vale la pena esperar.

—Está bien, iremos ahora. Gracias por la recomendación.

Cuando la pareja salió por la puerta en medio de un coro de bulliciosas campanillas, Nora desplegó la mano izquierda como si fuera una estrella de mar e intentó recordar qué se sentía al llevar un anillo de casada. Habían pasado más de cuatro años desde que se había quitado el suyo y no echaba de menos el tacto de los diamantes sobre su piel ni la callosidad en la palma de la mano. Tampoco echaba de menos el peso ni cómo el deslumbrante núcleo reflejaba la luz del sol.

Nora prefería el anillo que llevaba en ese momento: un anillo de plata antiguo que cambiaba de color según el estado de ánimo y que parecía estar permanentemente instalado en el color azul. Según las tablas que había visto en internet, eso indicaba que siempre estaba tranquila.

«O medio muerta», pensó, frotando la superficie ovalada del anillo con la yema del dedo índice.

La muerte de Neil Parrish había removido a Nora por dentro. No entendía por qué, ya que ni siquiera lo conocía, pero su determinación para impedir que la policía tratase el caso como un suicidio la había hecho correr unos riesgos y tomar unas decisiones que no había estado dispuesta a tomar hasta entonces.

Esa noche, mientras se preparaba para la llegada de las otras tres mujeres, Nora reflexionó sobre por qué le importaba tanto la figura de Neil Parrish. Cada día llegaban en tren a Miracle Springs personas con el corazón roto, el cuerpo malherido y la mente tocada, así que, ¿por qué se preocupaba tanto por aquel desconocido en concreto? ¿Por qué se preocupaban las demás? Fue la primera pregunta que formuló a Hester, Estella y June cuando se sentaron en el corro de sillas.

—¿Habéis leído el periódico de hoy? —preguntó June, alzando la voz con tono de enfado—. El dictamen del *sheriff* aparece al final de la primera página. Un simple párrafo promocional: la vida de un hombre reducida a cuatro frases. A mí me importa porque sé lo que es sentirse juzgada, que te aíslen en un rincón y te olviden así, sin más. —Hizo chasquear los dedos.

—Yo también —dijo Estella—. Y aunque he aprendido a hacer que no me importe lo que los demás piensen de mí, sigo queriendo ayudar a la gente. Me gusta ayudar a las mujeres a sentirse guapas, sexis y seguras de sí mismas. Me gusta ver la expresión de su cara cuando hago girar la silla en que están sentadas y se miran en el espejo tras una de mis sesiones transformadoras. No importa si se les ha caído el pelo por las sesiones de quimio o si tienen arrugas o papada. Todavía no he conocido a una mujer que no sea guapa si ella misma se ve guapa.

Hester miraba fijamente a Estella.

—Pensaba que te tenía calada, pero estaba equivocada. Soy tan culpable de haberte juzgado mal como la mitad de las mujeres de este pueblo. Lo siento, Estella.

Esta hizo un gesto para quitarle hierro a sus palabras.

—Cielo, he hecho lo que no está escrito para interpretar un papel. ¿Qué otra cosa podía esperar sino que la gente me vea como a la típica zorra devorahombres a la que solo le interesa el dinero? Pero después de estar el domingo con vosotras me di cuenta de que quería seguir disfrutando de esto. —Hizo un amplio movimiento con la mano para abarcarlas a todas—. No somos la Comunidad del Anillo, eso está claro, pero no he tenido amigas desde que iba al instituto, al menos amigas íntimas. Últimamente, mis amigas más íntimas son todas personajes de ficción.

—Y las mías —dijo Nora—. Aunque también es verdad que mis mejores relaciones las he tenido siempre con alguien a quien conocí en las páginas de un libro.

—Pero eso solo puede satisfacernos hasta cierto punto —señaló Junc, llevándose una mano al corazón—. Yo también sentí una afinidad especial entre nosotras el domingo. Nuestra edad, el color de la piel o nuestro pasado no importaba lo más mínimo, solo éramos un grupo de mujeres con una causa común, punto. Fue maravilloso conectar de esa manera. Hacía mucho tiempo desde la última vez que conecté con alguien.

—¿Todas somos personas solitarias? —preguntó Hester despacio—. ¿Por eso nos identificamos con Neil?

—A mí lo que me interpeló directamente fue el remordimiento que percibí en él —dijo June—. Sus ganas de arreglar lo que sea que hubiese ayudado a romper... fuese lo que fuese. —Se dirigió a Estella—. ¿Estás lista para tu cita? Porque si tienes planeado sonsacarle información a Renfield, ese pobre hombre no sabe dónde se ha metido.

Estella llevaba un vestido ajustado con un llamativo estampado de flores que a Nora le recordó los cuadros de Georgia O'Keeffe. Salvo por algunos mechones colocados estratégicamente para enmarcar su hermoso rostro, Estella llevaba el pelo recogido en un moño desmadejado.

—Antes de salir hacia el Oasis y de que me vaya a cenar con mi cita mientras vosotras tres espiáis a los otros socios, he estado pensando en lo que dijo Nora la última vez que nos vimos, eso de que tal vez las cuatro podríamos aprender a confiar las unas en las otras. —Hizo una larga pausa—. He decidido que voy a confiar en vosotras y voy a contaros mi historia, pero para poder contarla, necesito armarme de valor en forma líquida, razón por la cual he traído una botella de vino. ¿Alguien quiere compartirla conmigo? No es nada del otro mundo, un simple vino tinto de mesa barato, pero cumple su función.

—Con esa recomendación, ¿cómo voy a decir que no? —Hester se echó a reír—. ¿Te importa si cojo unas tazas, Nora?

—Adelante.

Estella abrió la botella con el sacacorchos que llevaba en el bolso y llenó cuatro tazas. Hester había dado a Nora una taza blanca y negra con la frase VETE, POR FAVOR: HOY TENGO EL DÍA INTROVERTIDO.

Era una de las favoritas de la librera.

June enseñó su taza rojo púrpura al resto.

—La mía dice: TU SECRETO ESTÁ A SALVO CONMIGO. No lo pillo.

Hester sonrió.

—Ya lo pillarás cuando se te acabe el vino. —Luego se dirigió a Estella—. Tenía el presentimiento de que esta noche nos contarías tu historia, así que te he traído un bollito. No tienes que comértelo ahora; puedes llevártelo a tu casa.

Estella cogió la caja blanca que le ofrecía la panadera y se la quedó mirando como si dentro hubiese una serpiente venenosa.

—¿Es una especie de trueque? ¿Una pieza de bollería a cambio de mi historia? ¿Un bollo a cambio de un secreto?

Hester miró a Nora en busca de ayuda.

—El hecho de aparecer aquí esta noche significa que accedemos a confiar las unas en las otras —dijo la librera—. Que accedemos a contarnos nuestra historia personal, cosa que imagino que incluye los secretos que hemos estado ocultándole al resto del mundo.

Estella abrió la tapa de la caja un centímetro e inspiró con fuerza.

—Y los bollos. No te olvides de los bollos.

—Ni de los libros. —June hizo un gesto abarcando la librería—. Aquí me siento segura, rodeada de murallas de historias.

—«El Club Secreto de la Lectura y la Merienda». —Nora habló con voz queda y solemne. Dejó que el nombre quedara suspendido en el aire un momento, pero se sintió gratamente sorprendida por lo bien que sonaba—. El nuestro no será un club de lectura normal y corriente —continuó—. A todas nos encanta la lectura y siempre podemos hablar de libros, pero nos hemos juntado aquí para ayudar a un hombre que ya no puede ayudarse a sí mismo. Tanto si lo conseguimos como si no, deberíamos seguir reuniéndonos hasta descubrir la historia completa de Neil Parrish.

Estella cogió su taza.

—Y también para beber vino peleón.

Hester cogió la suya.

—Y para estar entre amigas.

—Y para reírnos —añadió June—. Yo quiero que me salgan más arrugas en la cara, pero arrugas de tanto reírme en vez de fruncir el ceño.

Estella soltó un melodramático gemido.

—Me parece que no voy a brindar por eso, pero brindo por todo lo demás.

Las mujeres sonrieron y esperaron a que Nora cogiese su taza.

Aunque no había probado el alcohol desde el accidente, quería tomar parte activa en aquel momento, así que hizo de tripas corazón y entrechocó el borde de la taza con las de las demás antes de beber un sorbito del vino.

Estella no exageraba: el vino era horrible. Nora había probado vinagre balsámico con un buqué más equilibrado. Aun así, se sintió aliviada al comprobar que el aroma a roble y la sensación líquida del vino en la lengua no conjuraba ninguna imagen de aquella noche aciaga de hacía cuatro años. La noche en que todo su cuerpo quedó abrasado por las llamas.

De algún modo, las murallas de libros mantenían a raya los malos recuerdos. Protegida dentro de su inexpugnable fortaleza de palabras, Nora miró al resto de las integrantes de su recién estrenado club de lectura e intercambió con ellas unas tímidas sonrisas.

—Vale —dijo Estella, recostándose en su silla—. Ahora que ya tenemos ese nombre tan sexi y que he abierto esta botella de vino tan malo, será mejor que empiece. Además, no me importa ser la primera. En los años de primaria y secundaria, me hice famosa precisamente por eso: la primera en darle un beso de tornillo a un chico, la primera en perder la virginidad, la primera en enrollarse con un profe detrás de las gradas.

Hester abrió los ojos como platos.

—¿Lo dices en serio?

Estella se echó a reír, esta vez con ganas.

—Cielo, la expresión «le va la marcha» me iba que ni pintada desde muy tierna edad, probablemente porque la expresión «de tal palo tal astilla» también se podía asociar perfectamente conmigo. Cuando era pequeña, los hombres entraban y salían de nuestra casa como si estuvieran en un desfile del Cuatro de Julio.

—¿Y dónde estaba tu padre? —quiso saber June.

El brillo en los ojos de Estella se extinguió de golpe, como la llama de una vela al apagarla.

—Se largó de casa cuando yo apenas era un bebé, sin decir ni media. Encima vació todas las cuentas bancarias antes de irse.

—Menudo cabronazo —masculló Nora.

—Mi madre se casó muy joven —prosiguió Estella—. Me tenía a mí, su graduado escolar y su físico, lo cual no era una base muy sólida sobre la que construir un futuro próspero. No era la puta del pueblo ni nada de eso, pero utilizaba su atractivo sexual para conseguir cosas de los hombres. Le daba igual si eran solteros, casados o viudos, y era como si supiera qué hombres eran más propensos a sucumbir a sus encantos y cuáles no. Se suponía que yo tenía que esfumarme cada vez que deleitaba a esos hombres con su compañía en nuestra casa. —Estella hizo una pausa para beber de su taza—. Tuve una niñez muy solitaria. Nunca me invitaban a ir a jugar a las casas de las otras niñas, y ellas tampoco venían a jugar a la mía.

Hester le sirvió un poco más de vino.

—¿Y has vivido en Miracle Springs todo este tiempo?

—No tenía otro sitio a donde ir —dijo Estella, poniéndose a la defensiva—. Mi madre contaba con dos cosas: un techo sobre su cabeza y su influencia sobre algunos hombres. Al final consiguió un trabajo a media jornada y empezó a buscar un sustituto permanente para mi padre. Me decía que no me casara nunca por amor. Que no olvidara nunca qué era lo que le había funcionado a ella. —Estella se encogió de hombros—. Así que seguí al pie de la letra todo lo que me decía, y en cuanto llegué a la adolescencia empecé a utilizar mi cuerpo para conseguir lo que quería.

June soltó un chasquido comprensivo.

—Y eso te convirtió en una marginada, ¿a que sí?

—En el instituto tuve un par de amigas en plan «el grupo de chicas malas», pero todas se fueron a la universidad o se casaron y se marcharon del pueblo mientras que yo me quedé aquí. Conseguí estudiar en un *community college* y me saqué el certificado de esteticista y un título de administración de empresas. Mi madre murió antes de que me graduara, así que vendí nuestra casa para alquilar un local para mi peluquería. Tuve que alquilarlo porque ningún banco quiso darme un préstamo.

—Eras aún más joven que yo cuando abriste tu propio negocio —dijo Hester—. Y sé perfectamente cómo son esos gestores de crédito de los bancos. A mí todos me preguntaban si tenía un marido que pudiese avalar mi préstamo. Y si no tenía un marido, podía ser un padre, un hermano... ya os lo podéis imaginar.

Estella levantó la taza.

—Pues sí. Estoy segura de que a Nora le pasó lo mismo.

—Lo cierto es que compré esta casa sin llegar a ver a nadie. Llamé a la compañía ferroviaria y les hice una oferta en metálico. También les dije que estaba lista para cerrar el trato inmediatamente. Los otros compradores no eran tan atractivos. —Nora sonrió—. Al menos sobre el papel.

—Tú espera a que te maquille con estas manitas —dijo Estella—. Me parece que no eres consciente de lo guapa que eres. —Hizo un gesto brusco con la muñeca—. Pero dejadme acabar. Estoy llegando a la parte más dura y aquí es cuando necesito un poco de valor en estado líquido.

Estella bebió de su taza con avidez y las otras mujeres la imitaron en un gesto de solidaridad.

—Mi madre volvió a casarse cuando yo estaba en el instituto. Mi padrastro tenía un concesionario de coches y se paseaba por el pueblo al volante de los coches deportivos más nuevos, potentes y elegantes. Para mamá, que nunca había podido permitirse estrenar nada nuevo, eso era un auténtico símbolo de riqueza. Era un hombre calvo y barrigón, además de un chulo y un abusón. No lo quería ninguna otra mujer, pero mi madre creía que podría domesticarlo y hacer que cambiara.

June lanzó un gemido.

—Ay, Dios... Esto no me gusta nada...

—Empezó a darle palizas casi justo después de la luna de miel —siguió diciendo Estella. Hablaba con voz neutra y tenía los ojos vidriosos. Estaba viajando atrás en el tiempo—. No tardó mucho en venir a por mí. —Se tocó el vientre plano—. Sabía muy bien dónde pegarnos y dónde no. En la cara, nunca. Siempre en el estómago o en los costados. También le gustaba molernos a patadas cuando ya nos habíamos derrumbado. Lo digo literalmente. Tenía un par de zapatos negros de vestir de esos acabados en punta, los mismos que llevan esos ejecutivos que toman cócteles de diez dólares en la barra del Oasis, y me hacía sacarles brillo hasta que se viese el reflejo de su asquerosa cara de mierda sonriendo en el cuero del empeine.

Estella bajó la mirada hacia sus propios zapatos, unas sandalias de tiras plateadas que dejaban al descubierto la laca de uñas de color ciruela de los dedos de los pies y el delgado anillo que le rodeaba el segundo dedo del pie derecho.

—Las palizas continuaron durante casi dos años hasta que una noche mamá le plantó cara. Acabó en el hospital con dislocación de mandíbula, varias costillas rotas y un montón de hematomas por todo el cuerpo. Mi padrastro pasó una noche en el calabozo durmiendo la mona. Cuando volvió a casa, la tomó conmigo porque fui yo quien salió zumbando a casa de la vecina a decirle que estaba matando a mi madre. Fue la vecina quien llamó a la policía.

—Al menos tu vecina te hizo caso —dijo Nora—. A veces la gente no quiere creer que una cosa tan horrible pueda estar pasando delante de sus narices.

Estella asintió con la cabeza.

—Debería haber vuelto a acudir a ella al día siguiente, pero me daba vergüenza. A mi padrastro no le había hecho ni pizca de gracia que lo pusiese en evidencia ni tener que pasar la noche en una celda. Se empleó a fondo conmigo. Cuando ya creía que no viviría para contarlo pasó algo inaudito: apareció otro hombre y se cargó a mi padrastro pegándole un tiro en su negro corazón.

—¿Quién era ese hombre? —preguntó Hester sin aliento.

—Mi padre. Estaba de paso por el pueblo y decidió ir a vernos a mi madre y a mí. Cuando vio a un tipo intentando estrangularme, se sacó una pistola y le gritó a mi padrastro que me quitara las manos de encima. Cuando este se volvió a ver quién le estaba gritando, mi padre disparó.

Nora sabía que todo lo que estaba contando Estella era cierto. Estaba segura de que no se había inventado nada, pero era una historia tan sumamente dolorosa que bien podría haber sido la trama de una novela de ficción. Nora se puso a pensar en cómo sería el diseño de la cubierta. Qué fuente se podría utilizar para el título. Una cosa era segura: tendría que ser un libro en tapa dura. Después de todo lo que Estella había tenido que pasar, no había duda de que su relato debía estar protegido por un par de cubiertas bien robustas y un lomo sólido y firme.

—Encerraron a mi padre en la cárcel —prosiguió Estella, ahora con apenas un hilo de voz—. La policía ya lo estaba buscando antes de que me salvara la vida; se había enganchado a la droga y esta le destrozó el cerebro. Cuando murió mi madre, él era la única familia que me quedaba. Es la única familia que tengo. Y está aquí, en un centro penitenciario a las afueras de Asheville.

Estella dejó escapar una larga y lenta exhalación. Parecía salirle de lo más hondo de los pulmones, como si además de su mayor secreto estuviera expulsando una bocanada de aire viciado y tóxico.

—Él es la razón por la que no puedo marcharme de Miracle Springs. Me destrozó la vida... y luego me la salvó. Una cosa no debería compensar la otra, pero de algún modo, así es. La cuestión es que no puedo irme. —Lanzó las manos al aire en un gesto de impotencia—. Así que me evado relacionándome con forasteros durante unos días. No es sexo lo que busco, ni tampoco ejercer poder sobre ellos. Aunque es cierto que resulta placentero durante una hora o dos.

—¿Qué es lo que buscas, entonces? —preguntó Hester. Al igual que Nora y June, apenas se había movido desde que Estella había empezado a relatar su historia.

Esta meditó su respuesta unos minutos.

—Asomarme a sus mundos me permite escapar de aquí temporalmente. También me gusta verme a mí misma a través de sus ojos. Siempre soy un soplo de aire fresco, nunca una provinciana ni una mujer poco sofisticada. Yo también soy su forma de escapar. Su fantasía.

—Lo siento, cielo, pero lo que describes suena demasiado hueco y vacío para que pueda hacerte sentir bien durante mucho tiempo —dijo June con delicadeza—. Seguro que hay un montón de hombres por ahí capaces de ofrecerte algo auténtico, una relación de verdad.

Estella se rio.

— Relaciones de verdad no las he visto ni de lejos. —Se miró el reloj y dio un respingo—. Pero no podemos seguir hablando de mí. Después de que os ponga guapas a las tres, tenemos que ir al Oasis. Por una vez tengo planeado llegar con puntualidad a una cita.

Nora no se había esmerado tanto en lucir buen aspecto desde la noche del accidente. Iba vestida con los pantalones anchos más elegantes que tenía y un top de seda de tirantes de tonos grises plateados. Estella la había peinado y maquillado con mano hábil y experta. La esteticista se quedó de piedra al descubrir que Nora no tenía ningún par de zapatos de tacón e insistió en pasar un momento por su casa a coger unos suyos.

—Me siento más incómoda de lo normal, y eso ya es mucho decir —le susurró Nora a Hester cuando el trío entró en el bar Oasis. No había rastro de Estella, que se había adelantado y entrado antes que ellas.

—Estás muy guapa —dijo la panadera.

Nora la obsequió con una sonrisa de agradecimiento.

—Gracias. Pero esta vez no tiene nada que ver con mis cicatrices, sino con mis pies. Yo no sé cómo puede caminar Estella con estos tacones.

—Ya la has oído —dijo June—. Empezó de jovencita. Demasiado jovencita. Y puede que te sientas incómoda, pero todos los hombres del local te están mirando.

—Vamos a presentarnos a Bob —propuso Nora, dirigiéndose a la barra.

Resultó que no hacía falta.

—¡Bienvenidas! —El barman de mediana edad les sonrió de oreja a oreja—. Qué agradable sorpresa. Yo he estado en los locales de todas vosotras, pero es la primera vez que venís al mío. —Centró su cálida mirada en June—. ¿Trabajas en el balneario, verdad?

June asintió y se presentó.

—Pues aquí tienes un descuento para empleados —le dijo Bob a June antes de inclinarse hacia delante y añadir en voz baja—: Y puedo hacer extensivo el descuento a la señorita Nora y la señorita Hester también. Al fin y al cabo, ¿qué sería de Miracle Springs sin nuestra librería y sin nuestra panadería? —Volvió a enderezarse y preguntó—: ¿Qué os apetece tomar esta noche, chicas?

—Sorpréndenos —dijo Hester antes de que Nora o June pudieran responder.

Bob prometió sorprenderlas y complacerlas a la vez y empezó a mezclar ingredientes en una coctelera helada. Una camarera dejó un bol con frutos secos para picar en la barra antes de proseguir su camino hacia uno de los reservados con una bandeja de gambas en leche de coco.

«Debería comer algo en vez de beber», pensó Nora. Había estado tanto tiempo sin beber alcohol que la simple copa de vino que se había tomado en la librería ya le estaba haciendo sonreír cada dos por tres.

Le bastó una ojeada a la carta para cambiar de idea: por el precio de un entrante, podía comprar suficientes ingredientes para preparar una comida entera de varios platos.

Hester y June reaccionaron igual que ella. Tras echar un breve vistazo a la carta, ambas empezaron a comerse los frutos secos a puñados. Nora las imitó.

Para cuando Bob les sirvió las bebidas —martinis de mango y albahaca— el bol ya estaba vacío.

—Ahora mismo os pongo una cesta con pan —dijo con una sonrisa afable. Al cabo de un minuto, la camarera les sirvió una cesta repleta de panecillos, pan de maíz, tortas de romero y galletas saladas de queso y pimiento. Dentro de la cesta también había un pequeño recipiente con mantequilla dulce y otro con algo que Bob identificó como una pasta para untar de pimientos rojos asados.

Las mujeres tomaron un sorbo de su cóctel y felicitaron a Bob por su elección.

—Nuestra amiga Estella nos ha hablado de ti —dijo Nora. Era inquietante y fantástico a la vez decir en voz alta que Estella era su amiga, como también era inquietante y fantástico a la vez estar allí en aquel bar con Hester y June. Maquillada. Y con tacones.

—¿Ah, sí? —A Bob se le iluminó el rostro—. Estoy enamorado de ella. Lo digo en serio. Yo la veo tal como es en realidad. Y podría hacerla muy feliz si ella me dejara. Algún día, cuando se canse de tontear con todos esos tipos de fuera, tal vez se dé cuenta de que es verdad.

June alargó el brazo y le dio una palmadita en la mano con aire maternal.

—¿Estás seguro de que quieres esperarla, Bob? Hay más peces en el mar.

—Para mí no —respondió Bob con firmeza—. Para mí solo existe Estella.

El barman las abandonó un momento para ir a atender a otro cliente, pero cuando volvió, Nora decidió encauzar la conversación hacia un tema más seguro: los libros. Bob admitió que sus visitas a Miracle Books eran escasas y espaciadas en el tiempo porque encargarse de la barra del Oasis y del bar de la zona del jardín del hotel le dejaba muy poco tiempo para dedicarlo a la lectura.

—Me encantaría abrir mi propio local —les confesó—. Un pequeño gastropub. Es uno de mis sueños. Ese y ganarme el corazón de Estella.

—Por cierto, ¿dónde está? —preguntó Hester.

La expresión de Bob se ensombreció.

—Con uno de esos cabronazos de Pine Ridge, en el rincón. Detrás de todas las palmeras.

June miró por encima del hombro y fingió voz de preocupación.

—¿Es un cabronazo?

—Pues sí. Para empezar, está casado. Lo vi quitarse la alianza y guardársela en el bolsillo. —Bob cogió un vaso alto y se puso a sacarle brillo con un trapo de cocina—. Además, él y el resto de ese grupo son muy desagradables con el personal. Y para colmo, dejan muy malas propinas. La forma en que tratas al personal de servicio de bares y restaurantes dice mucho sobre ti y tu carácter.

—Eso es verdad —convino Hester.

—Ese es el tema —continuó Bob, abriéndose cada vez más—. He visto sus folletos publicitarios promocionando los Meadows. Se supone que están construyendo una comunidad en Miracle Springs, pero sus habitantes no les interesan lo más mínimo. Cuando están en este bar se pasan el tiempo con una copa en una mano y el móvil en la otra.

«Como todos los bármanes con experiencia, Bob tiene el don de la observación», pensó Nora.

—¿Y cómo los ves de ánimo? —preguntó Nora—. ¿Están tristes por la muerte de su colega?

Bob dejó de sacar brillo al cristal del vaso.

—Eso sería lo lógico, ¿verdad? Verlos tristes en algún momento, pero nada, yo no he visto nada de eso. Esos tipos solo piensan en el trabajo. Está claro que tienen un calendario que cumplir y unos planes muy concretos. Y no van a dejar que nadie (y cuando digo nadie incluyo al *sheriff,* la dama de la guadaña y hasta el Todopoderoso) se interponga en sus planes.

June arqueó las cejas.

—¿Ha venido el *sheriff* a interrogar a esa panda de arrogantes de Pine Ridge?

—Desde luego que sí —dijo Bob, inclinando la barbilla en dirección al cliente que acababa de hacerle una seña desde el otro extremo de la barra—. Y fue una visita un poco extraña, ahora que pienso. Cuando el *sheriff* se sentó con el trío de Pine Ridge, parecía más bien uno de esos velatorios irlandeses con un montón de brindis en vez de un interrogatorio. Y yo esperaba un interrogatorio. Al fin y al cabo, un hombre ha muerto arrollado por un tren. Pero en vez de eso, vi a cinco personas hablando en susurros y tomando *whisky* sin parar. —Bob echó a andar y entonces se detuvo y volvió sobre sus pasos—. Y otra cosa más: el *sheriff* no vino acompañado de ninguno de sus ayudantes, sino que se trajo a un familiar. Así que a menos que estuviese fuera de servicio, cosa que dudo mucho, teniendo en cuenta que aún iba vestido de uniforme, todo aquello me pareció muy raro.

A Nora se le aceleró el pulso.

—¿Quién era ese familiar?

—El hermano mayor del *sheriff* —contestó Bob, andando ya en dirección al otro cliente. Les dijo el nombre hablando por encima del hombro—: Dawson Hendricks.

CAPÍTULO SEIS

En los bares y tabernas venden algo parecido al valor.

ELLIS PETERS

—Aparece ese mismo nombre cada dos por tres —dijo June.

—La verdad es que sí —convino Hester—. Y no hace falta ser Perry Mason para saber que hay algo que no cuadra en la escena que nos ha pintado Bob. Tres personas de Propiedades Pine Ridge se reunieron en este bar a tomar unas copas con el responsable del departamento de crédito del banco y el *sheriff* Sapo unas horas después de la muerte de un hombre en circunstancias sospechosas.

A Nora le costaba trabajo imaginar a un grupo de esas características en un ambiente tan plácido. Debían de parecer fuera de lugar allí en medio de las palmeras, el papel pintado con motivos tropicales y el susurro de los ventiladores de mimbre del techo, entre la gente que acudía a aquel hotel en busca de solaz y sosiego.

—Lo que se me hace más extraño es que al *sheriff* le trajera sin cuidado que hubiese testigos de su comportamiento —les dijo a sus compañeras—. El personal del hotel y del bar podía identificar fácilmente al trío de Pine Ridge. Los habrían reconocido como los peces gordos que hay detrás del proyecto de los Meadows, ¿verdad, June?

—Por supuesto —dijo June—. Tú no sabes lo rápido que circula la información en un entorno hotelero. Por lo general, el último sitio al que llegan las noticias es la zona de balneario, porque estamos lejos del edificio principal, pero supimos que Neil había muerto y que sus socios iban a bordo del mismo tren que lo atropelló al cabo de una hora del suceso.

—Así que o bien el *sheriff* no hacía nada malo reuniéndose en esas circunstancias tan extrañas con su hermano mayor y los socios de Neil, o no creía que importase quién pudiera verlos juntos a todos —continuó Nora—. Al fin y al cabo, él es la máxima autoridad en el pueblo.

Hester se sirvió un bollito de pan de maíz antes de pasarle la cesta a June.

—Todas estamos convencidas de que a Neil lo empujaron, lo que significa que todas estamos convencidas de que fue víctima de un asesinato. ¿Por qué? Porque iba a enmendar sus errores por todas las malas acciones que había hecho. Si juntamos los fragmentos de las conversaciones que mantuvo contigo y con Nora, deducimos que esas malas acciones están relacionadas con los Meadows. La construcción de esa urbanización lo trajo a Miracle Springs. Y también ha traído aquí a sus socios.

—Cuando acabe con Dawson Hendricks mañana, espero entender lo importante que es para Propiedades Pine Ridge.

Nora recorrió el borde de su copa de martini con el dedo y se sorprendió de encontrarla vacía. Ni siquiera se había dado cuenta de que se había bebido el cóctel. Siguió hablando para disimular su desazón.

—A menos que el *sheriff* trabaje a tiempo parcial como asesino a sueldo para ellos y los socios de Pine Ridge le encargaran que silenciase a Neil, no sé para qué iban a querer tener en nómina a un agente de la ley de un pueblo tan pequeño.

Antes de que June o Hester pudieran formular alguna teoría, Bob las obsequió con otra ronda de bebidas.

—De parte de los caballeros del fondo de la barra.

En lugar de mirar en esa dirección, Nora fijó la mirada en Hester.

—¿Los conoces? —le preguntó.

Hester dio las gracias a los hombres con un incómodo saludo con la mano y se volvió hacia Nora.

—No los había visto en mi vida. Nos doblan la edad.

—Te doblan la edad a ti —la corrigió June—. Pero no hemos venido aquí a ligar. Y hablando de eso, me voy al baño. Quiero ver cómo está Estella.

Hester vio a June sortear a una joven pareja esperando sitio para sentarse en la barra.

—Si hay que preocuparse por alguien, es por Fenton —dijo con una sonrisa burlona.

—Te cae bien Estella, ¿verdad? —le preguntó Nora.

—Al principio no me caía nada bien, pero le estoy cogiendo cariño. —Hester se quedó mirando el vaso como si pudiese leer el futuro en el cóctel de color dorado—. Ejerce un poder innegable sobre los hombres. Solo espero que esta noche haga un buen uso de ese superpoder. Por lo que nos ha contado, es evidente que no siempre ha sido ese el caso.

Nora paseó la mirada por la sala. La clientela del bar Oasis parecía relajada, pero también un tanto apagada. La mayoría de los huéspedes del hotel habían acudido al pueblo en busca de un milagro. Estella, en cambio, buscaba un milagro en cada nuevo grupo de recién llegados, en cada conjunto de pasajeros que se bajaba del tren en la estación de Miracle Springs. Sin embargo, hasta entonces solo había encontrado un efímero respiro de un pasado doloroso y un futuro incierto, y esa falta de conexión con otro ser humano podía inducir a una persona a hacer cosas raras.

—Pienso que, quien más, quien menos, todos queremos hacer un buen uso del poder que tenemos —dijo Nora—, pero a veces la soledad puede llevar a la gente a lugares muy oscuros. Al menos ahora nos tenemos las unas a las otras.

Hester sonrió.

—Sí, eso es verdad.

Las dos mujeres entrechocaron los bordes de sus copas y apuraron el resto de los martinis.

«No puedo beber más», pensó Nora, a pesar de la agradable sensación de ligereza que se había apoderado de su cuerpo. Era como si se hubiera quitado de encima un peso que ni siquiera sabía que llevara. Su cabeza también estaba más serena. Las afiladas aristas de su memoria se habían vuelto romas y ya no se sentía tan a la defensiva. Tan maltratada por la vida.

La sensación se desvaneció en cuanto June regresó del cuarto de baño.

—Tenemos que irnos. Ya.

Dejó unos billetes en la superficie de madera pulida de la barra.

—¿Qué ocurre? —preguntó Nora mientras June se abría paso a empellones entre la multitud.

—Fenton y Estella están a punto de marcharse —dijo June por encima del hombro—. Estella me ha hecho una señal, muy rápida, pero lo bastante clara. Quiere que la sigamos.

Nora sopesó las implicaciones de las palabras de June.

—Compartir ascensor con ellos puede ser un momento muy incómodo.

—Olvídate del ascensor —dijo Hester—. ¿Qué se supone que vamos a hacer cuando lleguen a la habitación de Fenton? ¿Decirle que vamos todas en el mismo *pack*?

June miró a Hester con cara de asco.

—¡Joder, claro que no! Tienen que dirigirse a otro sitio, o no querría que fuésemos nosotras también. Intuyo que nuestra astuta pelirroja tiene un plan.

Al salir del bar, las tres mujeres vieron a Estella haciendo eses por el vestíbulo en dirección a la puerta principal del hotel. Iba cogida del brazo de Fenton y se apoyaba en él de cuando en cuando, como si estuviese a punto de perder el equilibrio. Nora no conocía a Estella lo bastante bien para saber si estaba fingiendo o era verdad que no podía sostenerse sobre los zapatos de tacón.

Fuera, la música inundaba el aire de la noche veraniega. Unas suaves notas de *jazz* procedentes de la zona de terraza del restaurante armonizaban con el canto y el zumbido de los insectos que pululaban alrededor.

—Se están subiendo a un carrito de golf.

Nora señaló a la pareja en el preciso instante en que Fenton se despedía de uno de los mozos del hotel y salía con el carrito.

—¡Todas a mi coche! —gritó June y, encaramadas a sus tacones, las mujeres echaron a correr lo más rápido posible para llegar al viejo Bronco de June—. Creo que Estella lo va a llevar a las aguas termales.

—Pero ¿no están ya cerradas? —preguntó Hester.

June se rio.

—Precisamente por eso. Si Estella sabe alguna manera de entrar, y tengo la sospecha dc que ha estado ahí más de una vez fuera del horario de apertura, tendrá todo el balneario para ella solita. Podría ser muy romántico. O...

—O muy peligroso —completó la frase Nora.

June pisó a fondo el acelerador y el Bronco dio una brusca sacudida hacia delante.

—Exacto. Eso es justo lo que me preocupa. Creo que Estella planea seducir a ese tipo a cambio de información, pero también le ha dado mala espina. No le gusta nada esa sensación, así que por eso no quiere quedarse a solas con él. —Hester miró por la ventanilla al cielo cuajado de estrellas—. Fenton no puede ser el asesino de Neil porque iba en el tren, ¿verdad? Ninguno de los socios de Propiedades Pine Ridge puede ser el asesino.

—Puede que no cometieran el acto ellos físicamente —dijo Nora—, pero tal vez uno o varios de ellos conspiraron para librarse de Neil.

June se mostró de acuerdo mediante un gruñido.

—Nos falta información sobre muchos detalles importantes. Por ejemplo, ¿quién pudo haber dicho a los socios de Neil que tenía problemas de conciencia? ¿Quién lo guio hasta el saliente del túnel del tren encima de las vías? ¿Quién lo empujó? ¿Y quién sale más beneficiado de su muerte? Todo eso son incógnitas que debemos resolver si queremos averiguar qué le pasó a ese hombre, pero de momento solo hay algo de vital importancia en lo que debemos concentrarnos.

—En mantener a Estella a salvo —dijo Nora.

—Sin poner en peligro su plan —señaló June, levantando un dedo admonitorio—. Por suerte, no solo sé cómo entrar en la zona de aguas termales aunque esté cerrada, sino que también conozco el lugar ideal para espiarlos. Podremos oír hasta el susurro más débil y a la vez estar lo bastante cerca para arrearle a Fenton en la cabeza con una tubería de plomo si le pone la mano encima a Estella.

Hester se mordisqueó el pulgar.

—Esto no me gusta. O vamos a oír algo terrible relacionado con el asesinato de Neil Parrish o simplemente oiremos cosas que no son asunto nuestro.

June accedió al interior de la zona de baños de aguas termales introduciendo un código en una puerta lateral marcada con la inscripción SOLO PERSONAL AUTORIZADO. Luego condujo a Nora y Hester por un pasillo largo y húmedo que llevaba a un rincón ocupado por una estantería de bambú llena de pilas de toallas blancas y limpias. Desde allí, las tres mujeres oyeron un chapoteo y risas procedentes de la zona de aguas.

—¿Es ese el vestido de Estella? —Hester señaló una silla en el otro extremo del amplio y oscuro espacio.

—No es una toalla, eso seguro —dijo June—. Parece que Fenton también se ha quitado la ropa.

Escondidas detrás de la estantería de las toallas, las mujeres quedaban completamente ocultas a la vista de la pareja. Pese a todo, June se llevó los dedos a los labios y señaló hacia el techo.

—Aquí hay mucho eco —susurró—. No podemos hacer ningún ruido o mister Pine Ridge se dará cuenta de que va en pelotas y tiene público.

—A eso lo llamo yo una situación incómoda —dijo Hester poniendo cara rara.

June le dio unas palmaditas en el brazo.

—Cielo, llevo trabajando aquí mucho tiempo, y a pesar de lo que esos anuncios sobre disfunción eréctil quieren dar a entender con todas esas parejas cogidas de la mano en los baños de aguas termales e intercambiando miraditas de satisfacción, todavía no he visto a ningún hombre capaz de mantenerla en condiciones dentro de esta agua. Tanto calor hace que los machitos sufran lo que aquí en el balneario llamamos el «efecto espagueti cocido». —Extendió un dedo y luego lo enroscó poco a poco en la palma de su mano.

Hubo algo en aquel gesto y en la sonrisilla de June que a Nora le pareció muy gracioso y tuvo que taparse la boca con la mano para sofocar la carcajada que le trepaba por la garganta.

—¡A que no me pillas! —exclamó Estella. Sus palabras retumbaron en las losas del suelo y fueron subiendo hacia el techo como pájaros que vuelan a posarse sobre los canalones de los tejados. El origen del sonido parecía estar tan cerca que a Nora se le quitaron de golpe las ganas de reírse. En vez de eso, contuvo la respiración y permaneció inmóvil. June y Hester hicieron lo propio.

—¿Por qué te haces la remolona? —preguntó una voz masculina. Aunque el tono era ligero, se percibía cierta impaciencia en su voz.

Estella contestó silbando y cantando a la vez.

—Porque me gusta jugar... Y me gusta alargar estos momentos. Esta es la mejor parte. La expectación antes del primer contacto. Es como el relámpago que precede a la tormenta. La parte más poderosa, la eléctrica. ¡Sí! Ya noto las ganas que tienes de besarme. El hambre que sientes por recorrer mi cuerpo con tus manos...

—Mucha mucha hambre —convino Fenton Greer con voz ronca.

—Pero, como te he dicho, me gusta jugar —siguió diciendo Estella en voz baja y sugerente—. Y si quieres jugar con este cuerpo y utilizarlo para satisfacer tus deseos más oscuros, también tendrás que satisfacer los míos. ¿Quieres saber cómo satisfacerme, Fenton?

—S-s-sí... —La sílaba era un gemido.

Un ruido las alertó de que alguien había salido de la piscina de aguas termales muy cerca del lugar donde estaban escondidas.

—¡Fenton! Estás haciendo trampa —lo regañó Estella—. Todavía no te he dicho lo que quiero de ti, así que quédate ahí quietecito sentado en el borde y te lo diré.

Se oyó el sonido del contacto de la carne desnuda sobre una baldosa seguido de un gruñido.

—Muy bien. Te estás portando muy bien —dijo Estella. Tras una breve pausa durante la que Nora solo percibió algún que otro chapoteo y un gemido casi inaudible de Fenton, la peluquera siguió hablando—: En este pueblo, la moneda de cambio es la información. A mí lo que me gusta es intercambiar secretos, mi apuesto hombretón de ciudad. Y quiero averiguar más cosas sobre Neil Parrish porque ahora mismo es la comidilla de todo el mundo. Si sé más cosas sobre él que mis clientas, harán cola en la puerta para enterarse de los jugosos cotilleos de mis propios labios. ¿A ti te gustan las cosas jugosas en los labios, Fenton?

Nora oyó un ruido inconfundible cuando alguien arrojó una prenda mojada sobre la superficie del suelo que rodeaba la piscina. No fue un ruido muy fuerte, sin duda porque la prenda en sí no podía ser de gran tamaño y, por tanto, no podía absorber mucha agua. Supuso que Estella se había metido en el agua en bragas y sujetador y que ahora acababa de quitarse una de las dos cosas.

Como queriendo demostrar que Nora no se equivocaba, en ese momento Fenton soltó una especie de gemido animal. Tuvieron que pasar varios segundos hasta que volvió a encontrar la voz, y cuando lo hizo, preguntó con desesperación:

—¿Qué quieres saber?

—¿Por qué iba a suicidarse alguien así? —inquirió Estella—. Tenía dinero, éxito profesional trabajando con personas tan interesantes como tú y, por lo que vi en el periódico, también era un hombre guapo. Aunque no era mi tipo. Por eso te escogí a ti de entre todos los hombres que había en ese bar, Fenton. Sabía que tú eras especial. Pero volvamos a tu amigo Neil. ¿Qué le pasaba?

—No éramos amigos. Él tenía su trabajo y yo el mío —dijo Fenton—. Y no tengo ni idea de por qué se le cruzaron los cables. Nadie lo sabe. En la oficina todo parecía totalmente normal. Se fue de vacaciones la semana pasada y esperaba volver a verlo en la estación de Asheville, pero en vez de eso, se tiró al mismo tren al que se suponía que debía haberse subido con nosotros.

—¡Qué horror! Seguro que fue un duro golpe para ti, aunque él y tú no estuvieseis muy unidos. —Estella le hablaba con voz aterciopelada y ronroneante—. ¿No habló con nadie antes de morir? ¿Y su familia no se ha puesto en contacto con vosotros pidiendo más información?

Se oyó el ruido de un nuevo chapoteo, seguido de unas risas y un «aún no» reprobatorio de Estella.

Tras soltar un gemido de frustración, Fenton respondió las preguntas de Estella.

—Neil nos envió un mensaje de texto a todos los socios diciendo que tenía que hacer frente a los errores que había cometido. Bueno, pues vaya si les hizo frente... Se topó de bruces con sesenta toneladas de acero. Menudo loco. Y Neil no tenía mucha familia. Lo criaron unos tíos, y lo único que les preocupa a ese par de carcamales es quién va a pagar los costes del funeral de su sobrino aparte de ellos.

—¡Joder! —soltó Estella, olvidándose por un momento de su papel de *femme fatale*.

—¿Esto es lo que entiendes tú por los preliminares? ¿Ponernos a hablar de mi socio muerto? —preguntó Fenton y su voz adquirió un tono tan abrupto que Nora se puso en guardia inmediatamente. June y Hester reaccionaron de igual modo y las tres mujeres intercambiaron unas miradas nerviosas—. ¿O eres de las de mucho hablar y poco hacer? Porque eso ya lo tengo en mi casa.

Por segunda vez desde que habían entrado en las aguas termales, el ruido de una prenda mojada al caer de golpe sobre el suelo de baldosas llegó a los oídos de Nora.

«Estella debe de estar desnudándose del todo», pensó la librera, impresionada por la audacia de su amiga.

—Tómate una copa, Fenton. Eso es. Relájate y disfruta de las vistas —le susurró Estella con voz sugerente. Luego se quedó callada unos segundos antes de añadir—: No soy de las que solo hablan y hablan, pero me atraen los hombres ambiciosos. Los hombres que no soportan la debilidad. Los hombres capaces de cruzar cualquier línea con tal de conseguir sus objetivos, incluso de quebrantar la ley... Porque a veces la ley no importa cuando se trata de conseguir lo que quieres. Lo que te mereces. ¿Encaja contigo esa descripción?

—Te sorprenderías —respondió Fenton—. Yo hago lo que sea necesario para conseguir lo que quiero.

Cuando Estella volvió a hablar, su voz resonó tan cerca que Nora estaba segura de que la pareja, completamente desnuda, estaba al otro lado de la estantería de las toallas.

—Sí, pero... ¿hasta dónde serías capaz de llegar, Fenton? ¿Pagarías a alguien para que empujara a tu socio a la vía del tren?

Se oyó un estrépito de cristales al romperse y Nora se sobresaltó. A su lado, Hester y June se pusieron de rodillas. Las tres mujeres reptaron como cobras esperando a lanzarse al ataque, aguardando a ver si Estella precisaba su ayuda.

—Mira lo que me has hecho hacer... —dijo Fenton. Su voz era un murmullo que no presagiaba nada bueno.

Estella se rio.

—Solo es un rasguño. Sumérgelo en el agua de la piscina mientras voy a por una toalla. Podemos convertir esto en nuestra propia fantasía: tú serás el paciente y yo haré el papel de la enfermera traviesa.

—Estoy harto de jueguecitos —soltó Fenton—. Ya he soportado suficiente estrés esta semana con Neil y su estúpido ataque de mala conciencia, y se me ha agotado la paciencia. Quiero lo que he venido a buscar.

—Yo te prometí una noche inolvidable —dijo Estella—. He cumplido esa promesa. Si quieres algo más, tendrás que volver a pedirme otra cita.

Fenton masculló algo ininteligible y alguien se acercó a la estantería de las toallas y se alejó de nuevo. Nora esperaba que tanto Estella como Fenton se hubieran tapado y que su cita acabase realmente ahí.

De pronto, Estella empezó a gritar:

—¡No! ¡Déjame! ¡Suéltame!

—¡Yo he respondido a tus preguntas! —exclamó Fenton sin resuello—. Ahora me debes una recompensa, ese era el trato.

A Nora no le hacía falta ser testigo de la escena para saber que ambos estaban forcejeando. Los gruñidos de Fenton y su habla atropellada retumbaron por las paredes y envolvieron por completo a las demás mujeres.

Nora se volvió hacia June y Hester.

—¡Vamos!

—Yo me encargo. —June se levantó y corrió hacia la pared. Accionó un interruptor y toda la espaciosa estancia quedó inundada de luz.

—¿Qué coño pasa? —gritó Fenton.

June carraspeó y utilizando la voz cantarina de una auxiliar de vuelo o de la grabación de un buzón de voz, dijo:

—Señor, lo lamento, pero esta área está cerrada al público. Por favor, recoja sus cosas y diríjase a la salida. ¿Señora? ¿Está usted bien?

—Estoy fenomenal —respondió Estella. Parecía haberse quedado sin aliento—. Dejaré que el caballero salga primero, puesto que no nos alojamos en la misma habitación del hotel.

—Ah, entiendo —dijo June.

Fenton salió disparado hacia la puerta, soltando una retahíla de exabruptos.

—Ya podéis salir —les dijo June a Nora y Hester.

Sorteando los trozos de cristal del vaso roto de Fenton, Nora se apresuró a ir a donde estaba Estella, sentada en una tumbona. Llevaba una toalla alrededor del torso y otra por encima de los hombros.

—¿Te ha hecho daño? —preguntó Nora, pero antes siquiera de haber formulado la pregunta vio unas marcas de color rojo vivo en el cuello de su amiga—. ¿Ha intentado estrangularte?

—O eso o pretendía inmovilizarme. Estaba demasiado ocupada pataleando para saber cuál de las dos cosas. —Estella se tocó el cuello—. No ha tenido oportunidad de tirarme al suelo y apretar con fuerza porque habéis encendido la luz. —Miró a June—. Gracias.

La empleada del balneario se cruzó de brazos. Estaba enfadada.

—Estás loca, ¿lo sabes, verdad? Has provocado a ese tipo, un hombre borracho y peligroso.

—Ya he tenido que lidiar con tipos como él antes —replicó Estella. No parecía muy afectada por la agresión, pero Nora sabía que había personas capaces de disimular muy bien cualquier sentimiento de profundo malestar.

—¡Deberíamos llamar a emergencias y denunciar a ese cabrón! —exclamó Hester.

Estella negó con la cabeza.

—¿Crees que el *sheriff* Sapo haría algo? Sería la palabra de Renfield contra la mía. Unas marcas en mi cuello no bastarán para que lo detengan.

—¿Y nosotras? —preguntó Hester—. Cuentas con tres testigos.

—Pero ¿visteis algo en realidad? ¿Con la luz apagada y desde donde estabais, agazapadas detrás de una estantería llena de toallas? Venga ya... Sabes perfectamente lo que pasará. —Estella volvió a sacudir la cabeza y unos mechones húmedos de pelo pelirrojo se le pegaron a las mejillas—. Preferiría utilizar la amenaza de acudir a la policía para sacarle más información a ese cerdo asqueroso. Ya habéis oído al muy desgraciado; ahora ya sabemos por qué la muerte de Neil no les ha afectado ni a él ni a sus socios. Querían librarse de él y de los problemas que podría haber causado a la empresa. Ahora que Neil no está pueden volver a centrarse en ganar dinero, sin más.

June le dio a Estella su ropa.

—Fenton dijo que los cargos de conciencia de Neil le producían estrés. Lo único que parece importarle a ese malnacido es el dinero y él mismo. Estella, si pones en peligro cualquiera de esas dos cosas, se convertirá en tu enemigo, ¿y qué pasará si la próxima vez que se enfade no estamos nosotras para rescatarte?

—Yo nunca he necesitado que nadie me rescate, no soy ninguna damisela en apuros —soltó Estella.

Antes de que June pudiera responder, Nora hizo el gesto de un árbitro que señala tiempo muerto.

—Está más que claro que eres una luchadora. Esta noche has saltado al *ring*, Estella, y has sido muy valiente, pero ahora me toca a mí. Deja que siga el rastro del dinero y el papeleo hasta Dawson Hendricks y el banco Madison County Community Bank.

—Hendricks —dijo June con un resoplido—. Solo oír el nombre ya me da escalofríos. No conozco a Dawson, pero me imagino perfectamente al *sheriff* Sapo empujando a Neil a la vía del tren y luego yéndose tranquilamente a cenar un buen plato de pollo frito.

—Hablando del *sheriff* —intervino Hester—. Es cliente habitual de la Gingerbread House. Voy a ponerme en plan simpático con él, le regalaré unos bollitos personalizados o algo y le haré algunas preguntas capciosas sobre su situación económica. —Levantó las manos de golpe—. No os preocupéis, que seré muy sutil. Me haré la típica tonta que no tiene ni idea de números y no sabe cuadrar las cuentas a fin de mes. Seguro que se lo traga.

June asintió con la cabeza.

—Me gusta el plan. Su mujer viene al balneario de vez en cuando. Normalmente hago lo que sea para evitarla a ella y a su camarilla. Yo no sé dónde estaban esas mujeres en las clases de historia sobre derechos civiles y la abolición de la esclavitud, a lo mejor estaban durmiendo. Y os garantizo que ninguna de ellas se ha leído *Criadas y señoras.*

Tres de las cuatro integrantes del Club Secreto de la Lectura y la Merienda se echaron a reír, y aunque apenas unos instantes antes June tenía la cara crispada de ira, en ese momento se le llenó de arrugas risueñas.

—Tenemos que irnos de aquí —dijo Estella. Se apartó de sus amigas y empezó a vestirse.

Para dejarle un poco más de intimidad, Nora, June y Hester se fueron hasta otro conjunto de tumbonas, un poco más apartado.

—¿Creéis que Estella de verdad está bien? —murmuró Hester—. Yo no lo estaría, después de lo que ha pasado.

—La llevaré a su casa y me quedaré un rato con ella —dijo June—. Quiero que sepa que no está sola.

A Nora y Hester les pareció buena idea, y en cuanto la peluquera estuvo lista, las cuatro mujeres salieron de la zona de aguas termales y se encaminaron hacia el coche de June.

Fue en ese momento cuando Nora se dio cuenta de que se había dejado el bolso en el bar.

Tras soltar un exabrupto en voz baja, le pidió a June que volviese a subir con el coche hasta el hotel.

«Eso pasa cuando no tomas una gota de alcohol en más de cuatro años y luego te bebes tres copas de golpe».

Nora no estaba borracha. La escena con Estella le había inyectado tal dosis de adrenalina en el cuerpo que solo persistía cierta sensación de mareo.

En el interior del Oasis, Bob le había guardado el bolso detrás de la barra. Se lo devolvió con una sonrisa amable antes de preguntar por Estella, pero Nora farfulló algo como que ya se había ido a casa y se dio media vuelta. Cuando se dirigía al vestíbulo, se sintió culpable por haber estado tan seca con Bob. De los hombres que había conocido últimamente, él era el único al que consideraría un caballero.

Pero no fue un hombre sino un niño quien se estampó contra ella justo en el límite entre la moqueta del vestíbulo y el resbaladizo suelo de mármol que llevaba a las puertas giratorias de la salida. Perdiendo el equilibrio, el pie derecho de Nora hizo un movimiento brusco dentro de los vertiginosos tacones de Estella y se cayó redonda al suelo.

Fue una caída dolorosa. Se dio un golpe en la cadera y el codo contra el mármol frío e implacable, y cerró los ojos para que no se le saltaran las lágrimas.

—¡Bryson! ¡Serás torpe! Mira lo que has hecho. ¡Pídele perdón a la señora ahora mismo!

Nora oyó a Bryson murmurar algo sobre una cara terrorífica. Sin querer mirar directamente todavía al chico o su familia, Nora decidió permanecer inmóvil varios segundos más. El dolor le recorrió todo el costado derecho como un furioso latigazo.

—Tranquila, respira hondo —le susurró al oído una voz amable—. Hemos llamado a nuestro Jedediah Craig. Viene de camino. —Nora abrió los ojos. No quería la ayuda de «nuestro» Jedediah, quienquiera que fuese.

—No es necesario, estoy bien —dijo, sudorosa y avergonzada. Poco a poco, el dolor punzante fue mitigándose, tanto en el codo como en la cadera, pero sabía que al día siguiente le saldrían varios hematomas azulados y violeta oscuro en sendas partes del cuerpo—. Mis amigas están esperándome en el coche, fuera en la calle —siguió explicándole al botones de avanzada edad y con cara de dulce abuelito.

—Se te está hinchando el tobillo como un globo —dijo—. Así no vas a poder apoyarlo. Jedediah tendrá que ver si te lo has roto. No te preocupes, Jed Craig es el mejor auxiliar sanitario del condado.

Nora logró incorporarse, pero seguía con la vista en el suelo. Notaba demasiadas miradas clavadas en ella.

—Se va a poner bien, amigos —anunció el botones, percibiendo la incomodidad de Nora—. Ahora despejad la zona y seguid disfrutando de la velada.

Oyó movimiento mientras los curiosos se alejaban de allí.

Después de dar las gracias al botones, Nora insistió en que solo necesitaba ayuda para salir a la calle. Sus amigas ya se ocuparían de ella allí.

—¡Vaya, vaya! ¡Ya está aquí Jedediah! —exclamó el hombre de repente—. No debía de andar muy lejos de aquí. Eres una chica con suerte.

«Huy, sí, menuda suerte la mía... Me he ganado el título de la Mujer más Afortunada del Mundo...», pensó Nora con amargura, negándose a levantar la vista para ver acercarse al famoso Jedediah. Ya se lo estaba imaginando como a una versión achacosa de Ernest Hemingway, con el rostro surcado de arrugas, una barba hirsuta y gris, y una leve barriga cervecera. La examinaría con sus manos clínicas de dedos gruesos y le hablaría en un tono de voz más bien severo, como dando a entender que tenía cosas mejores que hacer que ir por ahí atendiendo a mujeres torpes que, a juzgar por las cicatrices de las quemaduras, eran incapaces de no meterse en líos o en situaciones de peligro.

Pero las suposiciones de Nora no podían estar más lejos de la realidad.

CAPÍTULO SIETE

Las palabras son solo un pretexto. Es el vínculo de unión interna
con alguien el que atrae a una persona hacia otra, y no las palabras.

RUMI

Como Nora aún tenía la mirada fija en el suelo, lo primero
que vio fueron las botas del famoso Jedediah.
De pronto, la asaltaron varios pensamientos a la vez.
«Qué pies más grandes tiene... Debe de ser muy alto. ¿Los sanitarios llevan botas de montaña?».

Y acto seguido, en contra de su propia voluntad, la mente
de Nora viajó en el tiempo hasta la noche del accidente. No era
el dolor lo que recordaba. Había cosas peores que el dolor. El olor
al vertido de gasolina en el suelo y a humo. El hedor acre del metal humeante y la ropa, la piel y el pelo carbonizados. Los sollozos entrecortados que le salían de la garganta mientras trataba
por todos los medios de liberar a la conductora del cinturón de
seguridad... de salvarla de morir abrasada por las llamas dentro
del coche destrozado. El ruido de las sirenas de la policía y las
ambulancias. Y luego, las voces.

Tantísimas voces. Tantísimas preguntas.

Nora no respondió ninguna.

La oscuridad la envolvió y ella se abandonó en sus brazos.

—¿Ha salido así para ir de excursión? —le estaba preguntando en ese momento la voz que acompañaba a las botas.

La pregunta dejó descolocada a Nora y, al levantar la vista, se encontró cara a cara con el famoso Jedediah. Se fijó en su pelo castaño y alborotado, en sus ojos azules como el mar y en la mandíbula firme.

«Pero si no puede haber cumplido todavía los cuarenta...», pensó, perpleja al recordar la imagen previa que se había hecho de él.

Jedediah Craig era uno de los hombres más guapos que había visto en su vida. Tenía las manos curtidas y el mentón áspero de un forajido del Oeste armado con pistola y espuelas en las botas, y la mirada inteligente y risueña de un héroe de Jane Austen.

—Estos zapatos no son míos —fue la patética respuesta de Nora. Apartó la cara para que no le viera las cicatrices—. Tengo unas botas como las suyas en mi casa, pero no creo que vaya a salir de excursión por el monte hasta dentro de un par o tres de días.

Regañándose a sí misma por el ataque de verborrea, Nora aguardó a que el sanitario abriese su maletín y comenzase su examen médico. Tenía previsto decirle que parase en cuanto empezara, pero el hombre no movió las manos, sino que las dejó apoyadas en las rodillas.

Nora advirtió que la miraba fijamente.

—Mis amigas me esperan fuera en un coche —dijo, desplazando la vista de repente para mirarlo a los ojos—. ¿Me puede llevar con ellas? Preferiría no seguir aquí tirada en medio del vestíbulo dando el espectáculo.

—Puedo ayudarla a salir. —El hombre levantó un dedo—. Pero antes me gustaría asegurarme de que no se ha roto nada o, más concretamente, el tobillo. ¿Me da permiso para tocarle el pie? Si no está roto, le prometo que no la haré pasar más vergüenza poniéndola en una camilla y llevándomela a mi camioneta.

—Dese prisa, por favor —dijo Nora, aliviada—. Tengo muchas ganas de irme de aquí.

Jedediah abrió su maletín, sacó un par de guantes y los extendió sobre la pierna. A continuación le tendió la mano a Nora.

—Antes de ponérmelos, debería presentarme. Me llamo Jed.

—Y yo, Nora.

—Dime si sientes alguna molestia cuando te toque —dijo Jed, concentrándose por completo en el tobillo de la paciente que, tal como había señalado el botones, ya estaba hinchándose.

Con mano experta y con delicadeza, Jed presionó la piel hasta que se topó con el hueso. A partir de ahí fue desplazando los dedos por el tobillo hasta la parte superior del pie, volvió de nuevo hacia la articulación del tobillo y luego subió hasta la espinilla.

—¿Puedo quitártelo? —le preguntó, refiriéndose al zapato de Estella.

Nora asintió y Jed desabrochó la minúscula hebilla plateada. A continuación, bajó la pantorrilla de Nora hasta que todo el peso de su pierna recayó sobre sus propios muslos. Luego deslizó la mano derecha por la parte inferior del pie y le quitó el zapato con un movimiento lento y pausado que tenía a Nora completamente hipnotizada.

Estaba tan poco acostumbrada a que la tocasen que se estremeció cuando Jed cerró la mano alrededor de su pie descalzo. El hombre escrutó su rostro con inquietud.

—¿Te he hecho daño?

—Es que tengo cosquillas —mintió ella.

Su confesión se vio recompensada con la cálida sonrisa de Jed, alias Rhett Butler.

«Te recuerdo que no eres ninguna Escarlata O'Hara», se dijo Nora. En lugar de devolverle la sonrisa, miró por encima del hombro de Jed hacia la salida.

—Ya casi estamos —dijo él en voz baja, interpretando correctamente el deseo de ella de largarse de allí.

El sanitario fue haciéndole rotaciones con el pie con cuidado, comprobando el grado de molestia que sentía cada vez que cambiaba de sentido. Al final, se quitó los guantes y los guardó en su maletín.

—No parece que te lo hayas roto, pero la prueba de la verdad es saber si puedes o no apoyarlo en el suelo sin que te duela. ¿Estás lista para comprobarlo?

A pesar del dolor palpitante que sentía en el tobillo, Nora dijo que sí sin dudarlo.

Jed le explicó que quería que apoyara el peso de su cuerpo en él mientras la levantaba del suelo, y aunque ella veía perfectamente el contorno de sus bíceps bien definidos, era reacia a hacer lo que le decía.

—Puedo ponerte la mano debajo del otro codo si vas a sentirte más segura —dijo el anciano botones.

Nora aceptó su ofrecimiento, pero estaba claro que Jed no necesitaba ayuda de ninguna clase. Deslizó el brazo alrededor de la cintura de ella y la levantó del suelo tan bruscamente que la mujer se agarró a su camisa por el efecto de la sorpresa.

—No tengas miedo —le susurró él, con la boca tan cerca que Nora sintió la calidez de su aliento en el cuello—. No pienso dejar que te caigas —dijo, apretándole la cintura para reforzar sus palabras.

En ese instante, el tiempo pareció detenerse. Los segundos se extendían como la vista de las montañas desde uno de los miradores más altos del Sendero de los Apalaches. Nora parecía incapaz de soltarle la camisa a Jed. Apoyó la cabeza en el pecho firme de él y percibió un aroma a manzana, leña recién cortada, agujas de pino y libros viejos.

—¡Vamos, campeona! A ver si puedes apoyar ese pie en el suelo —dijo el botones, tirando del codo de Nora y rompiendo el encantamiento. Nora sintió la oleada de calor alcanzarle la cara. Y con el sofoco, llegó el picor. Apartó la mano de la camisa de Jed y se la llevó a la mejilla, tapándose la cicatriz en forma de pulpo.

—Mmm... Sí. —Jed parecía preso del mismo aturdimiento que se había apoderado de ella—. Si estás lista, adelante.

Nora apoyó el pie descalzo en el mármol y una fuerte punzada de dolor serpenteó desde el tobillo hasta la pantorrilla. Trató de disimular el estremecimiento con una sonrisa, sintiéndose más estúpida aún que cuando se había caído. Qué forma de hacer el ridículo... poniéndose a babear de aquella manera por Jed como si fuera una adolescente.

—Me duele un poco —dijo, apretando los dientes—, pero puedo llegar hasta el coche.

Aunque aquello era verdad, Jed la miró fijamente durante unos segundos antes de pedirle al botones que recogiera el zapato.

—Sí, yo me encargo —dijo el hombre—. Y también puedo aguantar la puerta.

Como Nora dependía más de lo que le habría gustado de la fuerza de Jed, estaba cada vez más furiosa. No solo estaba enfadada consigo misma, sino también con sus amigas. ¿Por qué no habían ido al vestíbulo a buscarla al ver que no venía? Tenían que haberse dado cuenta de que había pasado algo. No podía tardar tanto en ir a recoger su bolso.

Una vez en la calle, Nora buscó el coche de June con la mirada.

—No están aquí —murmuró con irritación, mirando a un lado y a otro.

—Seguramente Duncan les ha hecho dar la vuelta —dijo el botones—. Es el jefe de los aparcacoches y se toma su trabajo demasiado en serio. ¿Qué coche conduce tu amiga?

Cuando Nora se lo dijo, el botones cogió el mini *walkie-talkie* que llevaba sujeto al cinturón y llamó a Duncan.

—Da indicaciones a la conductora de que se acerque al máximo a la puerta principal —ordenó el botones—. Su amiga se ha hecho daño en el pie.

El coche de June tardó menos de un minuto en materializarse ante ellos. Nora evitó mirar a Jed a la cara, pero estaba muy pendiente del brazo de él rodeándole la cintura y de la presión de sus dedos en la parte baja de su espalda. Se sentía segura y protegida. Y completamente desconcertada.

—Puedes apoyar el peso de tu cuerpo en el pie, y eso es bueno, pero vas a tener que elevar el pie y dejarlo en reposo en cuanto llegues a casa —dijo Jed cuando June detuvo el coche—. Ya sabes: reposo, hielo, compresión y elevación. Ibuprofeno para el dolor. ¿Tienes ibuprofeno en casa?

—Yo sí —dijo June antes de que su amiga pudiera responder—. Tengo una farmacia entera en mi casa. Me gusta estar preparada para todo. —Volviéndose hacia Nora, añadió—: Siento que no estuviéramos fuera esperándote, pero el aparcacoches nos ha echado. Ya me las he tenido que ver con él otras veces en el balneario. Menudo complejo de Napoleón tiene...

Eso hizo reír al botones.

—Conque se llama así, ¿eh? —Abrió la puerta del pasajero a Nora antes de regresar a su puesto.

Nora apoyó la mano en el techo del Bronco para no perder el equilibrio. Jed eligió ese momento para hablarle al oído:

—Hueles a moras y madreselva. Un olor delicioso.

Azorada por aquellas palabras, Nora se volvió hacia él y le dio las gracias en voz baja. Esperaba percibir el peso de su mirada sobre sus cicatrices, pero sus ojos siguieron clavados en los de ella.

—Has sido lo mejor que me ha pasado hoy —le dijo él mientras la ayudaba a acomodarse en el asiento del pasajero.

Luego cerró la puerta y entonces June arrancó el motor y se puso en marcha.

—¿Quién era ese? —preguntó Hester desde el asiento de atrás.

—No lo sé, pero a lo mejor no me queda más remedio que lesionarme en el trabajo mañana... —dijo Estella sin mucha convicción. Era evidente que el episodio con Fenton Greer le había pasado factura sobre su capacidad para representar permanentemente el papel de la Jezabel local.

June frunció el ceño.

—Callaos las dos. Quiero oír qué le ha pasado a Nora.

Esta les hizo un breve resumen, omitiendo la parte en que se olvidaba por un momento del dolor en el tobillo mientras reaccionaba ante el contacto eléctrico de Jed y la serena intensidad de su mirada de ojos azules.

—¿Vas a poder ir mañana al banco a ver a Dawson Hendricks? —quiso saber June—. He visto cantidad de torceduras de tobillo a lo largo de mi carrera, y vas a tener que esperar varios días para volver a caminar con normalidad.

—No te preocupes. Mañana iré al banco sin problemas —le aseguró Nora.

Hester se agarró al respaldo del asiento de Nora para darse impulso y poder mirarla a la cara.

—¿Y cómo vas a ir? No puedes montar en bicicleta.

—Iré andando poco a poco y llevaré un bastón para caminar —dijo Nora. Luego recostó la cabeza hacia atrás y cerró los ojos, dejando bien claro que no quería seguir hablando.

El «bastón para caminar» de Nora fue una de sus primeras adquisiciones después de mudarse a la Casita del Vagón de Cola. Lo había visto en un mercadillo callejero, atraída en un primer momento por el brillo discreto de la bola de madera pulida de la empuñadura, en la punta del bastón. Cuando Nora tocó la bola, era como si estuviera hecha justo para la palma de su mano. Debido al desgaste por el uso, la madera era muy suave y tenía una pátina de color amarillo dorado. El bastón en sí, en cambio, era otra historia. De hecho, contaba una historia. El ebanista había creado una escena vertical de un zorro que corría a través de un campo repleto de flores y mariposas. El zorro corría desde la parte inferior del bastón hacia arriba. Una vez en la punta superior, atravesaba de un salto un arroyo de aguas revueltas.

Nora no sabía cuánto tiempo llevaba con el bastón en la mano, dándole vueltas y más vueltas para ver correr al zorro, pero al final, la encargada del puesto en el mercadillo salió de detrás de la mesa para dirigirse a ella:

—¿Puede distinguir las palabras que se esconden en los árboles? La letra es muy pequeñita. No tengo ni idea de qué significan, pero la madera está muy bien tallada.

Acercándose el bastón a la cara, Nora distinguió la conjunción «y» dentro del tronco de un árbol, perfectamente camuflada entre los trazos de la corteza que el ebanista había labrado con su navaja. Tras descubrir la primera, el resto de las palabras le saltaron directamente a la vista. Eran las siguientes: «secreto», «mi», «aquí» y «he».

—Ese bastón y usted hacen muy buena pareja. ¿Lo quiere? Le rebajaré cinco dólares si se lo queda —le dijo la vendedora, ansiosa por que Nora se decidiese de una vez.

Aceptó la oferta sin regatear ni un céntimo más.

—¿Sabe lo que significan esas palabras? —le preguntó la vendedora mientras finalizaban la transacción.

No fue hasta que tuvo el bastón de nuevo firmemente en su mano cuando respondió:

—Son de un libro que se titula *El principito.* Dicen: «Y he aquí mi secreto».

—No lo entiendo —dijo la mujer.

—Es el principio de una cita muy célebre —le explicó Nora.

Pasó los dedos por la cabeza del zorro que atravesaba el riachuelo de un salto—: «Y he aquí mi secreto, que no puede ser más simple: solo con el corazón se puede ver bien; lo esencial es invisible a los ojos».

La vendedora arrugó aún más la frente.

Al advertir el crucifijo dorado que la mujer llevaba colgando de una cadenita alrededor del cuello, Nora siguió hablando:

—Piense en la fe, por ejemplo. Puede creer en algo sin verlo.

Eso hizo sonreír a la mujer.

—O en el amor. Es algo que se siente aquí dentro. —Se llevó la mano al corazón.

El corazón de Nora ya no funcionaba como antes. Era un órgano dañado, la parte más magullada de su cuerpo. Le parecía muy bien que los demás creyesen en el carácter maravilloso del amor, pero a ella no le interesaba el tema, así que se limitó a asentir con la cabeza, le dio las gracias por el bastón a la mujer y se fue.

Le encantaba su bastón y nunca salía de excursión al monte sin él. La había salvado de acabar envuelta en una telaraña, de caer en algún que otro agujero escondido o de asustar a alguna serpiente venenosa despistada. Nora no creía poder sobrevivir al día posterior a su caída sin su bastón de confianza.

Por suerte, cubrió la escasa distancia entre su minicasita y Miracle Books antes de que se pusiera a llover. Empezó como una tímida llovizna, y Nora pensó que iba a ser uno de esos breves chaparrones que apenas humedecían el suelo antes de parar de repente. Sin embargo, a medida que avanzaba la mañana y el cielo se iba encapotando de nubes grises, Nora tuvo que preparar una cafetera tras otra. La lluvia siempre atraía a los clientes. Entraban en la librería buscando una taza humeante, un sillón y un poco de confort. Nora ofrecía las tres cosas, además de sus maravillosos libros.

Después de la hora del almuerzo, la lluvia amainó lo bastante para que los clientes que ya habían tomado más que suficiente cafeína pudieran marcharse. La mayoría también había comprado algunos libros, objetos decorativos para las estanterías o ambas cosas, así que Nora estaba contenta. Hasta le había vendido un ejemplar de *El principito* a un apuesto forastero que no había oído hablar nunca del libro hasta que le preguntó a Nora por su bastón.

El hombre regresó al cabo de dos horas. Con el delgado ejemplar en la mano, señaló al chiquillo de pelo rubio de la cubierta y exclamó:

—Esta historia... ¡es una porquería! No llegamos a saber si el principito regresa junto a su rosa o no. Era su único objetivo y nos quedamos sin saberlo. No soporto los finales así.

Nora sonrió. Le encantaba hablar de libros con clientes apasionados, incluso con los lectores más descontentos. Cada vez que se sumergía en el argumento de una novela o analizaba sus personajes, Nora se olvidaba de sus cicatrices. Cuanto más tiempo hablaba con un cliente sobre un libro, más segura y animada se sentía.

Tras invitar al hombre a sentarse, Nora y su nuevo cliente se pusieron a hablar sobre algunos de los temas de la novela.

—La exploración es un tema importante —dijo ella en un momento dado—. ¿Tiene oportunidad de viajar a distintos destinos o su trabajo lo obliga a permanecer siempre en un mismo sitio?

—A menos que me vaya de vacaciones, siempre estoy en esta parte del estado —contestó el hombre—. Diseño y construyo casas y complejos de viviendas.

A la librera se le aceleró el corazón.

—¿Y no habrá diseñado los Meadows por casualidad?

El hombre asintió.

—Es la última joya de la corona de Propiedades Pine Ridge.

Nora se dio cuenta en ese momento de que estaba hablando con uno de los socios de Neil Parrish y se regañó a sí misma por no haberlo reconocido de la página web. Sí, las fotos eran muy pequeñas, pero debería haber relacionado aquel rostro tan atractivo con la imagen que había visto *online* en la sesión inaugural del Club Secreto de la Lectura y la Merienda.

Examinando con sutileza al hombre que tenía enfrente, Nora se propuso exprimir al máximo aquella oportunidad. El destino le había servido en bandeja la ocasión de investigar sin tener que recurrir a los métodos de seducción de Estella. Y lo mejor era que el sospechoso —tal como lo había bautizado para sus adentros— había acudido a ella para charlar sobre cómo se había sentido tras leer *El principito*. Según su experiencia como bibliotecaria y librera, la gente bajaba la guardia cuando se ponían a hablar de libros. Sus reacciones ante los personajes de ficción con frecuencia revelaban mucha información sobre la propia personalidad.

—¡Qué coincidencia! —Nora imprimió un enorme entusiasmo a su voz—. Esta tarde cierro más pronto de lo habitual porque he quedado con el director del departamento de crédito de un banco. Fui a visitar la casa piloto de los Meadows y la verdad es que me quedé muy impresionada. —Se recostó un momento hacia atrás y desvió la mirada—. Aunque no quiero hacerme muchas ilusiones. Mantener esta librería me cuesta un ojo de la cara, y aunque he encontrado la casa perfecta, no estoy segura de poder permitírmela.

—Podría llevarse una agradable sorpresa cuando hable con el banco —dijo el hombre. Luego extendió la mano—. Me llamo Collin. Collin Stone.

Una vez hechas las presentaciones, Nora señaló el ejemplar de *El principito* que Collin llevaba en la otra mano.

—Casi nadie se termina un libro en un solo día. ¿Su trabajo se ha visto interrumpido por culpa del accidente?

Collin la miró con gesto de perplejidad un segundo antes de comprender a qué se refería.

—No, todo va según lo previsto —se apresuró a asegurarle—. Neil lo habría querido así. Era la persona más ambiciosa y decidida que he conocido. —A continuación, abrió una página del libro al azar y negó con la cabeza—. Pero no le habría gustado este libro, para nada. Deja en muy mal lugar a los empresarios.

—Eso es verdad —convino Nora—. Pero eso se debe en parte a que al narrador le encantan los niños. Siente una gran admiración por cómo usan la imaginación. Los adultos, en cambio, pueden perder esa facultad. ¿Piensa que Saint-Exupéry utiliza a los personajes adultos como advertencia?

Collin lanzó una especie de gruñido.

—Puede ser, pero no podemos ser como el príncipe. Él tiene tiempo de explorar y filosofar, pero la gente como usted y como yo tenemos que ganar dinero. Tenemos facturas que pagar. Tenemos responsabilidades. No podemos subirnos a un tren e ir a donde nos dé la gana solo porque la filosofía de este autor sea que lo fundamental es disfrutar del viaje, que el destino no importa. Pues claro que importa.

Nora simuló adoptar una expresión pensativa.

—Miracle Springs, como destino, importa por los Meadows. ¿Es la urbanización su rosa metafórica? ¿O acaso le ha domesticado alguien, como el principito domestica al zorro? Esa es la única forma de establecer un vínculo inquebrantable, según este libro.

—¿Domesticar? —Collin se echó a reír con una risa franca—. No es un verbo que usaría para referirme a mí mismo. —Le enseñó a Nora su alianza de matrimonio—. Puede que esté casado, pero sigo siendo el mismo hombre que cuando era soltero. La única diferencia es que ahora tengo que trabajar más. Tengo dos hijos y un tercero en camino. Mi mujer dejó su trabajo hace un año, lo que significa que tengo que trabajar por los dos. Ya nunca encuentro tiempo para leer, pero cuando vi su bastón, decidí que iba a hacer un esfuerzo de verdad para volver a encajar la lectura en mi apretado horario.

—Espero que le dé una oportunidad a otro libro —dijo Nora, haciendo todo lo posible por no olvidar que Collin podía estar involucrado en el asesinato de Neil. Era impensable que hubiese empujado a su socio a la vía del tren, pues aquel hombre tan elegante con camisa y pantalones planchados con raya nunca habría podido hacer él mismo una cosa así, pero sí podía haber contratado a alguien para que lo hiciera. Un marido y padre de familia que parecía genuinamente interesado en la literatura también podía ser un villano, pero Nora esperaba de todo corazón que no estuviese implicado. Aquel hombre le caía bien.

Con aquellos pensamientos tan contradictorios dándole vueltas en la cabeza, Nora se levantó y le pidió a Collin que la siguiera hasta una serie de estanterías.

—¿Su siguiente lectura tiene que ser corta o va a tener más tiempo para leer estos próximos días? —le preguntó mientras examinaba los coloridos lomos de los libros.

Collin paseó la mirada por la estantería.

—Tendré menos tiempo. Con la muerte de Neil, ahora todos los socios tenemos que trabajar más. Pero estaría bien no tener que pensar en... bueno, ya sabe...

Nora recordó la descripción que había hecho Estella de los socios en el Oasis y se dio cuenta de que probablemente Collin era un experto en ocultar sus verdaderos sentimientos. No lamentaba la muerte de su socio, así que ¿qué otros secretos le ocultaba en esos momentos?

—Cada vez que quiero dejar de pensar en algo que me preocupa o en asuntos muy serios, opto por una buena novela de misterio —respondió rápidamente—. ¿Qué le parece *El sabueso de los Baskerville*?

Collin no parecía muy convencido.

—Este libro lo tendrá todo el tiempo con el corazón en un puño —dijo Nora—. El objetivo de Sherlock Holmes y el doctor Watson es refutar una maldición. La novela está repleta de imaginería gótica, suspense y superstición. En realidad, es una historia de la lucha entre el bien y el mal.

Collin giró el libro y examinó la contraportada.

—Los villanos siempre me han parecido más interesantes que los héroes, los encuentro más multidimensionales, con muchos más matices. Más realistas. Supongo que me identifico con los personajes que cometen errores. ¿Y usted?

Nora sintió un hormigueo en la cicatriz del brazo e intuyó que había algo capcioso en aquella pregunta aparentemente inocente.

—En la vida las cosas nunca son blancas o negras —contestó—. Los mejores villanos son los personajes por los que sentimos empatía, aunque no justifiquemos su comportamiento. Y tiene razón. Muchas veces son más complejos que los héroes.

«Aunque no es el caso de Sherlock Holmes», pensó.

Una leve sonrisa afloró a la comisura de los labios de Collin.

—Le daré una oportunidad al libro y así tal vez podamos hablar de él cuando me lo termine. Me siento como si estuviera en mi época universitaria. Me gradué en administración de empresas, pero también estudié alguna asignatura de lengua y literatura para poder pensar en otras cosas además de los márgenes de beneficios. Qué maravilla poder usar esa parte del cerebro para variar... La parte que no ve las cosas o blancas o negras. —Se masajeó las sienes con los nudillos—. Hasta la próxima, entonces, y suerte en el banco. Estoy seguro de que es mejor candidata para un préstamo de lo que cree.

Como no sabía cómo tomarse aquel comentario, la librera dio las gracias amablemente a Collin por su voto de confianza y le cobró el libro que había comprado.

Más tarde, tras colgar una nota en la puerta delantera disculpándose por cerrar antes de la hora habitual, Nora se paró un minuto a admirar el escaparate desde fuera. Inhaló el aire impregnado de lluvia, que contenía notas de hierba recién cortada y asfalto húmedo, y examinó la decoración de inspiración estival que ella misma había diseñado. Había colgado del techo varias pelotas de playa y colocado una hilera de cubos de plástico en el borde. Había llenado cada uno de los cubos con papel de seda de color naranja o amarillo y con un libro con alguna cubierta veraniega.

Desplazó la mirada por los ejemplares de *That Chesapeake Summer,* de Mariah Stewart; *Beautiful Ruins,* de Jess Walter; *The Hypnotist's Love Story,* de Liane Moriarty; *The Rumor,* de Elin Hilderbrand; *Title Wave,* de Lorna Barrett; *All That Man Is,* de David Szalay; *Pines,* de Blake Crouch; *Blubber,* de Judy Blume; *Island of the Blue Dolphins,* de Scott O'Dell, y varios libros más ideales como lectura veraniega.

—¿Qué haría yo sin vosotros? —les susurró Nora a los libros antes de salir renqueando hacia el banco.

Dawson Hendricks estaba al teléfono cuando Nora se presentó a la cita. El trayecto desde Miracle Books hasta la sucursal bancaria le había dejado el tobillo dolorido y sabía que ese día debería haberse puesto hielo y mantener el pie elevado durante mucho más tiempo del que lo había tenido.

Cuando el hombre salió de su despacho para recibirla, le hizo el repaso habitual a su rostro mientras Nora estudiaba las similitudes físicas entre él y su hermano, el *sheriff* Sapo. Era evidente que estaban emparentados, aunque Dawson era más alto y delgado que su hermano menor y tenía arrugas de expresión. Nora lo interpretó como una buena señal.

—Qué preciosidad de bastón —dijo el gestor de crédito—. ¿Sale a caminar a menudo?

—Cuando puedo —respondió Nora—. No tengo empleados, así que me paso la mayor parte del tiempo trabajando.

Dawson le hizo una seña para que entrara en su despacho delante de él.

—Qué difícil es ser propietaria de un pequeño negocio, ¿eh?

Nora asintió y aguardó a que él ocupara su asiento tras el escritorio, pero el hombre vaciló antes de sentarse.

—Parece que ese pie le está dando problemas. Súbalo a esa silla de ahí si eso ayuda. —En ese momento se sentó tras su escritorio y cogió el ratón de su ordenador—. Haciendo senderismo he perdido el equilibrio y me he tropezado un montón de veces. A veces se me olvida mirar por dónde voy. El año pasado me rompí el pie izquierdo y puede que aún tenga una bolsa de frío reutilizable en la sala de descanso. Dígame si la necesita.

Nora no esperaba que Dawson se mostrase tan solícito. Una vez más, se preguntó cómo habría desarrollado su hermano una aversión tan fuerte hacia las mujeres.

—Tengo entendido que está interesada en una casa en los Meadows —dijo Dawson—. Hablo a menudo con Annette, que suele enviarme a muchos clientes potenciales, y ha mencionado que le ha gustado mucho el proyecto de Cambridge.

—Sí, lo que más me ha gustado es la cocina —dijo Nora. Visualizó los electrodomésticos de acero inoxidable y supo que podría vivir en aquella casa el resto de su vida sin tener que poner nunca el horno de doble pared.

Dawson asintió con la cabeza.

—No me extraña. Yo también me veía como el próximo Gordon Ramsay después de visitar la casa de muestra. —Sacó una pila de formularios y entrelazó las manos—. Muy bien, y ahora centrémonos en los asuntos prácticos.

Nora se preparó mentalmente. Aunque había pasado por aquel mismo proceso cuatro años antes cuando compró el vagón de tren, las circunstancias eran distintas. En aquel entonces contaba con todos sus ahorros para poder ofrecerlos como entrada y, además, había acudido a una sucursal bancaria de la localidad vecina porque allí ofrecían un interés más bajo.

Ahora tendría que responder a preguntas sobre su vida personal y el estado de sus finanzas. A pesar de la actitud cortés y relajada de Dawson, a Nora no le gustaba tener que hacer aquello. Tenía la piel demasiado caliente y le escocían las cicatrices. Trató de impedir que los dedos se le fueran directos a la mejilla, pero no le obedecían. Se frotó la piel recubierta de marcas y deseó poder escapar del zumbido de las luces fluorescentes y el sutil chasquido del ratón del ordenador de Dawson.

Cuantas más preguntas hacía Dawson, más le costaba a ella recordar que todo aquello no era más que una farsa. Volvió a convertirse en la compradora nerviosa de hacía cuatro años, aunque odiaba tener que recordar aquellas intensas emociones, la mezcla de miedo y esperanza. Cuando él le formuló una nueva pregunta, Nora tuvo que hacer un esfuerzo por eliminar el deje desafiante de su voz.

—Básicamente, he invertido todo lo que tengo en la librería.

—Me avergüenza decir que no he entrado nunca —dijo Dawson, apartando la mirada al fin de su pantalla—. Pero supongo que para usted es importante.

—Para mí lo es todo —contestó Nora con vehemencia. Le había parecido captar cierto menosprecio en el último comentario de Dawson y eso le dio rabia.

¿Por qué había tantos banqueros y empresarios en general que miraban por encima del hombro a cualquiera que dedicara su vida a algo relacionado con las artes?

—Virginia Woolf, una novelista inglesa, define perfectamente lo que siento por los libros y las librerías —dijo, inclinándose hacia delante en la silla, con los ojos brillantes y la voz trémula de emoción—. Escribió lo siguiente: «Los libros están por todas partes; y siempre nos invade la misma sensación de aventura [...] en semejante compañía, inopinada y heterogénea, podríamos, sin querer, rozarnos con un completo desconocido que, con un poco de suerte, tal vez se convierta en nuestro mejor amigo en el mundo entero».

Dawson asintió, sin apartar la vista de la cara de Nora. Parecía estar analizándola detenidamente. Nora había entrado en el banco dando por sentado que iba a ser juzgada, pero había algo en la mirada del banquero que implicaba que la suya no iba a ser una decisión basada en las preguntas que acababa de hacerle.

—¿Tiene tantas ganas de ser la propietaria de esa casa como las que tenía de ser la dueña de esa librería? —le preguntó despacio.

—Sí —mintió Nora sin dudarlo.

Sonriendo, el hombre se levantó y cerró la puerta de su despacho. Cuando volvió a su asiento, Nora advirtió un brillo inquietante en su mirada.

—No le van a dar un crédito en ningún otro banco —le dijo, entrelazando las manos—. Pero si de verdad quiere la casa de sus sueños, yo voy a conseguírsela.

Nora se inclinó hacia delante en la silla.

—¿Cómo?

Dawson agitó los dedos.

—Voy a hacer un poco de magia. Usted lo único que tiene que hacer es firmar algunos documentos. ¿Qué le parece?

«Demasiado bueno para ser verdad», pensó Nora, aunque no lo dijo en voz alta.

—Maravilloso —respondió.

—Estupendo. —Dawson le ofreció un bolígrafo—. Entonces, empecemos.

Mientras la librera firmaba una pila de formularios, no pasó por alto la inscripción en letras doradas que recorría un lado del bolígrafo. La inscripción decía: PROPIEDADES PINE RIDGE: CONSTRUCTORES DE SUEÑOS, CREADORES DE HOGARES. En la parte de atrás se leían las palabras: LOS MEADOWS. AGENTE: ANNETTE GOLDSMITH.

El bolígrafo debía de ser uno de los favoritos de Dawson, porque parte de algunas de las letras se había borrado. La ge de Goldsmith, por ejemplo, parecía una ce.

Al fijar la mirada en el nombre de Annette, Nora se dio cuenta de que estaba viendo la segunda serie de iniciales que Estella había visto en la servilleta del bar Oasis de Fenton. Pero ¿qué significaba? ¿Había tenido Annette algo que ver en la muerte de Neil? ¿Y Dawson Hendricks?

—¿Todo bien? —le preguntó Dawson, observándola atentamente.

Nora esbozó una sonrisa forzada.

—Mejor imposible.

CAPÍTULO OCHO

Si diéramos a la comida, la alegría y las canciones más valor
que al oro, este sería sin duda un mundo más feliz.

J. R. R. TOLKIEN

Nora terminó de estampar su firma en los documentos
donde Dawson le había indicado y luego él puso fin a la
reunión prometiéndole que la llamaría muy pronto. A continuación le dio una piruleta, como si fuera una niña buena que
se había portado muy bien, y la acompañó a la puerta principal.

La librera salió cojeando del banco, tiró la piruleta en la primera papelera que encontró y se fue a casa. Había llegado al final
de la manzana cuando un Corvette de color rojo cereza se detuvo
junto al bordillo. Estella bajó la ventanilla.

—¡Súbete! ¡Andando! —le dijo.

Sonriendo ante la combinación de palabras elegida por su
amiga, Nora se movió como si fuera un zombi hasta que logró
sentarse en el bajo asiento del pasajero.

—El Club Secreto de la Lectura y la Merienda va a reunirse
esta noche en el Pink Lady Grill —la informó—. Espero que no
tengas otros planes.

Nora soltó una risotada.

—¿Cómo cuáles? ¿Una cita con un ligue?

Estella la miró de reojo y arqueó una ceja.

—¿Y qué hay de ese sanitario? Ahora mismo es oficialmente el hombre más sexi de todo Miracle Springs, y hoy una de mis clientas me ha contado alguno de los trapos sucios de su vida. ¿Quieres saber lo que me ha dicho?

Aunque Nora se moría de ganas, negó con la cabeza.

—Prefiero que me cuentes cómo estás tú, después de lo de anoche.

—Estoy bien —contestó Estella—. Por lo pronto, la forma de comportarse de ese cabrón ha hecho que me den más ganas aún de buscar justicia para Neil. Sé que cuando me mira, la gente solo ve a una peluquera devoradora de hombres y a una cazafortunas, pero además de esta cara bonita también tengo un cerebro muy agudo. Me viene de cuando era más joven y me pasaba un montón de tiempo escondida en mi cuarto con un montón de libros de la biblioteca. Es lo que suele hacer la gente que no tiene amigos. Ni tampoco televisión.

—Pues habiendo estado en la Biblioteca Municipal de Miracle Springs, es un verdadero milagro que encontrases algo decente que leer —le dijo Nora mientras Estella aceleraba para pasar un semáforo en ámbar.

—¡Papaya! —gritó Estella. Apartó el pie del acelerador y sonrió—. Es que me gusta pensar en palabras para describir el amarillo ámbar. Ya sabes, el tono en que se pone el semáforo justo antes de pasar al rojo.

Nora se rio.

—¿Como ocre? ¿O calabaza?

—Eso es. —Estella parecía satisfecha—. La próxima vez, tú gritarás la palabra, ¿vale?

—O podrías parar y dejar que se pusiera rojo —sugirió Nora.

Estella sonrió con aire burlón.

—¿Y dónde estaría la gracia? Además, tengo hambre. Como que me comería a alguien ahora mismo. Espero que Hester nos haya conseguido una mesa. En verano el Pink Lady siempre está a reventar.

El Pink Lady Grill gustaba por igual a la población local y a los forasteros. Era un restaurante poco convencional, por decirlo suavemente. Íntegramente decorado en tonos rosas, las paredes estaban cubiertas de frases motivacionales enmarcadas y cartas de supervivientes de cáncer. Jack Nakamura, propietario y cocinero del local, era un estadounidense de origen japonés que había perdido a su madre por culpa de un cáncer de mama cuando él estaba en la veintena. Por aquel entonces, el restaurante se llamaba simplemente Jack's y ofrecía una carta de desayunos de estilo sureño. Nora había oído que a Jack le costó mucho convencer a los parroquianos de que podía cocinar un buen plato de pollo y gofres y que sus galletas de mantequilla eran igual de buenas que las de la abuela.

Jack apenas llegaba a fin de mes cuando a su madre le diagnosticaron cáncer de mama en estadio IV. Cuando la noticia de su enfermedad se propagó y los habitantes de Miracle Springs se dieron cuenta de que la madre de Jack no iba a poder atenderles en la caja ni acompañarlos a sus mesas mucho tiempo más, acudieron en masa al restaurante. Nadie entendía cómo un hombre que se había criado en la tradición culinaria japonesa podía cocinar las mejores croquetas de maíz, pollo frito, tarta *chess pie,* bizcocho de banana y piña, sémola de queso y salsa de salchicha de todo el condado. A pesar de su escepticismo inicial, los habitantes de Miracle Springs siguieron llenando las mesas del restaurante de Jack muchos años después del fallecimiento de su madre.

Como tributo a su memoria, Jack redecoró el local y le cambió el nombre. También recaudó fondos para ayudar a que las mujeres sin recursos económicos pudieran someterse a chequeos de detección del cáncer de mama y otras pruebas diagnósticas. Entre su gran corazón y su dominio de los platos típicos de la cocina sureña, Jack no tardó en convertirse en hijo predilecto de Miracle Springs.

No le sobraba el tiempo, pero cuando Jack se cogía un día libre, lo pasaba leyendo. Era un cliente fiel de la librería de Nora, donde adquiría libros de memorias, autobiografías y libros sobre la investigación sobre el cáncer y los procesos de curación.

—¿Mesa para dos? —preguntó la camarera cuando Nora y Estella entraron en el local. La librera advirtió que la mujer llevaba las uñas pintadas del mismo color rosa chicle que las paredes. Todas menos las del meñique, que eran de color rosa fucsia con purpurina.

—Nuestras amigas ya nos esperan en la mesa, gracias —dijo Estella, saludando a Hester y June.

La camarera sonrió efusivamente. Siguiendo la mirada de Nora, desplegó los dedos de las manos.

—¿A que son divinas? Me he metido en Pinterest para inspirarme para mis nuevos diseños. Tú también podrías... —Se calló de repente al percatarse de que a Nora le faltaba el meñique de la mano derecha—. ¿Qué te ha pasado en la mano, corazón?

Nora no tenía la menor intención de hablar de su accidente con una completa extraña, de modo que señaló hacia la plataforma giratoria de las tartas y dijo:

—Estaba cortando manzanas cuando se me resbaló el cuchillo y... —Se encogió de hombros con aire apesadumbrado y siguió andando.

—¿Cómo te ha ido en el banco? —le preguntó Hester en cuanto Nora se sentó enfrente de ella.

June le dio un codazo a la panadera.

—Dale a la pobre mujer un minuto para mirar la carta antes de interrogarla. O puedes olvidarte de la carta y pedir directamente el bagre frito. El de Jack es el mejor de todo Carolina del Norte.

—Yo siempre pido la ensalada Cobb —dijo Estella—. Y un batido de fresa. Jack dona todo lo que gana con los postres a la Fundación Susan G. Komen. Pero antes de pedir, quiero anunciaros que creo que sé lo que significa Buford, el último nombre que había en la servilleta de Fenton Greer.

Las otras mujeres la miraron con ávido interés.

—La verdad es que ha sido pura chiripa —continuó Estella, con los ojos verdes brillantes de emoción—. Estaba zapeando entre los canales de la tele cuando de pronto vi que daban *Los caraduras* y me puse a verla. Es que me chifla Burt Reynolds. —Se llevó una mano al corazón—. El caso es que el *sheriff,* un pueblerino torpe y rechoncho, se llama Buford T. Justice. Creo que el Buford de la servilleta se refiere a nuestro propio agente de la justicia rechoncho.

—El parecido es innegable, desde luego —murmuró June—. Me acuerdo de la película y de que el personaje era todo un cliché, pero es que el Sapo también es un cliché: un cerdo machista gruñón y holgazán, además de un inútil. —Señaló a Estella—. La gente «de ciudad» que ha venido de Asheville se cachondea de nuestro representante local del brazo armado de la ley. A pesar de que lo necesitan, no sienten ningún respeto por él.

Nora, que estaba demasiado absorta en la conversación para pensar en comida, dejó la carta en la mesa.

—Tiene todo el sentido que los dos hermanos Hendricks estén involucrados. Estoy con June, creo que has dado con algo importante, Estella. Y si estás en lo cierto, nos enfrentamos a unos adversarios muy poderosos. El hombre que está a cargo de las decisiones relacionadas con el dinero local y el hombre a cargo de mantener la ley y el orden en el pueblo.

—¿Descubriste algo más en tu reunión con Dawson? —preguntó Hester.

La llegada de la camarera impidió a Nora responder.

Sin consultar la carta, pidió huevos, beicon, tostadas y un té helado.

—Me encanta pedirme un desayuno para cenar. Podría comer beicon con huevos dos veces al día.

La camarera fue a servir a la mesa contigua, por lo que Nora seguía sin poder hablar de su reunión en el banco.

—Pues a mí no me importaría nada no volver a ver otro plato de huevos revueltos en mi vida —comentó June.

Nora ladeó la cabeza.

—¿Por qué? ¿Tienes ovofobia? ¿Miedo a los huevos?

—Pero ¿eso existe? —preguntó Hester.

—Alfred Hitchcock era ovófobo —dijo Nora—. Él tampoco podía soportarlos.

June frunció el ceño.

—Yo no tenía ningún problema con los huevos hasta que entré a trabajar en la residencia para ancianos Belle Shoal. Trabajé ahí quince años. Durante ese tiempo, olía huevos revueltos todas las mañanas. Huevos en polvo. Huevos líquidos. Pero sobre todo, huevos que no se comía nadie. Los residentes odiaban esos huevos, y aunque los pobrecillos necesitaban la proteína, eran incapaces de tragarse aquellas asquerosidades. —Hizo un ademán brusco—. Pero ya basta de hablar de mí. Cuéntanos cómo te fue la reunión con Dawson.

Nora les habló primero de su intercambio con Collin Stone. Para cuando terminó, les habían traído sus platos e hizo una pausa para comerse la tortilla.

—¿Dónde estaba esa residencia? —le preguntó Estella a June mientras echaba el aliño a su ensalada—. No puede ser de por aquí. El nombre no me suena.

—Está en Nueva York —contestó June—. Yo soy de allí.

Hester soltó el tenedor.

—¿Por qué te marchaste?

—Por vergüenza —dijo June, apartando el plato a pesar de que ni siquiera había probado el pescado—. Me echaron del trabajo y me pusieron una denuncia por negligencia. La denuncia era contra la empresa propietaria de las instalaciones, pero también me incluía directamente a mí. Perdí. Y cuando perdí, lo perdí todo.

Las otras mujeres permanecieron en silencio, intuyendo que June necesitaba contar su historia de una sola tacada, como si la tuviera atragantada, como un pájaro atrapado esperando desesperadamente que alguien lo liberase.

—Belle Shoal no era una de esas residencias para la tercera edad con toda clase de lujos, donde la comida está deliciosa y hay senderos preciosos por todas partes para salir a pasear —prosiguió June—. No se organizaban sesiones de magia para entretener a los ancianos, tampoco había máquinas de karaoke ni clases de baile, y no había grupos de escolares que fuesen a cantarles villancicos por Navidades. La gente que iba a Belle Shoal no tenía dinero para pagarse una buena residencia. La mayoría ni siquiera tenía familia. Nadie iba a verlos. Pasaban sus días comiendo comida insulsa, viendo programas de televisión y mirando embobados el acuario de la sala principal.

—Parece el escenario de una novela de Dickens —dijo Nora.

June asintió.

—¿El de *Casa desolada,* tal vez? Belle Shoal, algo así como «playa de arena hermosa», era una metáfora fallida. Los residentes la llamaban Agujero del Infierno, más bien. Ese acuario, que estaba en el medio del salón y que se suponía que era la «playa de arena», contenía algunos peces de colores esmirriados. Otras cuidadoras y yo hacíamos lo que podíamos para insuflar algo de música y color a ese lugar. Hacíamos flores de papel de seda, les comprábamos aparatos de radio en los mercadillos de barrio, organizábamos sesiones de bingo y partidas de Scrabble y traíamos a cualquiera que quisiera visitar la residencia gratis. Además, les leíamos en voz alta a nuestros residentes todas las tardes. El libro que acabó marcando un antes y un después en mi vida fue *Agua para elefantes*. ¿Alguien lo ha leído?

Las otras tres mujeres contestaron que todas habían leído la novela de Sara Gruen.

—A los residentes les encantó —dijo June, con la mirada perdida—. Ya fuese por una coincidencia o por esas cosas que tiene el destino a veces, una feria ambulante llegó a la ciudad unos días después de que terminara de leerles la novela. La feria se instaló en un descampado que había al cabo de la calle, y oíamos la música de las atracciones. Los ancianos me decían que veían las luces por las noches y algunos hasta aseguraban que les llegaba el olor de las palomitas con mantequilla. De pronto, empezaron a contarse unos a otros historias de circos, ferias y espectáculos en los paseos marítimos. Era como si reviviesen, cuando se ponían a hablar de todo aquello, de cuando ganaban algún juguete en la tómbola para su chica, o cuando comían perritos calientes, o cuando subían a la noria y llegaban tan alto que creían estar volando entre las nubes... Recuerdos preciosos y memorables.

Estella hizo una seña a la camarera y pidió unos batidos de fresa para todas. Luego miró a June.

—Yo contaba los días que faltaban para la feria local. Hace años, era el acontecimiento más emocionante que había en un pueblo; de los legales, me refiero. Comprendo el entusiasmo de esos residentes de los que hablas.

Hester desplazó la mirada de Estella a June.

—Pero no podían ir, ¿verdad que no?

June no respondió. Cogió su tenedor y formó una pila con las judías verdes en una esquina del plato.

—Tú los llevaste —dijo Nora despacio—. Querías hacer algo especial por ellos. Querías que tuvieran nuevos recuerdos llenos de color, sonidos y sabores.

June no levantó la mirada del plato.

—Sí —confesó al fin—. Quería que volvieran a sentirse vivos una vez más antes de morir. Nadie iba a visitarlos. No recibían cartas ni paquetes. Quise implantar un programa de mascotas, pero los gerentes de Belle Shoal decidieron que los animales eran poco higiénicos y que harían enfermar a los residentes. —Soltó una risotada, pero no había rastro de alegría en ella—. ¡Ya estaban enfermos! Todos, absolutamente todos, tenían problemas de salud, pero a mí lo que me preocupaba era esto. —Se dio un golpe en el pecho con el puño.

—¿Cómo lo hiciste? —le preguntó Nora—. La logística tuvo que ser tremendamente complicada.

June lanzó un silbido.

—Ni te lo imaginas. Sacar a dos docenas de ancianos de una residencia sin que nadie se entere es como ayudar a una panda de asesinos en serie a fugarse de una cárcel de máxima seguridad. Tuve que convencer a algunos de los miembros del personal de que iba a llevarme a los abuelos al cine. Tuve que alquilar un autocar y comprar comida y los *tickets* de las atracciones con mi propio dinero. Pensé que valía la pena. Cuando vi a la señora

Lowenthal comiendo algodón de azúcar y al señor Bloom en los autos de choque, supe que había tomado la decisión correcta. La única decisión posible.

—Seguro que se lo pasaron bomba —dijo Estella—. No importa lo que pasara luego, no entiendo por qué ibas a arrepentirte de hacer lo que hiciste. Fuiste muy considerada y generosa. Pasara lo que pasara, esas personas sabían cuánto te preocupabas por ellas. Mira lo que hiciste para demostrárselo.

Los ojos de June destellaron con furia.

—Pero debería haber pensado en mi familia primero. No me paré a pensar en cómo podían afectar mis actos a mi familia. Yo no podía prever que el señor Wayne sufriría un infarto en el tiovivo. No podía haber sabido que moriría antes de llegar al hospital y que cualquiera de las cosas positivas que pasaron aquella noche no significaría nada en comparación con el accidente del señor Wayne.

La camarera apareció con sus batidos. De pronto, tras las palabras de June, las bebidas heladas de color rosa y coronadas por una nube de nata montada y guindas al marrasquino parecían ofensivas por su frivolidad.

—¡Que los disfrutéis, chicas! —exclamó la camarera antes de desaparecer de nuevo.

Hester fue la primera en romper el silencio:

—No tienes que seguir hablando si no quieres.

—Sí quiero. Así es como sabremos que podemos confiar las unas en las otras, ¿recuerdas? —June cogió su batido e intentó tomar un sorbo, pero el líquido estaba demasiado espeso para fluir por la estrecha pajita. En vez de usarla, deslizó la cuchara del fondo del vaso hacia arriba y se la introdujo en la boca—. Mmm... Qué rico. Tiene trocitos de fresa.

Siguiendo su ejemplo, el resto de las integrantes del Club Secreto de la Lectura y la Merienda probaron los batidos.

Nora no se acordaba de la última vez que se había tomado un batido. Cuando el gusto dulce y refrescante del helado de vainilla y la fresa le recubrió la lengua, trató de disfrutar del intenso sabor, pero era difícil sentir algún tipo de placer con la historia de June cerniéndose como una amenazadora nube de tormenta sobre la mesa.

—La familia del señor Wayne puso una denuncia por muerte por negligencia contra la residencia —prosiguió June—. También me denunciaron a mí porque fui yo quien llevó al señor Wayne a la feria. Les traía sin cuidado que hubiese gastado su último aliento dándome las gracias por haber hecho posible la mejor noche que había disfrutado en décadas. No le contaron al juez que no le habían dedicado ni un minuto de su atención hasta que se dieron cuenta de que podían sacar tajada económica de su muerte. Y vaya si le sacaron tajada... Ellos ganaron y yo perdí.

Hizo una pausa y Nora estuvo a punto de mirar hacia arriba, de levantar la vista y ver cómo la nube de tormenta que era la historia de June se abría y dejaba caer un aguacero de lluvia fría y amarga.

—Perdí mi trabajo y todo el dinero que tenía a mi nombre —continuó June con la voz quebrada—. Mi hijo, que se suponía que iba a empezar la universidad el siguiente otoño, no pudo hacerlo. Yo no me lo podía permitir. No podía permitirme nada de nada. Perdí nuestro piso, mi coche y el amor y el respeto de mi hijo.

—¿Aún vive en Nueva York?

June empezó a trazar círculos con la pajita, mezclando la nata montada con el batido de fresa.

—Tyson se fue a vivir con mi hermana mientras yo buscaba otro trabajo. Sabía que tendría que marcharme del estado, aceptar el primer trabajo que me ofreciesen, lo que fuera. Chicas, he hecho de todo: he servido mesas, he limpiado habitaciones de hotel, he sido encargada de una lavandería, he trabajado de cajera de supermercado... Y durante todo ese tiempo, Tyson se ha negado a hablar conmigo. No contesta al teléfono ni lee mis cartas ni mis mensajes de correo. Vivió con mi hermana algo menos de dos años y luego se pelearon y Tyson se marchó. No ha vuelto a tener noticias suyas.

—Dios... —murmuró Hester—. ¿Has intentado localizarlo?

—Pues claro —respondió June con indignación—. En cuanto reuní el dinero, contraté a un detective. Localizó a Tyson en Los Ángeles, trabajando de portero de una discoteca. Llamé a la discoteca... —Se le quebró la voz y dejó de contenerse—. Tyson me dijo que no volviese a ponerme en contacto con él, que para él es como si estuviera muerta. Seguí intentándolo. Le envié cartas y paquetes, pero me los devolvían sin abrir. Al final ahorré lo bastante para ir a California y me presenté en la discoteca una hora antes de que abriesen al público, pero Tyson me echó de allí. Me dijo que él no tenía madre.

June dejó escapar un sollozo desgarrador, uno solo, antes de taparse la cara con la servilleta. Hester la rodeó con el brazo y la estrechó con fuerza.

—Lo siento muchísimo —murmuró—. De verdad, June, lo siento en el alma.

Nora también quiso consolar a June, pero no creía que hubiese palabras más adecuadas que las que Hester repetía en voz baja, con un murmullo suave y tranquilizador.

—¿Todo bien por aquí? —preguntó de sopetón la camarera con su voz cantarina y nasal, casi a gritos.

Estella se sobresaltó un poco.

—Sí, todo bien —dijo. Su respuesta seguramente sonó más brusca de lo que pretendía.

—Menos mal que ya hemos comido, porque es capaz de escupirnos en los batidos. —June se secó los ojos, se sorbió la nariz y siguió hablando—. En resumen: aunque nunca he dejado de intentar seguir en contacto con mi hijo, él me ha dejado muy claro que no quiere saber nada de mí. A veces, lo echo tanto de menos y me duele tanto no saber dónde está ni qué está haciendo que el sufrimiento es insoportable.

—Pero sigues adelante —dijo Nora—. Sin dejar que el dolor te convierta en una mujer amargada.

June señaló a la ventana.

—Aquí he encontrado más paz de la que creía posible. Aunque os digo una cosa: es muy bueno tener amigas con las que poder hablar. He conocido a gente en otras ciudades en las que he vivido, pero no he hecho amigas. —Cogió su vaso de batido—. Así que quiero hacer un brindis por compartir los secretos con las amigas y seguir avanzando en nuestra investigación.

—Por los secretos —dijeron las mujeres al unísono y levantando sus vasos—. Y por la amistad.

Nora devolvió la conversación a los acontecimientos del día haciéndoles un resumen de su reunión con Dawson Hendricks.

—No lo podría afirmar con toda certeza —terminó diciendo—, pero he tenido la sensación de que me estaba comprando. Mi recompensa por lo que sea que me vaya a pedir en el futuro es la aprobación de la concesión de mi préstamo.

A Hester se le iluminó la mirada de puro entusiasmo.

—En circunstancias normales, ¿crees que te lo concederían?

—Ni de coña —contestó Nora—. No tengo patrimonio ni ningún aval. Lo único que tengo a mi nombre es la Casita del Vagón de Cola, y ni vendiéndola conseguiría el veinte por ciento que cuesta la entrada para comprar una casa nueva en los Meadows. Además, tengo la deuda de la librería. Creedme, para los bancos no soy una prestataria nada atractiva, y no lo digo solo por mis cicatrices.

Estella la fulminó con la mirada.

—La gente es capaz de ver más allá de eso, lo sabes, ¿verdad? —Cuando Nora apartó la vista, avergonzada, Estella siguió insistiendo—. Esas cicatrices no te definen como persona. Entiendo que preferirías volver a tener una piel lisa y sin marcas, pero alguien debería decirte que es imposible que esas cicatrices te quiten tu atractivo. Yo ya ni siquiera las veo.

La sorpresa hizo que Nora se volviese de golpe hacia Estella.

—¿Lo dices en serio?

—Por supuesto —contestó Hester—. Te vemos solo a ti, no tus cicatrices.

Demasiado emocionada para responder, Nora hizo una seña a la camarera para que les llevase la cuenta.

Después de cenar, Nora pidió a Estella que la dejara en Miracle Books. Quería buscar algunos libros para June, y aunque no tenía muchos títulos sobre hijos que se distancian de sus padres, sí recordaba al menos un ensayo y varias novelas que creía que podían ayudar a June a paliar su sufrimiento.

Renqueando por la librería, se dio cuenta de que esa noche ella también había recibido una ayudita para paliar su sufrimiento. La idea de que la gente podía verla tal cual era —y no solo sus cicatrices— era una noticia increíble. Estaba reflexionando sobre eso cuando oyó que alguien llamaba a la puerta.

Nora se quedó paralizada. Aunque había encendido alguna lámpara aquí y allá, no esperaba que la luz atrajese a ningún cliente, y mucho menos a las nueve de la noche y en pleno verano. A esa hora, la gente estaba sentada tranquilamente en el porche delantero de su casa o refugiándose de la humedad en la penumbra del salón, con el aire acondicionado encendido.

Con *Done With the Crying* en la mano, el ensayo de Sheri McGregor sobre las malas relaciones entre padres e hijos, Nora se fue a trompicones hasta el final de una estantería y apartó un par de libros de tapa dura para poder vigilar desde allí la puerta principal de la tienda. Distinguió la silueta de un hombre, pero nada más.

El hombre volvió a llamar, más fuerte esta vez. Nora trató de determinar si los golpes de la puerta parecían amenazadores, impacientes o solo insistentes.

«Esta es mi librería —se recordó a sí misma—. Si no me gusta lo que veo cuando abra la puerta, solo tengo que señalar el letrero de Cerrado y decirle a ese hombre que se largue».

El hombre resultó ser Collin Stone.

—Mierda —masculló Nora entre dientes. Horas antes, cuando los dos estaban sentados en los sillones de la librería y se habían puesto a hablar inopinadamente de libros, Nora no había sentido ninguna inquietud. Sin embargo, cuando el hombre hizo esos crípticos comentarios sobre los planes de Nora para solicitar un préstamo para la casa, tuvo que recordarse a sí misma que Collin podría haber planeado la muerte de Neil.

Y ahora, allí estaba, sonriéndole desde el otro lado del cristal, como si plantarse allí a esas horas fuese la cosa más natural del mundo.

Nora deslizó el pestillo y abrió la puerta, pero no del todo. Bloqueando el hueco entre el exterior y el interior de la librería con su cuerpo, Nora dejaba bien claro que no tenía intención de invitarlo a entrar.

—Perdona si te he asustado —dijo Collin, luciendo aún su cautivadora sonrisa—. Estaba cenando aquí en el centro cuando un pajarito me ha dicho la buena noticia. He visto luz en la librería y se me ha ocurrido pasar a darte la enhorabuena antes de que te fueras.

Aunque su historia parecía convincente, Nora tenía la clara sensación de que aquel encuentro no tenía nada de casual. Agarró con más fuerza su bastón y miró a Collin a los ojos, sin devolverle la sonrisa.

—Hoy ha sido un día muy largo —le dijo—. ¿Podemos hablar por la mañana?

Una sombra oscureció los ojos de Collin. Fastidio. O algo más hostil incluso. Algo parecido a la amenaza.

—Ojalá pudiera, pero mañana estoy ocupado. Bueno, no te entretengo. Solo pasaba un momento para decirte que han aprobado tu solicitud del préstamo. El año que viene por estas fechas estarás viviendo en los Meadows.

Se cruzó de brazos y esperó. A juzgar por su sonrisa de suficiencia, estaba claro que esperaba una respuesta eufórica por parte de Nora.

«¿Quién habrá sido el pajarito? —se preguntó—. ¿No se supone que esa información es confidencial?».

En los segundos que Nora tardó en procesar esos pensamientos, la sonrisa de Collin se desvaneció.

—Pensaba que te alegrarías más, la verdad.

—Creo que estoy en *shock* —contestó ella con una sonrisa forzada—. Estaba convencida de que no me lo iban a dar. ¿Has tenido tú algo que ver con esto? Tengo la impresión de que estoy en deuda contigo.

Relajándose de inmediato, Collin descruzó los brazos y los separó ampliamente.

—Aparte de hablar bien de ti, poca cosa más podía hacer yo —le dijo mirándola con aire evasivo.

—Bueno, pues si has podido influir de algún modo en la decisión del banco, te lo agradezco.

Nora intentó imprimir más alegría a su sonrisa, pero era todo un reto seguir haciéndose la simpática en la penumbra del umbral de la puerta. Aunque odiaba admitirlo, se sentía vulnerable. El restaurante más próximo quedaba a tres manzanas de allí y no se veía a un solo transeúnte por la calle. El silencio resultaba tan apabullante que era como si Collin y ella estuvieran en la superficie de la luna.

—Después de hablar contigo hoy, tuve el presentimiento de que eras justo la clase de persona que estábamos buscando —dijo Collin. Retrocedió dos pasos e hizo una reverencia con aire desenfadado—. Espero que consigas dormir ahora que has recibido la buena noticia. En mi caso, cuando estoy entusiasmado ante la perspectiva de un nuevo proyecto, siempre me cuesta mucho dormirme por las noches.

Ahora que había más espacio entre ella y Collin, Nora aflojó la presión sobre la empuñadura del bastón. ¿Y si se equivocaba con Collin Stone? ¿De verdad podía aquel hombre estar involucrado en un asesinato, un honrado padre de familia y amante esposo, además de un hombre trabajador y lector perspicaz, alguien que parecía haber sido el artífice de que el sueño de Nora de comprarse una casa nueva se hiciera realidad?

—Ahora tengo muchas cosas en las que pensar —le dijo ella—. Gracias otra vez por pasarte por aquí.

Él se despidió con la mano y se marchó.

Nora cerró la puerta de la librería, pero siguió observando a Collin mientras avanzaba calle abajo con paso tranquilo y las manos metidas en los bolsillos. Le dio la impresión de ser alguien que acababa de tachar un asunto importante de su lista de asuntos pendientes.

—¿Y yo era ese asunto? —murmuró, y al exhalar el aire, su aliento empañó la hoja de cristal de la puerta y dejó una impronta con la forma de una mariposa. La librera la limpió con el antebrazo.

Esa noche, Nora soñó con incendios. No con el incendio del coche de la noche de su accidente, sino con un incendio en el túnel del tren de Miracle Springs. Como el animal que despierta después de un largo letargo, el fuego intentaba devorar todo cuanto se atrevía a adentrarse en sus dominios.

Nora miraba fijamente la boca del túnel, paralizada por el horror, cuando la locomotora emergió de golpe bajo la luz del día. Las llamaradas cubrían cada centímetro de su superficie y unas lenguas amarillas y anaranjadas lamían el cielo y se extendían por el suelo. Por detrás de la locomotora, todos los vagones de pasajeros ardían en llamas. El humo salía de las ventanillas y teñía el aire de negro. El tren parecía un dragón que se hubiese vuelto loco y proyectase su aliento abrasador sobre su propio cuerpo.

Al final, a medida que el tren se aproximaba cada vez más a donde estaba ella, empezó a lanzar alaridos furiosos de ira y dolor. No había rastro del silbido romántico y cautivador que tanto gustaba a Nora, y sabía que si no se apartaba a tiempo, el tren en llamas la arrollaría a ella también.

La locomotora volvió a lanzar otro bramido, pero el ruido había perdido su ferocidad. Las imágenes del fuego empezaron a desdibujarse y cuando Nora volvió a oír el sonido, reconoció el timbre del teléfono.

Abrió los ojos, completamente desorientada.

Su móvil estaba en la cocina, sonando sin parar. Nunca se molestaba en ponerlo en silencio, ya que nadie la llamaba a horas intempestivas. Además, su número solo lo tenían muy pocas personas, al menos hasta hacía poco: se lo había dado a las integrantes del Club Secreto de Lectura y la Merienda.

Con la mirada borrosa por su estado de somnolencia, Nora vio el nombre de June en la pantalla del teléfono. Respondió a la llamada.

—¿Nora? Perdona por llamarte tan temprano —empezó a decir June.

La librera dirigió la vista hacia la ventana de la cocina y vio unos filamentos de luz derramándose por entre las ramas de los árboles.

—¿Estás bien?

—No podía dormir, así que he salido a dar un paseo como suelo hacer siempre —le explicó June. Sus palabras resonaban con voz hueca—. Y he visto dos coches del departamento del *sheriff* delante de la casa de Estella. Tenían las luces encendidas como si fueran bolas de discoteca y he oído gritos que venían de dentro de la casa. Cuando intenté acercarme, el inútil del ayudante del *sheriff* Sapo me ha dicho que me largara o me detendrían a mí también.

—¿Es que han detenido a Estella? —exclamó Nora con voz seca—. ¿Por qué?

—Por asesinato —dijo June—. La acusan de haber matado a Fenton Greer.

Con la esperanza de hacer que el nuevo día y el miedo terrible que lo acompañaba desaparecieran, Nora cerró los ojos.

Pero cuando lo hizo, lo único que vio fueron llamas por todas partes.

CAPÍTULO NUEVE

La peor parte de conservar los recuerdos no es el dolor.
Es la soledad que conlleva.

LOIS LOWRY

—¿Nora? ¿Me oyes? ¿Estás ahí? —preguntó June.

Nora estaba y no estaba.

Estaba en la cocina de su minúscula casa de Miracle Springs, pero también estaba arrodillada en el arcén de una oscura autopista, acunando el cuerpo inerte de un niño en sus brazos.

El niño tenía toda la ropa quemada, y a través de la tela vaquera hecha jirones se le veían las partes del cuerpo en las que el fuego le había dejado la piel en carne viva. Tenía el rostro, los brazos y el torso intactos, pero eso no suponía ningún consuelo para Nora, pues era incapaz de distinguir si el niño aún respiraba, ni siquiera bajo la intensa luz que proyectaba el vehículo en llamas. El cuerpecillo parecía transmitir calor entre sus brazos, pero Nora no sabía si de verdad se debía al calor del niño o al dolor que empezaba a abrirse paso a zarpazos entre la niebla de conmoción que le nublaba el cerebro.

Después de dejar al niño con cuidado en el arcén recubierto de hierba, Nora empezó a practicarle la reanimación cardiopulmonar. Había hecho un curso de primeros auxilios en la biblioteca junto a otros compañeros, y aunque había prestado mucha atención a las instrucciones, le aterrorizaba la posibilidad de estar haciéndolo mal. Sin embargo, los pequeños pulmones del chiquillo se hinchaban con sus inhalaciones y al cabo de dos minutos de haber iniciado la maniobra de rescate, dejó su móvil en altavoz junto al rostro del niño y llamó a emergencias mientras seguía intentando reanimarlo. No recordaba qué dijo ni qué le había respondido la operadora, había cosas de aquella noche que su memoria no había conseguido recuperar.

Pero el niño sí se recuperó.

Cuando llegó la ambulancia, ya respiraba por sí mismo.

Con una respiración trabajosa, como con la garganta llena de piedras.

—¿Nora? —repitió June, más alto esta vez.

—Lo siento —dijo Nora, dirigiéndose a June y a aquel niño de su pasado. Vio que le temblaba la mano que sostenía el teléfono, de modo que lo apretó con fuerza hasta que los bordes se le clavaron en la piel en un intento vano por detener el temblor—. ¿Qué más has visto?

June suspiró, y en ese suspiro Nora percibió el alivio de su amiga, pues ya no tenía que soportar el peso de preocuparse por Estella ella sola. Nora estaba dispuesta a compartir la carga con ella.

—Estella se puso como un basilisco cuando la metieron en el coche patrulla o como se llame eso. Se puso a chillar y les dijo a los policías que estaban mal de la cabeza. No dejó de gritarles ni siquiera cuando el *sheriff* Todd le advirtió que tuviese cuidado con lo que decía. Imagino que luego nos llamarán a todas para que prestemos declaración, porque si esa chica es lista les dirá que estuvo con nosotras casi toda la noche.

Nora no respondió de inmediato. Tras rellenar el depósito de agua de la cafetera, abrió el bote donde guardaba el café molido. El rico aroma a frutos secos tostados impregnó el aire y se llevó una cucharada colmada directamente a la nariz e inhaló.

—Creo que no voy a esperar a que me llamen —dijo June—. Creo que voy a hacer una entrada triunfal en la comisaría como si fuera la reina de Saba y anunciaré que he ido para demostrar que es imposible que mi amiga asesinara a ese violador en potencia.

—No podemos decir ni una palabra de lo que pasó entre Estella y Fenton en el balneario —dijo Nora mientras echaba varias cucharadas de café molido en un filtro de color marrón—. El *sheriff* atribuirá al comportamiento de Fenton el motivo por el que Estella lo asesinó. ¿Sabes cómo murió?

June hizo un ruido que podía interpretarse como un gemido o como un gruñido.

—Lo único que sé es que ha sido en las aguas termales, lo que significa que hoy no voy a ir a trabajar.

—Deberías ir igualmente —propuso Nora—. Para averiguar todo lo que puedas. Entérate de todos los detalles, de todos los chismes. ¿Quién sabe qué podría resultar útil para ayudar a Estella? —Pulsó el botón de encendido de la cafetera—. ¿Has llamado a Hester?

—No, solo te he llamado a ti.

La librera se quedó escuchando el reconfortante gorgoteo de la cafetera durante varios segundos. Al final, ya no pudo seguir conteniéndose.

—Es que puede que haya sido ella, June. Las cuatro no nos hemos visto atraídas las unas a las otras por casualidad. Somos mujeres con un pasado atormentado. No somos malas. No vamos por ahí haciendo daño a la gente, pero somos mujeres rotas. La oscuridad se cuela por entre las rendijas de nuestra vida.

—También lo hace la luz —replicó June—. Dime el nombre de alguien que no lleve más de treinta y cinco años en este mundo sin haberse ganado a pulso su buena ración de cicatrices y te enseñaré a alguien que se ha pasado la vida en una burbuja. O en una isla minúscula. O en Groenlandia. Bueno, lo que quiero decir es que Estella no es ninguna asesina. Puede que no sea una experta en muchas cosas, pero sé detectar cuándo alguien está a punto de perder los nervios y es capaz de cualquier cosa. He visto cómo es eso. —Hablaba tan rápido que las palabras le salían en estampida de la boca, como los caballos de carreras en los cajones de salida, y Nora tenía que prestar mucha atención para captar cada una de ellas antes de que se le escaparan.

—¿Dónde? —preguntó Nora en un intento de apaciguar la frenética verborrea de June—. ¿Cuando trabajabas en la residencia?

—Sí —respondió June—. Puede que esos ancianos habitasen unos cuerpos fosilizados y enclenques, pero sus sentimientos eran tan potentes como una riada. Esa era la parte más dura de mi trabajo, saber que no podía ayudarlos a escapar del interior de su cabeza. Estaban atrapados en habitaciones deprimentes con un ambiente cargado y la televisión encendida a todas horas. Nunca les daba la luz del sol en la cara. Nunca oían música. No había flores en sus mesitas de noche. Había miles de normas diseñadas para protegerlos de cualquier peligro, cuando en realidad lo que hacían esas reglas era aplastar cualquier atisbo de felicidad del que pudieran disfrutar al final de sus días. Algunos de los residentes se sometían, mansos como corderos, a su destino, pero otros se rebelaban, furiosos y combativos. Entonces los sedaban.

La cafetera emitió una serie de fuertes ruiditos y pitidos, señalando que había terminado la fase de preparación.

—Eso es horrible —dijo Nora.

—A la gente se le pone cara de animal enjaulado cuando está a punto de montar en cólera —continuó June—. La ira va acumulándose mientras hacen un repaso a las injusticias cometidas contra ellos una y otra vez hasta que no tienen otro remedio que estallar. Si Estella se quedó traumatizada después de la agresión de Fenton, hizo un trabajo soberbio como actriz disimulándolo. —Se calló un momento—. No estoy diciendo que no estuviera en *shock*, asustada y cabreada. Creo que estaba sintiendo todo eso y mucho más, pero ¿tramar su venganza asesinando a Fenton? Imposible. Fue ella quien propuso que utilizásemos lo que le había hecho ese cabronazo como munición contra él y el resto de los malnacidos de Pine Ridge para obtener justicia para Neil, ¿lo recuerdas?

—Sí, lo recuerdo. Por la razón que sea, necesitaba plantear la posibilidad y hacer que tú me la refutaras.

Nora llenó de café la taza más grande que tenía. A diferencia de las que había en la librería, todas las que tenía en su casa estaban hechas a mano por una ceramista local. Le encantaba la forma curva del asa y cómo se ajustaba perfectamente a sus dedos, o el hecho de que al sostenerla con las dos manos un intenso calorcito la impregnase profundamente a través de las palmas. Era como si la arcilla cocida de Carolina del Norte y la técnica del vidriado casero retuviese mejor el calor que una taza de café producida en serie en alguna fábrica. Nora tenía tazas en cuatro acabados de vidriado distintos. Ese día había elegido el azul cobalto.

«Para apagar el fuego», pensó.

—Estella necesita un abogado, y de los buenos —señaló June—. Alguien de fuera del pueblo, alguien con un poco de perspectiva.

Nora asintió, aunque June no podía ver el movimiento de su cabeza.

—Lo mejor que podemos hacer si queremos que salga en libertad es descubrir la identidad del verdadero asesino o asesina. También tendremos que reunir pruebas suficientes para convencer a un juez de la inocencia de Estella. Ningún abogado va a hacer eso. Además, los abogados que vemos en televisión, esos que presumen de sus habilidades para conseguir que sus clientes no entren en la cárcel, cobran minutas exorbitantes. Ninguna de nosotras tiene el dinero para contratar a un abogado que disponga de su propio equipo de detectives e investigadores. Tendremos que hacer todo el trabajo de campo nosotras. Las tres.

—Además de seguir haciendo nuestro trabajo —dijo June.

—Y de fingir que nos trae sin cuidado el futuro de Estella —añadió Nora—. Por ahora, nuestro club de lectura secreto tiene que seguir siendo secreto de verdad. De lo contrario, la gente no confiará en nosotras y no nos contará lo que sabe.

June lanzó un gruñido.

—Es un poco tarde para eso. Hemos ido juntas al Oasis. Y anoche cenamos en el Pink Lady. En cuanto se haga público que han detenido a Estella, todo Miracle Springs empezará a hablar de cómo el club de lectura de las raritas estuvo tomando batidos de fresa justo antes de que la pelirroja matara a un ejecutivo que estaba de visita en el pueblo.

—Razón de más para mantener un perfil bajo.

Nora miró su taza de café y supo que no podía llevar la taza y el teléfono a la vez hasta su butaca. Iba a aplicarse un poco de hielo en el tobillo maltrecho, pero cuando trasladó el peso de su cuerpo de una pierna a otra, una súbita punzada de dolor le hizo recordar las instrucciones de Jedediah. También recordó su voz ahumada, el contacto de su antebrazo al presionar la parte baja de su espalda y el olor a agujas de pino de su pelo.

—June —dijo, tratando de ignorar cómo se le aceleraba el pulso ante el recuerdo del cálido aliento de Jed sobre su cuello o de las palabras que le susurró al despedirse—. A ver si puedes averiguar qué equipo médico acudió a la llamada de emergencias en el hotel.

—¡Ajá! —exclamó June—. Porque si alguno de ellos fue el tío bueno que te socorrió cuando te la pegaste en el vestíbulo, así podrías llamarlo y proponerle que os toméis un café o algo, ¿verdad?

—Algo así, sí. —A Nora se le encendieron las mejillas, el cuello y hasta el pecho.

«¿Qué clase de mujer se pone cachonda cuando acaban de detener a una amiga por ser sospechosa de asesinato?», se preguntó Nora avergonzada.

Por suerte, June cambió de tema. Después de prometerle que la llamaría a la tienda en cuanto tuviese alguna información útil, colgó el teléfono.

Nora pasó la siguiente media hora tomando café, poniendo el pie en alto, aplicándose hielo y pensando. De vez en cuando, anotaba una idea o una pregunta en una libreta. Al final, cogió el teléfono y se dispuso a arruinarle el día a Hester.

—Gingerbread House, ¿dígame?

—Soy Nora. Ya sé que estás ocupada con el horno, pero ¿has empezado a atender a la clientela?

Oyó el sonido de una puerta al cerrarse.

—Eso que acabas de oír soy yo metiendo los rollos de canela en el horno, efectivamente —dijo Hester—. Son las últimas pastas que hago antes de abrir la panadería. Me encanta servirlas calentitas, recién sacadas del horno, con el glaseado derritiéndose por los lados...

—Hester, escucha —la interrumpió Nora—: anoche asesinaron a Fenton Greer.

—¡¿Qué?! —exclamó la panadera. Y acto seguido añadió—: ¿Dónde? ¿Cómo?

Nora devolvió la bolsa de hielo terapéutico a su sitio en el congelador.

—Lo único que sé es que lo encontraron en el balneario de Miracle Springs y que han detenido a Estella.

Hester inspiró una bocanada de aire y lo retuvo sin soltarlo.

—Sí, ya lo sé —dijo Nora con delicadeza—. Yo reaccioné igual. Pero vamos a ayudarla, Hester; tú, yo y June. ¿Podrías hacer un poco de magia con tus bollos? ¿O con esos rollitos de canela? ¿Podrías conseguir que el *sheriff* o alguno de sus ayudantes te cuenten los detalles de la investigación? Seguro que el periódico local también anda detrás de ellos para que hagan declaraciones. No me sorprendería nada que todo el grupito de polis acabara en tu panadería, así que ten los oídos abiertos, Hester. La única oportunidad que tenemos de sacar a Estella de la cárcel es sirviéndoles al verdadero asesino en bandeja de plata.

—Pero ¿cómo va a sobrevivir Estella mientras tanto? ¿Encerrada en una celda? —susurró Hester—. Piénsalo. Dudo que se haya separado alguna vez de su secador de pelo o su estuche de maquillaje. Seguro que sus sábanas son de seda y tiene una mantita de felpilla en el sofá para cuando ve la tele. ¿Cómo va a sobrevivir una noche entera en la cárcel, por no hablar de si tiene que pasar más tiempo encerrada?

Aquellos comentarios la sacaban de quicio. A veces su amiga, más joven que ella, parecía una auténtica sabia, mientras que otras veces sus reflexiones, chocantemente ingenuas, dejaban perpleja a la librera.

—Estella es muy fuerte, Hester —le dijo—. Todas lo somos.

Más tarde, mientras se duchaba, Nora pensó que esperaba que lo que le había dicho a Hester fuera verdad. Hablar de capacidad de resistencia y fortaleza era una cosa, pero mostrarse fuerte ante las adversidades del destino era otra muy distinta. Y pese a todo, Nora siempre había logrado sacar fuerzas y valentía de las palabras. Había recurrido una y otra vez a los libros para que la ayudaran a capear los peores temporales de su vida. Ahora también la esperaban, hileras enteras de libros, una detrás de otra. Pilas y más pilas de ejemplares. Solo de pensar en el arcoíris de cubiertas de colores, la cantidad de tipos de letra, las encuadernaciones en cuero y el destello ocasional de alguna letra grabada en tinta de pan de oro, Nora ya estaba más tranquila y relajada. Eran regalos envueltos en el papel de la imaginación, la inspiración, el entusiasmo, el sufrimiento y la tristeza. Regalos que centenares de escritores hacían a sus lectores. Regalos que esperaban ansiosos a que alguien los abriera.

Con aquella idea en mente, Nora se vistió y recorrió apresuradamente el estrecho sendero que llevaba de la Casita del Vagón de Cola hasta la librería. Apenas le dio tiempo a entrar por la puerta de atrás y abrir la principal cuando June ya la estaba llamando.

—Por primera vez desde que empezó este día aciago siento que nos pasa algo bueno —dijo—: Jedediah fue uno de los dos sanitarios que atendieron la llamada al servicio de emergencias desde el balneario anoche, lo que significa que fue él quien transportó el cadáver de Fenton a la morgue.

—¿Qué hay de la escena del crimen? —preguntó Nora, tragándose el extraño nudo que se le había formado en la garganta al oír el nombre de Jedediah—. ¿Has podido ver algo?

—Nada de nada. —June no se molestó en disimular su frustración—. Mi jefa, que no es una mujer menuda, que digamos, se plantó en la puerta con una mano en la cadera y ahuyentando con la otra a cualquiera que se atreviese a acercarse demasiado. Espantaba a la gente agitando una toalla como si fueran moscas en una barbacoa. Intenté colarme por la puerta lateral, que ahora llamo «la entrada de Estella», pero cuando vi salir a un ayudante del *sheriff,* me escondí detrás de un arbusto y allí me quedé hasta que pude volver al hotel. Ahora estoy esperando a que Bob empiece su turno. Seguro que querrá ayudar a Estella y creo que podemos confiar en él, ¿no te parece?

Nora vaciló un instante.

—Pues no lo sé, June. La otra noche me inspiró confianza, sí, pero ¿qué significa eso en realidad? Hubo un tiempo en que conocía a un hombre tan sumamente bien que podía predecir sin temor a equivocarme lo que iba a decir a cada momento. —Sintió el dolor de una puñalada en el estómago al recordar el momento en que descubrió que su marido había estado llevando una doble vida—. Resultó que me equivoqué al creerme todo lo que decía, así que cuando se trata de confiar en los demás, últimamente mi respuesta automática es que es mejor no hacerlo. Salvo por...

Nora bajó la vista y vio que estaba retorciendo un libro de bolsillo con tanta fuerza que no solo le había roto el lomo, sino que también le había arrugado la cubierta nueva y reluciente. Ahora tendría que venderlo como si fuera un libro de segunda mano.

—Te entiendo —dijo June con dulzura—. Estás intentando confiar en nosotras tres. Y lo conseguirás. En cuanto a mí, necesito café. Litros y litros de café. Espero que Bob pueda prepararme algo más fuerte que el aguachirle que sirven en los restaurantes del hotel. Siempre estoy oyendo a los clientes quejarse de lo flojo que es.

—Bueno, pues si no es lo bastante fuerte, pásate luego por aquí y te preparo uno.

Nora soltó el teléfono y pasó el canto de una regla por encima del libro en un vano intento de alisar las arrugas que le había hecho.

—Perdóname —dijo, dirigiéndose al ejemplar. Se metió el móvil en el bolsillo, cogió el libro, una guía sobre el uso de suplementos naturales para alcanzar la felicidad, y encaminó sus pasos hacia la sección de Salud y Medicina.

Nora se abrió paso a través de las categorías de Antigüedades, Arte y Libros ilustrados de gran tamaño, recogiendo libros sueltos a medida que avanzaba. De pronto sonaron las campanillas, anunciando la llegada de un cliente, y la librera le dio la bienvenida cortésmente en voz alta desde donde estaba.

Estaba alcanzando el estante donde volver a colocar la guía de suplementos naturales cuando oyó una voz masculina que le decía:

—¿Estás segura de que ese libro va ahí?

El volumen, inclinado en el borde del estante como un esquiador a punto de tirarse por una pendiente alpina, decidió lanzarse al suelo en ese momento. Se desvió a la izquierda, esquivando la mano de Nora como si fuera un bache de nieve hecho de carne, y se estrelló contra el suelo. Al aterrizar, el libro se abrió de par en par por la cubierta y a Nora le recordó a un pájaro a punto de emprender el vuelo. Solo que aquel pájaro tenía el cuerpo roto.

—Perdona, no era mi intención asustarte.

Jedediah Craig recogió el libro del suelo con sumo cuidado, sujetándolo del lomo como un bibliófilo recogiendo un incunable con la cubierta de pergamino y las guardas de jaspeado.

Nora cogió el libro maltrecho.

—Llevo toda la mañana maltratando a este pobre infeliz. Vaya pareja hacemos los dos... —Rehuyendo la mirada de Jed, le preguntó—: ¿Por qué me has preguntado si estoy segura de que ese es su sitio?

—Porque veo que guardas los libros sobre remedios de herbolario en la sección de Medicina. —Tras examinar los títulos unos segundos, Jed sacó un libro titulado *La enciclopedia de la medicina natural* del estante—. Pero solo te lo decía de broma. —Parecía arrepentido—. Que a mí me hayan formado para usar determinados métodos no significa que no esté abierto a otras formas de abordar la medicina. Nunca me opondría al enfoque holístico para curar a las personas o a cualquier otra forma de curación, ya puestos. El dolor que siente cada persona es único, por lo que la forma de sanar también lo es. Y hablando de sanar, ¿cómo tienes el tobillo?

—Me duele —contestó Nora, extraordinariamente consciente de la cercanía física entre ella y Jed y del modo en que la mirada de este le había recorrido todo el cuerpo de arriba abajo hasta detenerse en su pie lesionado—. Aunque al menos puedo moverme sin problemas. —Ansiosa por desviar la atención de su cuerpo, señaló el libro que llevaba en las manos—. ¿Te gusta leer? No creo haberte visto nunca por la librería.

—Cada vez que paso por aquí con la ambulancia fantaseo con la idea de parar y entrar, pero sospecho que a mis clientes no les haría ni pizca de gracia. —Dedicó a Nora la más fugaz de las sonrisas—. Me vine a vivir a Miracle Springs hace poco más de un mes. Todavía tengo casi todas mis cosas metidas en cajas, todas apiladas en el salón. Llevo trabajando unos turnos demenciales desde que llegué aquí.

Tras colocar el libro en su sitio, Jed desplazó la mirada a la siguiente estantería, que albergaba un ecléctico surtido de títulos para dueños de mascotas.

—No suelo hacer un seguimiento de mis pacientes acudiendo a su lugar de trabajo, pero así tengo una excusa para entrar por fin y husmear un poco. Esperaba que tuvieras algo que pueda ayudarme con Henry Higgins.

Nora aguardó a que Jed ampliase esa información, pero parecía distraído con un libro sobre masajes para mascotas.

—¿Te refieres al profesor de *Pigmalión*?

—¿Cómo dices? —Jed la miró con gesto confuso y luego se echó a reír—. He oído hablar de esa obra de teatro, pero no. Henry Higgins es mi perro y le puse ese nombre por el personaje de *My Fair Lady*. Es el musical favorito de mi madre. Es la que tiene que encargarse del grandullón hasta que me asignen unos horarios un poco más decentes. El mes que viene está previsto que otro sanitario más se incorpore al equipo. Hasta entonces, mi vida va a ser trabajar y trabajar y no poder desempaquetar las cajas de la mudanza.

«Ya sabía yo que tenía que tener algo raro —pensó Nora—. Vive pegadito a las faldas de su madre».

—¿Y qué clase de ayuda necesitas con Henry Higgins? —A Nora le gustaba el nombre. Se imaginaba a un perro sagaz y elegante, como un caniche grande o un braco de Weimar sentado sobre sus patas traseras junto al sillón de Jed, esperando pacientemente a que lo sacara a pasear—. Supongo que debería preguntar de qué raza es. No es que sea una experta en perros ni nada de eso, porque no lo soy. Tuve un labrador negro cuando era niña, pero hasta ahí llega toda mi experiencia con el mundo canino.

—Pues no sabes lo que te pierdes, porque los perros son increíbles. Y los gatos también —dijo Jed—. Y respondiendo a tu pregunta, Henry Higgins es un crestado rodesiano. —Al ver la expresión de Nora, cogió un libro sobre razas caninas y lo abrió por la letra ce—. No te dejes intimidar por el nombre. Es una raza que se originó en África. Son tan valientes que se hicieron famosos por mantener a los leones a raya. Mira aquí.

Cogiendo el libro que le tendía, Nora examinó la ilustración de un perro esbelto y musculoso de pelaje claro que le enseñaba los dientes a un león macho. En la siguiente página había una fotografía en la que destacaba la famosa cresta, distintiva de la raza, en la espalda y que le recorría el lomo en sentido opuesto al resto del pelaje, y otra imagen de mayor tamaño de un crestado rodesiano corriendo por una playa.

—Son preciosos —señaló Nora—. Tienen el pelaje del color de la arena bajo el sol del atardecer. Una mezcla de trigo dorado con tonos rojizos claros.

La sonrisa que Jed le dedicó esta vez era una sonrisa tímida.

—Bonitas palabras. Pero ojalá no hubieses mencionado la playa, porque eso me recuerda que no sé si he hecho bien viniéndome a vivir lejos de la costa.

Nora vio allí su oportunidad de entablar con Jed una conversación más larga. Si lograba persuadirlo para charlar de cosas triviales e intrascendentes, tal vez podría sonsacarle alguna información crucial sobre la muerte de Fenton Greer.

«Reconócelo, sientes curiosidad por este hombre», pensó.

—¿Te apetece un café? —le preguntó—. Mientras preparo una cafetera nueva, puedes contarme qué te pasa con Henry Higgins.

Nora se sorprendió al ver la expresión de alivio que se apoderó del rostro del hombre. Era evidente que esperaba que ella le preguntara por su pasado, y cuando no lo hizo, Jed se relajó inmediatamente. Nora conocía muy bien la sensación.

—Me encantaría tomarme un café —contestó—. De hecho, si pudiera ir un momento al puesto de socorro a coger un gotero, me haría una transfusión.

—Así que eres un adicto, ¿eh?

Jed asintió.

—Y además no tengo ninguna intención de ir a rehabilitación para quitarme el vicio. —Siguió a Nora a la taquilla de venta de billetes—. Te hablaré de Henry Higgins si me prometes que vas a ponerte hielo en el pie y mantenerlo en alto cuando te pague el café, ¿vale?

—Trato hecho —accedió Nora—. ¿Qué vas a tomar?

Jed examinó la pizarra con las opciones del menú.

—Un Ernest Hemingway, por favor.

Nora puso el grano tostado oscuro en la cafetera y volvió a oír el sonido de las campanillas en la puerta. Mientras Jed empezaba a relatar su historia de cuando adoptó a Henry Higgins en un refugio para animales con necesidades especiales, Nora sirvió un Louisa May Alcott y un Jack London a un matrimonio. La misma pareja le aseguró que no necesitaban su ayuda y que querían pasearse a su aire por la librería y echar un vistazo al fondo mientras se tomaban el café.

Cuando se alejaron, Nora volvió a concentrarse en Jed.

—¿Qué clase de necesidades especiales?

—Ahora te toca poner el pie en alto —le recordó él.

—Sí, señor.

Nora sacó su bolsa de hielo del congelador y fue a sentarse con Jed en las sillas dispuestas en corro que se habían convertido en el lugar de reunión del Club Secreto de la Lectura y la Merienda. Por un momento, la librera se quedó levemente conmocionada al ver que el sanitario había escogido la silla de Estella, pero se recobró enseguida y cogió un cojín de color malva bordado con la frase SOLO UN CAPÍTULO MÁS en una vistosa letra de color ciruela del sillón de June. Empleando el cojín para proteger la superficie de la mesita de centro, elevó el pie derecho y se colocó la bolsa con efecto frío encima del tobillo hinchado.

A Jed no le gustó nada lo que vieron sus ojos.

—Te ha salido un buen hematoma.

—Me salen con mucha facilidad. Y si se me pone peor, siempre puedo llamar a alguien que yo me sé. —Esperó una fracción de segundo antes de añadir—: ¿Verdad?

—Verdad —dijo él.

Nora repitió su pregunta anterior.

—¿Qué clase de necesidades especiales tiene Henry Higgins?

—Se hizo daño en la vista cuando era un cachorro —contestó Jed—. También tiene problemas de ansiedad, pero no los habituales, como miedo a los truenos o a los petardos. Tampoco sufre el típico trastorno de ansiedad por separación. Los suyos son problemas más raros. En eso se parece más a un humano. Necesito una forma de ayudarlo a evadirse de su cabecita de perro para que pueda relajarse un poco.

—¿Nació con las lesiones en la vista o fue algo que pasó más tarde?

A Jed se le tensaron los músculos de la mandíbula y a Nora le pareció verlo apretar los dientes con todas sus fuerzas. Hacía apenas un segundo estaba completamente tranquilo y relajado, pero ahora estaba tenso y en guardia.

—Más tarde —fue su escueta respuesta—. Hubo un incidente. Tuvo suerte de salir con vida.

Nora supo, sin necesidad de que él tuviera que decirlo, que Jed había estado presente durante el incidente. También supo que Henry Higgins no había sido el único en resultar malherido del suceso.

—Tengo un libro sobre masajes terapéuticos para perros y otro sobre la correlación entre la salud canina y la dieta natural. Los dos están entre los favoritos del doctor Mack, nuestro veterinario local. Para más temas tendría que buscar un poco más entre mis anaqueles. Por otra parte, y perdóname si estoy siendo demasiado directa, ¿crees que hay alguna posibilidad de que Henry Higgins haya estado absorbiendo ansiedad adicional de otra fuente? ¿Como tú? ¿O tu madre?

Jed no respondió. De repente le entró un interés desmedido por la taza que Nora había escogido para él y en la que se leía la frase: ÁNDATE CON CUIDADO O SABRÁS CUÁL ES MI SUPERPODER.

Tras levantar la taza en su dirección, comentó:

—Gracias por no darme una taza de bombero. Esos tipos ya reciben suficiente atención. A ver, no me malinterpretes, porque se merecen todos los elogios. Se parten el lomo trabajando, pero ¿a que las mujeres no van por ahí comprando calendarios de sanitarios sin camiseta? Nosotros nunca seremos tan sexis, no importa el número de vidas que salvemos a diario.

Nora sabía que Jed estaba intentando rehuir su pregunta sobre Henry Higgins. Él estaba relacionado de algún modo con el accidente que había dejado malherido a su perro, pero presionándolo para que hablara solo conseguiría alejarlo, y Nora necesitaba que se quedara allí con ella.

—No sabría decirte. Los bomberos siempre tienen que ir bien afeitados —dijo Nora con aire despreocupado—. Y a mí me gustan más los hombres con barbita de tres días. —Señaló la taza de él—. ¿Quieres que te la rellene? Voy a volver a meter la bolsa de hielo en el congelador.

—Déjame a mí. —Jed llevó el hielo y las tazas a la zona de la taquilla. Nora le sirvió otra taza y luego él le prometió que se pondría a mirar libros mientras ella atendía a otros clientes.

No fue hasta que empezó a oír el sonido de las campanillas más a menudo cuando Nora cayó en la cuenta de que el cierre del balneario había propiciado que cada vez más visitantes de fuera del pueblo traspasasen el umbral de Miracle Books. Al ver cancelados sus planes de poner su cuerpo en remojo en las aguas termales, habían dirigido sus pasos al centro para ir de compras, y ahora la librera no paraba de meter ejemplares y objetos decorativos para estanterías en bolsas antes de ir al mostrador de la taquilla de venta de billetes a servir el máximo número de cafés posible.

—¿Tienes a alguien que te ayude? —le preguntó Jed en un momento dado.

—No puedo permitirme contratar a nadie —contestó Nora, sorprendiéndose a sí misma por su sinceridad—. Oye, Jed, siento no tener tiempo para buscarte más libros sobre la temática que te interesa. ¿Te importa si quedamos más tarde? Así, cuando la cosa esté un poco más tranquila por aquí, podría enseñarte lo que creo que necesitas.

Jed, que llevaba varios libros bajo el brazo, parecía sentirse dividido. Por una parte, había algo en el modo en que inclinaba el cuerpo hacia ella que le indicaba que tenía ganas de verla otra vez, pero por otra parte era evidente su reticencia a volver a hablar de las lesiones de su perro.

—¿Te refieres a que quedemos aquí?

—O podríamos sentarnos en la terracita de mi casa —propuso Nora, más atónita aún por esa última frase que por la anterior—. Es un espacio muy bonito, sobre todo al atardecer. Vivo justo detrás de la librería. —Señaló con el pulgar por encima de su hombro, sintiéndose tan torpe como una adolescente de trece años.

—Ah, pues eso suena bien, gracias —dijo Jed dedicándole una cálida sonrisa—. Traeré una botella de vino. ¿Con qué quieres que te envenene? —La sonrisa se le esfumó de golpe y negó con la cabeza—. Una frase muy desafortunada, perdona.

Nora lo miró con estupefacción.

—No estoy segura de qué es lo que tengo que perdonarte. ¿Tiene eso algo que ver con lo que le ha pasado a Fenton Greer?

Jed desvió la mirada, aunque no por mucho tiempo.

—Me he enterado de que han detenido a tu amiga para interrogarla. Eso debe de ser muy duro.

«Pues sí que ha durado poco lo de mantener nuestro club de lectura en secreto...», pensó antes de recordar que Jed la había ayudado a salir del coche de June cuando se torció el tobillo. Fue entonces cuando vio a June, Hester y Estella. En cuanto June se fue con el coche, lo más probable era que el viejo empleado del hotel le hubiese hecho a Jed un retrato biográfico de cada una de ellas, tanto si Jed se lo había pedido como si no. Así era la vida en Miracle Springs.

—Ella no lo hizo —dijo Nora sin poder ocultar el miedo que sentía por Estella, un miedo que se expresaba en forma de ira, inundando sus ojos de nubes de tormenta y haciendo que sus cicatrices le palpitasen como si fueran relámpagos difusos—. ¿De qué murió... Greer?

La intensidad de su voz sumió a Jed en el desconcierto.

—No puedo establecer todavía la causa de la muerte. Será el foren...

—¿Qué fue lo que viste? —insistió Nora—. ¿Qué vas a poner en tu informe?

—No puedo... —empezó a decir el hombre, y luego se le apagó la voz. Ambos sabían que no podía ir por ahí formulando teorías sobre la causa de la muerte de Fenton Greer.

Nora se dio cuenta de que se había puesto demasiado agresiva. Ella, que siempre ejercía el más absoluto control sobre sus emociones, acababa de perderlo con Jed. Había algo en él que la impelía a mostrarse en su faceta más sincera. Y eso la asustaba.

Se abrió un silencio entre ambos, un silencio que fue dilatándose y volviéndose cada vez más oscuro, transformándose en la boca de una cueva, hasta que Jed habló al fin.

—Si quieres cancelar nuestros planes para luego, lo entiendo. Ojalá pudiera decirte lo que quieres saber, pero necesito este trabajo. Y en cierto modo, ya he hablado demasiado.

«Se refiere al comentario del veneno —pensó Nora—. Fenton ha muerto envenenado. Pero eso no sirve de mucha ayuda. Existen cientos de venenos, miles tal vez».

—Estella no lo hizo —repitió.

Con sus palabras suspendidas en el aire como globos llenos de helio capaces de seguir remontando cada vez más alto, Nora pensó en el hecho de que tradicionalmente se había considerado el veneno como el arma asesina por excelencia de las mujeres.

«¿Estoy intentando convencer a Jed de la inocencia de Estella? —se preguntó—. ¿O solo intento convencerme a mí misma?».

CAPÍTULO DIEZ

Todas las sustancias son venenos, no existe ninguna
que no lo sea. Solo la dosis hace el veneno.

PARACELSO

N ora no tuvo mucho tiempo de seguir dándole vueltas al comentario de Jedediah sobre el veneno.

Miracle Books vivió un ajetreo constante el resto de la
jornada y la librera hizo lo que pudo por atender a los clientes
y servirles café, emparejarlos con los libros idóneos y pasar sus
compras por caja.

Al final tuvo una tregua hacia las cinco de la tarde. Para entonces el tobillo la estaba matando y tenía un hambre atroz. Con
la librería vacía al fin, decidió ir corriendo a la trastienda a hacerse un descafeinado y comer algo de merienda.

Acababa de llenarse la taza cuando oyó las campanillas.

—Maldita sea... —murmuró con tono de cansancio. Sabía
que debería dar gracias por ver la caja repleta de billetes y hue-
cos vacíos en los estantes: además de libros, había vendido montones de chismes decorativos, como un juguete de hojalata con
un pajarillo cantarín en una jaula, un bolo *vintage,* una silueta
enmarcada de una niña y su gatito, un tablero de juego antiguo,
una vasija de cerámica, un señuelo en forma de cisne, un globo

terráqueo de cuero y un tintero *art nouveau* con el grabado de una mujer reclinada.

Fantaseando con poder adoptar la misma postura que la mujer del tintero en ese preciso instante, Nora tomó un sorbo de café.

—¡¿Dónde estás?! —gritó Hester desde la parte delantera de la tienda.

La librera dejó escapar un suspiro de alivio. Al fin podría sentarse.

—¡Donde siempre! —le contestó.

Hester y June aparecieron en el corro de sillas.

—Pareces hecha polvo —dijo June—. ¿Un día largo?

—Estoy para el arrastre. Que hayan cerrado el balneario ha sido fantástico para el negocio, pero terrible para mi pie. —Aunque Nora odiaba reconocer aquella debilidad, no le quedaba más remedio que dejar descansar a su pobre y dolorido tobillo.

June frunció el ceño con preocupación.

—Iré a por hielo. Hester, dale a la chica algo de comer. Seguro que no ha probado bocado desde el desayuno.

La panadera sacó una caja de la bolsa que había dejado sobre la mesita de centro. Le entregó un cojín a Nora y dio unas palmaditas en la superficie de la mesa.

—Levanta el pie primero.

Su amiga hizo lo que le decía y June regresó del mostrador de la cafetería con la bolsa de hielo.

—¿Has quedado con Jed el Guaperas?

—Sí. —Nora cogió la caja que le ofrecía Hester—. Pero ya la he fastidiado: esta mañana se ha pasado por la librería y no he sabido manejar la situación. No soy Estella.

June apretó el hombro de Nora.

—Ahora, come. Hester y yo te contaremos lo que sabemos y luego tú puedes explicarnos qué te ha pasado con Jed.

Nora estaba demasiado hambrienta para protestar. Abrió la tapa de la caja y de ella emanaron unos aromas irresistibles al paladar. El olor a queso fundido, masa de mantequilla y jamón cocido hizo que a la librera le rugiera el estómago, y cuando sacó el cruasán del envoltorio de papel parafinado que lo recubría, descubrió que aún estaba caliente.

Tras darle un mordisco, tuvo que contener un gemido. El queso gruyer que había escapado por el agujero de la punta del cruasán era de color dorado oscuro y se deshizo en la boca de Nora. No era jamón de York, sino *prosciutto,* que compartía el relleno del interior con el queso, y la combinación de sabores estaba de muerte. Nora se habría comido otro sin dudarlo.

—Pues sí que tenías hambre... —dijo Hester. Ella y June apenas habían tenido tiempo de servirse un café cuando Nora ya había terminado de comer.

—Eres una repostera increíble —dijo la librera, limpiándose las manos con una servilleta.

Hester empujó la bolsa en dirección a June.

—La otra caja es para ti. Llevo pensando en ti desde que nos contaste tu historia en el Pink Lady. Aquí tienes el bollito personalizado que te he hecho. Deberías comértelo ahora, aunque no te apetezca. Hazme caso y confía en mí.

Aunque June parecía nerviosa, reaccionó con calma:

—Eso es lo que estamos intentando hacer todas, ¿no? —dijo—. Intentar confiar en las demás. —Se armó de valor para lo que iba a hacer, como si estuviera a punto de meter la mano en una caja que contuviese una víbora en lugar de un cruasán—. Confiar y probar.

—Confiar y probar —repitió Hester.

Apenas había abierto la caja cuando los ojos de June se llenaron de lágrimas.

—Huele a manzanas. Me recuerda a cuando llevaba a mi hijo a coger manzanas en el norte de Nueva York. Los manzanos siempre estaban espectaculares. Íbamos de paseo en carros de heno, bebíamos sidra caliente y comprábamos jarabe de arce. Unas semanas más tarde, cuando llegaba ese primer día tan temible y oscuro del invierno, yo preparaba tortitas de manzana y canela y les echábamos el jarabe y recordábamos nuestro día dorado de otoño. —Con la mirada llorosa y distante, partió un trozo del bollo y se lo metió en la boca—. Está todo aquí. Las manzanas. El arce. La canela. Hasta el sol de otoño. —Una lágrima le resbaló por la mejilla—. Huelo el heno. Recuerdo cuando a Tyson se le quedó enganchada una brizna en el pelo. Se la quitó y se la puso entre los dientes y se puso a imitar un acento sureño descacharrante. Quién le iba a decir que su madre acabaría viviendo en el sur algún día... ¡ja!

Era asombroso ver cómo se había sumergido June en sus recuerdos. Nora dejó de mirarla para volverse hacia Hester. Su amiga panadera tenía las manos entrelazadas sobre el corazón y observaba a June con una mezcla de expectación y ávida esperanza. Se dio cuenta entonces de que Hester regalaba una pequeña parte de sí misma con cada uno de sus bollos reconfortantes. Deseaba desesperadamente que cada uno de ellos hiciese honor a su nombre.

Otra lágrima rodó por el rostro de June, pero esta no pareció percatarse.

—Solo quiero saber si es feliz. Lo único que he querido siempre para él es que viva una vida plena.

—Si el resto de su infancia se parece al recuerdo que acabas de rememorar, tu hijo fue un chico con suerte —dijo Hester.

June se quedó mirando a Hester, enfocando la mirada despacio.

—Sí. Tuvo una infancia feliz. Fui una buena madre.

—Fuiste una buena madre —repitió Hester—. Acaba de comerte el bollito, anda.

—Creo que lo voy a hacer, sí.

June disfrutó de la pieza de bollería. Cada bocado parecía evocarle los momentos felices que había compartido con su hijo y su buena labor como madre criándolo. No lo expresó con palabras, pero sus lágrimas se secaron y de pronto toda ella adquirió un aire más liviano, una sensación de haberse desprendido de algo al fin. Aunque Nora sabía que aquel solo era el comienzo del proceso terapéutico de curación que proporciona el tiempo, era un comienzo muy significativo. La incapacidad de perdonarse a uno mismo podía representar un enorme obstáculo para las personas que sufrían el dolor de una herida emocional. Nora lo sabía muy bien. Y ahora sabía que June se mostraría receptiva a los libros que había seleccionado para ella.

—Gracias, Hester —dijo June una vez que hubo devorado hasta la última migaja de su bollo reconfortante. Bebió un poco de café y apartó la caja de las pastas a un lado—. Me da cierto reparo estar aquí zampándome un bollito con una taza de café y recostada en un sillón cuando Estella está pasándolo tan mal, así que vayamos al grano.

—Tienes razón —convino Nora—. Para empezar, me gustaría saber por qué el *sheriff* se ha dado tanta prisa en declarar la muerte de Fenton un homicidio. A Neil Parrish lo empujaron a un puñetero tren, pero su muerte primero se consideró sospechosa hasta que al final declararon que se trató de un suicidio.

June soltó uno de sus gruñidos característicos.

—Está claro que el *sheriff* Sapo no sabe hacer la «o» con un canuto. Dejando eso aparte, Bob me ha dado un montón de información. No solo está enamorado de Estella, también es un observador atento y sabe aguzar el oído. Por eso decidí ser franca con él y decirle que las tres tenemos un plan para exculpar a Estella.

—¿La han acusado formalmente de homicidio? —preguntó Nora.

—No —contestó Hester—. O al menos no lo habían hecho todavía a las tres. Fue a esa hora cuando un par de ayudantes del *sheriff* entraron en la panadería para comprar unas galletas y unos *éclairs* para llevárselos a comisaría. Puede que el ayudante Andrews, ese al que Nora le prestó *El juego de Ender,* esté algo colado por mí, porque se quedó merodeando por el mostrador después de que su compañero hiciera el pedido. Creo que pretendía impresionarme preguntándome si me había enterado de que ha habido otra muerte violenta en Miracle Springs, así que me hice la tonta y le supliqué que me contase todos los detalles.

June alargó el brazo por encima de la mesa y le dio a Hester un golpe juguetón en el brazo.

—¡Caramba con la mosquita muerta! ¿Y qué te dijo?

—Malgastó la mayor parte del tiempo hablándome de su papel en la investigación —dijo Hester—. Por suerte, cuando el otro ayudante, Lloyd, se fue al lavabo, Andrews se apoyó en el mostrador y me susurró que de no haber sido por su vista de lince, el *sheriff* no contaría con una bolsa de pruebas con la que probablemente es el arma del crimen. Andrews la vio debajo de una de las tumbonas.

Nora se olvidó por completo del dolor en el tobillo y se incorporó de golpe, por lo que la bolsa de hielo cayó resbalando al suelo.

—¿Y cuál es esa arma?

—Un bote de pastillas —dijo Hester—. Por desgracia, no tengo ni idea de qué clase de pastillas son, porque Andrews tuvo que marcharse. Lloyd le dijo que el *sheriff* ya les había dado luz verde para que procesaran el teléfono móvil de Fenton Greer. Después de recoger la caja de galletas, Lloyd echó a andar hacia la puerta. Cuando creía estar lo bastante lejos para que no lo oyera nadie, hizo un gesto obsceno con la lengua y dijo que estaba ansioso por ver si todos los rumores sobre Estella eran ciertos. —Hester sacudió la cabeza con expresión de asco—. Pedazo de gilipollas. Me dieron ganas de darle en toda la cara con una sartén. Al menos ninguno de los dos parecía saber nada del Club Secreto de la Lectura y la Merienda.

—Si hay fotos de Estella en el teléfono de Fenton, llevarán una marca de tiempo —dijo Nora. Pronunciar el nombre de Estella en voz alta hizo que la embargase el sentimiento de culpa—. ¿Alguna de vosotras ha intentado ir a verla? Yo no. Admito que hoy Miracle Books ha consumido por completo todo mi día.

—Podrías haber estado desde primera hora de la mañana hasta la noche esperando en la recepción de comisaría y el resultado habría sido el mismo —dijo June—. Hoy no permitían ninguna visita a Estella. La estaban interrogando. Eso fue lo que dijeron cada vez que llamaba, y he llamado seis veces. La parte positiva es que Bob está de nuestro lado, y con eso quiero decir que hará lo que sea para ayudar a Estella.

Nora no sabía muy bien qué pensar acerca de Bob.

—Ya sé que ese hombre os cae bien a todas, ¿pero es esa razón suficiente? No sé si podemos confiar en él.

—Ya nos lo ha demostrado —dijo June—. Bob ha descubierto qué clase de pastillas le echó presuntamente Estella a Fenton en la bebida.

Esta vez fue Hester quien, con el corazón en vilo, se incorporó y se sentó al borde del sillón.

—Pero no nos dejes con la intriga... —le insistió.

June estaba teniendo dificultades para sacar un trozo de papel de su bolso porque se había quedado enganchado en la punta de una aguja de punto muy afilada.

—¿Es eso un arma? —preguntó Nora, completamente en serio.

June empujó la aguja hacia el fondo de su bolso.

—No, es para hacer punto. Así tengo las manos ocupadas por las noches mientras veo la tele, un hábito mucho más sano que meterme comida en la boca sin parar. —Desplegó el papel—. Lo que el ayudante Andrews encontró en la escena del crimen es un medicamento, no un veneno. Aunque, claro, cualquier medicamento puede convertirse en un veneno si tomas demasiado.

—¿Y tú conoces ese medicamento? —preguntó Nora—. Por tu trabajo como cuidadora en la residencia, quiero decir.

June asintió con la cabeza.

—Desde luego. No es nada del otro mundo, solo son pastillas de potasio. Cloruro de potasio, para ser más precisa.

—¿Y puedes sufrir una sobredosis de eso? —preguntó Hester—. ¿No son los plátanos los que tienen un montón de potasio?

—Sí, pero no puedes morirte de una sobredosis de plátanos —contestó June con aspereza—. Tenemos que pararnos un momento y preguntar primero por qué tomaba Greer ese medicamento. Por lo general, todos obtenemos el potasio que necesitamos de los alimentos. Cuando alguien no puede asimilarlo y su concentración en sangre es más baja de lo normal, padece un trastorno llamado hipocalemia. Cuando trabajaba en Belle Shoal veía a muchos pacientes tomar suplementos de potasio. También tenían otras enfermedades como insuficiencia renal, hipertensión o complicaciones derivadas de la diabetes. La medicación que tomaban para tratar esos trastornos hacía disminuir sus niveles de potasio o impedía que su organismo lo absorbiese, sobre todo si tomaban diuréticos.

—Así que tenían que tomar un suplemento para poder continuar con su tratamiento. —Nora reformuló las palabras de June no solo para entenderlo mejor, sino también para que Hester lo entendiera.

—Eso es —dijo—. Y deberíais haber visto las pastillas. —Elevó la mirada al techo—. Hasta un caballo se atragantaría con ellas, de lo grandes que eran. Mis pobrecitos pacientes... Tenía que machacar esas moles gigantescas para que se las tomasen con batidos y *smoothies*.

Nora recogió la bolsa de hielo del suelo.

—¿Cómo podría alguien usar esas pastillas como arma del crimen? He leído suficientes novelas de misterio para saber que la comida reduce enormemente la eficacia de un fármaco o de cualquier droga.

June asintió.

—Yo pensé lo mismo en cuanto Bob me habló de las pastillas. Y también me hice otra pregunta: si a Greer le habían recetado pastillas de potasio, ¿viajaría con un bote entero o se llevaría solo unas pocas? —Separó las manos, aguardando una respuesta.

—¿Cómo vamos a saberlo? Pero si Greer llevaba consigo pastillas suficientes para un mes, a estas alturas se habría tomado al menos dos —caviló Hester en voz alta—. Lo que significa que le quedaban veintisiete o veintiocho, ¿no?

Nora apuró su taza de café y examinó la taza vacía con una sensación de desánimo. Ahora, con el estómago lleno y una vez aliviado el dolor del tobillo, le estaba costando cada vez más mantener el cansancio a raya.

—A menos que Estella le pusiera una pistola en la cabeza, ¿por qué iba Greer a tragarse veintipico pastillas de potasio? —murmuró con voz desfallecida—. Estella no podía demostrar que había intentado abusar de ella mientras nosotras escuchábamos desde detrás del estante para toallas, por eso decidió no acudir al departamento del *sheriff* a enseñarles los moretones que acababa de hacerle. Sabía perfectamente que Fenton Greer negaría cualquier responsabilidad, igual que sabía que el *sheriff* no iba a encerrar a Greer. Es imposible que el machista de nuestro *sheriff* diera más credibilidad a una peluquera con fama de casquivana que a un hombre de negocios con influencias.

—Lo más probable es que el Sapo le dijera a Estella que se lo había merecido y la echara a la calle. Y todas sabemos dónde le pondría la mano para echarla —masculló Hester con furia.

June miraba a Nora con extrañeza.

—¿Qué quieres decir? ¿Estás diciendo que cuando Estella nos dijo que iba a utilizar lo que le había hecho Greer para presionarlo, tal vez lo que hizo fue volver al hotel y tratar de sonsacarle más información? ¿O que se las arregló de algún modo para que se tomara un bote entero de cloruro potásico? —Hizo un gesto desdeñoso con la muñeca—. Estella no es una asesina.

—No —convino la librera y sintió un gran alivio al comprobar que lo creía de veras—. Pero no tiene a mucha gente que la defienda en Miracle Springs. Sus clientas aprecian su talento para dejarlas bien guapas, pero no servirían como testigos de su defensa. La mayoría de los vecinos del pueblo se alegrarían de verla hundirse en la ruina.

—¡Porque no la conocen! —exclamó Hester.

—Ella no deja que nadie la vea como es realmente —señaló Nora—. Todas nosotras somos reacias a hacerlo. Nos hemos vuelto verdaderas expertas en escondernos detrás de nuestra coraza... hasta que nos encontramos las unas a las otras. Yo no sé vosotras, pero esta es la primera vez en muchos años que me abro a otras personas.

June levantó la taza de café a modo de brindis.

—Más vale tarde que nunca.

Unos meses antes, Nora había encontrado un desvencijado reloj de cuco en un mercadillo callejero. Tras regatear con el vendedor hasta dejarlo exhausto, Nora se salió con la suya y se marchó con el reloj por tan solo veinte dólares. Había lijado con suma paciencia la madera delicadamente tallada, aplicado varias capas de tinte y colgado su tesoro en la librería.

En ese momento el reloj sonó seis veces y el cuco azul salió disparado del confortable huequito donde pasaba la mayor parte de su existencia. Empezó a entonar su alegre canto, captando la atención del trío de mujeres, y luego se retiró de nuevo al calor de su nido en el interior de la madera.

Nora detestaba tener que romper la sensación de paz que había dejado el pajarillo, pero no tenía elección.

—Si queremos averiguar qué le pasó realmente a Fenton Greer, tenemos que hablar con Estella, y debemos estar preparadas para crearnos enemigos en este pueblo —dijo—. Jedediah cree que a Greer lo envenenaron. Al menos eso fue lo que interpreté de su referencia al veneno y de su reacción de culpabilidad cuando mencionó la palabra. —A continuación les describió la conversación entre ambos de esa mañana.

Hester miró a Nora con una sonrisa radiante.

—¿Así que has quedado luego con él? ¿Esta noche?

—¿Y va a traer vino? —añadió June, meneando las cejas—. ¿Y os lo beberéis mirando las estrellas?

—Ya basta de hablar con segundas —respondió Nora con irritación—. Ya sé que es muy guapo y que acaba de instalarse en el pueblo, pero a mí no me interesan las novedades. Me interesan las novelas.

June dio a Nora una palmadita en la rodilla.

—Los libros son una forma excelente de evadirse, querida, pero no te pueden hacer un masaje en la espalda cuando te duele ni susurrarte palabras sexis al oído. Las mujeres creen que quieren al señor Darcy, pero ¿es eso cierto? ¿De veras queremos a un hombre con pañuelo y un sombrero de copa para llevárnoslo a la cama? No. Queremos a un hombre que sea una mezcla de Otelo, Heathcliff, Atticus Finch, el inspector John Luther y un par de dioses griegos.

—Y no te olvides de Sherlock Holmes, Edward Rochester y el capitán Horatio Hornblower —añadió Hester—. A mí me gustan los británicos.

—¿Qué? ¿No decís nada de James Bond? —bromeó Nora, encantadísima con el discurso de June.

Hester negó con la cabeza.

—No trata a las mujeres como lo haría un caballero.

—Me lo apunto —dijo June con aire solemne—. Bueno, Nora, ¿y tú? ¿Qué personaje literario masculino hace que se te encienda la llama en el cuerpo?

Nora sabía que no había ninguna mala intención en las palabras de June, pero la combinación de un hombre con las llamas la transportaba a un lugar muy oscuro.

—Luego os lo digo. Si no me voy ahora a casa para estar un poco presentable, no le voy a sonsacar nada útil a Jed. Como ya he dicho, yo no soy Estella, me falta tanto su seguridad como su talento para conseguir que los hombres hagan lo que quiero. Ahora mismo, voy a necesitar hasta la última gota de energía solo para no quedarme dormida, las cosas como son.

June lanzó un gruñido.

—Oye, guapa, que yo estaba contigo cuando te ayudó a subirte al coche: no vas a tener ningún problema para estar bien despierta, te lo garantizo.

June tenía razón. Para cuando Nora vio la sombra de Jed anticiparse a su cuerpo sobre el camino de losetas que llevaba a la casa, estaba hecha tal manojo de nervios que no se imaginaba volviendo a conciliar el sueño el resto de su vida.

Nora Pennington no había invitado a ningún hombre a la Casita del Vagón de Cola desde que se había mudado allí. Es decir, no para socializar. Habían entrado fontaneros, electricistas, albañiles y pintores, eso sí, pero ¿un auxiliar médico con una bolsa de supermercado en una mano y un ramo de flores en la otra? Eso nunca. Nora tuvo la tentación de meterse dentro y cerrar la puerta con llave. Después de todo, había jurado no dejar que ningún hombre volviese a acercarse a ella jamás de los jamases. Y una cita con un hombre era dejar que alguno se acercase a ella, desde luego.

«Pero esto no es una cita de verdad. Esto es quedar con alguien para sacarle información, y da la casualidad de que ese alguien es un hombre», se dijo a sí misma mientras Jed subía los peldaños metálicos que llevaban a su terraza. La tenue luz de los farolillos chinos le iluminó la cara y Nora captó una deslumbrante sonrisa de dientes blancos y unos ojos chispeantes.

Devolviéndole la sonrisa, Nora se recordó a sí misma que tenía que mantener un firme control sobre sus emociones a partir de ese momento y hasta que Jed se marchase de allí.

Eso resultó difícil.

A diferencia de la mayoría de la gente, Jed no llenaba los silencios con cháchara intrascendente. Era evidente que se sentía cómodo con el silencio, y cuando puso el pie en la terraza, pasó un buen rato contemplando la vista antes de mirar a Nora a la cara.

—Vives en la casa más chula que he visto en mi vida —dijo al fin—. ¿Te despierta el ruido de los trenes?

—A veces sí —contestó Nora.

Jed se acordó de pronto de las flores que llevaba en la mano.

—No suelo comprar rosas, pero estas me han recordado a la flor de *El principito* —dijo, señalando el bastón de Nora—, así que le he pedido a mi vecina si podía cortar algunas de su rosal. Esta variedad se llama William Shakespeare 2000. No tengo ni idea de por qué.

La librera aceptó las flores.

—Son muy bonitas. Nadie me ha regalado nunca rosas recién cortadas. —Tocó el borde de un pétalo aterciopelado, admirando el tono rojo oscuro antes de enterrar la nariz en el ramo—. Huelen a frambuesas con nata.

Nora invitó a Jed a entrar y le dijo que se pusiese cómodo mientras ella metía las rosas en un jarrón con agua. El hombre no se lanzó a recorrer la casa para curiosear, sino que se quedó en la zona de la cocina y sala de estar con Nora admirándolo todo, elogiando los detalles y haciéndole alguna que otra pregunta. Al final, se rascó la barbilla y dijo:

—No veo copas de vino. ¿Las guardas en algún armario oculto?

Volviéndose para que no la viera ruborizarse, Nora sacó dos vasos de cristal de un armario y se los enseñó. No quería explicarle por qué no tenía copas de vino en su casa ni por qué no había probado ni una gota de alcohol hasta la noche que se torció el tobillo.

—La mayoría de las cosas que tengo cumplen una doble función.

—Me parece muy razonable —dijo Jed—. ¿Sacacorchos?

Nora no tenía excusa para eso.

—Le he dejado el mío a una amiga —mintió—. Pero tengo uno a la venta en la librería.

Jed negó con la cabeza.

—No te preocupes. He visto tu bici ahí fuera, así que supongo que tendrás una bomba para inflar las ruedas.

—Sí. —Le dijo dónde estaba—. ¿Así abres tú las botellas de vino?

Jed sonrió.

—Vuelvo enseguida —dijo.

Nora lo observó mientras Jed colocaba la botella de vino tinto en el suelo de la cocina. A continuación insertó la aguja de la bomba de bicicletas en el tapón de corcho y empezó a bombear. Los músculos de los brazos se le hinchaban como si fueran ondas bajo la piel, y Nora se fijó en que tenía un lunar en la muñeca, en el punto exacto donde debería llevar un reloj. Nora se imaginó recorriendo el trazo del lunar con el dedo, pero sus ensoñaciones se vieron interrumpidas de golpe por el súbito estallido del tapón de corcho. Liberado de su prisión de cristal, salió disparado de la botella como si fuera un cohete y se estrelló contra el techo. Jed interceptó el tapón en su trayecto descendente hacia el suelo y lo dejó en la encimera de la cocina.

—¿Preferirías vino blanco? —dijo, volviéndose hacia Nora—. Supongo que debería haberte preguntado antes de abrir el tinto.

—El tinto está bien.

Nora sacó un platillo con unas cuñas de queso y albaricoques secos de la nevera.

—Gouda y fruta. También tengo un pan buenísimo de la Gingerbread House, una mezcla de trigo y centeno.

Nora invitó a Jed a salir a la terraza de nuevo y, al sentarse, ambos lanzaron sendos suspiros al unísono.

Jed se echó a reír y alargó el brazo por encima de la mesita de centro para entrechocar el borde del vaso de Nora con el suyo.

—Imagino que hoy los dos hemos tenido un día parecido.

—Solo que el mío no empezó con un cadáver y el tuyo no ha acabado con una amiga pasando la noche entre rejas —dijo Nora con brusquedad. No sabía por qué se había puesto inmediatamente en modo combate, pero ahora ya era tarde para retirar sus palabras.

En lugar de responder, Jed tomó un sorbo de vino e inclinó la cabeza hacia atrás para mirar al cielo.

—Desde que te vi esta mañana, me he enterado de que hallaron un bote de pastillas de cloruro de potasio en la escena del crimen —siguió diciendo Nora en un tono más afable—. ¿Has visto morir alguna vez a alguien víctima de la ingesta de cloruro de potasio?

—No —contestó Jed.

—¿Y si a Greer lo envenenaron de otra forma? Si aparecen niveles de potasio demasiado elevados en su organismo, puede que el forense declare como causa de la muerte una sobredosis de potasio sin buscar otras causas alternativas. —Nora se dio cuenta de que su argumento sonaba ridículo e irracional.

Jed se removió en su asiento.

—Dudo que el forense saque conclusiones precipitadas. Antes llevará a cabo toda una serie de pruebas y análisis: sangre, fluidos, orina, tejidos, glucosa y electrolitos. Supongo que lo hará, al menos. Si el potasio no es el culpable de la muerte, el verdadero culpable aparecerá cuando estén los resultados de las pruebas.

—Y mientras el forense espera varias semanas a que lleguen los resultados, ¿qué le pasará a Estella? —preguntó Nora sin aguardar una respuesta—. Estuvo con Greer la víspera anterior al día de su muerte, no la noche de su muerte. Lo sé porque yo estaba con ella. Cenamos juntas en el Pink Lady y luego Estella se fue a casa. Si Greer murió envenenado, tuvo que hacerlo alguien que no fue Estella.

Viendo que Jed tenía el vaso vacío, Nora le pasó la botella de vino. Él se rellenó el vaso y quiso rellenar también el de ella, pero al ver que solo había tomado un sorbo, dejó la botella encima de la mesa.

—Cuando llegaste al balneario esta mañana, ¿pudiste calcular cuánto tiempo llevaba muerto Greer? —le preguntó Nora.

Una sombra oscureció las facciones de Jed.

—Oye, Nora, yo no soy investigador forense. He hecho cursos de medicina forense y algunas prácticas con el especialista del condado donde vivía antes, pero no soy ningún experto. Lo único que puedo decirte es que el cadáver estaba muy rígido, lo que normalmente ocurre al cabo de ocho a doce horas después de la muerte.

Nora cogió el plato de queso y se lo ofreció.

—Seguramente no esperabas que alguien te interrogase mientras te comes tranquilamente un plato de gouda con pan, pero te aseguro que este pan está muy rico.

Tras vacilar un momento, Jed cogió dos trozos de queso y una rebanada de pan. Nora esperó a que probara la comida.

—Tienes razón. Este pan está buenísimo. —Después de zamparse el pan y el queso, Jed miró el vaso intacto de Nora. Dejó el suyo en la mesa y se sacudió unas migas sueltas del regazo—. Tendría que irme ya... —dijo, sin mirarla—. Mañana me espera otro día muy largo.

Nora pensó en las rosas que le había traído. He aquí un hombre que no solo había reconocido la cita literaria de su bastón de caminar, sino que además había buscado la rosa perfecta para representar la flor ficticia de la obra de Saint-Exupéry. Un hombre especial, desde luego. Y Nora lo había desencantado con increíble eficiencia.

Y lo cierto es que lo lamentaba.

—Antes de que te vayas —le dijo, tendiéndole la mano buena, pero sin llegar a entrar en contacto con él—. Tengo algo para ti.

Se metió en el interior de la casa, cogió una pila de libros de su dormitorio y volvió a salir al exterior.

—Espero que te ayuden.

Jed examinó los libros, que incluían *Aceites esenciales para perros*, *Un mal perro (Una historia de amor)* y *Nuevas tendencias en terapias naturales para perros y gatos*.

—¡Qué maravilla! ¿Cuánto te debo?

—Te los voy a prestar —respondió Nora—. Así podrás decidir cuáles quieres comprar. Además, así tendré la ocasión de pedir un libro sobre terapia de acupresión para perros. Tal vez la próxima vez que vayas a Miracle Books, Estella ya no será sospechosa de asesinato y podremos hablar de otras cosas.

Jed se levantó. Se dirigió hacia los escalones y Nora se preguntó si pensaba marcharse sin despedirse.

Sin embargo, al llegar al borde de la terraza, Jed se detuvo y se volvió hacia atrás.

—Quiero ayudarte, de verdad que sí —le dijo, sosteniendo los libros en la mano—. Pero no es tan sencillo. No puedo hacer nada que ponga en peligro mi trabajo, lo necesito, te lo aseguro. Lo necesito más que la mayoría de la gente.

Jed la miraba con expresión franca, sin velos de ninguna clase que ocultasen las facciones de su rostro. Era un gesto lastimero, y sus ojos azules como el mar le suplicaban que entendiese todo lo que él no podía decirle con palabras.

—Lo entiendo —dijo Nora, a pesar de que no era así.

Jed asintió y bajó los escalones. Al llegar abajo, se detuvo y giró el cuerpo por completo. Agarrándose a la barandilla metálica, volvió a mirarla como si fuera un Romeo de cuarenta años a punto de lanzarse a pronunciar un monólogo desde el fondo de su corazón.

—Nora. Vi algo raro en el cuerpo de Greer.

Aunque aquello no era, ni mucho menos, un discurso amoroso, la frase de Jed hizo a Nora precipitarse inmediatamente hacia el borde de las escaleras.

—¿Qué quieres decir? —le preguntó a media voz.

—Que conste que yo no te he dicho nada, pero me di cuenta de que alguien había movido el cuerpo. La lividez cadavérica o *livor mortis* (seguramente te suena de las novelas policiacas) muestra dónde se ha acumulado la sangre. Pues bien, la sangre de Greer se había acumulado en la mitad inferior de su cuerpo.

Nora estaba confusa.

—¿Y por qué es eso raro? ¿No lo encontraron tumbado en el suelo?

Jed se señaló la cintura.

—Sí, pero me refiero a su mitad inferior, desde aquí hasta los pies. No creo que Greer muriera tumbado de espaldas. Murió estando sentado.

CAPÍTULO ONCE

Vivir en una cárcel es vivir sin espejos.
Vivir sin espejos es vivir sin identidad.

MARGARET ATWOOD

Cuando Jed se fue, Nora llamó a June para contarle lo que le había dicho respecto a la posibilidad de que alguien hubiese trasladado el cadáver de Greer una vez muerto.

—Eso no identifica al verdadero asesino, pero sí apunta a la inocencia de Estella —dijo Nora—. Porque es imposible que ella pudiera arrastrar el voluminoso cuerpo de Greer por ese suelo de baldosas, ni rebozándolo de mantequilla. Pesaba demasiado.

—Nora recordaba demasiado bien el cuerpo desnudo de Greer. Ahuyentando la desagradable imagen de su cabeza, siguió hablando—. También quiero que sepas que mañana iré a ver a Estella, antes de abrir la librería. Si es que me dejan verla.

El ruido de una puerta mosquitera retumbó al otro lado de la línea telefónica. A juzgar por el barullo de fondo de los maullidos de los gatos, Nora dedujo que June había salido a la calle. Le gustó la idea de que las dos estuvieran mirando a las estrellas en ese preciso instante, solazándose con su luz lejana, pero sólida, siempre en el mismo lugar.

—Estoy preocupada —dijo June—. Estella, Hester, tú y yo somos mujeres inteligentes. Somos tenaces. Pero seguimos siendo solo cuatro mujeres, ahora tres, y nos enfrentamos a un asesino capaz de empujar a un hombre a la vía del tren.

—No a un solo asesino —la contradijo Nora—. Esto no es obra de un solo individuo actuando por su cuenta.

June soltó un gemido de consternación.

—El asesinato de Neil ya fue bastante horrible, pero ¿qué significa ahora la muerte de Greer? ¿Es que el grupo se está volviendo contra sí mismo?

—No lo sé. Estoy tan cansada que tengo el cerebro frito. ¿Informas tú a Hester, por favor?

—Pues claro. —Un gato lanzó un aullido y June gritó—: ¡Largo de aquí! —Luego dejó escapar un suspiro—. Ronda por aquí un gato que siempre sale disparado a cruzarse por delante cada vez que doy un paso. Y hablando de rondar, ¿cómo te ha ido tu cita?

Encima de Nora, una nube pasó deslizándose por delante del cúmulo de estrellas, tapando la luz.

—Mejor no preguntes —le dijo, y colgó el teléfono.

El ayudante Crowder, el lameculos que estaba plantado detrás de la silla del *sheriff* el día que Nora fue a prestar declaración sobre Neil Parrish, estuvo encantado de informarla de que Estella no podía recibir visitas en ese momento.

—Pero no podéis retenerla indefinidamente —dijo Nora—. Conozco la ley: tenéis que acusarla formalmente o dejarla en libertad.

—Ah, pero es que sí vamos a acusarla formalmente. —La boca de Crowder dibujó una sonrisa de suficiencia—. Esa es la razón por la que no puedes entrar a verla. Ahora mismo se va a reunir con su abogado. ¿Quién crees que es más importante para ella?

¿La visita de la chica de una librería de viejo o del abogado que va a defenderla?

Nora no se dejó arrastrar por la provocación.

—Ser propietaria de una librería tiene sus ventajas —dijo con alegría—. Por ejemplo, yo nunca me aburro. Por eso me voy a sentar aquí a leer hasta que Estella acabe de hablar con su abogado.

El ayudante se encogió de hombros.

—Como quieras. Puedes irte con tu novela de Harlequin llena de cochinadas a la recepción. ¿O es una historia de vampiros? A las chicas os encantan los vampiros jóvenes y sexis, ¿verdad?

Nora no sabía qué era lo que la sacaba más de quicio: que la estuviera llamando «chica» todo el rato o que Crowder diera por sentado que las mujeres solo leían novela rosa.

Decidió responderle con su mejor sonrisa:

—Los vampiros son atractivos por muchas razones: demuestran apreciar el arte y la literatura. También siguen unos códigos de caballerosidad que rara vez se ven en los hombres contemporáneos. La belleza sobrenatural de los vampiros, su carismática personalidad, su habilidad para manipular a las mentes más débiles y su capacidad amatoria en la cama los convierten en seres extraordinariamente fascinantes.

Crowder la miraba boquiabierto.

—¿Eeeh?

—Tal vez tu mujer pueda explicarte este fenómeno mejor que yo. Creo que es una gran aficionada a Anne Rice —dijo Nora mientras sacaba un ejemplar de *Faithful*, de Alice Hoffman de su bolso—. Estaré en la recepción. Leyendo mi novela de vampiros llena de cochinadas.

La expresión de confusión de Crowder se acentuó aún más al no ver ninguna imagen de una chica medio desnuda o un vampiro con los pectorales al descubierto en la portada del libro.

Sin embargo, la satisfacción de Nora por haber dejado al ayudante del *sheriff* con un palmo de narices no le duró mucho, pues a pesar de lo mucho que le gustaban los libros de Hoffman, le era imposible concentrarse en su prosa exquisita. Su cabeza no dejaba de darle vueltas y más vueltas, como en un bucle infinito, al hecho de que las autoridades habían presentado una acusación formal contra Estella y ahora esta estaba reunida con un abogado de oficio.

Cuando era bibliotecaria, Nora siempre llevaba un cuaderno de notas en el bolsillo de los pantalones, una libreta que usaba para apuntar tareas relacionadas con el trabajo, hacer la lista de la compra y quehaceres pendientes, y lecturas que añadir a su pila de libros por leer, en constante proceso de expansión. Si bien había dejado atrás muchos de los hábitos y las costumbres de su vida anterior, aún le gustaba tener siempre a mano algún bloc de notas. Lo sacó en ese momento y, utilizando su libro abierto como apoyo, anotó la siguiente lista de preguntas:

¿Cómo ha podido el forense determinar la causa de la muerte tan rápidamente?

¿Qué pruebas tiene el sheriff *contra Estella capaces de responder a las tres emes: medios, móvil y método?*

¿El abogado de oficio es un profesional competente y honesto?

Si el sheriff *es cómplice de Pine Ridge, ¿qué pruebas tendremos que presentar a una autoridad superior a fin de exculpar a Estella?*

¿Hay algo que huele a chamusquina en mi solicitud del préstamo para la casa?

Nora asintió con la cabeza. Esa última pregunta era un excelente hilo del que empezar a tirar como punto de partida. Ninguna otra entidad bancaria se arriesgaría a prestarle varios cientos de miles de dólares: si Miracle Books quebraba, no tendría medios económicos para saldar su deuda. Nora había sido completamente transparente respecto a su situación económica, pues le había dicho a Dawson Hendricks que apenas llegaba a fin de mes y él había examinado sus extractos bancarios, así que sabía exactamente cómo estaban las cosas.

«¿Dónde deberíamos presentar nuestra causa?», añadió Nora a la lista de preguntas. *«¿A los federales? ¿A qué departamento?»*.

Nora decidió que no era muy buena idea ponerse a buscar en internet resultados sobre fraudes hipotecarios estando en la recepción de la comisaría local, así que usó el móvil para enviar un mensaje de texto al grupo que tenía con Hester y June. Odiaba tener que dar malas noticias a sus amigas mientras estaban trabajando, pero no tenía otro remedio que hacerlo.

—¿Señora Pennington? —Nora sintió alivio al ver al ayudante Andrews plantado delante de ella, pues lo prefería a él mil veces más que a Crowder—. ¿Está esperando para ver a la señora Sadler?

Nora se levantó como un rayo.

—Sí.

—Sígame, por favor.

Andrews pidió a Nora que rellenara con su nombre el registro de visitas. Luego enseñó su carnet de conducir y entregó su teléfono móvil al ordenanza.

Tras seguir a Andrews por unos pasillos laberínticos, llegaron a una zona señalizada con un cartel que decía: VISITAS RECLUSOS.

—Seguramente el *sheriff* haría a la señora Sadler sentarse en una cabina individual con la mampara de separación y que las dos hablasen por medio de los telefonillos, pero teniendo en cuenta que acaba de reunirse en esta sala con su abogado, he pensado que es mejor que ustedes dos se vean aquí también —explicó Andrews. Como si acabara de caer en la cuenta de que tal vez su decisión no había sido la más acertada, añadió—: No hagan que me arrepienta de haber dejado que se reúnan aquí, ¿de acuerdo? Nada de contacto físico. Ni siquiera un abrazo, ¿entendido?

—Lo hemos entendido. —La voz de Estella, que resonaba como si fuera una canción en la enorme habitación vacía, no parecía estar en consonancia con su aspecto desaliñado. La melena pelirroja le colgaba en mechones de pelo lacio y tenía la cara, sin rastro de maquillaje, blanca como el papel. Nora la miró fijamente a los ojos inyectados en sangre y solo vio una emoción en ellos: ira en estado puro. Centelleaba como las estrellas en invierno sobre la superficie de un lago helado. Hermosa, fría y peligrosa.

Nora esperó a que Andrews adoptase su postura de centinela junto a la puerta antes de hablar:

—Joder, Estella... ¿Cómo narices ha podido pasar esto?

Su amiga soltó una carcajada seca.

—¡Ja! ¡Y a mí qué me cuentas! Pasé de sentirme bastante satisfecha con el mundo, después de nuestra cenita íntima las cuatro en el Pink Lady, seguida de dos episodios de *Outlander* en Netflix, a que me despertasen de golpe de un sueño maravilloso en el que aparecía un grupo de hombres con faldas escocesas bañándose en un arroyo. Estaban a punto de...

—¿En serio? —Nora levantó la mano a modo de protesta, aunque no sabía si enfadarse o reírse en ese momento—. Dime la verdad, Estella: ¿fuiste al hotel anteanoche? ¿Tal vez para tomarte una copa antes de irte a la cama?

—No —respondió Estella antes de bajar la mirada—. No me sentía sola. La soledad es lo que siempre hace que acabe en uno de los taburetes de Bob. Pero acababa de estar con mis amigas: vosotras llenasteis mi vacío esa noche. ¿Te lo puedes creer?

Nora escudriñó el rostro de su amiga. Sí, se lo podía creer. Al fin y al cabo, ella también había necesitado cuatro años de soledad para bajar la guardia. De lo contrario, no estaría sentada delante de una mujer vestida con un mono naranja en ese momento. Y sus ojos no estarían reflejando la ira de Estella.

—Te han tendido una trampa para incriminarte —dijo Nora—. June y Hester también lo creen. June había salido a pasear cuando vio que los hombres del *sheriff* te metían en el coche patrulla. Te oyó gritar. —Nora miró a donde estaba Andrews antes de bajar la voz hasta hablar en un susurro—. ¿Qué dijiste cuando te interrogaron?

—Le conté al *sheriff* todo lo que pude —dijo Estella—. Que había quedado con Fenton para una cita, pero no la noche que murió. Le dije que Bob y Julia, una camarera del Oasis, podían corroborar mi historia. No os mencioné a ninguna de vosotras porque no quiero que os veáis implicadas.

Nora asintió con la cabeza.

—Hemos estado intentando mantener las distancias para poder ayudarte, pero, definitivamente, a mí ya me han descubierto. Y creo que a June también. Me parece que ayer llamó aquí hasta doce veces, preguntando cuándo te van a soltar o si te permiten tener visitas.

—La generala June. —Estella sonrió por primera vez desde la llegada de Nora. La sonrisa consiguió amortiguar en parte su ira—. El caso es que durante el interrogatorio, el *sheriff* Sapo dijo que no necesitaba que ninguna peluquera le dijese a la policía cómo tenía que hacer su trabajo. También dijo que tenía pruebas de que yo había estado anoche con Fenton en el balneario y de que lo había envenenado.

—¿Qué pruebas?

—Pero ¿es que crees que no se lo pregunté? —le espetó Estella, y levantó las manos inmediatamente a modo de disculpa—. Perdona, pero es que me aterra pensar que el naranja penitenciario va a ser mi único color los próximos veinte años y no es un tono muy favorecedor, que digamos. Además, no tengo ninguna intención de seguir los pasos de mi padre. ¿Dos Sadler en prisión? Menos mal que mi madre no está viva para ver esto... —Sin saber muy bien qué hacer con las manos, se las metió debajo de las axilas. El gesto la hacía parecer una niña asustada—. No llegué a ir en ningún momento a la habitación de Fenton, así que ¿qué clase de pruebas pueden tener? ¿Y con qué veneno se supone que lo maté? ¿Con acetona? ¿Quitaesmalte de uñas? Tengo un montón de productos químicos en mi salón de belleza, por desgracia.

Nora se llevó un dedo a los labios.

—No les des ideas. Y respondiendo a tu pregunta, Jedediah Craig me dijo que Andrews encontró un bote de pastillas de cloruro de potasio debajo de una tumbona. Junto a la piscina de agua termal. Esa es el arma del crimen.

Tras repetir lo que le había dicho June sobre ese medicamento, Nora añadió:

—Hester oyó a otro ayudante del *sheriff* decir algo sobre el móvil de Greer. ¿Le dejaste sacarte fotos la noche que los dos estuvisteis allá?

Estella puso los ojos en blanco.

—Sí. Formaba parte del juego. Eran fotos sexis, pero de buen gusto.

—Dudo que la mujer de Greer opine lo mismo —dijo Nora.

—Vale, Madre Teresa. Esto no me ayuda para nada. —Estella ladeó la cabeza hacia el reloj—. Solo nos van a dejar hablar unos minutos. ¿Qué más puedes decirme?

Hablando en susurros, con voz tan baja que Estella tuvo que inclinar el cuerpo hacia delante para oírla, Nora le contó lo que le había dicho Jed sobre su sospecha de que alguien había movido el cadáver de sitio.

—Ah, pues yo no habría podido mover a ese saco de grasa, eso seguro —le contestó Estella, susurrando también—. Y si estaba sentado, ¿no tendría también que haber estado atado a algo? Nadie deja que le metan un bote entero de pastillas por el gaznate sin resistirse. Las tumbonas del balneario no servirían, a menos que alguien le atase unas cuerdas alrededor de todo el torso. ¿Qué ropa llevaba cuando lo encontraron?

Era una buena pregunta, pero a Nora no se le había ocurrido preguntársela a Jed. ¿Habría estado Greer completamente vestido? ¿Iba en bañador? ¿Desnudo? Si se le veían las muñecas, Jed se habría fijado en si tenía marcas en la piel o no. En cambio, si iba vestido con ropa formal para salir a cenar, con traje y corbata...

—Se acabó el tiempo, señoras —anunció Andrews, acercándose a la mesa—. Ya pueden despedirse.

Nora miró a Estella.

—¿Necesitas algo? ¿Qué tal tu abogado? ¿Es alguien de fiar?

—Mi abogada es una mujer, y sí, confío en ella, aunque no estoy segura de hasta qué punto puede hacer algo por mí. Dudo que me concedan la libertad bajo fianza.

Andrews hizo una seña impaciente a Nora.

—Si quiere ayudar a la señora Sadler, puede añadir dinero en su cuenta de peculio. Va a necesitar comprar muchas cosas, ya que parece que se va a quedar con nosotros una buena temporada.

Aunque el ayudante había pronunciado aquellas palabras sin emoción de ninguna clase, a Nora le entraron ganas de darle una bofetada. ¿Cómo podían todos los miembros del departamento del *sheriff* seguir tan ciegamente unas costumbres tan ancladas en la corrupción?

El ayudante Crowder hizo acto de presencia para llevarse a Estella de vuelta a su celda.

—Aquí permiten videollamadas con el ordenador —le dijo Estella al pasar junto a Nora—. Llámame pronto, ¿vale?

—Lo haré —contestó—. Te lo prometo.

Nora siguió a Andrews por el mismo laberinto de pasillos, aunque esta vez le parecieron aún más lúgubres que antes. El hombre la acompañó hasta la entrada y Nora supuso que quería asegurarse de que abandonaba el edificio. Para su sorpresa, no solo le sujetó la puerta para que pasara sino que salió con ella bajo la veraniega luz solar.

Haciendo visera con la mano para protegerse del sol deslumbrante, el ayudante habló a Nora sin apartar la vista de la acera que tenían delante.

—Tenía razón sobre el libro —le dijo—. *El juego de Ender.* Es bueno.

Aquello la pilló tan desprevenida que Nora se quedó inmóvil y lo miró boquiabierta.

—¿Qué?

—Es mucho mejor que la película. —Casi con timidez, Andrews añadió—: Gracias por convencerme para que lo leyera. Voy a comprarme otra novela de Orson Scott Card, si tiene alguna más.

Nora se sintió como si estuviera en un universo paralelo, y aun así no pudo evitar preguntarse si Andrews había mencionado el libro como una forma de decirle que él no se parecía en nada al *sheriff* Sapo.

—Sí, sí que tengo más libros suyos —dijo despacio—. Escuche, Andrews, lo que está ocurriendo aquí no está bien. Estella no mató a Fenton Greer. Por favor, no se quede de brazos cruzados mientras condenan a una mujer inocente por un crimen que no ha cometido. Hizo un juramento, y creo que su palabra es importante para usted. Creo que es un hombre honorable.

Andrews reaccionó como si ella no hubiese dicho nada.

—Que tenga un buen día —dijo, tras consultar su reloj.

—¡Espere! —exclamó Nora. Decidió jugársela y dar por sentado que el informe del forense incluía los resultados de la lividez cadavérica—. ¡Lea el informe del forense! Compruebe si coincide con lo que encontró en la escena del crimen. Es usted un hombre listo, ayudante Andrews. Sabrá encontrar la incongruencia. Y cuando lo haga, sabrá que Estella Sadler no debería estar encerrada en esa celda.

Nora se fue apresuradamente antes de que el ayudante pudiese terminar de asimilar sus palabras. Sabía que acababa de correr un riesgo muy grande, pues podría haberla detenido y llevarla a rastras ante el *sheriff*, pero no lo había hecho. Su inacción hizo a la librera albergar ciertas esperanzas, aunque, llegados a ese punto, cualquier cosa era capaz de hacerle albergar esperanzas, por pequeña que fuese.

Entrar en Miracle Books fue como zambullirse en el agua de un lago de montaña después de kilómetros y kilómetros de caminata por el desierto.

Nora fue recorriendo con la yema del dedo el lomo de los libros, ejemplar tras ejemplar, inhalando el olor familiar a papel y cuero viejo. La sola presencia de tantos y tantos volúmenes era como un bálsamo para ella, y para cuando el aroma a café recién hecho se esparció por la tienda y animó a los clientes a ocupar el sillón o sofá más cercano, Nora ya estaba lista para enfrentarse al resto del día.

Teniendo en cuenta que el balneario había reabierto, la librera estaba gratamente sorprendida de que hubiesen acudido a Miracle Books tantos visitantes de fuera esa mañana. A diferencia del día anterior, parecían más taciturnos. El asesinato de otro cliente del hotel ya había dejado de ser fuente de excitación.

Una mujer le contó a Nora que apenas había pegado ojo esa noche, y las pocas horas que había logrado dormir habían estado plagadas de horribles pesadillas.

—Es que soy una persona que tengo mucha ansiedad, siempre —admitió—. Vine a Miracle Springs en busca de paz, pero en vez de eso, estoy más nerviosa que nunca.

Después de servirle una taza de manzanilla, Nora la llevó a la sección de los libros sobre meditación y la mujer se sintió atraída de inmediato hacia la vitrina donde se exponían las cuentas de mala.

—¡Qué bonitas! —exclamó—. ¿Qué son exactamente?

—Los malas son muy antiguos. —Nora retiró uno de los collares de la vitrina. Aunque las cuentas estaban enrolladas dando una doble vuelta para ahorrar espacio, Nora estiró uno de los malas para que la clienta pudiera verlo en toda su extensión—. También se llaman cuentas de oración budista. Un mala tibetano tradicional consta de ciento ocho cuentas. Hay mil formas de utilizar estas cuentas, pero no sabría decirle nada sobre mantras o postraciones budistas.

La mujer pareció desanimarse.

—¿Postraciones?

—Según tengo entendido, se supone que hay que ir pasando una cuenta cada vez que repites un mantra o una oración. Hay quienes prefieren hacerlo en silencio, y no tiene por qué ser una oración exactamente. Podría ser un pensamiento en el que tratas de concentrarte. En realidad, no hay reglas sobre la oración o la meditación, ¿verdad que no? Lo que a alguien le funciona, puede que no le sirva a otra persona. Lo que me encanta de los malas es que cada cuenta tiene un significado. ¿Ve esta tabla de aquí? —Nora señaló una ilustración plastificada pegada a la vitrina—. Aquí se explica qué es cada cuenta y su significado. Por ejemplo, el mala que llevo en la mano contiene cuentas de palisandro. Se supone que estas cuentas te ayudan a ti y a las personas que te rodean a encontrar la forma de sanar tus heridas. Con el tiempo, los lípidos de la piel cambian el aspecto de las cuentas, lo que representa los cambios que se operan en ti mientras llevas el mala, una señal visible de transformación.

—Entonces, ¿puedo llevarlo como si fuera un collar? —preguntó la mujer.

—O como pulsera.

Nora le enseñó a dar varias vueltas con las cuentas alrededor de su propia muñeca y a continuación se quitó el mala y se lo ofreció a la entusiasta clienta.

La mujer acarició las cuentas con las yemas de los dedos.

—Este me encanta. Las cuentas tienen distintos colores y texturas.

Nora asintió con la cabeza.

—Los hace una mujer de Virginia. Purifica todos los malas que hace en un bol tibetano de meditación antes de enviármelos. Hay que purificar cualquier mala que compres antes de usarlo porque tu mala solo debería contener tu energía y la de nadie más. También incluye un folleto con instrucciones y una tabla de cuentas individual para que sepas exactamente qué significan las cuentas de tu mala.

—Voy a comprar uno también para mi mejor amiga y otro para mi hermana —anunció la mujer con entusiasmo—. Me siento mucho mejor solo de tenerlo en la mano. —Se volvió hacia la estantería que tenía a la altura del codo—. ¿Tiene también libros sobre meditación con malas?

Nora le enseñó lo que tenía sobre el tema antes de dirigirse al mostrador del café y preparar dos Jack London y servir un DanTÉ Alighieri a otro cliente.

—¿También sirven comida? —le preguntó uno de los hombres que había pedido un Jack London.

Nora los envió a la Gingerbread House y luego se recordó que tenía que hacer copias del menú de Hester para colgarlo en la librería para la clientela hambrienta.

«Tal vez podría vender algunas piezas de bollería de Hester aquí —pensó—. Algo que sea único y exclusivo de una librería y que no ofrezca en la panadería. Podríamos compartir los beneficios».

Nora anotó la idea en su cuaderno para presentársela a Hester en otro momento, pues aquel no era el día para hablar de posibilidades de ampliar el negocio. Aquel era el día de descubrir quién había acabado con la vida de Neil Parrish y Fenton Greer.

A mediodía, Nora hizo algo que hacía raras veces: dio la vuelta al cartel de ABIERTO para poner el de CERRADO, y en lugar de almorzar una ensalada o una sopa en la oficina de venta de billetes, se fue renqueando al banco Madison County Community Bank y preguntó por Dawson Hendricks.

—Ha salido a almorzar —la informó una mujer menuda y dicharachera con las uñas brillantes y el pelo rubio platino recogido en un moño en forma de piña—. ¿Puedo ayudarla yo?

—Eso espero —dijo Nora. Como había visto su agenda de escritorio cuando se había reunido con él, Nora sabía que el banquero salía todos los días a almorzar de doce a una—. El señor Dawson tuvo la amabilidad de decirme que me han concedido el préstamo que solicité, así que he venido a recoger las copias de la documentación. Estoy impaciente por empezar a construir la casa de mis sueños en los Meadows.

La rubia se puso a dar rápidas palmaditas con los dedos.

—¡Enhorabuena, cielo! Ojalá pudiera mudarme allí yo también, pero con mi sueldo de cajera no voy a poder permitirme ninguno de esos casoplones. Aun así, ¡me alegro de que nuestro pueblo esté creciendo! —Sonrió a Nora—. Tú eres la dueña de la librería, ¿verdad?

Nora asintió y esta vez la rubia aplaudió de verdad, con la mano entera.

—No voy desde Navidades, pero la última vez que estuve ahí me dejé todos mis ahorros, ¡mi cuenta corriente se quedó temblando! En mi familia seguimos una larga tradición de regalarnos libros infantiles para Navidad y encontré verdaderos tesoros en tus estanterías.

—Gracias. —Nora sintió una simpatía instantánea por aquella mujer—. Es una tradición preciosa.

—Me llamo Melodie. Siéntate, que voy a ver si encuentro tu documentación.

Nora se sentó en un amplio sofá junto a un hombre de edad avanzada que parecía haberse quedado dormido. Cuando Melodie regresó con una carpeta en la mano, miró al hombre y sonrió.

—La señora Clark está en la cámara acorazada. —Señaló a la zona donde estaban las cajas de seguridad—. Viene todas las semanas y se toma todo el tiempo del mundo ella sola ahí dentro, pero al señor Clark no parece importarle. Le encanta ese sofá; se queda dormido nada más sentarse. Dice que le cuesta dormir sus ocho horas por las noches porque oye a los gatos maullar debajo de la ventana de su dormitorio. La señora Clark dice que todo son imaginaciones suyas.

Nora miró al señor Clark y se preguntó si él y June no serían vecinos, aunque fue un pensamiento efímero, ya que le interesaba mucho más el contenido de la carpeta que Melodie llevaba en la mano.

—¿Has podido encontrar una copia de mi solicitud de préstamo?

—Bueeeno... —Melodie alargó tanto la palabra que casi parecía una nota musical—. He encontrado parte de la documentación, pero no toda. Lo siento mucho. Sé que no debe de haber sido nada fácil desplazarse hasta aquí, con el pie malo y eso... Nora disimuló su decepción tras una sonrisa falsa.

—Pero ¿puedo llevarme lo que hayas encontrado? El señor Hendricks podría enviarme el resto por fax cuando le vaya bien. Puede que no necesite nada más ahora mismo.

—No veo por qué no. Espera un segundo.

Melodie se metió en una sala detrás del mostrador y regresó al cabo de unos minutos con varias hojas de papel, aún calentitas directamente de la fotocopiadora.

—Espero que no aguardes hasta Navidades para volver a Miracle Books —dijo Nora—. Quizá podrías inaugurar una nueva tradición, solo para ti. Podrías comprar libros sobre mujeres combativas e independientes para el Cuatro de Julio. ¿O qué te parece leer historias ambientadas en sitios fríos y llenos de nieve los tórridos días de agosto? Cuando el aire está tan espeso que se queda suspendido sobre el pueblo como una esponja empapada de humedad.

Melodie se acercó los dedos al pelo.

—Odio esos días. No puedo ir del aire acondicionado del coche al aire acondicionado de las tiendas sin parecer un gato escaldado. —Se rio ante su propia elección de palabras y Nora la imitó educadamente—. El problema es que nunca he sido una gran lectora. Me da mucha pereza leer libros largos; a mí lo que me gusta son los cuentos. Y me encantan las ilustraciones de los libros infantiles. Los compro para mí, no para los niños. Además, siempre terminan con un final feliz.

—Hay muchos adultos que leen y coleccionan libros infantiles —dijo Nora—. A mí también me encantan. Y la razón por la que te gustan me hace pensar que también te gustaría el manga. ¿Te gustaba leer las tiras cómicas de los periódicos cuando eras pequeña?

—Me gustaba entonces y me sigue gustando ahora —respondió Melodie—. ¿Qué es el manga?

Nora le explicó que el manga era una especie de tebeo japonés con un estilo muy específico. A juzgar por la expresión suspicaz de Melodie, sobre todo cuando le dijo que había que leerlos de derecha a izquierda y no de izquierda a derecha, la librera se dio cuenta de que tal vez tenía que darle algún retoque a su discurso de ventas. Sin embargo, en ese momento recordó lo mucho que le había gustado *El juego de Ender* al ayudante Andrews y decidió que quizá un modo de convertir a Melodie en una lectora regular de novela gráfica era regalándole un libro de manga.

Después de sacar su cuaderno y apuntarse un recordatorio para sacar el primer libro de la serie, Nora le dijo a la alegre cajera que se pasase por Miracle Books en cuanto tuviese ocasión.

—Como me has ayudado tanto, me gustaría regalarte un libro de manga. Si ves que no es lo tuyo, puedes devolvérmelo y lo pondré de nuevo en su sitio. No pasa nada. Quiero que leas un libro sobre una chica que cree que su destino es vivir una vida normal y corriente hasta que una gata que habla llamada Luna le dice que en realidad ella es Sailor Moon y que su misión es luchar por la justicia y combatir el mal. Tiene el pelo rubio y los ojos azules, igual que tú.

—¡Ay, ya me encanta la historia! —exclamó Melodie—. ¡Me iré derechita allí en cuanto suene el timbre de las cinco en punto!

Contenta por haber conseguido la documentación del préstamo además de, con un poco de suerte, una nueva clienta, Nora salió del banco y volvió a la librería.

Abrió la puerta, le dio la vuelta al cartel de CERRADO para que dijese ABIERTO, y se dirigió cojeando a la taquilla de venta de billetes para examinar la documentación mientras se comía un sándwich de huevo y ensalada. No tardó mucho en descubrir que con aquellos papeles no tenía suficiente para seguir investigando. Le faltaba el formulario de declaración de compraventa, y sin él no tenía posibilidad de demostrar que había un escándalo de corrupción que implicaba a Propiedades Pine Ridge, Dawson Hendricks, el *sheriff* y a quienquiera que hubiese asesinado a Neil Parrish y Fenton Greer.

«Puesto que me han concedido el préstamo oficialmente, ¿debería seguir adelante con el proyecto de construcción? —se preguntó Nora—. ¿O acabaré metiéndome en un lío financiero del que no sabré salir si llevo esta farsa demasiado lejos?».

Nora miró el sándwich a medio terminar y se acordó de Estella. ¿Qué clase de comida le servirían en la cárcel del condado?

«Esto es lo que pasa cuando tienes amigas. Siempre hay que pagar un precio por ponerte en una situación vulnerable».

Tras decidir que estaba dispuesta a pagar ese precio, cogió el teléfono y marcó el número de Annette Goldsmith.

—¡Te tenía en mi lista de llamadas pendientes! —exclamó Annette cuando Nora se identificó—. Ya me he enterado de la fabulosa noticia de que han aprobado tu solicitud de préstamo. ¡Enhorabuena! ¿Lista para mudarte a la casa de tus sueños?

Nora decidió que no había nada malo en dar falsas esperanzas a la agente inmobiliaria solo unos días más. Al fin y al cabo, si Nora conseguía evitar firmar un contrato legalmente vinculante declarando que era su intención adquirir una casa nueva en los Meadows o adelantando una entrada, tal vez podría salir indemne de la situación.

—Eso creo —dijo después de una elocuente pausa—. No quiero que parezca que me estoy echando atrás ni nada de eso, pero es una decisión muy importante y quiero asegurarme de estar haciendo lo correcto. ¿Puedo pasarme otra vez por la casa piloto y ver qué parcelas están disponibles?

—¡Pues claro! —Annette contestó con tanta rotundidad que Nora estaba segura de que quería decir justo lo contrario—. Pero tengo que decirte que dos de las parcelas más exclusivas se vendieron justo después de que vinieras. No te lo digo para presionarte, ni mucho menos, es solo que no quiero que pierdas la parcela que más te gustó. ¿Cuándo vas a venir?

«Pero qué buena es...», pensó Nora con una sonrisa maliciosa. Oyó el sonido de las campanillas en la puerta y decidió dar por terminada la conversación con Annette.

—Tendrá que ser después de la hora de cierre de la librería. ¿Estás ahí a partir de las cinco?

—Normalmente, no —contestó Annette—. Tengo que conducir de vuelta a Asheville todos los días, pero podría esperar un cuarto de hora o así hasta que llegues.

—No, no. Ya se me ocurrirá algo. Tal vez le pida a una amiga que se encargue de la librería una hora mañana. Deja que haga un par de llamadas y te digo algo.

Una figura familiar apareció en la taquilla de venta de billetes. Era Collin Stone. Nora acertó a esbozar una sonrisa y hacerle una seña de que estaría con él en un minuto. Él respondió a su vez levantando el pulgar y se fue.

—Perdona —le dijo Nora a Annette, que le estaba hablando—. Ha venido un cliente y no he oído lo que me decías.

—Te estaba aconsejando que no te lo pienses demasiado, porque no siempre lo bueno se hace esperar.

Aunque le dieron ganas de decirle a la agente inmobiliaria que frenase un poquito su agresiva estrategia de ventas, Nora optó por contenerse. Quería que Annette la viera como una persona dócil e inofensiva, de ese modo nadie sospecharía de ella por entrar de noche y sin permiso en la casa piloto de los Meadows.

Le dio las gracias a Annette por su consejo y colgó.

Permaneció unos minutos en el refugio que le brindaba la taquilla de venta de billetes tratando de sacudirse de encima la conversación previa para prepararse para la siguiente. También decidió terminarse el almuerzo, para lo que tardó menos de dos minutos. Cuando acabó, fue en busca de Collin, pero el hombre ya no estaba en la librería.

No entendía cómo era posible, pero lo cierto es que había desaparecido. Nora recorrió los pasillos hasta que regresó junto a la taquilla. No había ni rastro de Collin por ninguna parte.

«Pero si no he oído las campanillas».

Un escalofrío le recorrió el cuerpo al hacer esa reflexión, y decidió volver a examinar el interior de la tienda.

Acaba de doblar la esquina de la sección de libros de misterio cuando una mujer entró en el local y le preguntó si tenía algún libro para combatir el insomnio.

Alegrándose de la interrupción, Nora ayudó a la mujer a escoger media docena de títulos y la invitó a hojearlos a su antojo. La mujer no tardó mucho en decidirse y se quedó con tres libros y una cajita de música de hojalata que había en el mostrador y en la que sonaba el tema principal de *Love Story*.

La mujer estaba hurgando en el interior de un voluminoso bolso para sacar su billetera mientras Nora pasaba al otro lado del mostrador, de modo que no vio la expresión de estupefacción en el rostro de la librera cuando descubrió la rosa colocada en diagonal encima de la caja registradora.

Era una rosa de color rosa vivo. Una rosa recién cortada. Una William Shakespeare 2000. La misma rosa que le había regalado Jed.

Nora cogió la hermosa flor y se estremeció cuando la afilada punta de una espina se le clavó en la yema del pulgar. Enfadada, pero sin poder mostrar sus emociones delante de la clienta, la librera se limpió la sangre que le salía del dedo en los pétalos aterciopelados de la rosa y, haciendo una bola sanguinolenta con ella, la tiró a la papelera. Se quedó mirando la flor, ahora maltrecha, y se preguntó: «¿Cómo lo ha sabido Collin?».

CAPÍTULO DOCE

Los ladrones respetan la propiedad. Solo quieren que
la ajena se convierta en propia para respetarla mejor.

G. K. CHESTERTON

El problema de entrar de forma ilegal en una casa en verano era que no anochecía hasta pasadas las ocho de la tarde, lo que dejaba a Nora una enorme cantidad de tiempo para cuestionarse su cordura.

Tras una cena a base de pollo frío y judías verdes, estaba nerviosa e irritable. June y Hester no llegarían hasta al cabo de otra hora, así que se puso las botas de montaña, cogió su cesta para recoger bayas y su bastón de caminar y salió a la calle, bajo la luz crepuscular.

Pese a que la pendiente detrás de su minicasita era muy pronunciada, no tuvo que hacer tanto uso del bastón como se temía. Ya estaba mejor de la torcedura del tobillo y podía apoyar el peso sobre el pie derecho sin estremecerse de dolor.

Se detuvo un momento al llegar a la vía del tren. Miró en dirección oeste, hacia el lugar donde retumbaban los trenes a través del túnel antes de reducir la velocidad al llegar al andén de la estación de Miracle Springs.

Aunque no podía ver el túnel, la imagen de sus fauces negras se materializó en su cabeza. Pensó en la muerte de Neil Parrish y al pensar en él, se olvidó de su nerviosismo. Básicamente, lo que sentía era tristeza. Antes de compartir aquel banco del parque con Neil Parrish, Nora llevaba una vida tranquila y discreta en Miracle Springs. Había cambiado esa discreción por amistad. Aquella tranquilidad por peligro.

Aun así, la linde del bosque era un buen lugar en el que rodearse de tranquilidad, y mientras Nora atravesaba la extensión de hierba salpicada de ranúnculos en dirección al lugar donde las frambuesas y las zarzamoras formaban una muralla de hojas, espinas e insectos, casi podía hacer como si sus mayores preocupaciones fuesen aumentar el margen de beneficios de la librería y de dónde sacar el tiempo para comprar más objetos decorativos para estanterías.

Le encantaba salir a coger moras y otros frutos del bosque. Le encantaba el perfume empalagosamente dulzón que envolvía los arbustos, el estruendoso zumbido de las abejas e ir llenando el cesto poco a poco con las bayas de tonos refulgentes.

Para cuando terminó de coger las moras y las primeras luciérnagas vespertinas asomaron relampagueando entre los troncos de los pinos, ya tenía las yemas teñidas de azul índigo.

—Hola.

La voz hizo que por poco tirara la cesta al suelo del susto. Se volvió, dispuesta a defenderse, pero se dio cuenta de pronto de que se había dejado el bastón de caminar tirado en la hierba, a varios palmos de distancia.

—Perdona. No pretendía asustarte —dijo Jed, levantando ambas manos. Una bolsa de la compra de plástico le colgaba de la muñeca izquierda.

—No me has asustado —repuso Nora secamente—. Es solo que no esperaba que aparecieras así, detrás de mí, de repente. ¿Por qué no me has avisado antes?

Jed recogió el bastón de caminar y se lo tendió. Cuando ella lo cogió, la mano de él le cubrió la suya.

—No pensaba decirte nada. Pensaba volver luego, pero mis pies seguían moviéndose solos hacia ti. Aunque no les culpo. Pareces un hada, ahí, bajo la puesta de sol. —Dio un paso más hacia ella, sin soltar el bastón—. Con esa camisa de color verde bosque casi te confundes con el paisaje. Solo que nunca podrías confundirte: tú siempre destacarías en todas partes.

Nora apartó la mano de debajo de la de Jed y se tocó la cicatriz de la mejilla derecha.

—¿Lo dices por esto?

—Tus cicatrices te hacen distinta, sí —dijo Jed, mirándola a los ojos—. Pero no es eso lo que veo cuando te miro, en absoluto. Para mí, solo añaden otra dimensión a tu belleza.

Esta vez le dio el bastón de caminar sin intentar tocarla y ella lo cogió de mala gana... porque ahora sí quería que él la tocara. El roce fugaz de los dedos de Jed sobre los suyos había encendido una chispa.

A escasos centímetros de él, bajo la media luz púrpura del crepúsculo, Nora se preguntó cuánta electricidad se generaría si llegaran a besarse. O si sus cuerpos desnudos se fundiesen, presionándose uno contra el otro, piel con piel.

—¿Has ido a ver a tu amiga hoy? —le preguntó Jed al apartarse. Se sacó una bolsa de plástico del bolsillo y se acercó a las zarzamoras, aunque no se puso a cogerlas, sino que esperó a que Nora le contestara.

—Sí —respondió ella, en tono de aparente despreocupación.

Jed arrancó una abultada mora y se la metió en la boca. La masticó despacio, saboreando el ácido dulzor, y luego lamió una gota de zumo de la palma de la mano. La siguiente mora acabó en la bolsa de plástico, al igual que otra más.

Nora era consciente de que tenía que irse. Tenía que cambiarse de ropa antes de que llegaran June y Hester y no quería que Jed las viese a las tres entrar a hurtadillas por la puerta de atrás de la librería para reunirse en un encuentro secreto a todos los efectos.

—Debería irme a casa —dijo—. Tengo que poner el pie en reposo y aplicarme hielo.

Jed dejó lo que estaba haciendo y se volvió a mirarla.

—Ojalá pudiera ayudarte. Bueno, lo que quiero decir es que ojalá pudiera ayudar a tu amiga. Vine a Miracle Springs por el trabajo, y porque buscaba un pueblo apacible, donde nunca pasara nada.

—Pues dos asesinatos seguidos en este pueblo no lo hacen muy apacible, que digamos, ¿no?

Jed asintió.

—Ya. No pensaba que pudiese darse esa clase de violencia aquí. —Inclinó la cabeza en dirección a las colinas que los rodeaban y luego hacia arriba, hacia el cielo cada vez más oscuro—. Es como si no cuadrara. La gente necesita que este sitio no sea como los demás sitios.

—No es el sitio —dijo Nora, sintiéndose en la obligación de defender Miracle Springs. A ella le encantaba su pueblo, el que le había permitido volver a empezar de cero. La estación de tren vacía la había estado esperando, al igual que la pequeña parcela de terreno detrás de la estación. Le gustaba pensar además que los vecinos del pueblo también la habían estado esperando, aguardando a que abriese una librería, a que llenase ese hueco vacío en el alma de la localidad—. Aquí la mayoría de la gente quiere ayudar a quienes vienen de fuera a encontrar el modo de curar sus males —siguió hablando—. Pero siempre hay excepciones. Está claro que no todo el mundo que viene aquí lo hace para curarse. Algunos de nuestros visitantes tienen otros objetivos. Planean estropear este lugar, pero no tengo por qué quedarme de brazos cruzados y ver cómo consiguen su objetivo. Puedo hacer algo al respecto.

Acto seguido, echó a andar para alejarse de Jed, a pesar de que presentía que él todavía tenía algo más que decir. Le habría gustado oírlo, pero tenía que irse.

Ya había anochecido por completo cuando se subió al coche de June. Hester estaba en el asiento de atrás, con aspecto inquieto.

—Tú no tienes por qué hacer esto —le dijo Nora—. Ya sabes a lo que nos arriesgamos si nos pillan.

Hester bajó la ventanilla.

—¿Y por qué me lo dices a mí? Todas corremos el mismo riesgo.

—No, corazón —replicó June con ternura—. Tanto tú como Nora regentáis unos negocios que dependen de vuestra reputación. Mi trabajo consiste en vigilar a los usuarios de los baños de aguas termales para que no se ahoguen, y cuando terminan les doy una toalla y les indico el camino a los vestuarios. Yo perdería un trabajo, no mi negocio.

—Si acabamos en la cárcel con Estella, estaremos todas jodidas, así que más vale que no nos pillen. Esa es mi función, ¿verdad, Nora? —preguntó Hester, con una voz que la hacía parecer de nuevo más joven de lo que era en realidad—. Estar al acecho y vigilar si viene alguien.

—Eso es. June y yo nos encargaremos de fisgonear en el interior de la casa. —Nora lanzó una mirada interrogadora a June—. ¿Tienes las herramientas?

Su amiga señaló con el pulgar por encima del hombro.

—En el maletero.

Como parecería un poco raro que tres mujeres se pasearan por allí examinando parcelas en la oscuridad —sobre todo teniendo en cuenta que la urbanización de los Meadows no había instalado aún el alumbrado en la calle— June pasó con el coche por delante de la entrada y aparcó detrás de una hilera de cipreses de Leyland al otro lado de la carretera.

Una vez que June hubo repartido linternas y guantes desechables de la Gingerbread House, cogió una mochila y cerró el coche.

—¿Qué llevas en la mochila? —susurró Hester.

—Una palanca, una escoba y un recogedor —dijo June—. Por si la tarjeta de crédito de Nora no sirve.

Antes de que Hester pudiera seguir preguntando, Nora se le adelantó:

—Encontré un artículo sobre cómo entrar por la fuerza en tu propia casa. Se supone que es para la gente que se ha dejado las llaves dentro y no puede entrar, y solo funciona con puertas con pernos de resorte. Si han instalado un cerrojo de seguridad, no funcionará y tendremos que pasar al plan B y usar la palanca.

Las mujeres permanecieron en silencio mientras cruzaban la carretera y se escabullían por detrás del letrero indicador de los Meadows. Llegaron a la casa piloto sin ver pasar ningún coche y se acercaron a la puerta lateral del garaje. Nora se asomó a través de uno de los cristales y se quedó paralizada.

—El coche de Annette sigue aquí —les dijo a sus amigas hablando entre dientes.

—¿Qué? —exclamaron Hester y June al unísono.

Nora volvió a asomarse al interior del garaje un momento.

—Hay dos coches. El de Annette y una camioneta.

—Pero ¿Annette no vivía en Asheville? —susurró Hester.

Nora asintió y señaló hacia la parte trasera de la casa.

Las mujeres se deslizaron despacio con el cuerpo pegado a la pared en dirección a la ventana en voladizo de la cocina. Esta vez fue June quien se asomó rápidamente al interior a echar un vistazo.

Se apartó de golpe del ventanal e hizo una seña a Nora y Hester para que se agacharan. Cuando las tres estuvieron de rodillas sobre el césped, June se puso a hablar tan bajito que para Nora fue todo un reto oír lo que decía.

—Botella de vino. Cajas de comida para llevar. Velas. —Señaló a la casa—. No vamos a poder entrar ahí esta noche.

Pero Nora no quería marcharse. Descubrir la identidad del amante de Annette podría resultar útil. Era evidente que se trataba de una cita clandestina, y Nora no creía que a Collin Stone le pareciese bien que su casa piloto se utilizase para esos fines.

—No podemos irnos a casa, tenemos que averiguar de quién es esa camioneta —dijo con un hilo de voz.

Sus amigas no respondieron. En la oscuridad, su ropa negra se confundía con las sombras, pero el blanco de los ojos les confería un aspecto fantasmagórico.

—Seguro que es Dawson —susurró Hester—. Las iniciales de Annette y de Dawson estaban en la servilleta de cóctel de Greer. Los dos están juntos en esto, sea lo que sea.

Descubrir el significado de las iniciales de la servilleta de Fenton no les había aclarado nada. Nora y sus amigas seguían sin entender por qué Fenton había hecho una lista que incluía a Annette, Dawson y el banco Madison Valley Community Bank.

Nora frunció el ceño.

—Esperaremos a que se vayan y, cuando lo hagan, entraremos nosotras. Tenemos que seguir adelante con el plan. Estella está encerrada en una celda, pero nosotras no.

—Estoy contigo —susurró June—. Además, esto es mucho mejor que pasearme por las calles del pueblo con mi cuchipanda de gatos.

Hester las mandó callar de repente.

En el silencio, Nora oyó unas voces al otro lado de la pared de la cocina. No se distinguían las palabras, pero una mujer hablaba en ráfagas bruscas y entrecortadas. Cada vez que hacía una pausa para respirar, un hombre contraatacaba con respuestas cortas y rápidas, como un boxeador lanzando un golpe tras otro.

«Una pelea de enamorados», pensó Nora. Trató de distinguir algunas palabras sueltas, pero las voces se movían en distintas direcciones a medida que la pareja se desplazaba por la habitación. Supuso que estaban limpiando cualquier prueba de haber cenado allí.

Nora rodeó con el brazo a sus amigas y se dirigió a ellas hablándoles en un susurro:

—Una de nosotras tiene que ver quién es el novio de Annette. Las otras dos se quedarán aquí hasta que los dos coches se hayan ido y estemos seguras de que ya no hay nadie.

—Yo iré —se ofreció voluntaria Hester—. Tú aún sigues cojeando, Nora. Yo puedo echar a correr si me ve alguien.

—Oye, que puede que sea quince años mayor que tú, pero no soy ninguna tortuga —le reprochó June.

Aquel no era el momento de entrar en disquisiciones sobre quién estaba en mejor forma física, así que Nora dio un leve empujón a Hester:

—Vete —le dijo.

Habían pasado menos de cinco minutos cuando la luz del garaje se encendió, obligando a Hester a agacharse. Cuando la puerta empezó a abrirse, Nora percibió como todo el cuerpo de June se ponía en tensión. Además del ruido del engranaje mecánico, oyó el sonido de la puerta de un coche.

«Asómate a mirar ahora», le ordenó mentalmente a Hester. La panadera vaciló durante unos segundos que se hicieron eternos, pero al final se aupó y miró por la ventana del garaje.

Para entonces, todas las integrantes del Club Secreto de la Lectura y la Merienda habían visitado la web de Propiedades Pine Ridge y memorizado los nombres y las caras de los socios principales, por lo que cuando Hester regresó junto a sus amigas, ya había reconocido al hombre.

—La camioneta es de Collin Stone —les dijo—. Se ha inclinado hacia el interior del coche de Annette y le ha dado un beso.

—Otro honorable padre de familia de Pine Ridge —masculló Nora sarcásticamente.

La luz de unos faros horadó la oscuridad de la parte delantera de la casa y las mujeres se quedaron inmóviles de manera instintiva. Annette fue la primera en sacar marcha atrás su todoterreno del garaje, seguida de Collin, al volante de su camioneta. Al cabo de unos minutos, ya habían desaparecido.

—Deberíamos haber detenido el mecanismo de la puerta del garaje antes de dejar que se cerrara del todo —dijo Hester, encendiendo su linterna y apuntando con ella hacia el suelo.

June negó con la cabeza.

—No, Annette o Collin podrían haberse dado cuenta y se habrían bajado del coche a ver por qué no cerraba la puerta.

Nora se dirigió a la puerta lateral que daba al garaje.

—Veamos ahora lo fiable que era ese artículo sobre cómo entrar en tu propia casa. ¿June? ¿Enfocas con la linterna a la cerradura? ¿Hester? Ahora es cuando empieza tu labor como vigilante. Tendrías que quedarte a cierta distancia de la casa.

—Ya sé que nos dijiste que la señal para que saliéramos pitando si viene alguien es ulular como un búho —dijo June—, pero ahora mismo lo único que oigo son ruidos de animales nocturnos: bichos, mapaches y sabe Dios qué más. Tal vez no sepa distinguirte a ti haciendo el búho del sonido de un búho de verdad.

Hester frunció el ceño.

—Tú, si oyes un búho, sal corriendo.

June sonrió.

—Está bien, bizcochito.

De pronto, a Hester le cambió la cara. Aun con la débil iluminación de las linternas, Nora vio que algo acababa de molestar mucho a la panadera.

—No me llames así. —Los ojos le echaban chispas de furia y dolor—. No vuelvas a llamarme así en la vida.

Completamente desconcertada, June alargó el brazo para tocarla.

—Vale, cielo. Lo siento.

Hester evitó tocar la mano tendida de June y corrió hacia un arce de grandes dimensiones al otro lado del camino de entrada de la casa piloto.

—¿A qué ha venido eso? —June se había quedado patidifusa.

—Ya lo averiguaremos.

Nora sabía que su respuesta parecía insensible, pero fuese lo que fuese lo que había molestado a Hester, podía esperar. Encontrar pruebas de que algunos empleados de Propiedades Pine Ridge tenían poderosos motivos para querer librarse de Neil Parrish y Fenton Greer era algo de vital importancia.

June no protestó, sino que siguió sosteniendo la linterna para enfocar la cerradura y observando fascinada cómo su amiga extraía una tarjeta rígida del bolsillo trasero de sus pantalones y la introducía en el espacio entre la puerta y el marco.

—Espero que no sea esa tu única tarjeta de crédito —dijo June—. Porque la vas a destrozar, tanto si el truco funciona como si no.

Nora estaba muy concentrada en la tarea que tenía entre manos.

—Es la tarjeta de acceso a un gimnasio, y no es mía. Se le cayó a un cliente de fuera del pueblo en la librería hace unas semanas. Lo llamé para decirle que podía mandársela por correo, pero no me contestó. La cortaré en trocitos cuando acabemos.

Moviendo la tarjeta ligeramente hacia delante y atrás mientras iba empujándola hacia arriba por la puerta, Nora pudo comprobar que no habían echado el cerrojo y lanzó un suspiro de alivio. A continuación la desplazó hasta el punto donde el resorte de la cerradura entraba en contacto con el marco de la puerta, explicándole a June cada una de sus maniobras al tiempo que las iba llevando a cabo.

—Llegó la hora de la verdad. Tengo que empujar la tarjeta contra el marco y tratar de deslizarla por debajo del resorte en forma de triángulo. La pieza tiene una parte acabada en punta y otra inclinada. El truco solo funcionará si la parte en punta mira hacia nosotras.

Nora notó el momento en que la tarjeta hizo contacto con el mecanismo, y también se dio cuenta de que la tarjeta se estaba resquebrajando por el centro: había hecho demasiada presión y empezaba a romperse.

—Inspira hondo —le susurró June—. Vamos, que tú puedes. Caminaste entre las llamas y el fuego no acabó contigo. Esto tampoco podrá contigo.

—No caminé entre las llamas; el fuego me pasó a mí por encima —le respondió la otra en un susurro. Aun así, redobló el esfuerzo y cuando advirtió que la tarjeta se deslizaba más adentro aún que antes, cogió el pomo de la puerta y lo accionó. La puerta se abrió y una corriente de aire frío procedente del garaje corrió a recibirlas.

—¡Aleluya! Estaba segura de que esta noche acabaríamos rompiendo una ventana —exclamó June en voz baja—. De hecho, ahora estoy un poco decepcionada. Me gustaba la idea de tener que romper el cristal, aunque, ahora que lo pienso, nos conviene mucho más entrar y salir sin dejar rastro. Menos mal que Hester ha traído estos guantes.

Las dos mujeres se apresuraron a entrar en el garaje.

—No hay ninguna alarma activada —dijo Nora—. ¿Hasta cuándo nos durará esta racha de suerte?

—No creo que las cuatro nos hayamos hecho amigas porque la diosa Fortuna haya sido especialmente generosa con nosotras, que digamos —dijo June—. No hay que seguir tentando a la suerte, no.

Nora se mostró de acuerdo con ella con un murmullo y fueron juntas hasta el despacho de Annette.

Su amiga se fue directa a las puertas dobles de la pared del fondo y las abrió de par en par; de ese modo podrían oír la señal de advertencia de Hester y salir huyendo de allí si era necesario.

Nora, por su parte, abrió el cajón del escritorio de Annette.

—Habría estado bien que nos hubiese dejado aquí las llaves —dijo, sacando la segunda herramienta que había traído consigo—. Lo lógico sería que una mujer tan preocupada por la seguridad hubiese echado el cerrojo en el garaje.

—Está claro que esta noche tenía otras cosas en la cabeza... —June se reunió con ella en el escritorio y dirigió el haz de la linterna al cajón cerrado—. ¿Esto también lo has visto en internet?

—Hay montones de vídeos sobre cómo abrir cerraduras y cajones —contestó—. He podido practicar antes con una caja de seguridad que guardo en la librería.

—¿De verdad? ¿Con un cortaúñas? —June parecía escéptica.

La librera desplegó la herramienta de la lima que iba incorporada al cortaúñas y la acercó a la luz.

—Solo hace falta esto.

Introdujo la lima en el agujero de la cerradura y la fue retorciendo despacio hasta que notó que la punta entraba en contacto con el mecanismo de cierre. Presionando hacia abajo, giró la lima en el sentido de las agujas del reloj y la cerradura cedió. Nora abrió el cajón y miró a June con una amplia sonrisa triunfal.

Sin embargo, su amiga estaba demasiado ocupada moviendo la linterna para que iluminase el contenido del cajón.

—En las películas, aquí la gente siempre guarda una botella de *whisky*. O un arma.

Annette no guardaba alcohol ni armas en su escritorio; lo que escondía del mundo era una foto suya con Collin Stone. El cuerpo atlético de Annette se veía realzado por un vestido negro de cóctel muy ajustado. Collin estaba muy guapo con un traje oscuro. La pareja posaba delante del cartel de los Meadows. Él llevaba una botella de champán en la mano y ella dos copas de flauta. En lugar de mirar a la cámara, se miraban mutuamente. La cámara había captado a Collin en plena carcajada y Annette lo miraba con genuina expresión de afecto.

—Me pregunto si ella le gusta a él tanto como él a ella. Se nota que está coladita por sus huesos de promotor inmobiliario, pero puede que solo sea otro hombre casado echando una cana al aire. Tíos así hay a montones... —dijo June, haciendo un chasquido de desaprobación con la lengua.

Nora se puso tensa y cogió el marco con tanta fuerza que se habría hecho trizas si hubiese apretado un poco más.

—Puede que Annette esté enamorada de Collin —dijo cuando hubo dominado su ira—. O puede que solo esté... —hizo una pausa al darse cuenta de que había otra fotografía escondida detrás de la primera. Cogiéndola del borde, no le hizo falta más que tirar un poco hacia fuera para reconocer que lo que tenía delante era una foto en blanco y negro de Annette y Collin en plena faena.

—Madre mía, qué flexible es esta mujer... —exclamó June—. Pero ¿quién sacó esa foto?

Como era una muy buena pregunta, Nora extrajo la foto entera y la acercó a la luz de la linterna.

—Se ve mucho grano. Estoy pensando que tal vez sea un fotograma de un vídeo.

June abrió los ojos como platos.

—¿Estás diciendo que puede que Annette se grabara en vídeo con Collin y luego imprimiera esto?

—Exactamente. Lo que significa que o Annette Goldsmith está colada por Collin Stone o planea chantajearlo. Por desgracia, como no hemos podido oír qué decían mientras discutían, no sabemos qué es lo que siente ella. —Nora devolvió las fotografías a su sitio y blandió el cortaúñas—. ¿Quieres que veamos lo que hay en el archivador?

—Eso ni se pregunta —declaró June, y siguió a Nora al armario. Esta vez la librera sujetó la linterna mientras June llevaba a cabo su primera práctica forzando cerraduras. Tardó un poco más en abrir el archivador, pero, cuando lo consiguió, una sonrisa le iluminó el rostro—. ¿Por qué produce tanta satisfacción?

—Es una habilidad muy útil para la vida diaria. Y ahora, veamos qué hay en esta caja de Pandora.

Nora recordó haber leído las etiquetas de las carpetas cuando fue a visitar la casa piloto la primera vez. Sacó el expediente de Neil Parrish, lo dejó en el suelo y tomó fotografías de los informes de declaración de cierre. Repitió la misma operación con los papeles que contenían las carpetas marcadas con las iniciales F. G., de Fenton Greer, y V. M., de Vanessa MacCavity.

Collin también tenía un expediente, pero su documentación parecía consistir en una cantidad interminable de documentos necesarios para transformar una parcela de tierra de uso agrícola en una urbanización. Ni Nora ni June sabían lo bastante sobre estudios del terreno, zonas urbanizables, servidumbres, derechos de paso, servicios públicos, permisos, fotografías o declaraciones de impacto ambiental para determinar si todo estaba en regla.

—Mira cuántos organismos oficiales de Miracle Springs han tenido que poner su sello para aprobar este proyecto —dijo Nora, señalando distintos nombres y firmas—. No pueden ser todos corruptos. No habría dinero suficiente para pagarles a todos. Sacaré fotos de algunos de estos papeles, pero mi intuición me dice que aquí todo está en orden.

June se mostró de acuerdo.

—Espero que encontremos algo en el de Fenton. Es evidente que la cagó, porque si no, su cadáver no estaría ahora en una nevera de la morgue.

El resto de los archivos de Annette estaban llenos de formularios de declaraciones de compraventa en blanco, listas de comprobación para los propietarios y contratos. Nora hizo copias de todo para poder examinarlo luego con más tranquilidad.

—Tenemos que dejarlo todo exactamente como estaba —le dijo a June—. Annette es una obsesa del orden. Se daría cuenta si alguien le ha movido un centímetro la grapadora.

Satisfecha por haber devuelto los expedientes a su sitio, la librera intentó cerrar el archivador con la lima de uñas. Se estuvo peleando con la cerradura cinco minutos hasta que al final se dio por vencida.

—Mañana se va a dar cuenta de que alguien ha estado aquí —señaló June.

Nora le contestó con uno de los gruñidos característicos de la otra.

Las mujeres cerraron las puertas del armario y se miraron.

—Deberíamos registrar el resto de la casa —propuso Nora.

—Ya subo yo arriba. No tiene sentido que fuerces más ese tobillo. —June se dio unos golpecitos en el reloj—. Pero será un vistazo superficial. Ya llevamos aquí demasiado tiempo y, en mi experiencia, cuando alguien quiere ocultar algo, o bien se deshace de ese algo o lo guarda bajo llave.

Cuando Nora entró en la cocina, seguía dándole vueltas al comentario de June sobre cómo la gente se deshacía de las cosas, así que decidió mirar en el cubo de la basura, guardado en el armario de debajo del fregadero. Teniendo en cuenta el tiempo que había pasado desde la muerte de Fenton —por no hablar de la de Neil—, Nora solo esperaba encontrar los restos de la cena de los amantes esa noche. Dando gracias por llevar aún los guantes que le había dado Hester, escarbó entre las cajas pegajosas de comida para llevar, las servilletas hechas una bola y los cubiertos de plástico hasta comprobar que la parte inferior de la basura comprendía básicamente vasos de papel para el café y botellas de agua de plástico.

Nora contó al menos cuatro botellas de agua en el fondo del cubo de la basura.

«Tú no tienes mucha conciencia ecológica, ¿no, Annette?», pensó, y movió sin querer, con el codo, un envase de comida para llevar. La caja se tambaleó en el borde del cubo antes de caer al suelo y sumirse en la oscuridad de detrás.

—Mierda —masculló Nora.

Arrodillándose, empleó la linterna para recoger la caja y asegurarse de que no se había salido ningún resto de comida y que no había dejado el suelo hecho un asco. Todo estaba limpio, pero entonces descubrió una bola de papel detrás de un bote de limpiacristales. Recogió el papel y empezó a desplegarlo y alisarlo con la mano, y sintió que se le aceleraba el pulso al constatar que lo que tenía ante sus ojos era un horario de trenes.

Era el horario del mes en curso e incluía las frecuencias de paso de múltiples localidades del oeste de Carolina del Norte. Miracle Springs era una de ellas.

«Este horario podría ser perfectamente de algún comprador potencial», pensó Nora, aunque ni ella misma se lo creía. Su intuición trabajaba a toda velocidad, y cuando vio que la fecha anotada en lápiz en una esquina coincidía con la muerte de Neil Parrish, tuvo el fuerte presentimiento de que aquel horario era muy importante.

No había nada más en el suelo que fuese de interés, y cuando June bajó del piso de arriba, le dijo a Nora que no había encontrado nada destacable.

—¿Nos vamos ya?

—Sí —contestó Nora—. Podemos revisarlo todo cuando volvamos a Miracle Books.

Hester estuvo a punto de abalanzarse sobre ellas desde detrás del árbol cuando se acercaron.

—¡Habéis tardado un siglo! —exclamó en voz baja—. No he parado de imaginarme toda clase de escenarios, a cuál más terrible, desde que el *sheriff* Hendricks abría la puerta de la casa de una patada hasta que una horda de zombis salía de detrás de esa arboleda de ahí al fondo —dijo, señalándola—. ¿Podemos largarnos de aquí de una vez, por favor?

—Claro —dijo Nora.

No fue hasta que estuvieron sanas y salvas en el interior del coche de June y de camino a la librería cuando las tres amigas empezaron a respirar con normalidad de nuevo.

—No me puedo creer que lo hayamos hecho —dijo Hester, exultante de alegría y alivio—. Hemos entrado ilegalmente en una casa. Somos unas *cracks*. ¡Entramos y salimos como unas ninjas! —Se puso a hacer boxeo consigo misma a modo de celebración.

Nora y June intercambiaron una mirada nerviosa y la librera se volvió en su asiento para mirar a Hester de frente.

—No hemos entrado y salido como unas ninjas exactamente. Annette se va a dar cuenta de que alguien ha estado en su despacho porque no he podido volver a cerrar la cerradura de su archivador ni la del escritorio.

Hester dejó caer las manos en el regazo.

—¿Crees que sospecharán de nosotras?

Nora intentó no pensar en la rosa Shakespeare 2000 que había encontrado en la caja registradora de su librería.

—No —respondió, esperando que ninguna de sus amigas detectara la mentira en su voz.

CAPÍTULO TRECE

Lo prometido es deuda y las deudas encierran promesas.

PROVERBIO HOLANDÉS

Completamente rendidas tras la jornada de trabajo seguida de su incursión nocturna, las tres mujeres volvieron a reunirse en Miracle Books el tiempo justo para que Nora imprimiese las imágenes que había sacado de los archivos de Annette.

—Tendríamos que leer y analizar estos documentos —dijo después de distribuir las copias—. No sé si encontraremos algo, porque la mayor parte se centra en los datos personales y económicos de los compradores, pero puede que algo nos resulte sospechoso. Necesitamos pruebas de que se ha cometido un delito, pruebas fehacientes para poder presentarlas a otro organismo de orden público.

—¿Como cuáles? —preguntó Hester.

Nora no tenía ninguna respuesta; ella era una simple librera y biblioterapeuta, no una gurú financiera. Pese a todo, no quería que las tres se despidieran con aquellas caras de desánimo, de modo que les enseñó a June y Hester el horario de trenes.

—Me pregunto quién habrá hecho estas anotaciones. —June puso la yema del dedo en el papel arrugado y miró a Nora—. Solo de tocarlo ya me da mala espina. ¿Mató Annette a Neil?

—Es una posibilidad —dijo la librera—. No iba en el tren con los demás empleados de Pine Ridge. Va en coche a Miracle Springs todos los días.

—Me imagino perfectamente a una mujer atrayendo a un hombre al borde del precipicio —señaló Hester—. Tal vez Annette le habló a Neil de los candados de los enamorados y después de contarle nuestra leyenda local, le pidió que fueran juntos a verlos o algo así.

June se quedó pensativa.

—Una vez allí, pudo interpretar el papel de la damisela en apuros. Necesitaría ayuda para bajar la pendiente con esos tacones. Y luego... —Hizo como que empujaba a alguien—. Nadie se percataría de que se ausentara de la casa piloto quince minutos o así, sobre todo considerando que aparca el coche en el garaje.

—Cuando Annette anota cifras, ¿se parecen a los números de este horario de trenes? —le preguntó Hester a Nora.

La librera negó con la cabeza.

—Solo me ha dado documentos impresos de su ordenador. No había ningún lápiz en su escritorio. Siempre usa una pluma Montblanc. Nuestra agente inmobiliaria tiene gustos caros.

—Y por defenderlos sería capaz de cualquier cosa, incluso de matar tal vez —dijo Hester—. Y si no ella, el *sheriff*. O Dawson. Nuestra lista de sospechosos incluye varios nombres.

—Neil se ocupaba de los aspectos financieros de Propiedades Pine Ridge. —Nora señaló los papeles que cada una de sus amigas sostenían en la mano—. Por eso creo que la clave de este asesinato está en los números. Neil quería decir la verdad acerca de los turbios tejemanejes de su empresa, tejemanejes relacionados con la parte financiera. Vamos a averiguarlo y nos reunimos aquí otra vez mañana.

Hester señaló el horario de trenes.

—¿Tienes algún lugar seguro donde guardar eso?

—Sí. Aquí. —Nora dio unos golpecitos en la superficie de vidrio eglomizado de la mesita estilo oriental que había en el centro del corro de sillas.

Mientras June miraba a Nora con estupefacción, Hester se inclinó sobre la mesa y examinó los crisantemos pintados en la superficie de espejo. Dos de ellos eran de color rosa chicle, dos de color melocotón claro y otros dos de color azul pastel. También había dos figuras, un hombre y una mujer, vestidos con ropa refinada. El hombre estaba en un puente y la mujer en una roca. Ambas figuras llevaban un rollo de pergamino en la mano y, a primera vista, parecían dos extraños buscando un lugar apacible donde ponerse a leer. Sin embargo, al mirar la escena con más atención, estaba claro que el hombre y la mujer solo fingían estar leyendo, pues se miraban el uno al otro con aire cohibido.

—¿Dónde? —preguntó Hester con impaciencia—. No veo cajones ni nada parecido.

Nora se desplazó a un extremo de la mesa, cogió el borde de espejo y tiró de él. Una fina hendidura apareció en el centro de la mesa, entre el hombre y la mujer. La librera metió los dedos por la rendija y siguió ampliando el espacio. Cuando acabó, dejó al descubierto un hueco del tamaño de una carta con el ojo de una cerradura hacia arriba, mirándolas como un ojo de latón.

—Oooh... —exclamó June—. ¿Dónde está la llave?

Nora sonrió.

—Sabes que la gente lee un libro distinto en lugares distintos, ¿verdad? Bueno, pues yo guardo un libro aquí en la tienda para las horas muertas.

Hester la miró como si se hubiera vuelto loca.

—Sí. ¿Qué tiene eso que ver con la llave?

Nora se agachó en la taquilla de venta de billetes y sacó *The Storyteller,* de Jodi Picoult. Retiró el marcapáginas, un lazo de raso de color berenjena con encaje blanco. Colgada de la parte inferior, como si fuera el *charm* de una pulsera, había una diminuta llave de latón.

La librera introdujo la llave en la cerradura del compartimento secreto, levantó la tapa de bisagra y enseñó a sus amigas el hueco forrado de terciopelo tan habilidosamente escondido por el ebanista que había fabricado la mesa.

—¿Qué hay dentro de la caja? —preguntó Hester.

—Os lo enseñaré cuando Estella pueda sentarse en su silla —dijo Nora, señalando la butaca que había elegido su amiga la última vez que el Club Secreto de la Lectura y la Merienda se reunió al completo.

June cogió el horario de trenes y lo depositó en el hueco secreto con la solemnidad de quien deja una rosa en lo alto de un ataúd.

—Entonces, vamos a hacer todo lo posible por sacarla de esa maldita cárcel.

En el remanso de paz que era para ella la Casita del Vagón de Cola, Nora se quitó la ropa y la tiró amontonándola en el suelo. Luego se puso los pantalones cortos del pijama y la camiseta con el lema LOS AMANTES DE LOS LIBROS NUNCA SE ACUESTAN SOLOS y se fue a la cocina a buscar un vaso de agua.

Cuando estaba cerrando el grifo, miró de reojo el jarrón con las rosas que le había regalado Jed. Dejó el vaso de agua y se acercó al jarrón. En ese momento los capullos de las flores ya se habían abierto por completo, como velas henchidas por el viento, y las rosas difundían un perfume embriagador por todo el salón.

Nora se acordó entonces de la rosa que Collin Stone le había dejado en la caja registradora. Luego pensó en Jed y en el hecho de que él sabía que había algo raro en la posición del cuerpo de Fenton Greer, pero guardaba silencio para no poner en peligro su nuevo puesto de trabajo. Pensó también en Neil Parrish, un hombre que había cometido errores, pero que se había propuesto corregirlos, costase lo que costase. Y a pesar de que trató con todas sus fuerzas de no hacerlo, también pensó en el hombre que había sido su marido en el pasado.

La ira hizo que la cicatriz en forma de medusa del brazo empezara a escocerle y Nora la observó con cara de asco. Su boca dibujó una línea tensa, cogió las rosas y las sacó bruscamente del jarrón. Haciendo caso omiso del agua que le goteaba por los muslos desnudos y le resbalaba por las pantorrillas, llevó las flores a la ventana de la cocina y las tiró a la calle bajo la tenue luz nocturna.

Al día siguiente, se levantó temprano para examinar los documentos del archivador de Annette. Mientras el café se iba haciendo en la cafetera, abrió el portátil y extendió todos los formularios de declaraciones de compraventa sobre la mesita de centro. Empezó leyéndose varios artículos sobre cómo obtener un préstamo hipotecario escritos de tal forma que hasta un ludita podía entender el funcionamiento del proceso. Aunque aquellos detallados artículos venían a confirmar lo que la librera ya sabía, no fue hasta que tropezó con otro artículo de la sección de sucesos en un periódico del Medio Oeste cuando intuyó que había dado con un término nuevo y realmente importante.

Como el artículo se centraba sobre todo en la condena impuesta a un hombre de Indiana acusado de fraude hipotecario, era una pieza relativamente breve, pero a Nora le interesó sobre todo la referencia a los testaferros. Abrió una nueva ventana de búsqueda e introdujo el término en el recuadro de búsquedas que le ofrecía Google.

El primer resultado era un enlace a una página gubernamental que pertenecía al Departamento de Banca, Seguros y Valores. Según aquella página web, los testaferros eran personas con un buen historial de crédito que dejaban a otras personas o empresas utilizar su nombre y datos personales con el fin de obtener préstamos hipotecarios. Estos testaferros no tenían intención de llegar a instalarse en la casa para la que se había solicitado la hipoteca, y normalmente se les pagaba una cantidad de dinero acordada de antemano por el papel que desempeñaban en el proceso. Nora también descubrió que había un segundo tipo de testaferro: a diferencia del primer caso, en el que cada uno de los participantes era cómplice en el fraude hipotecario, el segundo tipo de testaferro no sabía que se estaban usando sus datos personales para solicitar una hipoteca. Sin tener conocimiento de lo que ocurría, el comprador era víctima de una red de fraude inmobiliario.

«Dichas redes pueden estar formadas por un grupo de personas, como un prestamista, un tasador, un corredor, un promotor inmobiliario, un constructor, un abogado, agentes inmobiliarios, etcétera, que participan en la trama. Los participantes se reparten los beneficios», leyó Nora. Miró por la ventana mientras su cerebro daba vueltas a todo lo que acababa de leer.

—¿Y cómo puedo saber si estoy ante un fraude hipotecario? —se preguntó en voz alta, dirigiéndose a la pila de formularios de declaraciones de compraventa.

Volviendo a centrar su atención en la pantalla, se desplazó hacia el final de la página, donde vio un párrafo que invitaba a llamar a un teléfono gratuito a los residentes del distrito de

Columbia que sospechasen estar siendo víctimas de un fraude hipotecario.

—En Carolina del Norte debe de haber algún organismo similar —murmuró Nora, y sintió una brizna de esperanza. Si no lograba sacar conclusiones sólidas de su pila de documentos, siempre podía llamar al teléfono facilitado por el organismo local del estado y denunciar que creía que se estaban utilizando su nombre y sus datos personales en una red de fraude hipotecario. Sabía que le pedirían que les remitiese una copia de su formulario de declaración de compraventa antes de que una agencia estatal aceptase su reclamación, lo que significaba que tenía que concertar una cita con Annette Goldsmith lo antes posible.

Después de examinar las declaraciones mientras se tomaba otra taza de café y desayunaba un yogur de vainilla con moras y frambuesas, Nora solo detectó una anomalía. Según la Administración Federal de Vivienda, el pago inicial mínimo que debían aportar los compradores como entrada era de aproximadamente el tres y medio por ciento del precio total de compra. Sin embargo, la mayoría de los bancos preferían un pago de un veinte por ciento. Para una casa en los Meadows, eso significaba adelantar nada más y nada menos que sesenta mil dólares, y aun así, a ninguno de los compradores ya aprobados que figuraban en el expediente de Neil Parrish se les había exigido que pagasen más de quince mil dólares de entrada.

Perpleja, Nora siguió leyendo más información sobre entradas para una hipoteca y descubrió que se podían obtener porcentajes bajos solicitando un préstamo hipotecario a través de empresas de servicios financieros patrocinadas por el gobierno. Y sin embargo, todos los clientes de Neil habían solicitado sus créditos en el Madison County Community Bank.

La librera examinó las filas y columnas de números. No tenía ni idea de si los honorarios de la tasación o las cuotas del seguro sobre el título de propiedad eran justos o exorbitantes, y cuando vio la cantidad de resultados que obtuvo tras realizar una búsqueda sobre los costes del cierre de una compraventa, supo que no tenía tiempo para leerlos todos.

En vez de eso, desenchufó el teléfono móvil del cargador de pared y marcó el número de Annette.

La agente inmobiliaria respondió con su voz cantarina habitual, pero esta vez había un deje de cautela en su tono.

—Perdona si llamo demasiado temprano —se disculpó Nora—, pero he estado pensando en lo que me dijiste sobre lo rápido que se venden las mejores parcelas y he decidido que debería ir más pronto que tarde.

—¿A qué hora habías pensado venir? —preguntó Annette, con voz ya más cordial.

Nora vaciló un instante.

—Si no supone mucha molestia, me gustaría ir para allá ahora mismo. Tardaré al menos quince minutos porque voy en bici.

—¿En bici? —Se produjo una breve pausa—. Ah, es verdad. Había olvidado que tú no conduces.

A Nora le pareció un comentario un poco extraño. Era como si justo en ese momento hubiese estado hablando de Nora con otra persona.

A la librera se le puso la piel de gallina al acordarse de la rosa en la caja registradora.

«¿Ha estado hablando de mí Annette? ¿Con Collin? ¿O con el *sheriff* Hendricks? ¿Sospechará que he sido yo quien ha entrado en su despacho?».

Aunque sabía a ciencia cierta que no podía estar viéndola nadie en el interior de la Casita del Vagón de Cola, Nora empezó a meter todos los documentos en una carpeta y a mirar frenéticamente por todos sitios buscando un escondite donde guardarlos. En un arranque, le dio por meterlos entre dos cajas de cereales en el estante más alto de la cocina.

—Hay mucha gente en Miracle Springs que se desplaza en bicicleta —dijo con calma—. Es una de las cosas que más me gustan de este pueblo.

—¿Y qué harás cuando te mudes a los Meadows? —le preguntó Annette—. ¿No te costará coger la bici cuando llueva o nieve?

Nora tenía que reconocerlo: Annette era muy lista.

—Puede que me compre un ciclomotor. Alcanzan los cincuenta kilómetros por hora y puedo ponerle una cesta para hacer la compra o llevar libros. Pero ahora mismo debería concentrarme en una sola adquisición importante, y la casa en los Meadows está la primera de la lista.

—En ese caso, nos vemos dentro de un cuarto de hora —dijo Annette en tono complacido antes de colgar.

Nora no podía marcharse inmediatamente. Como iba a estar expuesta a la luz solar directa, tuvo que ponerse una abundante capa de crema protectora y colocarse una gorra de béisbol debajo del casco de la bicicleta. Ya había pasado mucho tiempo desde que le salieron las cicatrices y no corrían peligro de sufrir cambios en la pigmentación, pero su capa de piel injertada era más fina y más susceptible a las quemaduras solares, por lo que nunca salía a la calle sin protección.

Si esperaba a que la crema se secase, correría el riesgo de llegar tarde, así que no podía llamar a Hester y June desde su casa, lo que significaba que tendría que llamar a una de ellas por el camino a los Meadows.

Nora nunca había tenido la necesidad de comprar un soporte para móvil para su bicicleta, pero ese día pensó que ojalá tuviera algún cacharro parecido, porque le costaba Dios y ayuda sujetar el manillar con la mano izquierda y el móvil con la derecha.

—Podrías enchufarle los auriculares al móvil y ponerlo en la cesta de la bici —le sugirió Hester cuando Nora le explicó por qué su conversación tenía que ser breve.

—No tengo auriculares —respondió Nora. Hizo rechinar los dientes cuando la rueda delantera pilló un bache e intentó no hacerle pagar su disgusto a Hester—. Voy de camino a los Meadows a ver si puedo conseguir el resto de mi documentación firmando un contrato de compraventa. ¿Has podido echarle un vistazo a los documentos?

—No —contestó Hester—. Tenía que encargarme de la panadería primero, pero llamaré a June y le preguntaré si ha encontrado algo. Ten cuidado, Nora. Si ha descubierto lo de anoche, Annette estará en alerta máxima. No hagas nada que pueda hacer que sospeche de ti. Limítate a hablar del tema de tu futura casa, ¿de acuerdo?

El tono autoritario de Hester hizo sonreír a Nora.

—Vale, mamá, tendré cuidado.

Sin previo aviso, la llamada se cortó. Nora no se entretuvo pensando en el abrupto final de la llamada porque necesitaba ambas manos para coger una curva inminente, así que dejó caer el teléfono con cuidado en la cesta delantera y se concentró en la carretera.

Para cuando llegó a la casa piloto de los Meadows, le dolía el tobillo. Al ver un coche patrulla marrón del departamento del *sheriff* aparcado en la entrada, tuvo la tentación de dar media vuelta y largarse. En vez de eso, se bajó de la bici y la llevó hasta el porche delantero. Annette, Vanessa MacCavity, Collin Stone y el *sheriff* Hendricks estaban en el escalón de lo alto del porche y la observaron acercarse, cosa que le resultó extremadamente inquietante.

Era la primera vez que Nora veía a Vanessa, y aunque no era más que una primera impresión, le pareció detectar en ella un marcado aire de arrogancia. Mirándola con más atención, se fijó en otros detalles: llevaba el pelo corto y moreno, traje de ejecutiva, y tenía los brazos cruzados sobre el pecho mientras tamborileaba con los dedos de manicura perfecta con gesto impaciente. Una mujer de unos cuarenta años que sabía exactamente lo que quería del mundo y esperaba conseguirlo.

—Parece que le pasa algo en el pie derecho, señora Pennington —comentó el *sheriff*—. ¿Es que se ha hecho daño?

—Fue una tontería, la verdad. —Nora se miró el pie lesionado—. No estoy acostumbrada a llevar tacones y la otra noche se me enganchó la punta del zapato derecho con el borde de la alfombra. Ya se puede imaginar el resto... Como dijo aquel comentarista: «¡Cae Frazier!».

El *sheriff* la miró con interés.

—¡Caramba! Una mujer que entiende de boxeo... Eso me gusta. ¿Es que va usted a comprar alguna de estas casas tan bonitas?

—Eso espero —dijo la librera. Luego adoptó una expresión preocupada y miró a Annette a los ojos antes de volver a mirar al *sheriff*—. ¿Por qué? ¿Es que pasa algo?

—Anoche entraron a robar —dijo la agente inmobiliaria señalando la casa a su espalda.

Nora siguió la señal de Annette con la mirada, como si esperara ver el cristal roto de una ventana o cualquier otro indicio de destrucción.

—Qué horror... ¿Y se llevaron algo?

—No, no se llevaron nada —respondió el *sheriff*—. Seguro que ha sido cosa de críos. En verano se aburren y se retan a hacer toda clase de tonterías, a cuál más estúpida.

—El *sheriff* cree que los ladrones se fueron cuando se dieron cuenta de que nuestros televisores de pantalla plana y nuestros ordenadores son solo de adorno y no de verdad. Como si fuéramos a dejar una casa sin inquilinos llena de aparatos electrónicos de última generación. —Vanessa negó con la cabeza y luego adoptó una expresión aburrida.

—Por eso no me molesté en instalar un sistema de seguridad en esta casa —le explicó Collin a Nora—. Además, también me informé sobre la tasa de criminalidad en Miracle Springs. Una de las razones por las que me atrajo este pueblo es porque apenas hay delincuencia. —Sonrió con dulzura—. No hay motivo para preocuparse por este incidente aislado, señora Pennington. Estoy de acuerdo con el *sheriff*: esto no ha sido más que una gamberrada de unos adolescentes que pensaban que estaban en uno de sus videojuegos.

Nora asintió con la cabeza.

—Seguro que ha sido eso. ¿Van a instalar una alarma para que no se repitan incidentes como este?

Collin reflexionó unos instantes antes de contestar.

—No lo creo. Aunque la ofrecemos como una opción más antes de la entrega de llaves.

—Bueno, pues yo desde luego no voy a querer ningún sistema de esos —dijo con firmeza—. Me siento un poco aislada en la casa donde vivo. Aquí estaré rodeada de vecinos, tendré una comunidad, personas que se prestan ayuda y se cuidan mutuamente. Sobre todo teniendo en cuenta... —Se le apagó la voz y lanzó una mirada nerviosa al *sheriff* Hendricks, quien inmediatamente se aclaró la garganta e hizo una señal a Annette.

—Más vale que entren las dos en la casa: no querrán que se les corra el maquillaje —dijo—. Sé lo mucho que se molestan las mujeres cuando eso les ocurre. Además, a usted no puede darle mucho el sol, ¿verdad que no, señora Pennington? —añadió con grosería.

Vanessa se tapó la boca con la mano, pero fue después de que Nora viera destellar sus dientes blancos.

La librera no se pudo contener:

—Pues verá, lo cierto es que los médicos animan a las víctimas de quemaduras a exponerse de forma moderada a la luz solar, siempre y cuando haya pasado al menos un año desde la lesión inicial y con las debidas precauciones. Estar al aire libre es beneficioso para todo el mundo.

Annette se apresuró a abrirle a Nora la puerta principal para no seguir con aquella conversación y la librera entró en la casa, percibiendo la intensa mirada de varios pares de ojos clavados en su espalda.

—¿Te apetece un café o un vaso de agua? —le preguntó la agente cuando entraron en su despacho—. Debes de estar acalorada después del trayecto en bici.

Nora se quitó la gorra de los Carolina Panthers —otra adquisición de mercadillo— y negó con la cabeza.

—No, gracias. Tengo que estar de vuelta en la librería hacia las diez y cuarto y me encantaría ver qué parcelas están disponibles antes de tomar la decisión.

—Por supuesto. —Annette retiró el plano de la urbanización del tablón de la pared y explicó que las pegatinas rojas indicaban que esa parcela estaba vendida, mientras que las verdes querían decir que seguía disponible.

—La de la esquina es mi favorita —dijo Nora, señalando un solar en una zona marcada de color verde—. No van a construir ninguna casa detrás de esa, ¿verdad?

—No, ahí es todo bosque.

Nora tocó el mapa.

—¿Y cuándo está previsto que acabe la obra?

—Si firmas el contrato hoy, la fecha de entrega de llaves sería mediados de enero.

—Lo que me daría tiempo de sobra para vender mi casa —murmuró Nora como si hablara para sí misma. En voz más alta, añadió—: Muy bien, ¿cuál es el siguiente paso?

Un brillo de satisfacción asomó a los ojos de Annette y se desplazó de la mesa a su escritorio.

—Déjame que haga una copia de los documentos de la aprobación de tu solicitud de préstamo. Como sabes, el banco Madison County Community Bank es nuestra entidad de crédito de preferencia. Ofrecen un tres con setenta y cinco por ciento por una financiación a treinta años a nuestros primeros veinticinco compradores. El señor Hendricks te habló de su programa de incentivos, ¿verdad que sí?

Nora no recordaba si Dawson le había hablado de eso, pero un programa de esas características explicaría las cantidades tan bajas de los pagos iniciales que aparecían en los formularios de declaración de compraventa de la carpeta escondida entre las cajas de cereales del armario de su cocina.

—Sí —le dijo a Annette—. Sin esos incentivos, yo no estaría aquí ahora mismo.

Annette no respondió a eso de ninguna forma evidente y regresó a la mesa con un contrato en la mano para proceder a la firma. Mientras le resumía la jerga legal, Nora fingía escucharla, pero en realidad tenía la cabeza en otra parte. Si el programa de incentivos del banco era legítimo, la incursión de la víspera habría sido una pérdida de tiempo. ¿De verdad era posible que ella y sus amigas no hubiesen conseguido ni una sola prueba para incriminar a Pine Ridge?

Nora trató de concentrarse por todos los medios en lo que Annette le estaba diciendo. Sabía que era importante fingir interés por cada elemento del proceso de compra de la casa, pero su cabeza desconectó y se puso a pensar en Estella. Le gustaría tanto poder ofrecerle un poco de esperanza la próxima vez que hablara con ella...

—Tienes que firmar aquí y poner tus iniciales aquí.

Annette le dejó un bolígrafo junto a la mano.

«Si firmo esto, me convertiré en cómplice de una red ilegal de fraude hipotecario. —Nora examinó el contrato sin asimilar ni una sola palabra—. Pero si no lo hago, ¿qué posibilidades tenemos de sacar a Estella de la cárcel?».

Sea como fuere, Nora Pennington no tenía dinero suficiente para cubrir el pago de la entrada, a menos que vendiera la Casita del Vagón de Cola, algo que no tenía la menor intención de hacer.

—¿Estás bien? —le preguntó Annette.

Nora dejó escapar un profundo suspiro.

—Si te soy sincera, estoy un poco nerviosa. Verás, fui al banco para pedir una copia de mi solicitud de préstamo porque quería estar segura de que tenía dinero suficiente para cubrir la entrada de la casa. El señor Hendricks había salido a almorzar, y una cajera me dio una copia de mi expediente. Sin embargo, faltaban algunos de los documentos, así que aunque ahora estoy aquí, todavía no he visto el documento con las condiciones del préstamo, y no quiero firmar el contrato de compra hasta que lo haya visto.

Annette sonrió.

—Eso tiene fácil solución. Puedo darte todo el tiempo que necesites para que leas tu contrato de préstamo. —Una vez más, atravesó la sala en dirección a su escritorio, sacó la documentación del préstamo y la dejó junto al contrato de compraventa—.

Me voy a preparar un café. Si tienes alguna pregunta, llámame, ¿vale? Estoy aquí al lado.

En cuanto Annette salió del despacho, Nora empezó a leer su formulario de declaración de cierre de compraventa. Parecía igual que los que había en la carpeta de Neil y, aunque lo leyó línea por línea, no sacó nada en claro.

—Maldita sea... —masculló entre dientes. Se sentía absolutamente impotente.

Entonces oyó el ruido de la puerta de entrada al abrirse y el alegre saludo de Annette mientras daba la bienvenida a unos clientes potenciales.

—Por favor, siéntanse como si estuvieran en su casa —la oyó decir—. Ahora mismo estoy con una clienta, pero estaré con ustedes enseguida.

Nora dobló la copia de su contrato de préstamo, retiró la silla hacia atrás y corrió a la puerta del despacho. Annette estaba a punto de entrar cuando la librera por poco se choca con ella.

—Lo siento, tengo que irme. Ha venido el repartidor y me espera en la librería para entregarme un paquete urgente. —Le enseñó los papeles—. Me los miro en el trabajo y te digo algo luego, ¿vale?

Sin dar tiempo a Annette de responder, Nora salió a la calle bajo la deslumbrante luz de la mañana.

Ni siquiera se molestó en ponerse el casco de la bicicleta, sino que se colocó la gorra en la cabeza y empezó a pedalear. El contacto del aire fresco con su piel al bajar la colina a toda velocidad en dirección al pueblo le sentó maravillosamente. Sin embargo, la carretera flanqueada de árboles estaba llena de curvas, de modo que en cuanto perdió de vista los Meadows, se detuvo a ponerse el casco y consultar sus mensajes del buzón de voz.

Al ver que tenía una llamada perdida de June, Nora marcó su número.

—¿Has descubierto algo en la documentación? —le preguntó.

—Nada de nada. —Su amiga parecía muy desanimada—. Hester me ha dicho que has ido a los Meadows a firmar un contrato. ¿Has visto escribir a Annette? ¿Has reconocido su letra?

—No se parece a los números que vimos en el horario de trenes. —Nora suspiró—. June, tenemos que reconocerlo: esto de hacer de detectives se nos da fatal. ¿Cómo vamos a conseguir que pongan a Estella en libertad?

—No te nos vengas abajo ahora —le ordenó June con firmeza—. Somos lo único que tiene Estella, así que mueve el culo y ponte a trabajar. Ya se nos ocurrirá cómo darle alguna esperanza, lo que sea con tal de que consiga ir tirando. Hester quiere que vayamos a su casa esta noche. No sé tú, pero yo no estoy acostumbrada a tanta vida social. Mis vecinos creerán que me he echado un novio o algo.

Nora se echó a reír.

—¡Eso nunca, por Dios!

Estaba a punto de contarle su plan de ponerse en contacto con la oficina de Carolina del Norte del Departamento de Banca, Seguros y Valores cuando June le anunció que su jefe se dirigía hacia ella y tenía que colgar. De pronto, la comunicación se cortó.

— Ya van dos veces hoy que mis amigas me cuelgan el teléfono —reflexionó Nora en voz alta antes de volver a dejar en el móvil en la cesta de la bicicleta.

Durante la conversación, habían pasado varios coches por su lado, por lo que tuvo la precaución de mirar atrás antes de ponerse a pedalear por el arcén. Se acercaba la parte más peligrosa del trayecto, puesto que delante había una curva muy cerrada que creaba un importante punto ciego para los conductores que se le aproximaban por detrás. Si el coche entraba en la curva demasiado cerca del arcén, podía golpear a Nora con el retrovisor o, peor aún, echarla de la carretera si se trataba de un coche con remolque.

Muchos de los vecinos conducían por aquel tramo de la carretera a mayor velocidad de la permitida. Como la carretera salía del barrio comercial del centro del pueblo, pasaba por una zona residencial boscosa y, finalmente, llevaba hasta un gran lago natural, era habitual que por esa misma ruta pasaran coches con remolques que transportaban barcas, motos de agua, caballos, *quads,* motocicletas y tiendas de campaña instantáneas. Nora no quería acercarse a ninguno de esos vehículos.

Ya casi había acabado de doblar la curva cuando oyó el ruido de un motor justo a su espalda. Supo instintivamente que debía ponerse en guardia.

No le hizo falta volver la cabeza para percibir que un coche estaba a punto de abalanzarse sobre ella.

Lanzó una mirada frenética a la derecha; un guardarraíl de escasa altura era lo único que separaba la carretera de un profundo barranco que se perdía en la espesura del bosque. Nora sabía que al otro lado de aquella valla de protección la aguardaba una muerte segura.

Eso solo le dejaba una opción, una opción descabellada.

Y decidió tomarla.

En lugar de aminorar la marcha, se puso a pedalear con todas sus fuerzas.

Detrás de ella, el coche aceleró también. Por el ruido, parecía un motor muy potente, un V6 o un V8. Una camioneta o un todoterreno. Nora no pudo captar ningún otro detalle, pues solo podía seguir pedaleando y obligando a sus piernas a moverse cada vez más y más rápido.

Percibió la presencia del coche justo encima de ella, pero antes de que este pudiera acorralarla y empujarla hacia la banda derecha de la carretera, Nora giró violentamente en dirección contraria, cruzó la doble línea amarilla y luchó con todas sus fuerzas por no perder el control mientras accionaba los frenos.

Más que verlo, oyó al coche pasar a toda velocidad y vislumbró una mancha borrosa de pintura oscura —azul noche, gris antracita o negro— antes de caer al suelo.

Después, perdió el conocimiento.

CAPÍTULO CATORCE

Los días en que el calor es la cosa más importante que precisa
un corazón humano, la cocina es el lugar donde encontrarlo...

E. B. WHITE

Tenemos que dejar de vernos en estas circunstancias, te
lo digo en serio.
Nora abrió los ojos y vio a Jedediah Craig mirándola fijamente. Detrás de él no se veía la bóveda azulada de un cielo
de verano, sino el interior de un vehículo. Un coche. No era una
ambulancia.

A pesar de las palpitaciones que sentía en la sien izquierda,
Nora trató de incorporarse.

—Todavía no —le ordenó Jed con delicadeza—. Te has dado
un buen golpe. Menos mal que llevas un casco resistente; sin él,
ahora mismo estaría llevándote al hospital.

—Mi bici...

Jed le puso una mano en el hombro.

—Está hecha polvo. La he subido a la parte de atrás.

Ahora que estaba completamente despierta, Nora reconoció
un amplio repertorio de sonidos sutiles: el ruido de un motor al
ralentí, el aire acondicionado encendido y el soniquete regular
de las luces de emergencia.

—¿Has visto lo que ha pasado? —le preguntó a Jed.

El hombre negó con la cabeza, desplazando la mirada a la sien de ella.

—No. Iba de camino al lago cuando te he visto tirada en el arcén de la carretera. Es mi día libre. Por eso estás en la parte de atrás de mi camioneta en lugar de en una ambulancia.

—¿Has visto el coche? —Nora se apuntaló sobre sus codos—. ¿El que ha intentado echarme de la carretera?

—¿Lo dices en serio? —De pronto, tenía el teléfono en la mano—. Esto hay que denunciarlo.

Nora le quitó el aparato.

—¡No! Es mejor que crean que estoy demasiado asustada para hablar.

Jed la miró alarmado.

—¿Quiénes? ¿Qué pasa, Nora?

—No puedo decírtelo.

Quería salir cuanto antes de allí. Se sentía demasiado vulnerable, tumbada en la parte de atrás del coche de Jed mientras él estaba arrodillado en el suelo, con los anchos hombros encajonados entre los dos asientos delanteros. No era la primera vez desde que había conocido a Jedediah Craig que Nora se sentía inexplicablemente excitada en su presencia. Una parte de ella quería estar en cualquier sitio menos allí, mientras que otra parte, una que había logrado mantener adormecida hasta entonces, se moría de ganas de recorrer con las yemas de los dedos la barbita incipiente que le cubría el mentón y la mandíbula. Le apetecía enormemente rodearle la nuca con la palma de la mano y atraer su boca a la de ella.

Para impedirse a sí misma hacer alguna estupidez, Nora se incorporó, pero el movimiento fue demasiado brusco y sintió náuseas de inmediato.

Desesperada por respirar aire fresco, abrió la puerta del coche e inhaló con fuerza varias veces a través de la nariz.

—Eh —dijo Jed. Le presionó la frente con algo frío y las náuseas remitieron al instante—. Oye, no voy a hacerte más preguntas si van a incomodarte, ¿de acuerdo? Pero sí quiero asegurarme de que no hayas sufrido ninguna conmoción cerebral. ¿Puedo llevarte a que te vea un médico?

—No —contestó Nora—. Estoy bien. De verdad. Creo que el chichón de la sien es porque me he dado con la punta del manillar. Me va a salir un morado, pero más allá de un poco de tirantez, no me duele. Puedo vivir con eso. —Hizo unos pequeños movimientos con los brazos y las piernas para comprobar si tenía otras lesiones—. Creo que estoy perfectamente.

Jed arqueó las cejas.

—Ya, claro. Y por eso te has mareado y has sentido náuseas al incorporarte. —Levantó las manos en señal de rendición—. No puedo obligarte a que vayas al médico, pero si te niegas a que te traten por segunda vez desde que nos conocimos, tendrás que aceptar otra condición.

—¿Y cuál es esa condición?

—Un médico te pondría bajo observación —dijo Jed—. Puesto que eso no quieres considerarlo siquiera, me gustaría someterte a mi supervisión. ¿Tienes que abrir la librería ahora?

Nora asintió.

—Lo suponía. —Jed sonrió—. En ese caso, hoy contarás con un empleado sin sueldo para todo el día. Puedo encargarme de levantar las cajas pesadas.

—Es muy amable por tu parte, pero no puedo aceptarlo. —Nora le apretó la mano como muestra de agradecimiento—. Ibas a irte al lago para tomarte un merecido descanso. Deberías salir a dar paseos por la montaña y disfrutar del sol. Estar metido en una librería todo el día es un aburrimiento, comparado con eso.

Jed sonrió con mirada divertida.

—Es imposible aburrirse estando contigo. Eres, con diferencia, la ciclista librera más fascinante que he conocido en mi vida.

Nora se rio.

—¿Has conocido a muchas?

—A montones. Soy un sanitario muy cosmopolita. —Un coche deportivo pasó zumbando por la carretera y Jed pareció recordar de repente que estaban en el arcén de una carretera de curvas—. Hora de irnos.

Pese a las protestas de él, Nora insistió en sentarse delante a su lado.

—Ya me has rescatado —dijo—. No pienso ir sentada en la parte de atrás mientras tú haces de chófer.

—Estoy descubriendo que es inútil discutir contigo, Nora Pennington.

Mientras Jed apartaba la camioneta del arcén, Nora se miró la blusa, llena de desgarrones, y los vaqueros rotos.

—Te has hecho algunos rasguños sin importancia —le explicó Jed—. Tendrás que limpiártelos cuando lleguemos. Menos mal que llevabas manga larga y pantalones. Podrías haberte hecho mucho daño.

—Es otra de las ventajas de tener el cuerpo lleno de marcas de quemaduras —dijo Nora con sarcasmo—. La ropa me protege tanto de la radiación solar como de las posibles heridas por abrasión con el asfalto después de que un psicópata homicida intente tirarme montaña abajo con el coche.

Jed la miró con preocupación.

—¿Estás segura de que no quieres hablar de eso? Se me da bien escuchar a la gente. Pregúntale a cualquiera de las abuelitas que he llevado en la ambulancia a lo largo de los años. Escucho embobado todo lo que tengan que decirme sobre sus nietos, gatos, manualidades, achaques, dolorcillos y cruceros de vacaciones para la tercera edad. Pero mi pregunta favorita y la que les hago siempre es: si pudieran volver atrás en el tiempo y vivir de nuevo, ¿a quién querrían besar?

Nora lo miró con asombro.

—¿En serio? ¿De eso les hablas cuando se acaban de romper la cadera?

Él se encogió de hombros.

—Si con eso consigo que se olviden de lo mucho que les duele... Y esas maravillosas mujeres siempre me responden dándome un nombre. Siempre. A veces es un hombre que murió en la guerra, o un chico con el que nunca se atrevieron a hablar. De vez en cuando me responden que se casaron con alguien y no se arrepienten de un solo minuto a su lado. Y muy de vez en cuando, me dicen en voz baja que no besarían a un hombre, sino a una mujer.

Al darse cuenta de que Jed acababa de lograr distraerla tanto del dolor que sentía como de la angustia por que alguien hubiese intentado apartarla de la carretera, Nora sonrió.

Sin embargo, la sonrisa no duró demasiado en sus labios, porque a pesar de que le habría gustado muchísimo seguir escuchando todas sus anécdotas, no podía permitir que Jed se pasara el día merodeando por la librería. No solo le dificultaría la labor de concentrarse en sus tareas habituales, sino que tampoco podría llamar a Estella por Facetime sabiendo que él podría estar escuchando la conversación entre ambas.

Pese a todo, Jed le dejó bien claro que no pensaba permitir que lo disuadiera de su objetivo. Después de descargar su bicicleta, siguió a Nora al interior de Miracle Books y se puso a encender las luces.

—¿Quieres irte a casa y cambiarte de ropa? —le preguntó—. No sé cómo funciona la caja, pero puedo decir «hola» a la gente y preparar algún café.

Nora se miró la blusa y los tejanos.

—No sé. A lo mejor vendo más libros con esta pinta que llevo. Tal vez la gente sienta lástima por mí.

Jed se empezó a reír, pero ella no se quedó allí el tiempo suficiente para oír el eco de sus carcajadas perderse entre las pilas de libros. Decidió que lo más sensato era limpiarse el polvo y la tierra a consecuencia de la caída mientras las manchas aún eran recientes y corrió hacia la Casita del Vagón de Cola, se quitó la ropa destrozada y se examinó las heridas en el espejo del baño. Vio una zona bastante extensa de piel en carne viva en el muslo y dos heridas más pequeñas en el brazo. Era como si alguien le hubiese frotado la piel con papel de lija, una piel que ahora era muy sensible al tacto, pero que sospechaba que no tardaría más de una semana en curarse por completo.

«Estás más guapa que nunca», se dijo con humor cáustico, y se fue al dormitorio a buscar otra camisa de manga larga y unos tejanos.

Para cuando regresó a la librería, el hecho de haber tenido que deshacerse de una ropa que no podía permitirse volver a comprar junto con la indignación por haber estado al borde de la muerte hicieron que estuviera de un humor de perros. Al menos Jed había cumplido su promesa de preparar café y ya había varios clientes en el interior de la tienda.

Un señor mayor pidió ayuda a Nora para encontrar algún libro sobre cómo aliviar el dolor articular. Sin embargo, cuando lo acompañó a la sección especializada de la librería, tuvo la sensación de que su artritis reumatoide no era lo único que lo traía por la calle de la amargura.

La librera empezó a charlar con el hombre, que se llamaba Roger. Cuando se sintió lo bastante cómoda, le preguntó por qué había ido a Miracle Springs.

—Hay algo más, aparte de su artritis, ¿verdad? —le insistió con delicadeza—. Tal vez yo pueda ayudarle.

Roger vaciló antes de contestar.

—Mi hija tiene cáncer, y no sé cómo afrontarlo. Ella sí. Ella es capaz de hacer frente a todo. Pero nunca hemos estado muy unidos. —Miró el libro sobre dolor articular que había escogido—. Cuando ella era pequeña, yo trabajaba demasiado, de manera que no llegué a conocerla del todo. Y ahora, cuando me necesita, no sé cómo hablar con ella. No sé qué significa ser un buen padre.

Nora era consciente de lo difícil que había sido para Roger admitir aquello y le dio las gracias por confiar en ella hasta ese punto.

—Acompáñeme. —Llevó a Roger al corro de sillas cerca de la taquilla de venta de billetes y le sugirió que escogiese una bebida de la carta—. Mientras usted se relaja, yo iré a buscarle lo que necesita.

Roger pidió un Ernest Hemingway y Jed se ofreció a prepararlo, por lo que Nora pudo ponerse a buscar con calma entre los libros de ficción. Tras estar un buen rato deliberando, además de interrumpir dos veces su tarea para atender a otros clientes, la librera regresó junto a Roger cargada con ejemplares de *Empire Falls, Matar a un ruiseñor, Asesinato en el huerto de pepinos, La casa de la pradera* y *America's First Daughter: A Novel*.

—¿Me los leo todos? —preguntó.

Nora asintió.

—Si lo hace, creo que estará más que preparado para hablar con su hija como siempre había querido hacerlo. Estos autores le ayudarán a encontrar las palabras adecuadas.

Roger se secó una lágrima solitaria del ojo izquierdo

—Gracias. Le escribiré para contarle cómo me ha ido.

—Eso me encantaría —dijo Nora.

Dejó a Roger saboreando su café y hojeando los libros. Jed la estaba esperando en el mostrador del café, y la mirada que le lanzó estaba cargada de preguntas.

—Eso parecía una sesión de terapia. —No estaba juzgándola, solo era simple curiosidad.

Ella era reticente a hablarle de su rol de biblioterapeuta autodidacta, pero como Jed ya le había dicho que estaba abierto a formas no tradicionales de practicar la medicina, decidió contárselo:

—A veces recomiendo algunos libros para ayudar a la gente a curarse.

Jed reflexionó sobre sus palabras.

—Pero le has dado a ese cliente un montón de novelas. ¿Cómo puede curar la ficción?

—No todas las heridas son físicas —respondió Nora antes de ir a cobrarle a un cliente que esperaba junto a la caja.

Más tarde, enseñó a Jed a usar la cafetera y le hizo un cursillo acelerado de cómo detectar los libros desordenados y volver a colocarlos en su sitio.

—¿Dónde encuentras todas esas antigüedades y esos chismes *vintage* tan chulos? —Jed señaló un tope para puerta de hierro forjado en forma de castillo y una hucha con la forma de una famosa muñeca de trapo de los años veinte.

Cuando Nora le describió los mercadillos y las subastas locales, a Jed se le iluminaron los ojos.

—Mi madre trabajaba para una casa de subastas —dijo—. Cuando era niño, tenía unos juguetes únicos. Yo siempre quería todas las cosas nuevas que veía por la tele, pero eso era antes de darme cuenta de que mis soldaditos de plomo eran mucho mejores que los de plástico, producidos en masa. Incluso cuando los otros niños se metían conmigo, yo sabía que lo mío era mucho mejor que lo suyo.

—¿Y tu madre ahora está jubilada? —le preguntó Nora, y vio extinguirse la luz en los ojos del hombre.

—Algo así, sí —contestó, apartando la mirada, pero no antes de que Nora captara la leve mueca de dolor.

«Detrás de esa reacción hay algo —pensó la librera—. Algo que le resulta doloroso, una historia relacionada con su madre». Pero Nora no tenía ninguna intención de insistir para que se lo contara. No todos los secretos debían compartirse.

Invitó a Jed a almorzar en la librería —encargaría comida para llevar en el Pink Lady—, insistiéndole para que aceptara comer allí a cambio de haber renunciado a pasar su día libre en el lago. Él accedió, pero solo si ella se tomaba un analgésico para el dolor de cabeza.

—¿Cómo sabías que tenía dolor de cabeza? —le preguntó, sorprendida.

—Te has tocado varias veces la sien. Soy un tío observador.

Nora se tomó una aspirina y pidió la comida.

Al final de la jornada, tuvo que admitir que había disfrutado de la compañía de Jed y, lo que era más importante, se había sentido cómoda con él durante muchas horas. El hombre se había adaptado sin problemas al ritmo de Miracle Books: cuando la librería estaba a tope de clientes, había preparado el café o, en función de sus intereses, les había indicado que se dirigiesen a zonas concretas de la tienda. En las horas muertas, se había puesto a leer o a examinar los objetos decorativos de Nora con tanto entusiasmo que esta llegó incluso a plantearse invitarlo a acompañarla la próxima vez que fuera en busca de sus tesoros para la tienda. Sin embargo, no llegó a hacerlo porque, aunque la presencia de Jed había sido el momento cumbre de la semana de Nora, también le había impedido llamar a Estella o pensar en cuál iba a ser el siguiente paso para demostrar la inocencia de su amiga.

Acompañó a Jed a la puerta principal y le dio las gracias con todo el afecto que era capaz de demostrarle, lo que en su caso se tradujo en mirarlo a los ojos y regalarle un libro envuelto en papel de estraza.

—¿Y esto qué es? Si ya me has invitado a almorzar...

—Y tú has convencido a todos los clientes para que se tomaran un café o se compraran algún objeto de decoración además de, por lo menos, un libro. Has sido una muy buena influencia para el negocio.

Jed sacó pecho.

—Es el mejor cumplido que me han dedicado en años. Normalmente, lo máximo que me dicen es: «Me has encontrado la vena a la primera. Al final resultará que sí sabes hacer tu trabajo».

Nora sonrió.

—Es un alivio cuando te insertan la aguja a la primera y sin hacerte daño, te lo dice alguien con mucha experiencia conviviendo con toda clase de agujas e inyecciones —le dijo.

—Tú sigue seduciéndome con toda esa terminología médica y volveré a plantarme aquí mañana. —Los labios de Jed dibujaron una sonrisa pícara, pero se desvaneció tan rápido como había aparecido—. Ahora hablando en serio, Nora. Llámame si te mareas o sientes náuseas. —Vaciló antes de añadir—: O si quieres hablar de por qué te encontré tirada en la cuneta de la carretera, para empezar. Si alguien ha intentado atropellarte con el coche, no deberías estar sola esta noche. O en general.

—Estoy de acuerdo —dijo Nora.

Jed escrutó su rostro, claramente sorprendido por su respuesta, pero ella no añadió nada más. De hecho, estaba esperando a que él se fuera para poder ponerse en contacto con las demás miembros del Club Secreto de la Lectura y la Merienda. Percibiendo su impaciencia, Jed se despidió de Nora con una sonrisa, una que no se reflejó en sus ojos, y se fue.

La casa de Hester le recordaba a Nora a una tarta. Era una casita victoriana de color rosa pastel con los bordes alrededor del tejado de color blanco y estaba rodeada de hortensias con flores también blancas y exuberantes, además de parterres repletos de margaritas, caléndulas y balsaminas.

Era evidente que la cocina de la panadera era el corazón de la casa. Cada centímetro de superficie estaba cubierto de moldes para pasteles, cortadores de galletas y pósteres de anuncios *vintage*.

June se sentó debajo de un letrero publicitario de chapa de los chocolates Hershey y Hester indicó a la librera que se sentara debajo del anuncio de levadura Royal.

Hester parecía un ama de casa de los cincuenta, con su delantal de topos y diadema a juego.

—¿Qué es ese olor tan maravilloso? —preguntó Nora, inhalando con fuerza y relajándose al instante. El calor de la cocina, combinado con el olor a masa de pastel y la presencia de sus amigas, hizo que se sintiera como si acabara de regresar a su hogar. Era una sensación de confort que no había vuelto a sentir desde niña.

Hester ignoró su pregunta y le señaló la mano.

—¿Eso es para nosotras?

Nora bajó la mirada. Había entrado en casa de Hester con una bolsa de comida y tres llaves diminutas atadas con unos lacitos de color berenjena.

—He pensado que no podíamos ser un club de guardianas de secretos si solo una de nosotras tiene acceso a los secretos, así que aquí tenéis.

Abrió la palma de la mano, invitando a June y a Hester a que cogieran un marcapáginas cada una. El que quedó suelto era un triste recordatorio de la ausencia de una de las integrantes del club.

—Gracias —dijo June—. Acudiremos a todas las reuniones con estos marcapáginas dentro del libro que estemos leyendo.

Nora se levantó.

—Vamos al salón a llamar a Estella. He organizado la videollamada con los poderes fácticos de la cárcel, después del trabajo. Resulta que no se puede llamar a los internos cuando uno quiere, por desgracia, porque una empresa externa gestiona las comunicaciones y requiere que abras una cuenta y asocies a ella una tarjeta de crédito. Además, habrá que tener cuidado con lo que le decimos a Estella hasta que sepamos quién nos está escuchando al otro extremo del hilo.

June y Hester respondieron con aire lúgubre asintiendo con la cabeza y Nora averiguó cómo hacer la videollamada utilizando su portátil. Sorprendentemente, no surgió ningún problema técnico al hacerla y al cabo de cinco minutos la cara de Estella inundaba la pantalla del ordenador.

Nora había colocado el portátil en la mesita de centro de Hester, que en realidad era un baúl, y se sentó en el sofá a escasa distancia de la pantalla. De ese modo, Hester y June podían sentarse a uno y otro lado y así Estella las vería a las tres.

—¡No sabéis cuánto me alegro de veros! —exclamó Estella—. Tenía miedo de que os hubierais olvidado de mí. O peor aún, de que alguien os hubiese amenazado u os hubiese hecho callar.

—Nadie va a pararnos los pies —dijo Nora—. Y siento que hayas tenido que esperar tanto para vernos. Aunque ojalá tuviera mejores noticias. ¿A cuánta distancia tienes ahí a tu público?

Estella miró por encima del hombro.

—No están muy muy cerca —dijo antes de bajar la voz—, pero no habléis muy alto cuando me contéis las partes más jugosas.

Nora contuvo una carcajada.

—Todo es jugoso, pero no es esa la palabra que escogería para describir lo que ha pasado desde la última vez que nos vimos.

Logró resumirle su visita de la mañana a los Meadows como si hubiese ido a comprar al supermercado y Estella adoptó un gesto inexpresivo mientras su amiga le narraba los hechos. Únicamente sus ojos dejaron traslucir el *shock* que le causó oír que alguien había echado a Nora de la carretera.

Sin embargo, June y Hester no mostraron una actitud tan pasiva en sus reacciones, sino que ambas empezaron a soltar exabruptos.

—Debes de haber descubierto algo —dijo Estella después de que Nora mandara callar a sus otras dos amigas—. ¿Qué otro motivo tendría alguien para intentar matarte?

La librera negó con la cabeza y siguió hablando en un murmullo casi inaudible.

—Si es así, no tenemos ni idea de lo que es. Me han concedido un préstamo hipotecario que va ligado a unos incentivos especiales del banco. Y eso que Dawson Hendricks ha visto mis extractos bancarios: sabe perfectamente que no puedo permitirme pagar la entrada sin antes vender la Casita del Vagón de Cola, pero sigo teniendo la clara impresión por parte de Annette de que Propiedades Pine Ridge me va a dejar firmar el contrato de compraventa basándose en el hecho de que el banco ya me ha dado su aprobación. No tiene ningún sentido. ¿Es que Collin Stone no necesita capital para construir esas casas?

—¿Cuántas casas han llegado a construir? —preguntó Estella—. No he estado en los Meadows desde que hicieron la casa piloto.

—No han acabado ninguna más. —Nora se volvió hacia June y Hester—. ¿Cuántas diríais que han empezado a construir?

La panadera se dio unos golpecitos en la barbilla con aire pensativo.

—Cuatro. Cinco tal vez.

—Todavía no han limpiado ninguna otra parcela para empezar la construcción. Y calculo que solo han levantado los cimientos de tres. Las obras no han avanzado demasiado, no —dijo June.

—Sobre todo teniendo en cuenta el número de parcelas vendidas. —Nora les describió los planos que había visto en el despacho de Annette—. O bien los planos son falsos, o se han firmado un montón de contratos en un tiempo récord.

Estella se puso a rumiar sobre el asunto.

—Eso supone mucha presión sobre Collin. —Volviéndose a comprobar si el guardia la estaba escuchando o no, añadió—: Vale que es un gilipollas, pero aun así me gustaría verlo trabajando al sol, sin camiseta y con todo el cuerpo sudoroso.

—Es algo más que un defecto de la personalidad, Estella. Estamos hablando de asesinato —señaló Nora con dureza—. Esto se parece más al típico caso en que alguien asesina a un compañero de trabajo, como el argumento de *Presunto inocente,* de Scott Turow.

June no estaba de acuerdo.

—Qué va. Se parece más a Patrick Bateman en *American Psycho,* cuando mata a su colega.

—A Bateman no le importaba el dinero, su reputación ni los demás seres humanos —replicó Nora—. Yo creo que a Collin Stone le importan al menos dos de esas cosas. No tenemos ni idea de lo que siente por Annette. ¿Está enamorado de ella o la está utilizando?

Estella les hizo una seña para que se callaran.

—¡Un momento! ¿Me estás diciendo que el constructor es un malote?

—Sí —dijo Hester—. Y por lo que vimos en la casa piloto, lleva ya un tiempo siendo un chico malo, y de forma regular.

—¿Lo visteis? —Estella se acercó más a la pantalla—. ¿Fue una escena muy tórrida? ¡Contádmelo todo!

A Nora le entraron ganas de cerrar el portátil de golpe.

—¿Quieres salir de ahí dentro o no, Estella?

—Nora, no seas tan brusca —la regañó Hester.

Pero no era a Hester a quien habían intentado atropellar mientras iba en su bici; no era a ella a quien Collin le había dejado una rosa en la caja registradora, y Hester no entendía por qué a Nora no le apetecía distraer a Estella describiéndole los detalles más escabrosos de la relación extramatrimonial de un hombre casado.

—Lo siento, mamá —le soltó Nora, mirándola de reojo.

Hizo un movimiento para apartarse de la panadera, pero Hester la sujetó por el hombro con la mano como si fuera una tenaza.

—No me llames así.

June, que estaba al otro lado de Nora, se asomó por detrás de esta para mirar a Hester a la cara.

—Cielo, ¿se puede saber qué mosca te ha picado? Has reaccionado como cuando yo te llamé «bizcochito».

Nora se arrancó los dedos de Hester del hombro. Incluso suspendida en el aire, Hester formaba con la mano una curva hacia dentro, como si fuera una garra.

—¿Hester? —la llamó Estella desde una sala desolada en la otra punta del pueblo—. Habla con nosotras. ¿Es por...? ¿Tiene esto algo que ver con tu secreto?

Tras una prolongada pausa, Hester habló al fin, con un hilo de voz:

—Hubo un tiempo en que yo era una adolescente normal y corriente: iba al instituto, estudiaba, salía con mis amigos y tocaba la flauta. Mi padre me llamaba «bizcochito». —Tragó saliva y siguió hablando, un poco más alto—. El invierno de mi tercer año de instituto me quedé embarazada y me enviaron a vivir con mi tía en Michigan hasta que naciera el niño. Tenía prohibido salir de la casa bajo ningún concepto. Alrededor de Halloween, di a luz a una niña. No llegué a verla. Se la llevaron cuando aún estaba llorando. Mis padres dijeron que si algún día le contaba a alguien lo que había sucedido, no volverían a dirigirme la palabra.

—Joder —masculló Estella.

Se oyó el ruido de un golpe procedente de fuera de la pantalla y una voz masculina anunció:

—Diez minutos. Y que conste que aún le queda ese tiempo porque quiero acabar de leerme este artículo.

—Gracias, agente. —Estella le lanzó una sonrisa arrebatadora—. Es usted todo un caballero. —Siguió mirando en su dirección unos segundos antes de volver a centrarse en sus amigas—. Hester, hay muchas chicas jóvenes que han tenido que dar a sus hijos en adopción. No tienes que sentirte avergonzada por nada, cielo.

Ahora Nora ya entendía por qué la personalidad de Hester oscilaba entre la de una sabia anciana y una joven ingenua e inocente. Había sufrido un acontecimiento muy traumático. En lugar de ayudarla a recuperarse, sus padres la habían obligado a callarse. La habían obligado a fingir que su embarazo no había ocurrido y a reprimir todos sus recuerdos y emociones.

Sin embargo, los recuerdos y las emociones no desaparecían como si solo hubieran sido un mal sueño. Nora lo sabía de primera mano. Sabotearían el futuro de Hester para el resto de su vida, impidiéndole seguramente establecer una relación sana con un hombre. O con quien fuese.

Nora supuso que en algún momento la vergüenza que sentía Hester se había transformado en ira, y que había ido a Miracle Springs en busca de la independencia que tanto anhelaba.

—¿Fue entonces cuando te aficionaste a la lectura? —le preguntó a Hester con dulzura—. ¿Cuando vivías en casa de tu tía?

—Siempre me había gustado leer —contestó—, pero lo único que tenía cuando vivía con mi tía eran los libros. Era una mujer pavorosa y me decía cosas horribles, insultándome a todas horas. Yo no sé cómo semejante bruja podía tener unos libros tan bonitos. —Hester cerró los ojos y sacudió la cabeza al recordarla—. Tenía una habitación entera forrada de libros, pero siempre me obligaba a hacer alguna tarea si quería coger prestado alguno. Aunque yo habría hecho cualquier cosa con tal de leerlos, porque gracias a esas historias conseguía evadirme de mis pensamientos y sus terribles palabras. —Reprimió unas lágrimas—. Esos libros me salvaron la vida.

June alargó el brazo por encima del regazo de Nora y cogió la mano de Hester.

—¿Fue allí donde aprendiste a hacer pan y pasteles?

La boca de Hester dibujó una sonrisa temblorosa.

—Sí. Mi tía no sabía ni descongelar una bolsa de guisantes, pero tenía un montón de libros de cocina. Un día le supliqué que me dejase preparar una receta, solo una. Me moría de aburrimiento.

—¿Qué hiciste? —le preguntó Estella—. ¿Qué fue lo primero que preparaste?

Un torso vestido con la camisa del uniforme del departamento del *sheriff* apareció detrás de la cabeza de Estella.

—Se acabó el tiempo, señora Sadler. Diga adiós a sus amigas.

—¡Un momento! —protestó Estella—. ¿Qué preparaste, Hester?

Ahora Hester tenía la mirada perdida, como si estuviera soñando despierta. Distante.

—¿Es que no lo adivináis? —Una débil sonrisa asomó a las comisuras de sus labios—. Lo primero que hice en aquel horno fue un bollo.

CAPÍTULO QUINCE

Siempre pasa lo mismo cuando te pones a mirar libros.
El tiempo vuela y una hora se te pasa en un minuto:
no tienes ni idea de adónde narices se ha ido el tiempo.

JOHN DUNNING

C uando terminó la videollamada con Estella, Hester empezó a llorar.

—No debería haber monopolizado la conversación y haber malgastado su tiempo para llamadas —dijo, sorbiéndose la nariz—. Ha sido un acto egoísta por mi parte, ella allí sentada, esperando hablar con nosotras, esperando que la saquemos de ahí dentro, y voy yo y me pongo a hablar de mi maldito pasado.

Nora cogió una caja de pañuelos de papel de la mesita y se la dio a su amiga.

—Estella lo entenderá y no te lo tendrá en cuenta. June y yo también lo entendemos. A veces, en el presente pasan cosas que son detonantes y nos hacen evocar nuestros recuerdos más dolorosos. A veces no podemos impedir sentirnos sobrepasadas por ellos, llegan como una riada y somos incapaces de detener la inundación.

—Es mejor sacarlo todo fuera —añadió June—. Aquí estás segura. Aquí, en esta casa tan acogedora y maravillosa. Con tus amigas.

Hester se enjugó las lágrimas y se sonó la nariz. Se metió el pañuelo en el bolsillo del delantal e hizo un visible esfuerzo por recuperar el control sobre sus emociones.

—¿Sigues manteniendo el contacto con tus padres? —le preguntó June.

Hester contrajo los hombros como encogiéndose.

—Los llamo todos los lunes y les hablo de la panadería. Ellos me hablan de mi hermano y su familia, de su perro y de los viajes que tienen planeados. Siempre espero a la noche para poder prepararme una copa de vino antes de hacer la llamada. Luego me tomo otra copa cuando colgamos. —Trató de esbozar una sonrisa, pero no lo consiguió—. Nunca hablamos desde el corazón. Hemos sido como extraños desde que me enviaron a casa de mi tía.

Nora escudriñó en ese momento la cara de June. ¿Le resultaba difícil oír el punto de vista del hijo en un caso de distanciamiento entre padres e hijos? Vio un destello de dolor en los ojos de June, pero también empatía. June era una persona tan sumamente generosa que podía centrarse en el sufrimiento de Hester en lugar de en el suyo propio.

—Hester. —June se acercó al lado del sofá donde estaba su amiga y se arrodilló delante de ella como si estuviera a punto de declararse—. No hay un solo adolescente sobre la faz de la Tierra que no haya cometido un error. A veces son errores muy grandes. Otros, muy pequeños. Errores que hacen daño a otras personas. Errores que hacen que se hagan daño a sí mismos. Todo el sentido de la adolescencia es descubrir qué clase de adulto quieres llegar a ser, y eso no lo puedes hacer sin meter la pata por el camino. Es como ese dicho de que para hacer una tortilla hace falta romper los huevos. —Apoyó las manos en las rodillas de Hester—. Tu familia te hizo sentir que eras una mala persona por quedarte embarazada. Te sientes culpable desde los dieciseite años y nunca has podido quitarte de encima esa sensación, ¿me equivoco?

—No es solo el embarazo —dijo Hester con un hilo de voz—. Es la niña. Tuve una niña. Una hija. —Señaló con la cabeza hacia la ventana—. Ahí fuera, en alguna parte, tengo una hija.

Nora reconoció el verdadero motivo que había tras la vergüenza de Hester.

—Nunca has intentado buscarla.

La panadera bajó la mirada y permaneció en silencio.

—¿Quieres encontrarla? —preguntó Nora—. Cuando consigamos nuestro actual objetivo, June, Estella y yo te ayudaremos como podamos.

—Gracias. —Hester parecía cohibida; tímida, incluso, pero Nora comprendía el comportamiento de su amiga, pues lo había visto decenas de veces en la librería. Después de que sus clientes le confiaran sus problemas más íntimos, luego siempre se quedaban callados. Muchas veces le hacían cobrarles las compras enseguida para poder marcharse de la tienda lo antes posible, pero Nora sabía que no importaba adónde fuesen luego, porque acabarían encontrando un lugar donde detenerse y ponerse a leer una de sus recomendaciones.

—Creo que deberíamos empezar por comer algo —dijo June, sonriendo a Hester—. Yo siempre pienso mejor con el estómago lleno, y Hester, tú necesitas darle algo caliente al tuyo: tienes las manos heladas, ¡y eso que estamos en pleno verano!

Hester se miró los brazos y vio que tenía la carne de gallina.

—Eso es porque he puesto el aire acondicionado por vosotras. Yo no lo uso, prefiero abrir las ventanas y encender los ventiladores del techo. También me encanta ir descalza, así que seguramente tengo frío porque tengo los pies fríos.

—¡Perfecto! —exclamó June con un entusiasmo que no casaba con el espíritu de la conversación—. Eso lo arreglo yo en un pispás.

Se levantó y se fue dando saltitos a buscar su bolso. Se puso a tararear mientras hurgaba en el interior del gigantesco bolso de mano. Al final, sacó un par de calcetines anaranjados y se los llevó a Hester.

—Es el primer par decente que he hecho en mi vida. Póntelos, a ver si son de tu talla.

Hester se llevó los calcetines a la mejilla, acariciándose la piel con la lana suave y delicada.

—Huelen muy bien. ¿Qué olor es?

—En casa uso aceites esenciales para un montón de cosas —dijo June mientras indicaba a Hester que se diera prisa—. He pensado que estaría bien echarles unas gotitas de aceite esencial de rosa.

En cuanto se abrigó los pies con sus calcetines nuevos, Hester dejó escapar un lento y prolongado suspiro de placer.

—Gracias, June. —Sonrió, y ya volvía a parecerse al mismo ser luminoso de siempre—. Está bien, chicas. Vámonos a la cocina y pensemos qué es lo que ha podido hacer Nora para poner a alguien tan nervioso como para intentar tirarla por un precipicio.

Mientras daban buena cuenta de una ensalada de pepino y unas enchiladas de pollo, las tres amigas hicieron un repaso de todo lo que había hecho Nora justo después de la muerte de Neil. Ninguna supo adivinar en qué momento había levantado las sospechas del asesino o de las personas involucradas en los asesinatos de Neil Parrish y Fenton Greer.

—No soy solo yo —dijo Nora mientras llevaba su plato al fregadero—. Primero fueron a por Estella, no lo olvidéis. La detuvieron justo después del hallazgo del cadáver de Fenton Greer, como si todo hubiese estado cuidadosamente preparado de antemano.

Hester se puso muy pálida.

—Tras deshacerse de Estella, a continuación quienquiera que esté moviendo los hilos te puso a ti una diana en la espalda, pero ¿por qué? ¿Porque el asesino sabe de algún modo que las cuatro lo estamos buscando? ¿O la asesina?

—Esa es la impresión que tengo —dijo Nora muy seria—. Y también creo que quien está moviendo los hilos podría ser Collin Stone.

No sin cierta reticencia, les habló a June y Hester de la rosa que había aparecido en su caja registradora justo después de la visita de Collin a Miracle Books.

—¿Por qué nos lo cuentas ahora? —exclamó June, enfadada. Tiró sus cubiertos al fregadero y puso los brazos en jarras—. ¡Se supone que tenemos que confiar las unas en las otras! ¿Qué más nos has ocultado? No podemos resolver nada de esto si no tenemos la imagen completa.

—Lo siento. Estoy tan acostumbrada a guardar las distancias con los demás que no se me da bien el intercambio constante que requieren las relaciones. —Nora se tocó la cicatriz del brazo derecho—. Todavía no os he contado mi secreto. Sé muy bien que hasta que no lo hayáis oído las tres, seguiré ocultando partes de mi identidad.

Hester se dirigió al horno y apagó el temporizador. Cogió un par de manoplas y miró a Nora.

—¿Estás lista para contárnoslo?

La librera asintió.

—Pero Estella tiene que estar con nosotras. En persona, no en la pantalla de mi ordenador portátil.

—Estoy de acuerdo —dijo Hester. Abrió la puerta del horno y una corriente de aire impregnada de olor a mantequilla de cacahuete y chocolate recorrió la cocina.

Nora y June la observaron mientras Hester sacaba una bandeja de bollitos dorados del horno y la llevaba a la encimera.

—Si ese es nuestro postre, me alegro un montón de que seas amiga mía. —June se acercó a la bandeja caliente. Tras inhalar profundamente, lanzó un gemido y dijo—: Tu tía debía de estar más rolliza que un pavo en Acción de Gracias para cuando te marchaste de su casa.

Hester se echó a reír.

—¡Pues sí! Después de esos primeros bollos, se volvió loca con mis dotes culinarias. Sabía que mi tía era golosa, pero no tenía ni idea de hasta qué punto su debilidad por los pasteles caseros llegaría a controlar nuestra vida. La cosa era tan exagerada que al final se negaba a comer algo que no hubiese salido directamente del horno. Si no me ponía a hacer galletas, una tarta, un roscón, magdalenas, pan, bollitos, pasteles de fruta con masa quebrada, un *bagel,* un *éclair,* un milhojas de crema, *macarons...* bueno, ya os hacéis una idea, entonces no me dejaba cocinar.

A petición de Hester, Nora y June volvieron a sentarse a la mesa de la cocina mientras la panadera distribuía los bollitos en platos. A diferencia de Nora, cuya vajilla constaba de un total de ocho platos blancos, los armarios de Hester estaban repletos de platos de todas las formas y tamaños. Estuvo pensando un buen rato antes de optar por unos platitos de porcelana para servir el pan y la mantequilla con el borde amarillo claro y unas delicadas flores rosas y amarillas. Después de colocar un bollo en cada plato, sacudió con energía un par de botes de plástico y dibujó sobre el pastel unas líneas en zigzag de chocolate y salsa de mantequilla de cacahuete. Observarla trabajar tuvo un efecto hipnótico sobre Nora. No recordaba la última vez que había estado tan relajada.

—El postre es un bollito de mantequilla de cacahuete y chocolate —anunció Hester—. Es mi bollito reconfortante particular, porque la última muestra de afecto que recibí antes de irme a casa de mi tía fue de mi hermano pequeño. Él no sabía por qué me iba, solo le dijeron que había hecho algo imperdonable y que me iban a mandar a vivir muy lejos como castigo. —Hizo una pausa, sacudió la cabeza con rabia y continuó hablando—: Mi hermano se coló en mi habitación aquella mañana, desobedeciendo a mis padres, y me dio un abrazo. También me metió un bombón de mantequilla de cacahuete en el bolsillo del abrigo por si me entraba hambre. Cuando me lo comí aquella noche en casa de mi tía, juré que algún día le devolvería el gesto.

—¿Y ahora? —preguntó June mientras partía un trocito de su bollo—. ¿Tenéis mucha relación tu hermano y tú?

—No —contestó Hester con tristeza—. Para él mi ausencia debió de ser muy dura. Mis padres centraron todas sus exigencias en él, ¿entendéis? La presión pudo con él y estuvo muchos años sin poder conservar un trabajo. Solía enviarle dinero, pero ahora las cosas ya le van mejor. Al menos, eso dicen mis padres. Mi hermano y yo no hablamos mucho.

Nora se metió un bocado del bollito en la boca, regodeándose con la suave y rica mezcla de chocolate fundido y mantequilla de cacahuete y la textura elástica de la masa. La cálida delicia se deslizó por su garganta, se le extendió por el pecho y le llegó hasta la punta de los dedos.

—Tú estás hecha para esto, desde luego —le dijo a Hester—. ¿Preparar un alimento que parece tan sencillo, pero que en realidad tiene una complejidad de sabor y una capacidad increíble para conmover el corazón? Eso es un don.

Exultante de alegría, Hester les contó que su tía había fallecido relativamente joven y había sorprendido a toda la familia dejándole una importante suma de dinero con la condición de que la invirtiese, en primer lugar, en asistir a clases en una escuela de cocina y, tras graduarse, abrir su propia panadería.

—¿La misma tía malvada? —June no salía de su asombro—. ¿No dijiste que era una arpía?

Hester se encogió de hombros.

—Nunca le encontré ninguna explicación. Naturalmente, a mis padres les sentó muy mal que me dejara esa herencia, y se pasaron todo el tiempo que fui a la escuela de cocina haciendo comentarios sarcásticos, y también durante meses después de que abriera la Gingerbread House. Pero para entonces ya no tenían el poder de hacerme tanto daño.

Nora siguió masticando y pensando en lo que Hester acababa de decir.

—Esas palabras, «el poder de hacer daño», me han hecho pensar en Neil y Fenton. Esos dos hombres tenían la capacidad de hacer daño a nuestro asesino o a la gente que orquestó los asesinatos. Si nos dejamos guiar por sus cargos en Propiedades Pine Ridge, el móvil de esos homicidios es el dinero.

June soltó el tenedor. Aún no se había terminado su bollito, pero era evidente que acababa de tener una idea.

—Si sumas esa teoría a la cantidad de parcelas vendidas y a lo que supongo que es un montón de préstamos hipotecarios concedidos por Dawson Hendricks a través de su banco, estoy de acuerdo contigo. Así que vamos a hacer una lista de todas las personas que podrían beneficiarse de esta estafa inmobiliaria y luego pensemos cómo pudieron llevarla a cabo y cómo Neil podría haber sacado a la luz todo el fraude.

Hester cogió papel y bolígrafo. Juntas, las mujeres elaboraron una lista de nombres que incluía al *sheriff* Hendricks, Dawson Hendricks, Collin Stone, Vanessa MacCavity y Annette Goldsmith.

Nora señaló el nombre de Vanessa.

—Es muy llamativo el perfil tan bajo que ha mantenido esta mujer a lo largo de todo el asunto. Aparte de la noche que Estella la vio en el bar con el resto de la panda de Pine Ridge y el día que la vi en la casa piloto, ¿qué ha estado haciendo Vanessa estos últimos tiempos?

—Si no recuerdo mal, según la web, Vanessa se encarga de las relaciones públicas de la empresa —le dijo June a Nora—. No estoy segura de qué significa eso en cuanto a la promoción inmobiliaria, pero me la imagino paseándose con el móvil pegado a la oreja.

—Publicidad no es que haya hecho mucha, desde luego.

—Hester aún tenía el periódico del domingo doblado sobre la encimera. Se lo acercó y lo abrió por la sección inmobiliaria. Allí, bajo el epígrafe Casas en venta, había un modesto anuncio de los Meadows—. Este es el único anuncio que he visto.

June frunció el ceño.

—Entonces, ¿qué hace esa mujer todo el día? —Miró a Nora—. ¿No dijo Neil que sus socios venían a Miracle Springs a una reunión? ¿Por qué dejar su base en Asheville, para empezar?

Nora asintió con aire distraído. Aunque merecía la pena investigar qué había hecho Vanessa en Miracle Springs desde que había llegado al pueblo, también le preocupaba que hubiera que añadir más nombres a la lista.

—Hay otras posibilidades —dijo, volviendo a concentrarse en el papel—: el gestor inmobiliario, los abogados, otros miembros del departamento del *sheriff*... ¿Y si a los otros solicitantes de préstamos les ha pasado como a mí? ¿Y si sabían que no podían permitirse una casa en los Meadows, pero firmaron el contrato de todos modos, a pesar de que había algo que no encajaba, porque querían mejorar su posición?

Un espeso silencio siguió a las palabras de Nora. Se preguntó si June y Hester pensaban como ella: que aquel problema era demasiado grande para abordarlo ellas tres solas.

Sin embargo, cuando miró a sus amigas, primero a una y luego a la otra, Nora se replanteó su sensación inicial de derrota. June y Hester eran supervivientes. No solo se habían sobrepuesto a sus dolorosas experiencias, sino que también habían alcanzado unas cotas de bondad, generosidad de espíritu y una profunda compasión que muchas personas no llegarían a conocer ni aunque vivieran tres vidas. Nora sabía que todas las integrantes del Club Secreto de la Lectura y la Merienda poseían la fuerza interior necesaria para llegar hasta el final.

—Mañana hablaré con Bob. Le pediré que averigüe qué ha estado haciendo Vanessa —dijo June.

Hester levantó el tenedor y lo hizo girar para que reflejara la luz.

—Yo voy a intentar practicar algo de magia con el ayudante Andrews. Se me da fatal coquetear. He tenido muy pocas citas románticas en mi vida y mi historial con los hombres no es muy halagüeño, pero creo que le gusto y voy a utilizar eso a nuestro favor. ¿Alguna de vosotras ha leído *El arte de comer,* de M. F. K. Fisher?

—Nunca he oído hablar de ella —dijo June.

—Fisher fue una conocida escritora gastronómica —explicó Hester—. En cierta ocasión dijo: «Compartir la comida con otro ser humano es un acto íntimo que no debe tomarse a la ligera». —Señalando los restos del bollito de June, añadió—: Voy a preparar algo especial para dárselo a probar a Andrews. En la Gingerbread House. Después de cerrar la panadería. Ese es el acto más íntimo que estoy dispuesta a hacer.

La mente de Nora viajó en el tiempo hasta su día en Miracle Books con Jed. Aunque su atracción por el sanitario era innegable, no podía seducirlo a cambio de su ayuda. Para empezar, no estaba convencida de que Jed fuese a responder a sus avances. No solo eso, sino que Nora no creía estar preparada para intimar con un hombre. Puede que nunca estuviera preparada. A ningún nivel. Como si le hubiera leído el pensamiento, June frunció los labios.

—¿Y tu Jedediah? Si el ayudante Andrews no te ha hecho caso y no ha revisado el informe del forense, vamos a necesitarlo. Fue Jed quien te confió que alguien había cambiado de sitio el cadáver de Fenton. ¿Cómo puede hacer la vista gorda ante semejante irregularidad? Los auxiliares sanitarios hacen un juramento. No sé exactamente en qué consiste ese juramento, pero si es un hombre honrado, y mi intuición me dice que lo es, entonces deberíamos recordarle su juramento.

Hester recogió los platos del postre y los llevó al fregadero.

—¿Qué dice el juramento?

Nora cogió su portátil y tardó menos de un minuto en encontrarlo. Lo leyó antes de pasarle el ordenador a la panadera.

—Esta frase puede ser problemática —dijo Hester—, la que habla de que, después de acceder al interior de un domicilio, el sanitario jura «no revelar nunca lo que vea u oiga en relación con la vida privada a menos que lo exija la ley».

June se quedó mirando la pantalla con expresión pensativa.

—No creo que esa frase pueda anular a esta: «También compartiré mis conocimientos médicos con quienes puedan beneficiarse de lo que haya descubierto». —Alternó la mirada entre Hester y Nora—. Quizá Jed piense que sus conocimientos médicos dejaron de ser relevantes una vez que dejó el cadáver bajo la tutela de la morgue, pero yo discrepo.

—Le gustas, Nora. Si no fuera así, no se habría ofrecido voluntario para trabajar gratis para ti aquel día. —Hester esbozó una sonrisa tímida—. ¿Podrías llamarlo y decirle que tienes otra recomendación literaria para él? Pídele que se pase después de la hora de cierre y, no sé, llévatelo a un rincón de lectura apartado, a ver si puedes convencerlo para que haga una visita al forense...

Nora negó con la cabeza.

—No lo hará. A pesar del juramento que prestó cuando se hizo sanitario, dejó muy claro que no puede permitirse perder su trabajo. Algo le pasó; algo que le hizo mudarse aquí y empezar de cero, como el resto de nosotras. No puedo obligarle a que me cuente qué fue lo que le pasó. Sé que no quiere hablar de ello, todavía no. Y si lo presiono, lo único que conseguiré es que se arrepienta de haber decidido confiarme esa información sobre el cadáver de Fenton.

—A ti también te gusta —dijo Hester, con una amplia sonrisa—. Por eso no quieres presionarlo.

June levantó una mano, adelantándose a la protesta de Nora.

—Todas tenemos que salir de nuestra zona de confort. Van a volver a ir a por ti, Nora. Esa rosa era una advertencia. Piénsalo, para empezar, ¿cómo sabía Collin lo de la rosa a menos que ya te hubiera estado vigilando? Piensa en el esfuerzo que costó localizar el rosal del que salió esa flor. Recibiste una seria advertencia de un hombre peligroso. —June señaló a Nora con un dedo admonitorio—. No hiciste caso de esa advertencia, así que alguien decidió echarte de la carretera para que te cayeras montaña abajo. En ese coche iban dos personas: el conductor y la persona que te empujó, lo cual confirma nuestra teoría de que no se trata de un solo asesino.

—El testigo es la clave —dijo Nora, mirando a Hester—. Necesitamos saber quién es y qué cree haber visto hacer a Estella.

La librera había esperado pacientemente a que June termiñara, pero ahora estaba enfadada, aunque no con June, sino consigo misma. En lugar de obligar a Jed a ayudarlas, se había encerrado en sí misma. Se había refugiado detrás de sus estanterías y de cosas tan seguras como sus objetos de decoración y la comida. Siempre los libros. Los libros eran su forma de conectar con los demás sin dejar que nadie se acercara demasiado.

—Aunque el ayudante Andrews me diga el nombre del testigo, no sé cómo va a cambiar eso las cosas —dijo Hester—. Tendríamos que desacreditarlo. O desacreditarla, si la testigo es una mujer. ¿Cómo vamos a conseguirlo si resulta que el *sheriff* está en el ajo?

—Podemos utilizar a la prensa para denunciarlo —dijo Nora—. Y empezar una campaña en las redes sociales como refuerzo, pero eso solo puede ocurrir si conseguimos que el testigo admita que se inventó la historia de que vio a Estella la noche del asesinato de Fenton.

June lanzó un gruñido.

—Ahí está el problema. Nosotras no damos miedo a nadie.

—Ahí es donde se equivocan —dijo Nora, al tiempo que empezaba a notar un hormigueo en el espacio donde solía estar su dedo meñique—. No tienen ni idea de qué madera estamos hechas. Si lo supieran, nos tendrían mucho miedo.

A la noche siguiente, Hester envió a Nora y June un mensaje de grupo. Era breve y directo:

«Andrews sigue aquí conmigo. Me he escabullido y me he ido un momento a la trastienda para enviaros esto. La testigo es Vanessa MacCavity. Jura que vio juntos a Estella y Fenton en el jardín sobre las 22:00 horas, besándose. También dice que vio una copa de martini vacía cerca de Fenton, pero Estella no bebía o no tenía copa».

—Qué oportuno —le dijo June a Nora cuando llamó menos de un minuto después de que le llegara el mensaje de Hester—. En el jardín no hay cámaras de seguridad. Las vías de paso están iluminadas por las noches, pero en el cenador no hay lámparas, porque la dirección no quiere que la luz atraiga a los bichos.

—¿Ha habido suerte averiguando qué ha hecho Vanessa todo este tiempo desde que llegó a Miracle Springs? Aparte de mentir sobre los movimientos de Estella, quiero decir —preguntó Nora con voz tensa. La sangre ya empezaba a hervirle en las venas. Quería la cabeza de aquella mujer, Vanessa, por haber propiciado, muy probablemente, la detención de Estella. Nora también quería saber quién había intentado matarla en aquella carretera de montaña, y quería mirar a la cara al asesino de Neil y sentir que ella y el Club Secreto de la Lectura y la Merienda habían reclamado y conseguido justicia para un desconocido.

—Según Bob, que ha estado investigando como loco para nosotras desde que le pedí ayuda, Vanessa divide su tiempo entre descansar en la piscina tomando cócteles, hacerse masajes y tratamientos faciales y hablar por teléfono en su *suite*. Las asistentas no pueden limpiar mientras Vanessa está dentro porque siempre cuelga el cartel de No molestar en la puerta. Su *suite* consta de tres habitaciones, así que podría pasar fácilmente de una a otra mientras el personal limpia, pero no les deja entrar. La oyen hablar por teléfono. Al parecer, tiene la mecha muy corta y es muy malhablada.

La mente de Nora empezó a fraguar un plan.

—Uno de mis clientes me habló de una fiesta que se va a celebrar mañana por la noche en el hotel. Un evento al aire libre con comida, música y fuegos artificiales. —Miró a June para que se lo confirmara—. ¿Es verdad?

—Sí —dijo June—. ¿Estás pensando en ir?

—Iremos todas. —Nora sonrió—. Las tres nos vamos a colar en la fiesta y, cuando acabe la noche, tendremos lo que necesitamos para encargarnos de las alimañas que infestan nuestra ciudad.

June lanzó un grito de entusiasmo.

—Pásame el matarratas, hermana, porque estoy lista para exterminar a esa plaga.

CAPÍTULO DIECISÉIS

Era verde el silencio, mojada era la luz, temblaba
el mes de junio como una mariposa.

Pablo Neruda

J edediah Craig. Es un placer conoceros oficialmente. —El sanitario estrechó la mano de Hester y June en un amplio porche con vistas a las instalaciones del hotel—. La noche que nos vimos por primera vez, yo estaba de servicio.

Nora se encogió de hombros con aire de disculpa.

—No fue mi mejor momento. Pero no te preocupes, esta noche no llevo tacones.

—Eso es porque tu hada madrina no está para prestarte ningunos —murmuró Hester en voz baja, refiriéndose a Estella.

Nora lanzó una mirada mordaz a su amiga. No era el momento de hablar de temas serios, ya habría ocasión para ello más adelante. Por el momento, Nora quería que Jed se relajara y se divirtiera. Con un poco de suerte, se tomaría unas copas —las suficientes para dejarse llevar por el momento— y entonces Nora podría convencerlo para que arriesgara su trabajo en nombre de la justicia.

—¿No tienes hada madrina? Pues, por lo que veo, parece como si alguien hubiera agitado una varita mágica. —Aunque Jed hablaba con Hester, tenía la mirada fija en Nora, comiéndosela con los ojos. La miró de hito en hito durante un largo rato antes de desplazar la mirada hacia abajo despacio por todo su cuerpo y volver a subirla de nuevo—. Si te has traído la tuya de la tienda Ollivander, ¿de qué crees que estará hecha?

A Nora se le erizó la piel al ver a Jed acariciarle el cuerpo con su mirada tórrida. Durante esos segundos, lentos y prolongados, fantaseó con la idea de que se la llevara a algún rincón recóndito del jardín. Se situaría detrás de ella, apartándole la larga melena a un lado mientras le desataba los tirantes de la base del cuello, los tirantes que le sujetaban la parte superior del vestido de color coral. Nora agradecería el beso del aire húmedo y nocturno sobre su piel, al igual que el tacto de las yemas de los dedos de Jed deslizándose por sus hombros desnudos, sobre la suave cresta de su clavícula y la turgencia de sus pechos.

—¿La tienda de Ollivander? —Hester ladeó la cabeza—. ¿Eso no es de Harry Potter?

Nora seguía sumida en sus fantasías sobre dónde le gustaría percibir el contacto de las manos y los labios de Jed —en cualquier parte y en todo su cuerpo—, pero consiguió responder con voz normal, aunque ligeramente ronca.

—Es la varita la que elige al mago, señor Craig —dijo ella—. Hice uno de esos cuestionarios en línea y los resultados fueron que mi varita sería de madera de cerezo silvestre con un núcleo de pluma de fénix.

—El ave fénix. Renacido de entre las cenizas del fuego. —Jed cubrió con delicadeza la mano llena de cicatrices de Nora con la suya—. Tiene todo el sentido.

Jed podría haberle cogido cualquiera de las dos manos, pero había preferido la desfigurada a la mano intacta. Nora no sabía qué pensar. Estaba tan sorprendida por sus propios sentimientos hacia Jed que no podía pensar con claridad.

—¡Que lo paséis bien, pareja! —exclamó June de repente, entrelazando el brazo con el de Hester—. Nosotras nos vamos a asaltar el bufé. Me he podido pagar las entradas de esta noche gracias a mi descuento de empleada, pero aun así me voy a comer hasta el último céntimo de una entrada tan cara.

Nora temía que Jed se ofreciera a reembolsarle las entradas.

—Esta noche invito yo a las bebidas —le dijo en vez de eso—. Tal vez nos podríamos tomar unos cócteles y encontrar algún rincón tranquilo desde donde poder ver el cielo. Eso es lo que más me gusta de tu casa: como tienes vistas a las vías del tren, da la sensación de que podrías estar en la orilla de cualquier sitio.

—Esta noche había montones de luciérnagas mientras esperaba en la terraza a que June pasara a recogerme —dijo Nora mientras se dirigían a la barra de fuera—. Estaban revoloteando por las zarzamoras, lo que me ha recordado al otro día, cuando nos encontramos allí los dos. Y a las otras veces que nos hemos cruzado. La verdad es que hemos tenido unos encuentros bastante insólitos.

—Es mejor que conocerse a través de una *app* de citas, ¿no te parece? —dijo Jed—. Así la historia es más interesante.

—Las historias importan —respondió Nora con una sonrisa.

Cuando llegaron a la barra, Nora descubrió que Bob no estaba de servicio y se preguntó si estaría trabajando en su turno habitual en el Oasis. Tras echar un vistazo a la carta del bar al aire libre, Nora y Jed se decidieron por unos mojitos.

—Que el mío sea virgen, por favor —susurró Nora al camarero mientras Jed estaba distraído observando a un par de fornidos chefs ataviados con batas blancas y almidonadas que transportaban una tabla de madera con un cerdo asado.

Los cocineros fueron recibidos entre grandes aplausos por una multitud de comensales expectantes que les abrieron el paso para que colocaran la tabla en el centro del bufé. En cuanto los hombres se retiraron, los comensales empezaron a coger platos y a servirse la comida sin dar tiempo al director del hotel a terminar su discurso de bienvenida.

Alguien hizo un comentario sobre la película *Babe, el cerdito valiente,* lo que hizo pensar a Nora en perros pastores. Ese pensamiento le recordó a su vez que debía preguntarle a Jed por su perro.

—¿Cómo está Henry Higgins?

Le dio a Nora su mojito y levantó el suyo para hacer un brindis.

—Por las noches de verano y la excelente compañía. —Ambos bebieron de sus copas. Jed dio un segundo sorbo antes de responder a la pregunta de Nora—. Henry Higgins está más o menos igual, pero me gusta la idea de cambiarle la dieta, así que vamos a empezar por ahí. Mi madre no puede hacerle los masajes, eso es demasiado para ella. Yo mismo intentaré lo de los masajes con él cuando lo tenga conmigo.

Siguieron hablando, sin moverse de los temas de conversación seguros, como el trabajo, los libros, la cocina y el cine. Aunque hacía años que Jed no iba a ver ninguna película, confesó que tenía una gran colección en DVD y solía verlas una y otra vez. Mientras le contaba el argumento de una película bélica que no había visto y que probablemente no vería, Nora vio que Vanessa MacCavity se dirigía hacia ellos.

—¿Listo para cenar? —preguntó Nora, interrumpiendo la descripción de Jed sobre el desembarco en la playa de Normandía.

Jed miró hacia el bufé.

—Vale. Haremos una pausa en la acción. Y prometo no hablar de esa escena mientras comemos.

Nora sabía que no iba a tener oportunidad de todos modos. El plan era que Hester y June los dejaran unos minutos a solas antes de sentarse a su mesa. Como eran unas mesas de pícnic gigantescas, eso no despertaría sospechas.

Una vez que estuviesen todos sentados en la misma mesa, June, que tenía más experiencia médica que Nora y Hester juntas, se pondría a recordar sus anécdotas con los auxiliares sanitarios durante su paso por la residencia de ancianos. Cuando tuviese a Jed absorto en una dramática historia de rescate protagonizada por un viejecito y el estanque helado próximo al centro, Hester fingiría recibir un inquietante mensaje de texto. Se echaría a llorar y saldría corriendo angustiada. Tras indicarle a Jed que volvería enseguida, Nora iría detrás de su amiga.

Luego, June se mostraría preocupada durante uno o dos minutos, pediría una ronda de bebidas, sacaría el tema del envenenamiento por cloruro potásico y diría que le parecía poco probable que alguien como Fenton Greer hubiera consumido un cóctel mezclado con suficiente potasio como para provocarle un paro cardíaco. La tarea de June era sembrar dudas sobre la causa de la muerte de Greer e incitar a Jed para que hablara con el forense.

Nora estaba tan concentrada en lo que iba a ocurrir después de que se sentaran a la mesa que apenas prestó atención a la abundancia y variedad de comida del bufé. Eligió una ensalada de espinacas, mazorcas de maíz, solomillo con beicon y una rodaja de sandía sin pensar demasiado en lo que iba a comer. Ya había probado la ensalada y la carne cuando aparecieron sus amigas.

—¿Os importa si nos sentamos con vosotros? —le preguntó June a Nora.

Tras una breve pausa, durante la cual le dedicó a Jed una sonrisa de disculpa, Nora hizo sitio en su lado del banco.

Al cabo de cinco minutos, seguía a Hester por el césped en dirección al edificio principal del hotel.

—Me ha sentado bien llorar —le dijo su amiga cuando se quedaron a solas en el hueco de la escalera—. Estoy tan nerviosa que ha sido agradable poder desahogarme, aunque lo haya fingido. Deberías probarlo.

Nora apretó el paso.

—No soy mucho de llorar.

Pero lo cierto es que estaba nerviosa. El Club Secreto de la Lectura y la Merienda tenía todas sus esperanzas puestas en entrar en la habitación de Vanessa y reunir suficientes pruebas incriminatorias para darle la vuelta a la tortilla e ir contra la organización que había asesinado a dos personas, incriminado a Estella e intentado silenciar a Nora.

Al llegar al descansillo del cuarto piso, Hester sujetó la puerta y esperó a que su amiga caminara a su lado, juntas, por el pasillo enmoquetado. No se cruzaron con nadie de camino a la *suite* de Vanessa.

—¿Estás segura de que quieres hacerlo? —susurró Nora cuando vio que Hester sacaba una tarjeta de plástico del bolso.

Su amiga asintió con firmeza, pasó la tarjeta por delante del lector magnético y abrió la puerta de un empujón. Juntas, entraron en la *suite* y dejaron que la puerta se cerrara tras ellas.

Gracias a Bob, conocían de memoria la distribución de la *suite*. Capaz de hacer cualquier cosa por Estella, el barman había conseguido la tarjeta de acceso y un plano de la planta y se los había dado a June durante la pausa del almuerzo.

Ahora, lo único que tenía que hacer Nora era colocar la grabadora que le había comprado a uno de los comerciantes del mercadillo en una pared de la *suite* de Vanessa. Era la primera vez que compraba directamente en la tienda del hombre, que estaba a dos paradas de tren de Miracle Springs. Se llamaba The Bunker y estaba especializada en «armas, munición y artículos bélicos», y Nora lo sabía bien porque el dueño, Denny, lo había estampado en las pancartas que adornaban su puesto del mercadillo. También llevaba cosida la frase en la parte trasera de su chaleco de cuero, junto con varias calaveras, banderas y parches de rifles cruzados.

Ella nunca había sentido interés por el puesto de Denny, ya que no necesitaba trajes de camuflaje, armas ni artículos bélicos para su trabajo.

Hasta ese día.

Cuando visitó The Bunker, supo que había ido al lugar adecuado. Denny la escuchó atentamente mientras le explicaba que buscaba un dispositivo de grabación discreto que no le costara un dineral.

—Tengo justo lo que necesitas —le dijo, y la llevó a la sección de operaciones encubiertas del local—. Aquí dispones de muchas opciones: detectores de humo con cámara y grabadora incorporadas. Despertadores. Reproductores MP3. Ese es mi favorito. —Señaló lo que parecía una toma de corriente—. Lo único que tienes que hacer es pegarlo en la pared. Nadie se va a fijar en un enchufe de más detrás de una mesa o una silla.

«Y menos el huésped de una habitación de hotel», pensó Nora. Sin embargo, el personal de limpieza sí se daría cuenta, por lo que tendría que colocar el enchufe en algún sitio escondido.

Denny le enseñó cómo se deslizaba la parte externa del enchufe para dejar al descubierto la cámara y la grabadora, y luego le describió brevemente el funcionamiento del aparato, aceptó su pago en efectivo y le deseó un buen día.

Pensando que el mundo se había convertido en un lugar muy extraño, Nora le dio las gracias y se volvió a la estación de tren.

En esos momentos estaba examinando el amplio salón de la *suite* y tratando de decidir dónde colocar el enchufe. La opción más obvia era cerca de la mesa donde Vanessa tenía su portátil, la agenda y el cargador del móvil. Mientras Hester entraba rápidamente en el dormitorio contiguo para echar un vistazo, Nora cogió un sillón orejero cubierto con una tela de brocado floral de seda y lo empujó hacia delante. A juzgar por las huellas que dejaron las patas sobre la moqueta, aquel sillón no se movía casi nunca, así que la librera se arrodilló y presionó el artilugio de espionaje contra la pared, justo detrás del sillón. Tras recolocarlo en su sitio, decidió arriesgarse y emplear un minuto más sacando fotos de la agenda de Vanessa.

Hester volvió al salón y le hizo una seña con la cabeza. Nora respondió levantando el pulgar hacia arriba antes de asomarse por la puerta entreabierta de la *suite*.

El pasillo estaba despejado.

Las mujeres salieron de la habitación y se dirigieron a la escalera.

—¿Has visto algo en el dormitorio? —preguntó Nora en voz baja.

—A Vanessa MacCavity le gusta ir de tiendas —dijo Hester—. Y tiene gustos caros. Algunas de sus prendas de ropa aún llevan la etiqueta. Yo tendría que estar ahorrando un mes para poder costearme una sola prenda de su armario. —La panadera se detuvo en el descansillo entre el tercer y el segundo piso—. Ya sé que está alojada en un hotel de cuatro estrellas y que es verano, pero Vanessa tiene una cantidad alucinante de pareos y ropa de playa.

Nora se encogió de hombros.

—Bob dijo que pasaba la mayor parte del tiempo en el balneario o hablando por teléfono junto a la piscina. Supongo que no necesita llevar trajes chaqueta para hacer su trabajo.

—Pues tiene que estar haciendo algo además de poner anuncios en el periódico para estar cobrando un sueldo que le permite comprarse tres bañadores a doscientos dólares cada uno.

Nora lanzó un silbido.

—Esperemos averiguarlo pronto. —Consultó su reloj—. No está mal. En total, solo hemos estado fuera un cuarto de hora. Pero cuando volvieron a la mesa, Jed ya se había ido.

—Me dijo que te dijera que lo sentía —dijo June—. Le ha sonado el busca y ha tenido que irse.

Como los demás comensales se habían concentrado alrededor de una enorme hoguera para asar *s'mores,* los típicos malvaviscos con chocolate y galletas, June tenía la enorme mesa de pícnic para ella solita. Nora y Hester empezaron a picotear lo que todavía estaba intacto en su plato.

—¿Sabías que estaba de guardia? —le preguntó Hester, untando un panecillo de eneldo con mantequilla antes de metérselo en la boca.

Nora asintió con la cabeza y se volvió hacia June.

—¿Has tenido suerte con él?

—Hemos discutido como dos personas civilizadas y Jedediah ha presentado un buen argumento. —Bajó la voz antes de continuar—. Si Greer tenía una dolencia cardíaca previa, consumir tanto cloruro potásico con el estómago vacío podría haberle provocado la muerte. Naturalmente, le he pedido a tu chico que nos hiciera el favor de comprobarlo.

—No es mi chico —dijo Nora.

June se encogió de hombros.

—Pues a él bien que le gustaría. Parece... —Se calló y se inclinó hacia delante, encima de su plato—. Ahora no mires, pero Vanessa tiene el teléfono en la oreja y está poniendo cara de haberse tragado un sapo. Se está levantando... Se ha quedado sin postre y sin baile. Se está yendo de la fiesta. ¿Había algún cadáver en su armario?

—Solo ropa cara —contestó dijo Hester.

Nora sacó su teléfono.

—Y su agenda. He hecho fotos de al menos doce semanas. Pensé que podría resultarnos útil para echar un vistazo a su pasado, su presente y su futuro.

—Envíanoslas. Podemos dividirnos las semanas y estudiarlas por partes ahora mismo —sugirió Hester—. Quizá así no tengamos que volver a su habitación a por el aparato.

June fulminó a Hester con la mirada.

—Sabes que no podemos dejarlo ahí.

—Sí, ya lo sé —murmuró Hester antes de centrarse en la pantalla de su móvil—. Yo me quedo con marzo y abril.

—Yo con mayo y junio. Junio todo para mí, como me llamo June... —dijo con una sonrisa—. Tú mira al futuro, Nora. —Entrecerró los ojos para escrutar el teléfono—. Madre mía, he visto médicos con mejor letra...

Nora estudió los crípticos garabatos de la agenda de Vanessa mientras terminaba de cenar. No era de las que desperdiciaban la comida, sobre todo cuando era cara y estaba deliciosa. A su lado, Hester también comía y leía a la vez.

—Míranos. Parecemos adolescentes almorzando en el centro comercial, con la nariz pegada a la pantalla —dijo June al cabo de unos minutos—. Voy a por el postre antes de que los buitres se lo coman todo. ¿Queréis que os traiga algo? —Señaló la carta que tenían en la mesa.

Hester le echó un rápido vistazo.

—Yo quiero un Saltamontes, por favor. Nunca he probado un s'more hecho con crema de menta.

Nora examinó la carta.

—Yo quiero uno de chocolate negro y fresa, gracias. ¿Cuál vas a pedir tú?

—El Banana Split o el Samoa. Tengo debilidad por el coco tostado.

June acababa de levantarse de la mesa cuando Nora logró descifrar al fin dos palabras de la letra picuda de Vanessa.

—«Little Switzerland» —murmuró.

—Parece el nombre de algún pueblo —dijo Hester sin levantar la vista del teléfono.

Nora abrió Google Maps y, efectivamente, Hester tenía razón.

—No es mucho más grande que Miracle Springs. —Una idea empezó a germinar en la mente de Nora—. ¿Puedes consultar la página web de Propiedades Pine Ridge y ver dónde están construyendo su otra urbanización, también nueva? No recuerdo el nombre del pueblo, pero no era Little Switzerland.

—Es Bent Creek.

Nora buscó en Google las otras dos localidades.

—Los tres municipios tienen una población similar, están a una hora en coche de Asheville y cuentan con una sucursal de un banco comunitario. ¿Puedes hacer clic en la promoción inmobiliaria de Pine Ridge en Bent Creek y decirme con qué banco trabajan?

Hester miró fijamente a Nora.

—Creo que ya veo adónde quieres llegar.

Cuando June regresó con los tres platos calientes del postre y el doble de paquetes de toallitas húmedas, Nora creía haberse hecho una idea bastante precisa de cómo funcionaba la estafa de Propiedades Pine Ridge.

Tras pedir a sus amigas que le dieran sus teléfonos, los colocó en una fila ordenada y luego pulsó sobre las fotos de la agenda de mayo, junio y julio.

—Tres urbanizaciones en tres pequeñas localidades del oeste de Carolina del Norte — empezó a explicar Nora—. En dos de las tres, los Glades en Bent Creek y los Meadows en Miracle Springs, se ha construido una casa piloto y hay varias casas más en construcción. Según los planos de la urbanización, se han vendido quince parcelas en Bent Creek y catorce en Miracle Springs. ¿Es eso cierto, Hester?

La panadera se lamió el chocolate derretido de las yemas de los dedos y asintió.

Nora estaba demasiado absorta en su teoría como para distraerse con el postre. Miró a June, que se estaba comiendo el suyo con cara de éxtasis absoluto.

—Sigue —la animó a seguir esta—. Estoy en el séptimo cielo ahora mismo con este postre, pero te juro que estoy escuchando todo lo que dices.

—Vale, sigo entonces. Por lo visto, Propiedades Pine Ridge ha conseguido el respaldo de los bancos locales de Bent Creek y Miracle Springs. A su vez, la constructora refiere a los compradores a esos bancos para que soliciten allí sus préstamos hipotecarios. Los bancos y Pine Ridge se alían desde el principio para sacar una buena tajada una vez que se hayan vendido todas las parcelas.

Hester frunció el ceño.

—¿Y dónde está la actividad ilegal?

—En que no creo que Collin Stone tenga intención de construir ninguna de esas casas —dijo Nora—. Lo cual explicaría las prisas por sacarse de encima todas esas promociones lo antes posible.

June se limpió las manos y cogió el teléfono de Nora. Cuando examinó el mes de julio, abrió los ojos como platos. Estaba a punto de hablar cuando empezó a sonar música *bluegrass* a través de los altavoces que rodeaban el perímetro del jardín de césped.

El maestro de ceremonias de la fiesta, un hombre corpulento y de espíritu jovial que llevaba un sombrero de paja, pantalones blancos y camisa hawaiana, agitó un bastón luminoso en el aire y anunció que el baile empezaría en breve. Pidió a todos que despejaran las mesas de pícnic para que el personal pudiera apartarlas y, a continuación, animó a los invitados a comprar pulseras luminosas en la mesa situada junto a la barra y les sugirió que rellenaran sus copas mientras tuvieran oportunidad.

—Vamos a buscar otro sitio para hablar. —Hester se guardó el teléfono en el bolsillo, cogió su plato de postre y alargó el brazo para tocarle el hombro a June—. Vienen a movernos la mesa.

Nora, a quien le importaba un bledo que tuvieran que mover otra mesa primero, se puso al lado de June y miró la pantalla de su teléfono.

—¿Qué pasa?

June señaló con el dedo.

—Antes vivía en Nueva York, ¿te acuerdas? Hay varios aeropuertos importantes, y este es el código de uno de ellos. «EWR» son las siglas del aeropuerto de Newark, y estoy segura de que el número de cuatro cifras que hay detrás del código del aeropuerto es un número de vuelo.

Nora estaba en plena búsqueda para averiguar el destino del vuelo cuando un joven vestido con pantalones caquis y camisa hawaiana, y con una placa con su nombre en el bolsillo delantero, se dirigió a las tres amigas con una sonrisa afable.

—Disculpen, señoras. ¿Les importa si arrimamos esta mesa a los arbustos? Después podrán volver a sentarse.

Hester hizo una seña a Nora y June para que se dieran prisa.

—Sí, no pasa nada. Ya nos vamos a otro sitio.

June las llevó por un sendero y les indicó que atravesaran una puerta asiática tradicional flanqueada por un letrero que decía: BIENVENIDOS AL JARDÍN ZEN JAPONÉS. EL ZEN ES UN VIAJE. DA TU PRIMER PASO.

El letrero casi hizo dudar a Nora. Pasar por debajo de aquella puerta de madera le parecía sinónimo de contraer un compromiso, pero ¿con qué? Sin embargo, cuando llegaron a un jardín rectangular de piedras con un río de grava y arena rastrillada, sintió que la invadía una clara sensación de calma. Había algo increíblemente relajante en los dibujos de la arena.

—El destino del vuelo son las Islas Caimán —susurró, con un sentimiento de reverencia por el lugar donde estaban—. Más específicamente, George Town.

—Eso explicaría la cantidad de ropa de playa —dijo Hester—. Vanessa necesita ropa para más de cinco días si se va a ir de vacaciones a las Caimán.

June sacudió la cabeza.

—Pero es que no son unas vacaciones. Creo que se va del país.

—Yo también lo creo —dijo Nora—. Después de hacer una transferencia de última hora de los fondos de Propiedades Pine Ridge a una cuenta *offshore.*

Las tres mujeres miraron a la vez hacia las ventanas iluminadas del hotel. Habían caminado hasta un punto desde el que la *suite* de Vanessa se veía perfectamente. Todas las luces estaban encendidas.

—Si eso es cierto, el *sheriff* no va a tener más remedio que soltar a Estella —dijo Hester—. Vanessa es la testigo clave y su palabra no valdrá una mierda en cuanto se largue con... —Se volvió hacia Nora—. ¿De cuánto dinero estamos hablando?

—De varios millones —respondió Nora—. Suficiente para vivir a todo trapo en las islas.

June cruzó los brazos sobre el pecho.

—Pero ¿para cuánta gente? ¿Quién más va a ir en ese avión a George Town? Vanessa no tiene pinta de ser de las que saben compartir.

—Yo puedo decirte con seguridad quién no va a ir en él —contestó Nora mientras una familiar sensación de amargura se filtraba por todos los poros de su cuerpo como si fuera sudor, pero no podía evitarlo.

Al oír el tono glacial en la voz de Nora, Hester se acercó un poco más a ella.

—¿Quién?

Nora sabía que Hester solo pretendía ofrecerle consuelo, pero tuvo que hacer un gran esfuerzo por no apartarse de ella. En lugar de eso, arrancó una pequeña rama del árbol más próximo y se puso a dibujar figuras en la arena, destrozando deliberadamente la marca espaciada de las olas.

Ante la mirada silenciosa de sus amigas, Nora dibujó un hombre de palo. A su izquierda, dibujó a una mujer. A su derecha, a otra mujer y tres niños. Señaló este último grupo con el palo.

—Estos son los que no van a ir a George Town: la mujer y los tres hijos de Collin Stone.

—¿Deberíamos decírselo a su mujer? —preguntó Hester.

Nora fijó la mirada en los monigotes de la arena.

—Es demasiado tarde para salvarlos —susurró—. Lo único que podemos hacer es esperar que se recuperen del daño que Collin les ha hecho. —Se puso en cuclillas y borró despacio y cariñosamente a la mujer y a los niños.

—Nora... —empezó a decir June.

—Vamos a ir a por Annette Goldsmith —la interrumpió. Cogió la ramita y dibujó un círculo alrededor de la otra mujer—. Mañana. Y para cuando acabemos con ella, estará más que dispuesta a ayudarnos a tenderle una trampa a Collin Stone. Nadie va a coger ese vuelo a las Caimán. —Hundió la punta de su ramita en el centro de la cabeza del hombre—. Porque no vamos a ser víctimas. Nunca más. Los cazadores están a punto de convertirse en presas.

CAPÍTULO DIECISIETE

Tienes que saltar del precipicio y
construirte las alas mientras caes.

Ray Bradbury

Veo que te has traído a unas amigas, pero firmar el contrato de la casa de tus sueños es un asunto muy importante —dijo Annette Goldsmith cuando al día siguiente Nora, June y Hester entraron en la casa piloto de los Meadows.

Eran las cinco y media, y aunque a Nora no le gustaba nada la idea de tener que volver a cerrar Miracle Books antes de hora, sus ganas de poner en práctica el plan que ella y sus amigas habían ideado superaba con creces su preocupación por perder unas cuantas ventas.

—Me he traído refuerzos, sí. Por si las cosas se tuercen —dijo Nora, pasando por delante de una confundida Annette en dirección a la cocina. June y Hester saludaron amablemente a la agente inmobiliaria y siguieron a su amiga.

Nora oyó cómo Annette cerraba la puerta principal. Cuando entró en la cocina, volvía a exhibir su sonrisa de vendedora.

—Me alegro de que...

—Siéntate, Annette. —La interrumpió Nora mientras señalaba la silla más cercana—. No estoy aquí para comprar ninguna casa, sino para darte la oportunidad de salvar tu pellejo.

La sonrisa se transformó en una mueca agria.

—¿De qué estás hablando?

Por muy serena que pareciese, Nora sabía que la vida de Annette Goldsmith estaba a punto de cambiar de forma radical. Casi sintió pena por ella. Casi.

—Tú y Collin Stone tenéis una aventura —le dijo, y vio que las mejillas de la mujer se teñían de rojo—. Siéntate, Annette. Tenemos muchas cosas de que hablar y muy poco tiempo.

—Fuiste tú quien entró en mi despacho, ¿no? —preguntó Annette.

Nora soltó un suspiro de exasperación.

—Voy a darte otra oportunidad para que te sientes. Si no lo haces, nos iremos y le contaremos nuestra historia a un periodista amigo mío, y esa historia incluye muchas más cosas que tus fotos secretas de Collin o tu vídeo de contenido sexual. Muchísimas más.

Annette se sentó.

—¿De qué estás hablando?

—Déjate de tonterías —le soltó Nora—. No es propio de ti y resulta insultante para nosotras. De hecho, podríamos incluso ayudarte a evitar la dura condena que le va a caer al resto de tus compañeros. Pero eso depende de ti. ¿Sabías a qué penas te expones por cometer fraude hipotecario antes de meterte en este lío?

Nora deslizó un papel por la mesa y la mujer lo cogió instintivamente.

—Estos son ejemplos de casos recientes —explicó Nora—. Mira las condenas a las que sentenciaron a estos delincuentes: seis años de prisión, multas de más de un millón de dólares...

¿Tienes tanto dinero, Annette? ¿O es que Collin tiene a una Annette en cada casa piloto? Ya estás compartiendo a ese hombre con su mujer, ¿con cuántas mujeres más lo compartes? ¿Lo sabes siquiera?

Aquello provocó una reacción inmediata en Annette.

—Él me quiere —dijo, tensando los hombros contra el respaldo de la silla y levantando la barbilla como una niña rebelde—. No me importa que lo nuestro salga a la luz. Quiero que se entere su mujer.

—¿Tu novio constructor te ha contado sus planes para el resto del verano? —June habló por primera vez y Nora la dejó hacerlo. Sabía que tenía que disimular mejor su ira—. ¿Va a hacer algo especial en julio, por ejemplo?

—¿Te ha preguntado si tienes el pasaporte en regla? —intervino Hester a continuación.

—Porque va a irse del país —dijo Nora—. Con todo el dinero. Y no va a viajar solo, no: Vanessa ha reservado los billetes, uno para ella y otro para Collin.

Annette trató de dominar las emociones que se apoderaron de su rostro, pero no lo consiguió. Frunció las cejas, contrajo los labios y sus ojos brillaron con furia.

—Así es. —Nora abandonó el tono triunfal que había adoptado antes y siguió hablando con voz suave y comprensiva—. Se van a ir a las Islas Caimán, el mes que viene. Tenemos el número de vuelo. Y si van juntos, ¿dónde te deja eso a ti?

Annette no respondió, pero su rabia era casi palpable. Nora luchó por no dejarse arrastrar por esa sensación tan familiar, por no dejarse arrastrar al pasado por el dolor de Annette. Porque sabía que la emoción que se escondía tras la furia de Annette era dolor puro y duro. El dolor vendría después. Por el momento, querría venganza, y Nora contaba con ello.

—No dejes que ganen ellos —dijo Nora casi en un susurro—. Se creen mejores que tú, que podrán conseguir reunir otra importante suma de dinero antes de largarse al paraíso, y apuesto lo que sea a que esa suma va a salir de los inversores del banco de Bent Creek. —Hizo una pausa—. ¿Hasta qué punto estás tú involucrada, Annette? ¿Cometiste un asesinato porque Collin te pidió que te deshicieras de su socio problemático?

—¡No! —gritó Annette—. Yo no tuve nada que ver con la muerte de Neil, ni tampoco con la de Fenton. Apenas conocía a esos tipos.

Aunque parecía sincera, Nora no podía creer en la palabra de Annette.

—¿Por qué debería creerte? Eres una delincuente. Llevas mucho tiempo engañando a los habitantes de este pueblo, unas personas cuyo único error ha sido desear comprarse una casa nueva.

—Una casa que no podían permitirse —replicó ella—. Los compradores que Dawson escogía eran como tú. Serías capaz de vender tu alma por tres dormitorios, una bañera de hidromasaje y electrodomésticos de acero inoxidable.

June y Hester intercambiaron unas fugaces miradas victoriosas. Aunque todas las integrantes del Club Secreto de la Lectura y la Merienda sospechaban que Dawson había desempeñado un papel importante en la red de fraude inmobiliario, sobre todo porque sus iniciales estaban en la servilleta de Greer y era el director de préstamos del Madison County Community Bank, era un alivio escuchar a Annette confirmar su teoría.

—Has sido tú quien ha vendido nuestras almas sin nuestro conocimiento ni nuestro permiso —dijo Nora, señalando a Annette—. Tú eres la agente inmobiliaria, sabes muy bien que la justicia puede sancionar a los testaferros, aunque no reciban ni un céntimo por el uso de sus nombres o sus calificaciones crediticias. Además, nadie iba a llegar a vivir nunca en esas casas porque Collin no iba a construirlas. Y estoy segura de que tú lo sabías. Annette dejó caer los hombros, una señal que Nora había estado esperando, ya que era sinónimo de resignación y derrota. La agente inmobiliaria estaba a punto de sucumbir a la tentación de confesarlo todo, pero aún no era el momento.

Nora extendió las manos.

—Todo el tinglado debía de parecerte inofensivo, ¿verdad? Para ti era una forma de ganar dinero fácil, al igual que para Dawson. Pero los socios de Pine Ridge recibían una tajada mucho mayor que tú.

—La idea es suya —dijo Annette encogiéndose de hombros—. Yo solo trabajo para ellos.

—No por mucho tiempo —le recordó Nora—. Es evidente que Collin y Vanessa ya han amasado dinero suficiente para financiarse una nueva vida en el trópico. Eso te deja a ti a la intemperie. Literalmente. ¿Qué harás cuando todos los compradores vengan a preguntarte por qué no se construyen sus casas? —Recordando la obra de Arthur Miller *Las brujas de Salem,* Nora prosiguió con mayor vehemencia aún—. Cuando formen una turba enfurecida, ¿quién quedará para cargar con la culpa? Tú. Te van a quemar viva, Annette. Como a una bruja en la hoguera.

June y Hester dirigieron unas miradas de sorpresa a Nora —probablemente porque acababa de utilizar imágenes relacionadas con el fuego para amenazar a Annette—, pero también la miraban con aprobación. June y Hester creían en Nora, lo que la hacía sentirse más fuerte que Sansón.

—¿Por qué tenía que morir Neil? —le preguntó a Annette.

—Él y Vanessa se encargaban de conseguir inversores para cada una de las promociones inmobiliarias —explicó la agente, con la mirada fija en el servilletero del centro de la mesa—. Se necesita un capital importante para poner en marcha una nueva urbanización a la escala que planeaban Collin y Pine Ridge. La idea era construir en tres o cuatro localidades del oeste de Carolina del Norte. Centrándose en pueblos de la misma zona, Pine Ridge podría ganar credibilidad, rápidamente además. Las cosas iban bien hasta que Neil consiguió el capital necesario del Madison County Community Bank. Según Collin, Neil empezó a comportarse de forma extraña después de eso; fue como si se hubiera bebido la pócima mágica de Miracle Springs y eso le hubiera cambiado la personalidad.

Nora sonrió.

—Este lugar produce ese efecto en la gente. Por eso Neil pasó varios días aquí antes de que el resto de sus compañeros llegaran en el tren; quería enmendar sus errores y estaba intentando decidir cómo hacerlo. ¿Te habló de sus intenciones?

—No —contestó Annette—. Pero sí le oí convencer a un posible cliente para que no comprara la casa.

Nora sacudió la cabeza en señal de desaprobación.

—Tú contribuiste a sellar el destino de Neil.

Annette levantó la vista.

—¡Su destino lo selló él mismo! Debería haber mantenido la boca cerrada y haber terminado lo que había empezado.

—Fenton Greer, en cambio, siguió todas las instrucciones a rajatabla, y está tan muerto como Neil. No creo que tu novio estuviera dispuesto a repartir el dinero... —Nora se calló y agitó los dedos de la mano—. ¿Con cuánta gente? ¿Siete personas? Vanessa, Fenton, Neil, Collin, Dawson, el *sheriff* y tú. ¿Me olvido de alguien?

Ignorando la pregunta de Nora, Annette le contestó con otra pregunta:

—¿Qué queréis? ¿Dinero?

—Dinos cómo funciona —le dijo Nora—. Háblanos de la estafa.

Annette puso los ojos en blanco, como si le estuvieran haciendo perder su valioso tiempo.

—¿Por qué? Es obvio que ya lo habéis descubierto. Vanessa y Neil consiguieron una gran suma de dinero de los inversores del banco local. Con parte de ese dinero, Collin compró terrenos en tres pueblos, consiguió los permisos necesarios y despejó suficientes solares para levantar la casa piloto y empezar a construir varias casas más. Tenemos a un compinche en cada banco, un responsable del departamento de crédito. Los demás agentes inmobiliarios no son más que una panda de pueblerinos que se contentan con ganar unas pocas comisiones. Algunos de nuestros compradores son legítimos, pero muchos son como tú. No pueden permitirse esas casas, pero los responsables de crédito les conceden los préstamos para que podamos conseguir el mayor número posible de pagos iniciales. A los responsables de crédito y a mí nos pagan en negro. Collin y sus socios de Pine Ridge sacan dinero de los fondos que obtienen de los inversores. Yo no tengo acceso a ellos, así que no sé cuánto recaudaron ni cuánto recibía cada socio.

Hester soltó un gemido de exasperación.

—¿Y cómo pensabas librarte de la bronca monumental que se iba a armar en cuanto la gente se diera cuenta de que nadie iba a construir sus casas?

—Muy fácil —contestó Annette—. Pensaba dejar el trabajo. Después de todo, solo soy la agente inmobiliaria, no la constructora. Además, Collin y yo íbamos...

—¿A escaparos juntos a contemplar el ocaso? —terminó la frase Nora—. Supongo que nunca te mencionó una puesta de sol en las Islas Caimán, ¿verdad que no?

Los ojos de Annette estallaron en una nueva llamarada de ira.

—No.

—No dejes que juegue contigo, cariño. —June empujó su móvil por encima de la mesa. En la pantalla aparecía la página web de la Fiscalía del Distrito Oeste de Carolina del Norte—. Si pulsas en ACERCA DE, aparece un número de teléfono. Si lo cuentas todo, puede que solo te den un tirón de orejas. Si no, Hester puede enseñarte cuál es la alternativa.

La panadera sacó una hoja de papel del bolsillo y la desplegó.

—El primer caso es el más reciente. El agente inmobiliario fue condenado a cuarenta y seis meses de cárcel. —Le pasó el papel a Annette—. Hay más ejemplos, pero ya te haces una idea.

Cuarenta y seis meses de cárcel.

Annette examinó la copia impresa y luego se la devolvió a Hester. Nora sintió que se le agotaba la paciencia.

—Nuestra amiga está encerrada por un delito que no cometió. Tú, en cambio, sí eres culpable, así que saca tu teléfono y haz la llamada. Es tu única oportunidad. Y que conste que casi me alegraría de que no lo hicieras porque me encantaría verte con un mono naranja. Tal vez, si te portas bien, te dejarán salir a hacer labores comunitarias recogiendo la basura de las calles. Si es así, tú tranquila, que me aseguraré de tirarte un envoltorio de hamburguesa grasienta y un puñado de patatas fritas. Puedo pasar, despacio, con mi bicicleta. Todavía funciona, a pesar de tu intento de echarme de la carretera.

—¡Era mi coche, pero yo no iba dentro! —exclamó Annette—. Collin me pidió las llaves, cosa que me extrañó, porque él ya tenía su camioneta, pero no quise interrogarlo delante de Vanessa y del *sheriff*, así que se las di y punto. Ya te lo he dicho: ¡no soy una asesina!

Nora recordó que cuando fue a la casa piloto aquel día, se encontró a Annette, Collin, Vanessa y el *sheriff* Hendricks juntos. Parecía que acababan de terminar una reunión.

—¿Quién iba en tu coche con Collin? ¿El *sheriff*? —le preguntó.

Annette hizo una mueca.

—Ese cerdo se fue después de que tú y yo entráramos para ocuparnos del papeleo. Collin y Vanessa tenían cosas que discutir, así que hablaron en el garaje. Todavía estaban allí cuando te fuiste pedaleando con la bici.

—Tu novio es un asesino —dijo Hester—. Y la mujer con la que va a huir es su cómplice. Son los Bonnie y Clyde de esta historia. Te han utilizado.

Con mano temblorosa, Annette cogió el teléfono de June y lo sostuvo en la palma. Tenía los ojos húmedos de tanto contener las lágrimas.

—Collin no mató a Neil. Me envió un mensaje con su foto desde el tren, minutos antes de que Neil muriera. Y la noche de la muerte de Fenton, Collin estaba conmigo. Era la primera vez que pasábamos una noche entera juntos.

—Muy hábil —musitó Nora en voz alta—. Tú sirves de coartada para Collin y Vanessa de testigo. Además, las garantías procesales no importan, porque el *sheriff* ya está a sueldo de Pine Ridge.

—Así que nuestro asesino es el *sheriff* Sapo o su hermanito mayor, Dawson —dijo June.

Nora mantuvo la mirada fija en Annette, deseando para sus adentros que tomara la decisión correcta.

—Sé que ahora mismo todo esto te duele mucho —le susurró Nora—. Y te va a doler más aún, pero escúchame, Annette: la única salida es pasar por ello. Todos tenemos que pagar por nuestros errores, pero no tienes por qué pasar por esto tú sola. Nosotras te acompañaremos. Las cuatro, Estella incluida, sabemos lo que es enfrentarse a una prueba de fuego. Algunas de nosotras incluso más literalmente que otras.

El solidario ofrecimiento de Nora derrumbó las últimas defensas de Annette y la mujer se echó a llorar. June se puso a su lado y trató de tranquilizarla hablándole con ternura y delicadeza.

—Eres más fuerte de lo que tú te crees, cielo. Eres más fuerte de lo que Collin Stone se cree que eres. Demuéstrale de qué estás hecha.

Annette asintió y se enjugó las lágrimas.

—Ese pedazo de cabrón... Se va a arrepentir de haberme utilizado.

Volvió a mirar el teléfono de June y frunció el ceño.

—Se me ha bloqueado la pantalla y tengo que poner mi contraseña. —June tecleó unos números y le devolvió el teléfono a Annette.

—Aquí tienes, cariño. Que empiece la fiesta.

—¡¿Así que la fiesta es en la cocina?! —gritó un hombre desde la puerta delantera de la casa.

A Nora se le heló la sangre. No había oído el motor de ningún coche ni a nadie acercándose a la casa piloto, pero los pesados pasos de unas botas sobre el suelo de madera eran inconfundibles.

Y había más de un par.

Collin Stone apareció en la cocina, seguido del *sheriff* Hendricks.

—Suelta ese teléfono, cariño —dijo Collin, situándose al lado de Annette. Cuando la mujer dudó, él le acarició la mejilla con el dedo índice.

Claramente, el gesto pretendía ser tierno, pero Annette se estremeció como si la hubieran abofeteado. Nora se preguntó si la mujer no habría estado esperando todo ese tiempo a que Collin la tocara así y, ahora que lo había hecho, era demasiado tarde.

La agente inmobiliaria intentó pasarle el teléfono a June, pero Collin se lo arrebató de las manos y examinó la pantalla.

—Oh, Annie... —exclamó en voz baja y triste—. Pensaba me que me querías.

—¡Claro que te quería! —le soltó Annette—. ¡Pero me has mentido! ¡Todo era mentira!

Por detrás de Collin, el *sheriff* se echó a reír y se dio unos golpecitos en la sien.

—Se te están encendiendo las bombillas, ¿eh, rubia?

Collin se volvió para mirar al voluminoso agente de la ley.

—No hay necesidad de insultar a Annette, *sheriff*. Nunca habríamos llegado tan lejos sin ella. Ahora bien, lo de estas otras chicas de aquí es otra historia. Parecen decididas a causar problemas en tu pacífico pueblecito...

El *sheriff* se enganchó los pulgares en el cinturón y se balanceó sobre las puntas de los pies.

—Sé muy bien cómo tratar a las mujeres que no saben cuál es su lugar.

—Cállese de una vez —le soltó Nora, demasiado furiosa para permanecer en silencio—. Se acabó. Estáis acabados los dos. ¿De verdad creéis que nos habríamos presentado aquí sin haber llamado a nadie antes? —Miró a los dos hombres con gesto de repugnancia—. Lleváis tanto tiempo manipulando, engañando y subestimando a las mujeres que no podíais ni imaginar siquiera que un grupo de féminas pudiera arruinaros vuestros planes.

El *sheriff* se sacó del bolsillo una brida de plástico.

—Lo único que vais a hacer es estaros calladitas. Os voy a detener a las tres.

—¿Bajo qué acusación falsa? —preguntó June con aire despreocupado.

—La lista es larga. —El *sheriff* contrajo la boca con una sonrisa de satisfacción—. Vosotras tres, además de Estella Sadler, matasteis a Parrish y a Greer. Cuando la señora Sadler ingresó en la cárcel, las demás cometisteis un delito de allanamiento de morada al entrar en el despacho de Annette y en la habitación de hotel de la señora MacCavity. También se os acusa de múltiples robos. Tarjetas llave del hotel, documentos confidenciales, etcétera. —Colocó otra brida sobre la mesa—. ¿Está segura de que han hecho esas llamadas, señora Pennington?

El cerebro de Nora trabajaba a toda velocidad. Se le había escapado algo.

«No es "algo", sino alguien... Hay alguien más que ha estado pasándole información a estos malnacidos sobre cada uno de los movimientos del Club Secreto de la Lectura y la Merienda. Una persona que se había ganado la confianza de Neil Parrish y, al mismo tiempo, lo había delatado ante sus socios. Un hombre a quien todo el mundo veía como alguien sincero, amable y buena persona. Un vecino del pueblo humilde y trabajador. Alguien normal y corriente».

—Dios... —Nora cerró los ojos y se presionó los párpados con las yemas de los dedos, como si con aquel gesto pudiese hacer desaparecer la insoportable verdad.

El *sheriff* se echó a reír.

—¡Ahora es a la morena a la que se le ha encendido la bombillita! Las mujeres siempre vais un paso por detrás, ¿verdad? —Lanzó una mirada nerviosa a Collin, que lo miraba con gesto de desaprobación. La alegría del *sheriff* se evaporó al instante.

Nora tuvo que hacer un esfuerzo sobrehumano para no dar una bofetada al *sheriff*, pero su ira le impedía concentrarse y ahora sus amigas estaban asustadas. Nora no podía permitirlo. No podía defraudarlas después de haber llegado tan lejos.

—Nos dejamos un nombre al hacer nuestra lista —les dijo a June y Hester antes de volverse hacia el *sheriff*—. Supongo que fue Bob quien hizo el trabajo sucio. La verdad es que no le imagino a usted colándose por ese agujero de la valla que hay sobre las vías del tren. Bob está mucho más delgado.

June, que estaba al lado de Nora, dio un respingo, completamente conmocionada.

El *sheriff* Hendricks no pensaba caer en sus provocaciones.

—A todo el mundo le caen bien los bármanes amables y generosos con el alcohol. Neil bebió como un cosaco las dos primeras noches de su estancia en el pueblo.

—Ya basta... —intentó interrumpirlo Collin, pero Nora se le adelantó.

—Le contó a Bob muchos secretos y este decidió aprovecharse de la situación. Pero no podía matar a un socio de Pine Ridge sin su bendición, *sheriff*. Sobre todo teniendo en cuenta el papel de su hermano en la red de fraude inmobiliario.

El *sheriff* acercó tanto la cara a la de Nora que esta le veía todos los poros. El sudor le brillaba en la frente y las patillas.

—Los hombres hechos y derechos no pueden avanzar mucho en la vida actuando como *boy scouts*. Tenemos que tomar decisiones realmente difíciles. Hacemos lo que haga falta para sacar adelante a nuestras familias: pagamos las facturas, ahorramos para pagar casas, colegios, coches, ropa, vacaciones... Nunca es suficiente. Nunca trabajamos lo suficiente ni llevamos suficiente dinero a casa para que todo el mundo esté contento.

Detrás del *sheriff*, Collin asentía con la cabeza.

—¿Por eso odia tanto a las mujeres? —preguntó Nora—. ¿Porque una mujer le hizo sentir que no se esforzaba lo suficiente?

—No solo una mujer. Mi madre, mi mujer, mis hijas... todas son iguales. —Unas perlas de sudor le salpicaban el cuello y las mejillas—. Venga a regañarme una y otra y otra vez por todo lo que no hago. Ni una palabra de agradecimiento sobre lo que sí he hecho. Por todo lo que les he dado. Ni un simple «gracias», nada de nada. Mi única escapatoria es conectarme a internet. Pero al final, siempre tengo que volver con esas tres generaciones de caras largas y de queja tras queja.

Nora se quedó atónita ante aquella revelación. Como el *sheriff* no se sentía querido ni valorado por su familia, trataba a todas las mujeres como ciudadanas de segunda. No se esperaba que fuera a revelarles esta faceta secreta de sí mismo.

—Pero entonces encontró una manera de ganar ese dinero extra, a través de Pine Ridge. ¿Y eso hizo cambiar de algún modo las cosas en casa?

—No les voy a dar ni un céntimo —dijo el *sheriff* con un brillo triunfal en los ojos—. Voy a comprarme un bonito barco de pesca y a pasar todo mi tiempo libre en el lago. Las mujeres tendrán prohibido subir al barco. Estoy harto de dejar que dirijan mi vida. —Se apartó de Nora y sacudió la cabeza, como si hubiera hablado más de lo que pretendía. Señaló a Annette y entrecerró los ojos—. Hablando del tiempo, el baile ha terminado para ti, Cenicienta. Vete a casa. Y ya sabes lo que pasará si hablas. Así que no hables.

Annette se puso muy pálida y miró a Collin.

—¿Por qué me has hecho esto?

—Lo siento —dijo Collin—. No pensé que te lo tomarías tan a pecho. En mi defensa diré que nunca te he hecho ninguna promesa, solo te ofrecí la oportunidad de ganar un dinero extra y, de paso, divertirnos un poco.

—Pero ¿por qué tuviste que utilizarme? Si nunca me has querido, para empezar...

Collin separó las manos.

—Tenía que tenerte controlada. Lo siento, de verdad. Pero saldrás adelante, no te preocupes. Eres joven y guapa. Tendrás a un montón de hombres haciendo cola para compartir un salteado de *bok choy* contigo. —Cuando Collin volvió a hablar, lo hizo con más dureza—. No te pongas dramática a estas alturas.

Nora deseó con todas sus fuerzas que Annette se fuera de allí sin armar jaleo. Una vez de vuelta en Asheville, la cólera por haber sido utilizada y traicionada se impondría sobre el posible miedo que estuviera sintiendo en ese momento, y creía que la agente inmobiliaria se entregaría voluntariamente a las autoridades si con eso conseguía vengarse de Collin Stone.

El *sheriff* Hendricks señaló las bridas que había sobre la mesa.

—Bueno, Cenicienta, ¿tengo que sacar otro par de bridas para ti?

Annette lanzó a Collin una mirada de odio en estado puro antes de salir a toda prisa de la cocina. Momentos después, Nora oyó el ruido de la puerta del garaje al subir. Luego hizo el mismo ruido al bajar.

—Quizá no deberíamos haber dejado que se fuera —dijo Collin.

—No puede denunciar nada sin incriminarse a sí misma —replicó el *sheriff*—. ¿Cómo va a explicar si no de dónde ha sacado el dinero para ese Beamer? —Volvió a dirigirse a Nora—. Por cierto, lo de echarte de la carretera para que te cayeras montaña abajo fue idea de la señorita MacCavity. Dijo que eras la cabeza de la serpiente. Supongo que tenía razón.

June se rio.

—Te equivocas de metáfora, tontito. Todas tenemos la cabeza llena de serpientes. Todas somos gorgonas. Como Medusa. —Agitó los dedos en el aire—. Y vamos a convertirte en piedra.

El *sheriff* fulminó a June con la mirada.

—¿Me estás amenazando?

Hester soltó una carcajada y Nora supo que no había rastro de humor en ella. Sus amigas estaban furiosas.

—El *sheriff* Sapo no tiene ni idea de quién es Medusa. Es un hombre que ha utilizado su placa para traicionar a la gente que lo apoyó. Me pregunto si se habrá dado cuenta de que ese aspecto de batracio que tiene lo ha convertido en el objeto de burla de todo el condado.

La tez blanquinosa del *sheriff* adquirió en ese momento el color de las cerezas maduras. Desenfundó su pistola y apuntó con ella a Hester.

—No voy a tolerar faltas de respeto. Ni de ti ni de nadie. —El *sheriff* la miraba con ojos desorbitados y Nora se dio cuenta de que estaba fuera de sí. Al representante de la ley en el pueblo le parecía bien saltarse las normas a cambio de dinero rápido, pero estaba claro que prefería dejar las conspiraciones y el trabajo sucio a otros. La cantidad de sudor que le cubría la frente y le empapaba el cuello de la camisa del uniforme hablaba por sí sola. El *sheriff* Hendricks se sentía incómodo con la situación, y no era él quien estaba al mando en realidad, sino Collin.

Nora agitó los brazos, obligando al *sheriff* a mirarla. Provocarlo no era una buena idea; tenía que intentar razonar con él.

—¿Qué vas a hacer ahora? —preguntó—. ¿Disparar a sangre fría a tres mujeres desarmadas? ¿Cómo vas a explicar eso? No puede haber tantos asesinatos en un lugar de este tamaño sin que los medios de comunicación se enteren de lo que está pasando y acudan en masa como aves de rapiña. ¿Y dónde van a estar Collin y Vanessa cuando lleguen?

Collin puso una mano en el brazo del *sheriff*.

—¿Podemos acabar con esto, Todd? Me gustaría irme ya.

El *sheriff* Hendricks lanzó un resoplido.

—Ya somos dos. Vale, chicas, levantaos y poned las manos a la espalda. Moveos despacio, no quiero tener que enfadarme.

—No podéis cargarnos el asesinato de Neil ni inculparnos como cómplices del de Fenton —protestó Nora—. No va a funcionar. No teníamos motivos para matar a esos hombres.

—Tiene razón, *sheriff* —dijo Collin con calma—. Quizá deberíamos atar los cabos sueltos aquí y ahora.

Nora, que no conseguía apartar los ojos de las fauces negras del cañón de la pistola, sintió que estaba a punto de dejarse dominar por el pánico. Podía engatusar a Hendricks simplemente hablando con él, pero con Collin Stone era distinto. Este era un hombre astuto y seductor, capaz de cualquier cosa con tal de conseguir su objetivo. La combinación de esos rasgos lo hacía extremadamente peligroso.

El *sheriff* Hendricks parecía inquieto.

—No voy a disparar a tres mujeres en esta cocina.

—Yo nunca sugeriría algo así, hombre. —Collin le apretó el hombro con aire fraternal—. Déjame ayudarte a esposar a las señoras y te diré lo que se me ha ocurrido.

Collin cogió una brida de la mesa y se colocó detrás de la silla de Hester.

—Señora Winthrop, haga el favor.

Después de mirar a Nora con expresión asustada, Hester se puso los brazos a la espalda. Collin le rodeó las muñecas con la brida y tiró de ella. Se oyó un agudo crujido cuando el plástico se tensó. Hester se estremeció, pero no salió ningún sonido de su boca.

—La de las toallas: ahora te toca a ti —le soltó el *sheriff*.

—¿Qué se siente, *sheriff*? —preguntó June con tono seco mientras extendía los brazos—. Me refiero a eso de tener que hacer siempre lo que diga el jefe. Porque todos sabemos quién manda aquí, y no eres tú...

Collin levantó un dedo admonitorio delante de la cara de June.

—Si sigues faltándole el respeto al *sheriff*, voy a tener que amordazarte.

June se calló.

Collin se acercó a Nora. Con desconcertante delicadeza, le empujó los brazos hacia atrás hasta juntarle las manos por detrás de la silla. Cuando terminó de atarle las muñecas, se inclinó hacia ella y le susurró:

—Me gustó mucho pasar tiempo contigo en la librería. Eres como Vanessa: inteligente e intuitiva, y es fácil hablar contigo. Por desgracia, vas a tener que morir de todos modos. Y quiero que sepas que el método que he elegido no es personal. Simplemente es el mejor por distintas razones.

Mientras la librera asimilaba aquellas palabras, Collin le hizo un gesto al *sheriff* para que se reuniera con él al otro lado de la habitación. Nora observó la expresión de sorpresa de Hendricks.

Tras una larga vacilación, el hombre asintió con la cabeza y miró a Nora con una expresión de compasión. Cuando vio el pavor en los ojos del agente de la ley, supo lo que Collin había planeado para ellas.

—Claro que es personal, pedazo de cabrón. —Infundiendo a su voz todo el veneno que pudo reunir, Nora clavó los ojos en Collin—. Y es cruel. Pero tú eres un hombre cruel y egoísta. Mira el futuro que les estás dejando a tu mujer y a tus hijos...

Collin bajó la mirada y Nora creyó haberle tocado la fibra sensible, pero cuando volvió a mirarla, vio la determinación en la firmeza de su mandíbula.

—Mi mujer no me echará de menos. Tampoco mis hijos. Han construido una vida que no me incluye a mí. Como el *sheriff*, he sido el sostén económico de mi familia, pero en algún momento me convertí en un extraño en mi propia casa. Cuando conocí a Vanessa, conectamos a todos los niveles. Podíamos hablar de libros, como hacíamos tú y yo en la librería, Nora. Pero también podíamos hablar del sector inmobiliario, de cocina, de vinos, de los lugares a los que queríamos viajar y de muchas otras cosas más. Ella es mi alma gemela, solo que no lo supe hasta que nos conocimos. —Sonrió—. Ahora voy a vivir la vida que quiero vivir, y nadie va a impedírmelo.

Collin se fue de la habitación.

—¿Qué va a hacer? —preguntó Hester, con la voz de una niña asustada.

Nora no contestó. Vio como el *sheriff* Hendricks se dirigía a la placa de cocción y encendía todos los quemadores de gas. Cuando las llamas de los cinco estuvieron encendidas, respondió a la pregunta de Hester.

—¿Os acordáis de esa pandilla de adolescentes gamberros? ¿Los que entraron en esta casa solo para divertirse? —El *sheriff* no miraba a las tres mujeres, sino a las llamas en movimiento—. Pues han vuelto. Solo que, esta vez, han subido la apuesta y en lugar de un allanamiento de morada han provocado un incendio. Panda de idiotas. No sabían que había gente dentro. Se suponía que no podía haber nadie dentro de la casa tan tarde. —Lanzó un suspiro—. Las secuelas darán pie a un montón de teorías. La gente se inventará todo tipo de historias sobre lo que estabais haciendo aquí. ¿Bebiendo? ¿Consumiendo droga? ¿Trapicheando con droga? No importa. Al final, la buena gente de Miracle Springs se olvidará de vosotras. Encontrarán otra cosa de que hablar y todos pasaremos página y seguiremos adelante.

Collin volvió a entrar en la cocina con un bidón rojo de gasolina. Desenroscó el tapón y miró a Nora con expresión sombría.

—Ojalá no hubieras insistido en querer ser una heroína. Las cosas no acaban tan bien como en las novelas. En la vida real, los héroes mueren. En la vida real, los tipos como yo se van de rositas. Y la biblioterapeuta de alma sensible, con el cuerpo lleno de cicatrices, tan bella en el pasado... —hizo una pausa como dominado momentáneamente por sus emociones— tiene que arder en llamas.

CAPÍTULO DIECIOCHO

Es la herida el lugar a través del cual
penetra en ti la luz.

RUMI

—**M**e voy a mi oficina —le dijo el *sheriff* a Collin—. Tengo que dejarme ver en público antes de que llame alguien para avisar del incendio.

Collin inclinó la cabeza indicando que estaba de acuerdo.

—Adelante, vete. Bob llegará en cualquier momento. Cuando salga de aquí, yo también iré a algún lugar público. A ese restaurante tal vez, el Pink Lady Grill.

—Las mejores hamburguesas de la ciudad —dijo el *sheriff* como deseando comer allí él también, pero al instante empezó a parpadear como si acabara de recordar que aún tenía un papel que desempeñar. Señalando con el pulgar a las tres mujeres, preguntó—: ¿Va a ocuparse Bob de ellas? ¿Como se ocupó de los otros problemas que teníamos?

—Ese es el plan —contestó Collin.

El *sheriff* Todd Hendricks se detuvo en la puerta y Nora se preguntó si su conciencia le estaría sembrando dudas, pero no miró a ninguna de las mujeres, sino que se limitó a esperar allí unos segundos antes de marcharse.

Cuando se fue, June soltó un gruñido burlón.

—Ya sabía yo que Greer no podía haber muerto por una sobredosis de potasio. Bob debió de echarle algo más fuerte en la bebida.

—No habías atado todos los cabos, ¿a que no? —Cuando Collin se acomodó en la silla frente a la librera, golpeó con la bota el bidón rojo que había en el suelo y el penetrante olor a gasolina impregnó el aire de inmediato.

Nora miró a Collin con gesto glacial. Se negaba a dejar traslucir el miedo que tenía en ese momento. Y tenía mucho miedo. Se sentía como si estuviera a punto de perder el control.

—Los resultados del laboratorio revelarán otro medicamento o algún tipo de veneno —dijo June, llamando la atención de Collin—. A menos que también hayas sobornado al forense.

—No ha hecho falta —dijo el hombre—. El *sheriff* le dijo al forense que buscara potasio en el cadáver de Greer y el médico lo encontró. Para cuando lleguen esos resultados del laboratorio, planteando dudas sobre la causa de la muerte, yo ya me habré largado de aquí. —Levantó las manos—. Y antes de que me pidas que te explique qué le pasó a Greer, que sepas que no voy a hacerlo. Esto no es una novela en la que el malo lo confiesa todo. No te hace ninguna falta conocer todos los detalles.

Sonó el timbre y Hester soltó un gritito.

Collin le sonrió.

—Hablando de novelas, parece que acaba de llegar el personaje del lobo vestido con piel de cordero. Aunque esta noche no se va a molestar en disfrazarse. Podréis ver su lado malvado de lobo.

—No estoy tan seguro —dijo Bob al entrar en la cocina—. Estas chicas no son como esa zorra de Estella. Esa es capaz de liarse con el primer tío que pase siempre y cuando sea lo bastante rico. A ella sí quería castigarla, pero estas mujeres no me han hecho nada. No me parece bien esto que estás haciendo.

Collin se levantó de un salto y se encaró con Bob, contrayendo la boca en un rictus lleno de ira.

—¿Lo dices en serio? Pues más te vale que cambies de opinión o haré una llamada anónima denunciando que fuiste tú quien preparó esos cócteles mezclándolos con cloruro potásico robado de la habitación de hotel de Greer. Cuando Greer se bebió tu cóctel «personalizado», viste que estaba a punto de desmayarse, así que le ayudaste a subir a un carrito de golf del hotel y lo llevaste a un cobertizo de mantenimiento. Allí le pusiste una mascarilla antipolvo en la cara, una máscara conectada mediante tubos de plástico a una bombona de monóxido de carbono, y esperaste a que muriera. Por último, trasladaste su cadáver al balneario.

—¡Sabes que lo hice todo por ella! —gritó Bob—. Empujé a Neil por el dinero... ¡para impresionarla a ella! Y aun así seguía sin ser suficiente, después de todos los años que he pasado escuchando sus penas, invitándola a copas gratis y viéndola ponerse en ridículo con un pringado tras otro. ¡Estaba harto de ser el chico bueno! —Señaló a Nora, June y Hester—. Estaba dispuesto a espiar a estas tres por dinero. ¿Por qué no iba a hacerlo? Vendí mi alma al diablo el día que maté a tu compañero, pero hay una diferencia entre cargarse a unos cabrones que querían embaucar a los habitantes de este pueblo y quemar vivas a tres mujeres.

Collin asintió con gesto comprensivo.

—Lo sé, y ojalá no hubiéramos llegado a esto, pero no hay otra opción. Coge tu...

—Bob sí tiene otra opción —intervino Nora—. Puede dejar de recibir órdenes tuyas ahora mismo. Puede decidir por sí mismo.

Bob parecía complacido por la idea.

—La chica tiene razón —dijo, acercando un dedo a la cara de Collin—. ¿Quieres ir a por mí? Adelante. Si yo caigo, tú caes conmigo. Me ves como a un tonto, un simple camarero de pueblo, un borrego, pero tengo pruebas de nuestras «transacciones» guardadas en un lugar seguro. Si me pasara algo, esas pruebas saldrían a la luz. Te hundirías tú también y bajarías la rápida corriente oscura. Recuérdalo, chico de la gran ciudad.

Collin abrió la boca para replicar, pero Bob salió de la habitación.

—¡Eh! —gritó June—. ¡Bob! ¡No nos dejes solas con él!

—¡Bajarías la rápida corriente oscura! —gritó Bob desde el pasillo.

Aunque la frase no tenía sentido, a Nora le resultaba familiar. Repitió las palabras en voz baja e hizo un esfuerzo por reconocerlas.

Collin interrumpió su concentración cuando cogió el bidón de gasolina, derramó el líquido inflamable por los lados haciendo que cayera al suelo y salió corriendo detrás de Bob, dejando un rastro de gasolina a su paso.

—¡Bob! ¡Cuidado! —gritó Nora, poniéndose en pie de un salto. Su silla cayó el suelo con un ruido sordo. A su lado, June y Hester se quedaron paralizadas por el miedo.

Nora se dirigió a los armarios con la esperanza de encontrar unas tijeras o un cuchillo afilado en alguno de los cajones. Un alarido animal resonó en el pasillo y supo que era demasiado tarde para salvar a Bob. Reprimiendo un estremecimiento de terror, abrió un cajón y vio que contenía cubiertos de plástico.

Bob no dejaba de gritar. Su voz fue pasando progresivamente de un lamento agudo a un quejido espeluznante. Acompañando a aquellos horribles sonidos se oía el inconfundible silbido de las llamas. El rastro de gasolina que conducía de la cocina al pasillo se había incendiado y ahora el fuego corría en dirección contraria hacia su punto de origen como un tren bala en llamas.

Cuando el rastro cruzó el umbral de la cocina, se dividió, formando delgados regueros de fuego. El suelo de madera pulida y los rodapiés blancos se ennegrecieron y un humo acre impregnó el aire. Nora vio que la gasolina había salpicado también los armarios y el horno. Sería inútil intentar apagar los quemadores de la placa de cocción, así que retrocedió hacia la mesa.

—¡Tenemos que salir! —gritó Nora a sus amigas.

June y Hester estaban tan absortas por el avance de las llamas que seguían sentadas. Pero el grito apremiante de Nora rompió el encantamiento del fuego y ambas mujeres se levantaron de un salto.

Nora corrió hacia la puerta corredera de cristal que daba al patio trasero. Giró sobre sí misma, de cara a la cocina, y siguió palpando a tientas para buscar el pestillo. En cuanto sintió que se abría, agarró el tirador y tomó impulso haciendo fuerza con los pies hasta abrir parcialmente la puerta.

—¡Vamos! —gritó.

June y Hester estaban tan concentradas en escapar del aire tóxico y el calor insoportable que no vieron la silueta que se precipitaba hacia ellas a través del humo.

Pero Nora sí la vio.

En cuanto estuvo fuera, Nora ordenó gritando a June y Hester que se separaran y echaran a correr. Tuvo el tiempo justo para convencerse de que sus amigas lograrían escapar antes de que las manos de Collin la sujetaran de los antebrazos como dos tenazas.

—Tú no —gruñó, apretando con fuerza—. Tú no vas a ir a ninguna parte.

Nora se retorcía, zarandeando los hombros y gritando, mientras Collin tiraba de ella hacia el interior de la casa. Hacia el fuego. Por más que lo intentaba, no podía zafarse de la férrea presión con que la tenía sujeta.

Dentro de la cocina, el humo se había espesado hasta transformarse en una niebla negro oscuro y las llamas llegaban a la altura de la cadera. Nora oyó cómo el espacio sucumbía al hambre voraz del fuego. Los chisporroteos, las crepitaciones y los estallidos eran distintos de los que había oído la noche en que se quemó todo el cuerpo. Aquel humo no podía elevarse hacia el aire fresco de enero de un inmenso cielo invernal, sino que estaba suspendido a escasos metros del suelo, como un felino esperando para saltar y abalanzarse sobre su presa. Se le metía en los ojos e intentaba treparle por la garganta.

Collin la empujó hacia el interior de la habitación y el calor la envolvió.

Instintivamente, Nora encorvó los hombros e inclinó la cabeza. Luchó contra el impulso de toser y volvió a intentar deshacerse de las garras de su captor.

Collin estaba furioso con ella, insultándola y maldiciéndola por cómo lo estaba estropeando todo mientras le hincaba los dedos en la piel, al tiempo que la zarandeaba para situarla delante de la cocina. Luego le dio un fuerte empujón que la estampó contra el frigorífico de acero inoxidable.

Nora ladeó el cuerpo para evitar golpearse la mejilla con la plancha de metal, por lo que su hombro se llevó la peor parte del impacto. Rebotó contra el aparato como si fuera una pelota de goma. El dolor y el humo le robaron el oxígeno de los pulmones y el mundo empezó a dar vueltas a su alrededor.

De pronto, Nora se vio en el suelo. El impacto de la caída la sacó de su estado de aturdimiento el tiempo suficiente como para darse cuenta de que el fuego se le acercaba por la espalda. Se puso a rodar por el suelo para alejarse de él y se dirigió hacia lo que supuso que era la puerta corredera.

Apenas veía nada. Le lloraban los ojos y centenares de puntitos negros revoloteaban en su visión periférica. Las formas se movían y bailaban, así que cerró los ojos con fuerza y volvió a rodar sobre el suelo. Una y otra vez.

Atreviéndose a abrir los ojos un segundo, casi llora de alivio al ver la puerta corredera. Naturalmente, Collin la había cerrado. Le pareció verlo de pie al otro lado, observándola, pero no estaba segura. Su corpulenta figura parecía dividirse en dos sombras, pero Nora no sabía lo que veía porque tuvo que cerrar los ojos para protegerse del persistente escozor del humo. Ni siquiera podía pensar en cuál sería el siguiente movimiento de Collin. Solo podía concentrarse en rodar hacia la puerta.

Nora siguió girando en el suelo, luchando contra la oscuridad que la incitaba a rendirse. Sin reservas de oxígeno en los pulmones, se vio obligada a respirar con inhalaciones cortas por la nariz. Para entonces el aire ya era del todo irrespirable y empezó a toser.

La tos la hizo tragar más aire contaminado aún y sintió como si le abrasara la garganta. El dolor la hizo abrir los ojos y vislumbró un fragmento de cielo de verano a través del cristal.

Como si vinieran de muy lejos, unas palabras inundaron su mente. No recordaba dónde las había oído antes.

Más allá de este mundo de árboles
sal flotando hacia la brisa.

Y entonces la envolvió la oscuridad.

Nora se despertó en un lugar que le resultaba extraño y familiar a la vez. Aun con los ojos cerrados, reconoció el pitido regular de la máquina junto a su cabeza y la inclinación en ángulo ascendente de la cama. Movió las manos y allí estaba: el tirón expectante del catéter de plástico de la vía intravenosa desde donde estaba pegada a su muñeca derecha.

—No pasa nada, Nora. No es como la última vez —dijo una voz a los pies de su cama.

Era un comentario tan extraño que, a pesar de que no quería ver las nuevas cicatrices que había adquirido en los Meadows, Nora abrió los ojos.

Jedediah Craig estaba sentado en una silla de plástico junto a su cama. Llevaba algo enroscado en el puño y, cuando vio la mirada de Nora detenerse allí, desplegó los dedos como una flor y reveló un collar de cuentas de mala.

Jed le había hablado con voz ronca, razón por la cual parecía que le hablara otro hombre. Consciente del significado de aquello, Nora se olvidó de su estado.

—¿Tú me sacaste de la casa? —preguntó, con la voz reseca como el cauce seco de un río.

Jed sirvió dos vasos de agua, le dio uno a Nora y ambos bebieron. Cuando ella hubo terminado, él dejó los vasos en la mesilla.

—Ojalá hubiera llegado antes —dijo—. Lo siento.

Nora lo miró sorprendida.

—Me has salvado la vida. Lo último que recuerdo es que el humo me quemaba la garganta y los ojos. Y el cielo. Creo que Collin Stone me estaba mirando. Y había algo más. Algo importante.

Jed esperó en silencio a que ella recordara, pero no pudo.

Con el ceño fruncido, se llevó la mano libre de la vía intravenosa a la garganta.

—Debería dolerme todo el cuerpo. ¿Cuánto tiempo he estado inconsciente?

En lugar de responder a su pregunta, Jed le cogió la mano y dejó que las cuentas de mala le cayeran en la palma.

—Concéntrate en esto mientras hablo. No son de Miracle Books, pero he pensado que te alegraría tenerlas de todos modos. Cuando Nora cogió las cuentas entre los dedos, Jed empezó a hablar.

—Hace tres días te ingresaron en el hospital Mission de Asheville. Enviarte a Mission fue decisión mía. El centro médico de Miracle Springs no me parecía el lugar adecuado si te despertabas y presentabas síntomas de trastorno de estrés postraumático. Las víctimas de quemaduras suelen haber sobrevivido a episodios traumáticos, y nadie sabía cómo te iba a afectar enfrentarte otra vez a un incendio. —Sonrió—. Pero pareces estar increíblemente serena y lúcida para alguien que lleva más de cuatro horas sin tomar un analgésico.

La mirada de Nora siguió la vía intravenosa desde la muñeca hasta el soporte metálico. La única bolsa que colgaba del poste estaba llena de suero de hidratación. No había ningún gotero con morfina. Ni tampoco calmantes intravenosos.

—¿Qué lesiones tengo?

—La principal preocupación era la inhalación de humo —contestó Jed—. Te han tratado con oxígeno y esteroides. Hay un riesgo significativo de infección después de una lesión de este tipo, por lo que es común mantener a los pacientes en observación hasta tres días. El personal del hospital ha sido muy concienzudo. Los escáneres del tórax están limpios y el recuento de glóbulos blancos es bueno, lo que significa que deberías poder irte de aquí esta noche o mañana por la mañana.

—¿En serio? —Nora dejó las cuentas de mala encima de la sábana y buscó el aparato de control remoto de la cama. Cuando lo encontró, se incorporó y se examinó los brazos. El brazo izquierdo estaba más rojo que de costumbre. Parecía como si hubiera pasado un día en la playa y se hubiera olvidado de ponerse la crema solar.

—Tiene mala pinta, pero no va a ir a peor —dijo Jed.

A Nora le tranquilizó su actitud práctica.

—¿Y tengo este precioso color langosta en otras partes del cuerpo?

—Más o menos desde la punta de los dedos hasta el nacimiento del pelo —dijo Jed—. También vas a tener que cortarte el pelo cuando vuelvas a Miracle Springs, aunque a mí me gusta cómo te quedan esos trasquilones a los dos lados de la cara.

El cumplido desconcertó a Nora, que levantó la mano para tocarse un mechón que le llegaba a la altura de la barbilla.

—Gracias —susurró. Bajó la mano y sus dedos buscaron automáticamente la cicatriz del antebrazo. Al ver la piel lisa, dijo—: Tienes razón, no se parece en nada a la última vez. Entonces, ¿por qué no me acuerdo de nada?

Jed volvió a coger los vasos de agua.

—Tuvieron que sedarte.

Nora aceptó su vaso con una exclamación de sorpresa.

—No es nada de lo que avergonzarse. Estabas reviviendo tu primer incendio, algo habitual entre los supervivientes —le explicó—. Ibas perdiendo y recobrando el conocimiento, y el personal no podía tratarte las heridas si te quitabas el tubo de respiración o la vía intravenosa, así que tuvieron que sedarte.

Nora se fijó de pronto en las ojeras de Jed y en su pelo despeinado.

—Y tú te ofreciste voluntario para quedarte a mi lado a vigilarme. Por eso no estoy atada con correas, ¿verdad? —Como él no respondió, Nora le agarró la mano—. ¿Y tu trabajo?

Jed sonrió.

—Nadie va a despedir al héroe que entra corriendo en el edificio en llamas para salvar a la chica. Mi trabajo está a salvo, a menos que la dotación de la estación nueve convenza a mi jefe de que está feo que un sanitario les robe el protagonismo a los bomberos.

Nora se rio. Era agradable coger la mano de Jed. Tenía tantas preguntas que se le agolpaban todas a la vez en la cabeza, pero valía la pena esperar a las respuestas por el hombre que le acariciaba la piel de la palma de la mano con la yema del pulgar. No solo había arriesgado su vida por ella, sino que no se había movido del lado de su cama durante incontables horas.

—Nunca podré agradecerte lo bastante que me rescataras de la casa piloto, pero no consigo entender cómo llegaste hasta allí —dijo Nora.

Jed parecía ofendido.

—Me mudé a Miracle Springs porque quería empezar de cero, una vida nueva y tranquila. No esperaba conocer a alguien como tú, pero cuando eso ocurrió, quise conocerte mejor. Entonces me viniste con toda la teoría del asesinato y eso me dejó completamente descolocado. Te dije que no puedo permitirme perder este trabajo. Lo necesito porque soy el responsable de cuidar a mi madre. Ya metí la pata una vez y fue ella quien pagó el precio de mi error. Aunque me pasara el resto de mi vida intentando compensarla, no sería suficiente.

Hizo una pausa. Solo el ruido de las máquinas y la sensación de vergüenza y remordimiento de Jed inundaban la habitación. Nora quiso consolarlo, pero sabía que lo mejor era guardar silencio.

—A pesar de querer acatar las normas y cumplir con mi deber, no podía dejar de pensar en mi responsabilidad para con mi profesión. Tras ver el cadáver de Greer, sabía que no podía olvidar lo que me habías dicho, así que invité al forense, el doctor Lou, a tomar una cerveza. Hablamos de deportes y de un montón de otros casos antes de sacar el tema de la lividez cadavérica de Greer.

Nora casi olvidó que estaba en una habitación de hospital.

—¿Y?

—Al doctor no le pasó desapercibida la incongruencia entre cómo se había acumulado la sangre en el cuerpo de Greer y cómo lo habían encontrado. No iba a declarar que la causa de la muerte de Greer era una sobredosis de cloruro de potasio solo porque el *sheriff* lo presionara para que lo hiciera. El doctor Lou tiene el físico de un jugador de rugby y además es gay. —Jed sonrió—. Cuando íbamos por nuestra tercera ronda, me contó unas historias memorables sobre cómo fue uno de los primeros hombres de su clase de la facultad de Medicina en salir del armario. Créeme, este hombre no se deja intimidar fácilmente, y es muy meticuloso. Me dijo que Greer no tenía ninguna dolencia cardíaca previa, así que el buen doctor ya tenía el presentimiento de que había algo que no cuadraba en relación con la causa de la muerte. No te preocupes, Nora, esperará a los resultados del laboratorio antes de ofrecer su dictamen.

Nora estaba a punto de expresar su alivio cuando una enfermera entró en la habitación. Se desenvolvía con el mismo brío y eficiencia que Nora había observado montones de veces en montones de enfermeras.

—¿Cómo se encuentra? —le preguntó la enfermera mientras se sacaba un termómetro del bolsillo. Acercándose a Nora por la izquierda, miró a Jed—. Si no le importa...

Captando la indirecta, se apartó de en medio.

La enfermera dejó un tensiómetro encima de la cama y ofreció a Nora el termómetro.

—Estoy tranquila y lúcida y no me duele nada —dijo Nora. Entonces abrió mucho la boca y levantó la lengua.

Tras introducirle el termómetro en la boca, la enfermera le colocó el manguito alrededor del brazo.

—Mejor —fue su lacónica respuesta al tiempo que empezaba a inflar el manguito.

Mientras la enfermera terminaba sus tareas, Nora se acordó de otra enfermera con los ojos azul glaciar y los ademanes llenos de la ternura de una abuelita. No era la primera vez que se arrepentía de no haberse esforzado más para agradecerle a aquella mujer todos aquellos libros. Y su amabilidad.

—El médico está visitando a los otros pacientes. No tardará en llegar —dijo la enfermera—. ¿Tiene alguna molestia?

—Ninguna molestia, pero sí tengo hambre.

Nora quería recuperar sus fuerzas. Estaba ansiosa por que le dieran el alta y volver a Miracle Books. Y junto a sus amigas.

La enfermera le aseguró que no tardarían en servirle el almuerzo y se marchó. Nora hizo inmediatamente un gesto a Jed para que volviera a su sitio.

Sonriendo, Jed corrió a su lado. Una vez se hubo acomodado de nuevo, continuó su relato.

—El ayudante Andrews es el verdadero héroe de esta historia. Después de ti, claro. Y June, Hester y Estella. Cuando llegué a la casa piloto, Andrews tenía a Collin Stone inmovilizado en el suelo. Estaba tratando de esposarle las muñecas mientras Stone luchaba como el pez de *El viejo y el mar,* de Hemingway.

—Bonita referencia literaria.

Jed sonrió.

—Gracias. He tenido tres días para que se me ocurriera. El caso es que, cuando Andrews me vio, me gritó que fuera corriendo a la cocina. Había oído todo lo que se había dicho allí dentro desde el momento en que tú, June y Hester entrasteis en la casa; supongo que Hester tenía su móvil en el bolsillo en modo altavoz. Andrews estaba escuchando al otro lado de la línea y se subió corriendo a su coche en cuanto pensó que vosotras tres estabais en peligro.

Nora agarró del brazo a Jed.

—¿Y están bien? ¿June y Hester?

—Sí. —Jed cubrió la mano de Nora con la suya—. Las dos están bien. Solo están preocupadas por ti. No han dormido mucho, pero en cuanto te den el alta, las cuatro podréis descansar en vuestras propias camas.

Nora lo miró fijamente

—Espera. Has dicho las cuatro.

Jed le apretó la mano y la boca de Nora dibujó una sonrisa tan amplia que las cicatrices de su mejilla derecha le tensaron la piel. Pero le daba igual. Estaba demasiado contenta para preocuparse por su aspecto.

—¿Lo hemos conseguido? ¡Lo hemos conseguido! Han puesto a Estella en libertad y hemos atrapado... —se interrumpió—. ¿Esos cabrones de Pine Ridge están en la cárcel?

—Los federales detuvieron al *sheriff* Hendricks, Dawson Hendricks, Vanessa MacCavity y Collin Stone. Están encerrados en una celda, solo que no en Miracle Springs.

Nora recordó los gritos de dolor que resonaban en el pasillo de la casa piloto segundos antes de que se iniciara el incendio.

—¿Y Bob?

—Nadie podría haberlo salvado, Nora —dijo Jed, apesadumbrado—. El encargado de la investigación del incendio cree que murió antes incluso de que Andrews y yo aparcáramos nuestros coches.

Hasta ese momento, Nora había estado inclinada hacia delante, completamente cautivada por todo lo que Jed le estaba contando. Entonces se recostó contra la almohada y se quedó con la mirada clavada en el techo.

—Bob mató a dos personas —murmuró—. Empujó a Neil a la vía del tren por dinero. Le sirvió a Fenton Greer un cóctel de cloruro potásico adulterado y luego le administró una dosis mortal de monóxido de carbono porque el dinero no le había servido para conquistar a la chica que le gustaba y decidió castigarla inculpándola de asesinato. —Soltó un suspiro contenido—. Bob cometió unos actos abominables, así que ¿por qué no siento que se haya hecho justicia?

—¿Porque sabes que la muerte de Bob es algo mucho peor que cumplir condena en una cárcel? —se aventuró a decir Jed.

Tras reflexionar sobre esa posibilidad, Nora negó con la cabeza.

—Lo más probable es que sus gritos me persigan en sueños durante muchas noches, pero es algo más que la horrible forma en que murió. Es algo más que el hecho de que muriera abrasado por las llamas. —Con la mirada fija en el techo, Nora continuó hablando—: Bob creía amar a Estella. Construyó una vida de fantasía a su alrededor, y cuando ella no quiso ocupar su lugar en su fantasía, él la castigó. Comprendo el poder y el atractivo de la fantasía, de aferrarse con tanta fuerza a la idea de lo posible... que no prestas atención a la realidad. Antes de venirme a vivir a Miracle Springs, cometí el mismo error. Y al igual que Bob, perdí la cabeza cuando mi mundo de fantasía se vino abajo.

—Pero tú no mataste a nadie —señaló Jed.

—Estuve a punto. —Nora le cogió la mano y se la apretó contra la cicatriz de la cara—. Fue así como me hice esto.

Aunque Jed parecía impactado por la confesión de Nora, no se apartó de ella.

—Un día, después de contárselo a mis amigas, te contaré mi historia —le prometió—. Si quieres oírla.

—Sí, quiero oírla —dijo él—. Y yo...

Le interrumpió un grito de alegría procedente de la puerta. Estella irrumpió en la habitación.

Corrió al lado de Nora, esquivando el poste metálico del gotero, y le plantó un beso en la frente.

—Tienes el pelo que parece un nido de ardillas —dijo, frunciendo el ceño en señal de desaprobación.

June y Hester aparecieron a los pies de la cama, pero Nora solo tenía ojos para Estella. Aparte de verla un poco pálida, estaba tan arrebatadora como siempre. Llevaba un vestido amarillo ribeteado de blanco, los labios pintados del color de un caqui maduro y abundante perfume de jazmín.

—Yo también me alegro de verte —le dijo, dedicándole una sonrisa socarrona.

—¡Sigues siendo guapa! —Estella señaló a Jed con el pulgar—. ¿Por qué si no iba a pasar este semental los últimos tres días en esta horrible habitación?

Escondiendo la cara, Jed se levantó de la silla e indicó a June y Hester que la ocupara una de ellas. Hester aceptó su ofrecimiento, mientras que June optó por el sillón reclinable del rincón. Estella se quedó donde estaba.

Nora pidió a sus amigas que la pusieran al corriente de la investigación.

—La prensa ha bautizado toda la historia como «Los asesinatos de los Meadows» —explicó Hester—. Y tenemos una actualización muy reciente del ayudante Andrews.

—Tú tienes una actualización —la corrigió June—. Porque está coladito por tus huesos.

Ignorando a June, Hester siguió hablando:

—El *sheriff* Sapo, Dawson, Vanessa y Collin están acusados de fraude hipotecario. Hay pruebas suficientes para meterlos un par de años en la cárcel, pero demostrar una acusación de conspiración o de cómplice de asesinato es más peliagudo. Las autoridades necesitan pruebas concretas y nadie sabe dónde escondió Bob las pruebas incriminatorias que eran su seguro de vida.

—Si es que decía la verdad —añadió Estella cáusticamente.

Nora citó textualmente las últimas palabras de Bob:

—«Bajarías la rápida corriente oscura».

Dejó que las palabras quedaran suspendidas en el aire un momento antes de repetirlas. Estaba segura de que si las recordaba con tanta facilidad era porque las había leído en algún libro.

Y entonces, empezó a sonreír.

—¿Es que he dicho algo gracioso? —preguntó Estella.

—Hace tiempo trabajaba con una maravillosa bibliotecaria infantil —explicó Nora—. Cuando leía en voz alta, era capaz de hacer cobrar vida a los personajes. Si un libro incluía una canción, ella la cantaba. Con entusiasmo. Los niños la adoraban.

June fue la primera en entenderlo.

—Las palabras de Bob vienen de una canción...

—Sí —dijo Nora. En voz muy baja, entonó los dos primeros versos:

¡Bajarás la rápida corriente oscura
de vuelta a tierras que antaño conociste!

De pronto, otros versos de la canción empezaron a fluir por la mente de Nora como el río que protagonizaba su letra, llenándola de energía. Sintió la sangre recorrerle todo el cuerpo. El estómago le rugía de hambre. Estaba viva y llena de determinación. Y el Club Secreto de la Lectura y la Merienda tenía otra importante misión que cumplir.

Nora se volvió hacia Estella.

—¿Podrías obrar tu magia con mi médico? Quiero salir de este hospital ahora mismo.

—Haré lo que pueda. —Estella sacó su polvera y se miró en el espejo. Satisfecha con lo que veía, volvió a guardarla en el bolso—. June, será mejor que vengas conmigo. Tú te sabes mejor los términos médicos que yo.

En cuanto sus amigas se fueron, Nora miró a Hester.

—¿Podrías llamar a Andrews? Me gustaría ir directamente de aquí a casa de Bob. Creo que puedo ayudar a encontrar las pruebas que guardaba escondidas.

Hester se quedó atónita.

—¿Por una canción?

—Sí — contestó Nora—. Siempre he sido fan de Tolkien, pero nunca tanto como ahora.

Estaba a punto de apartarse las sábanas cuando cayó en la cuenta de que iba vestida con una bata de hospital que dejaba poco a la imaginación.

—¿Tengo mi ropa por ahí? —le preguntó a Jed mientras Hester salía al pasillo para hacer su llamada.

Jed sacó del armario una bolsa de plástico blanca estampada con la etiqueta OBJETOS PERSONALES DEL PACIENTE y la colocó encima de la cama. Luego le tocó la mano con la punta de los dedos. Era una señal de despedida.

—Yo también debería irme, pero nos veremos en el pueblo. Necesito algo nuevo para leer, y espero que puedas recomendarme un libro o dos.

Otra enfermera entró antes de que Nora pudiera responder, y su portapapeles reflejó la luz con un destello.

Aquel destello plateado le recordó a Nora otra enfermera de otro hospital, una mujer que la había salvado de la oscuridad: los libros y la bondad la habían salvado.

Nora pensó en su querida librería, en los cientos de libros esperando a que los depositasen en unas manos vacías, llenas de cicatrices e imperfectas. O en unas manos jóvenes, suaves y sin imperfecciones. O en unas manos viejas, arrugadas, llenas de manchas de edad. Manos merecedoras, todas ellas. Cada vez que Nora pasaba un libro de sus manos a las de otra persona, sabía que estaba haciendo mucho más que vender una historia a un desconocido. Le estaba ofreciendo un nuevo comienzo, igual que a ella le habían ofrecido un nuevo comienzo todos esos años atrás. Para poder ir pasando páginas. Absorbiendo palabras, imágenes, emociones y sueños.

—¿Recomendarte un libro o dos? —Nora sonrió a Jed—. No se me ocurre nada que me apetezca más en el mundo.

EPÍLOGO

En cuanto hayas sanado tus heridas, sal ahí fuera
y ayuda a sanar a otra persona.

MAYA ANGELOU

Ya era tarde cuando Nora y el resto de las integrantes del Club Secreto de la Lectura y la Merienda se reunieron con el ayudante Andrews en una cabaña de madera en medio del bosque.

—Cuánta paz se respira aquí... —June miró a su alrededor—. Qué tranquilidad.

Estella sonrió con cierto desdén.

—Para mí está demasiado aislado y demasiado cerca del Sendero de los Apalaches. Me agobiaría solo de pensar en todos los excursionistas que podrían llamar a mi puerta para pedirme ir al baño o algo así.

Nora estaba demasiado concentrada en entrar en la casa de Bob como para opinar sobre la ubicación. Se dirigió directamente hacia Andrews, quien enseguida le tendió la mano.

—Me alegro mucho de que esté bien, señora Pennington. Sin usted y sin el resto de sus amigas, no habría ninguna investigación.

—Gracias por confiar en nosotras, Andrews —dijo Nora—. Ha corrido un gran riesgo por ir contra su jefe. No ha debido de ser fácil.

El hombre negó con la cabeza.

—No, pero, como dice mi madre, hacer lo correcto nunca es fácil. Es muy difícil. Y yo tampoco soy inocente. No me puse a revisar los expedientes cuando me lo pidió, sino que hicieron falta varios días para que la duda fuese abriéndose camino. *El juego de Ender* también ayudó lo suyo.

Nora lo miró sorprendida.

—¿Ah, sí?

—Hay una frase en el libro que dice que se suele confiar más en las mentiras que en la verdad —explicó Andrews mientras abría la puerta de la cabaña—. Me había acostumbrado tanto a oír las mentiras del *sheriff* que me las creía a pie juntillas. Me parecía que podía confiar en ellas. Si usted y Orson Scott Card no me hubieran hecho cuestionarme las cosas, dudo que me hubiera arriesgado a perder mi trabajo sin obtener más pruebas.

—Espero que hoy encontremos esas pruebas —dijo Nora—. De lo contrario, los riesgos que hemos corrido no habrán servido de mucho. Unas multas y unos pocos años de cárcel difícilmente son un castigo justo por dos asesinatos y un complot para cometer un fraude hipotecario en varias localidades.

Andrews hizo una señal a Nora para que entrara en la cabaña.

—Collin Stone será acusado de al menos un asesinato.

—El de Bob — susurró Nora.

Al entrar en la silenciosa casa, sintió un frío inesperado. Era inquietante ver los indicios de la vida de Bob allí: el sillón de cuero junto a la chimenea, la manta de ganchillo en el sofá, la colección de libros y chismes en los estantes de una caja pintada, los mapas enmarcados y los pósteres de viajes en las paredes.

Estella, que había entrado detrás de Andrews, se frotó los brazos.

—¿Soy yo o aquí hace mucho frío?

June la abrazó rápidamente.

—Hay que encender algunas luces. Los árboles tapan la luz del sol. —Empujó a Estella en la dirección contraria—. Vamos a ver la cocina.

—Voy a ver si el cobertizo de las herramientas está abierto —dijo Hester, y volvió a salir apresuradamente.

Andrews la vio salir y luego le mostró a Nora la pantalla de su teléfono.

—Cuando Hester me habló de la canción, me guardé una página web sobre Tolkien. La pista de Bob sobre dónde escondió las pruebas viene de la canción de los barriles de los elfos del bosque.

—Es de *El hobbit*. —Nora señaló los pósteres de viajes—. Al igual que Tolkien, está claro que Bob soñaba con lugares lejanos. También a los dos les gustaban los mapas. —Se acercó a las estanterías—. Bob tiene todos los libros de Tolkien.

Andrews se situó a su lado.

—¿Cree que escondió la prueba dentro de uno de estos libros?

—No estoy segura —confesó Nora—. Hay una razón por la que escogió una canción sobre unos barriles de vino flotando río abajo. Así era como llegaban los barriles hasta los hombres de Ciudad del Lago para que los rellenaran, pero también fue así como los enanos y un hobbit escaparon de los elfos del bosque: escondiéndose en los barriles.

Andrews se separó de la estantería y escudriñó la sala de estar en penumbra.

—Un barril. ¿Podría ser algo tan obvio?

Resultó que sí. Nora y Andrews encontraron una hucha *vintage* de Coca-Cola con forma de barril en el dormitorio de Bob.

Esa habitación, con sus pesados muebles de madera y la oscura ropa de cama, era aún más fría y menos luminosa que los espacios de la planta de abajo, y la lámpara de la mesilla de noche solo servía para acentuar la penumbra.

—Siempre me había imaginado una cabaña de madera como un sitio muy acogedor: edredones de invierno, chimeneas crepitantes, nieve en el alféizar, café con *whisky*... ese tipo de cosas —dijo Nora—. Esta es deprimente.

Andrews, que se había asomado un momento al cuarto de baño, se volvió a mirar a Nora.

—Un amigo mío vive al otro lado de la colina. Su cabaña es totalmente distinta, muy luminosa y llena de color. Probablemente porque vive allí con su familia: su mujer, dos hijos y un perro.

Nora se dio cuenta de que la casa de Bob había ido desarrollando a lo largo de los años una pátina de soledad y melancolía. Había intentado escapar de esos sentimientos depositando todas sus esperanzas en conquistar a Estella, y cuando eso había fracasado, se había vuelto una persona inestable y destructiva.

Una vez más, la librera tenía sentimientos encontrados respecto a la muerte de Bob. Se acercó a la cómoda y cogió una fotografía en blanco y negro de un hombre, una mujer y un niño con un peto vaquero. Los adultos sujetaban cada uno una mano del niño y lo miraban con tanto cariño que dedujo que debían de ser los padres de Bob.

Había otras dos fotografías de la misma familia. En ambas, los miembros de la familia habían envejecido, pero el amor que sentían brillaba en sus ojos e iluminaba sus rostros. Detrás de la tercera fotografía, Nora descubrió una hucha con la forma de un barril de madera.

—Andrews —susurró Nora, consciente de que era mejor que no tocara la hucha—. Esto podría ser lo que estamos buscando.

Andrews se puso un par de guantes y, tras examinar la parte inferior del barril, se sacó una navajita del cinturón y abrió la base.

Nora esperaba ver caer al suelo una lluvia de monedas, pero, por lo visto, lo que había escondido en el interior del barril se había quedado atascado. Andrews pellizcó el borde del objeto con los dedos y extrajo con cuidado un sobre de la abertura redonda.

—Hay algo escrito en la parte delantera —señaló Nora.

Andrews le dio la vuelta y leyó el texto en voz alta:

—«Las falsas esperanzas son más peligrosas que el miedo. Perdóname, Estella».

—Otra frase de Tolkien, creo. —Nora señaló la segunda frase—. Es como si Bob supiera que Collin y los demás acabarían traicionándolo.

El ayudante examinó el sobre con atención.

—Debería llevar esto directamente al laboratorio, pero vosotras cuatro merecéis saber qué hay dentro. Vayamos a la cocina.

Bajaron las escaleras y encontraron a Estella sentada en la silla junto al fuego, con la mirada fija en un póster de la isla griega de Santorini.

—Nunca me hablaba de nada de esto —dijo en voz baja—. De viajar, de los mapas, de libros... Me hacía cumplidos por mi forma de vestir o me preguntaba por mis clientes. Intercambiábamos anécdotas sobre lo que supone trabajar de cara al público o nos quejábamos del tiempo. La única conversación profunda que tuvimos fue cuando me preguntó por qué no salía con hombres de aquí. Le hablé un poco de mi pasado. No le conté mucho, pero más de lo que suelo contar a la mayoría de la gente.

Aunque Nora se moría de ganas de averiguar qué contenía el sobre de Bob, sabía por qué la voz de Estella estaba impregnada de culpa y tristeza.

—Tú no eres responsable de los actos de Bob. Aunque hubieras salido con él, habría puesto en duda tu sinceridad. No buscaba algo real, sino una forma de escapar de su vida. Eso es lo que eras para él, una fantasía. Lo más probable es que su vida fuera una sucesión de fantasías hechas trizas. —Nora señaló la puerta donde Andrews esperaba pacientemente—. Estella. Hemos encontrado algo.

Aquellas palabras atrajeron a June.

—¡Alabado sea el Señor! Voy a llamar a Hester. —June salió apresuradamente y llamó a gritos a su amiga, que entró corriendo en la cocina con ojos chispeantes. Miró a Andrews con una sonrisa resplandeciente y le preguntó—: ¿Lo has conseguido? ¿Has encontrado lo que necesitabas?

Aunque reacio a decepcionarla, Andrews dijo:

—No he sido yo, ha sido Nora.

—Lo hemos encontramos los dos juntos —aclaró la librera, e hizo un gesto apremiante.

Andrews hizo un corte limpio con su navaja a lo largo del borde del sobre. Luego sacó una carta y una llave de memoria USB. Volvió a meter la llave de memoria en el sobre, pero desdobló la carta mecanografiada y empezó a leerla en voz alta:

Esta llave de memoria contiene todos los intercambios y comunicaciones entre Collin Stone, de Construcciones Stone, y yo mismo. Stone y los socios principales de Propiedades Pine Ridge me pagaron para que matara a Neil Parrish. Querían que la muerte de Parrish pareciera un accidente, así que le pedí que se reuniera conmigo cerca de las vías del tren. Neil y yo nos habíamos hecho muy amigos y sabía que le habían entrado dudas sobre su plan de estafar a la buena gente de Miracle Springs. No podía confiar en que al final hiciera lo correcto, así que le conté una versión diferente de la leyenda del candado: le dije que si colgaba un candado allí arriba y el tren que llegaba aplastaba su llave, eso significaba que podría cambiar su destino. El tipo estaba tan pendiente de si el tren aplastaría la llave o no, que nunca percibió el peligro. Casi me dio lástima. Pero conozco muy bien a los tipos codiciosos de la gran ciudad. Esa gente nunca cambia. Mis padres lo perdieron todo en una estafa inmobiliaria por culpa de un tipo de ciudad como Parrish. El hecho de ser víctimas de aquella estafa les provocó una muerte prematura y cambió el curso de la vida que se suponía que iba a llevar yo. Podría haber llegado mucho más lejos de lo que he llegado en mi vida.

Pero soy mucho más de lo que aparento a primera vista. Para empezar, tengo a esa gentuza de Pine Ridge completamente engañada: le dije a Collin Stone que quería el dinero para impresionar a Estella, pero era mentira. Lo que quería era vengarme de la escoria que mira por encima del hombro a la gente como yo —las personas normales y corrientes— y nos considera del todo prescindibles. De lo único de lo que me arrepiento es de lo que le hice a Estella. Sabía que la pondrían en libertad cuando Stone y sus socios huyeran con los beneficios, pero no soportaba la idea de que estuviera en la cárcel. Decidle que lo siento. Sé que lo entenderá. Es la mejor mujer que he conocido.

Un fuerte suspiro procedente del otro lado de la mesa hizo que Andrews dejara de leer. Miró a Estella por encima de la carta.

—Esto lo cambia todo, ¿lo veis? —La mujer se enjugó una lágrima—. A Bob el dinero le importaba un carajo. Y tampoco creo que estuviera enamorado de mí. Nos compenetrábamos de verdad. Era casi... mejor que estar enamorado. Podíamos contar el uno con el otro. —Otra lágrima le rodó por la barbilla—. No digo que sea un buen tipo ni nada de eso, porque mató a dos personas, pero intentaba proteger a sus vecinos. Él solo...

—Lo que hizo estuvo muy mal —señaló June.

Nora levantó la mano para impedir que June siguiera hablando.

—Y pagó un precio terrible. Démosle la oportunidad de redimirse. Después de todo, ¿no es eso lo que intentábamos hacer por Neil?

Las otras mujeres asintieron.

Intuyendo que volvía a tener la palabra, Andrews continuó leyendo:

> Me pagaron para que acabara con Parrish, pero luego Stone, esa arpía de Vanessa MacCavity, el *sheriff* Hendricks y el indeseable de su hermano, Dawson, empezaron a preocuparse por que Fenton Greer se hubiese ido de la lengua con Estella en el balneario, así que Stone me contrató para matar a Greer.
>
> Nunca confié en Stone ni en sus amigos, así que grabé las conversaciones y ambos asesinatos con mi teléfono. En la llave de memoria debería haber suficiente material para atrapar a esos cabrones. Supe que tenía razón cuando vi la servilleta de cóctel de Greer. Greer estaba haciendo una lista de la gente que iba a necesitar un incentivo extra para mantener la boca cerrada sobre la muerte inesperada de Parrish. Dawson y Annette lo habían oído quejarse de lo que estaba haciendo Pine Ridge, y el *sheriff* Sapo iba a querer el mismo trato que estaba recibiendo su hermano o no estaría contento. Ojalá tuviera esa servilleta como otra prueba más, pero Greer se la llevó al salir del bar.
>
> El caso es que esta es mi historia. Y si alguien está leyendo estas líneas, eso es porque no ha tenido un final feliz. No pasa nada. Es lo que esperaba. Y lo que me merezco. Solo quiero que todo el mundo sepa que hice lo que hice porque no podía quedarme de brazos cruzados mientras gente buena y honrada sufría las consecuencias de unos actos inadmisibles.

Andrews volvió a meter la carta en el sobre y lo deslizó en el interior de una bolsa de pruebas.

—Tengo que llevar esto al laboratorio. —Fue mirando a cada una de las mujeres—. Gracias.

Estella hizo como que se examinaba unas uñas recién limadas.

—No ha sido nada. En serio. ¿Qué son unos pocos días en un calabozo o en un hospital? Seguro que nunca más nos pondrán una multa por exceso de velocidad en Miracle Springs, ¿a que no?

Andrews soltó una carcajada.

—No puedo hacerle esa promesa, señora Sadler. —Su sonrisa se desvaneció cuando añadió—: Después de todo, ahora mismo el departamento del *sheriff* tiene una reputación por los suelos que debe recuperar.

Estella siguió a Andrews y a sus amigas al exterior.

—La reputación está sobrevalorada, ayudante. Hágame caso. La gente siempre cree lo que decide creer. Lo único que puedes hacer es levantarte cada día e intentar ser mejor persona que el día anterior.

—¿Eso es de algún libro? —preguntó Andrews.

Estella miró a Nora y sonrió.

—Probablemente. ¿Es que todo lo que vale la pena no viene siempre de algún libro?

Nora no podía dejar de tocarse el pelo. Hacía años que no llevaba una media melena, con varias capas que le enmarcaban el rostro, y se sentía mucho más ligera. Al perder su pesada y larga trenza en el incendio de la casa piloto, había ganado cierta sensación de libertad. O de estrenar una vida nueva.

—¿Te duele? —le preguntó June, señalándole el brazo izquierdo.

La librera se miró la extensión de piel rabiosa.

—La verdad es que no. Me estoy poniendo una loción que me han recetado para aliviar la picazón. Debería recuperar su estado normal en unos días. —Se encogió de hombros, como restándole importancia—. En otras palabras, solo tendré quemaduras en el lado derecho.

Estella, que había estado en la taquilla de venta de billetes sirviendo tazas de descafeinado, intervino en ese momento:

—Será mejor que te acostumbres a ser la imagen de Miracle Springs. ¿Te das cuenta de lo que pasará cuando la gente se entere de que has sobrevivido a un segundo incendio? ¿Todo en nombre de la justicia?

—Con un poco de suerte, entrarán en tromba en Miracle Books y volverán a salir con una bolsa en cada mano —dijo June—. Después de eso, podrán ir a la Gingerbread House. Y tú tendrás el salón de belleza siempre a reventar, Estella.

—¡Perdón por llegar tarde! —gritó Hester mientras daba un portazo con la puerta trasera. Llegó hasta el corro de sillas y le dio a Nora una cesta de bollería—. ¿Estás lista?

Nora se acercó la cesta al pecho, percibiendo el calor que emitía el bollo desde el interior.

—Sí. Ha llegado la hora.

Las integrantes del Club Secreto de la Lectura y la Merienda distribuyeron tazas de café y pastelillos de hojaldre a los que Hester había dado la forma de unos libros abiertos. Los había decorado con rayas de chocolate fundido en cada libro para que parecieran líneas de texto.

—Se me ha ocurrido que te gustaría venderlos aquí —dijo Hester—. Podría hacerlos cuando acabe el ajetreo de la mañana o enseñarte a ti cómo hacerlos al horno. Podrías ofrecer una versión de chocolate u otra con el texto de frambuesa. O un libro en blanco espolvoreado con azúcar glas.

Nora se quedó atónita.

—Iba a pedirte que hicieras algo especial para Miracle Books, pero pensaba esperar hasta estar segura de que las dos seguíamos regentando algún negocio. Ha habido días en que no estaba tan segura de que llegáramos a conseguirlo.

—No seas tan exagerada, mujer. —June hizo un gesto despreciativo con la muñeca—. ¿No ves lo que pone en mi taza?

La palabra estampada en la taza de June era SOBREBEBERÉ.

Las mujeres rieron todas a la vez, pero cuando el eco de sus risas se desvaneció entre las vigas del techo, en la librería se hizo un hondo silencio expectante, así que Nora tiró de los extremos de la mesita de centro y dejó al descubierto el compartimento oculto. Con la llave que llevaba en el marcapáginas, abrió la cerradura, levantó la tapa y sacó una caja de zapatos del interior del hueco.

En lugar de volver a sentarse en uno de los mullidos sillones, se arrodilló.

—En mi primera vida, fui un ama de casa de clase alta de las afueras, además de bibliotecaria —comenzó Nora su relato. Enroscó los dedos alrededor del borde de la caja con ademán protector—. Creía estar enamorada de mi marido cuando nos casamos, pero creo que, más que de la persona que me acompañaba en el altar, en realidad de lo que estaba enamorada era de la idea del matrimonio. Por lo que había leído en los libros, quería un amigo, un amante y un compañero de aventuras. Quería un hombre fantástico que fuera una mezcla de Atticus Finch, Nick Charles, Fitzwilliam Darcy, Rhett Butler, Jack Reacher y el Noah de *El diario de Noa*.

—Si alguna vez encuentras a un hombre así, preséntamelo —dijo Estella.

Nora negó con la cabeza.

—Esa es la cosa: ese hombre no existe. Y yo no sabía cómo amar al hombre que había elegido. Era una bibliotecaria excelente, una amiga fiel, pero no estoy segura de haber sido una buena esposa. Me ocupaba de la casa, cocinaba, recogía la ropa de la tintorería, iba a sus aburridos actos sociales de trabajo y me encargaba de hacer los planes para nuestros fines de semana. Pero a medida que pasaban los años, nuestras vidas no eran más que una órbita predecible. Un buen matrimonio necesita colisiones. Meteoritos y erupciones solares. Peleas, risas, pasión, sexo... Estrellas que mueren y renacen. Al final, acabamos teniendo una relación tan fría y distante como el espacio sideral. Solo que yo no me di cuenta. Estaba demasiado ocupada con mi rutina para ver que lo nuestro estaba muerto casi desde el principio.

Nora hizo una pausa para tomar un sorbo de café. Ese mismo día, les había dicho a sus amigas que no quería alcohol en la reunión de esa noche. Ninguna le había preguntado por qué.

—Mi marido encontró otra forma de llenar el vacío —prosiguió Nora—. Empezó una aventura con otra mujer.

—Mierda —masculló June.

—Estuvieron juntos durante más de un año sin que yo lo supiera. Mi marido se convirtió en un experto mintiendo. También fingió estar más pendiente de mí durante esa época, me escribía notas cariñosas y me traía flores. Yo pensaba que nuestro matrimonio estaba mejorando, pero esas muestras eran señales de su inminente final. Mi marido no me quería. Quería estar con esa otra mujer, pero la culpa le hacía dudar entre las dos. Se acostaba con las dos, salía a cenar con las dos, nos hacía promesas a las dos... Pero sus dos mundos colisionaron en Nochevieja, cuando se escabulló para ir a verla.

—¿En una fecha tan señalada como la Nochevieja? —exclamó Hester—. ¿Es que no teníais planes?

Nora tomó otro sorbo de café. Necesitaba su calor reconfortante para soportar lo que seguía a continuación.

—Me había acostado temprano, noqueada por los medicamentos que estaba tomando para el resfriado, cuando de pronto me despertó un ruido de la televisión del piso de abajo. Cuando me di cuenta de que mi marido no estaba, le llamé al móvil. No lo cogió. Preocupada y confusa, miré en su ordenador y vi... bueno, lo que vi puso mi mundo patas arriba.

—Normal, cariño —susurró June.

—Lo que más recuerdo es la rabia —continuó Nora—. Me temblaba todo el cuerpo, de pura furia. Empecé a destrozarlo todo, a romper y a dar golpes a muchas de sus cosas, pero no sirvió de nada. Quería hacerle daño. Quería que sintiera el dolor que estaba sintiendo yo. —La voz de Nora se tensó al evocar rabia—. Quería partirle la cara de un puñetazo, destrozarle el coche con un palo de golf. Quería hacer todas esas cosas, pero temblaba demasiado para poder coger el coche, así que empecé a beber vino para calmarme. Cuando se acabó, fui a por el *bourbon*. Encontrar a mi marido fue fácil. Utilicé la aplicación «Buscar a mis amigos» de mi móvil, conduje hasta la casa de su amante y entré de golpe. Supongo que estaban demasiado excitados para acordarse de cerrarla.

Hester se llevó la mano a la boca.

—Ay...

Nora se obligó a continuar.

—Estaban abrazaditos los dos, acurrucados y haciendo planes de futuro. Yo me quedé plantada en la puerta, irradiando rabia por los cuatro costados. Había cogido el palo de golf, pero mi marido me lo arrebató y gritó que su amante estaba embarazada. La vi llorando. Y algo dentro de mí se rompió. Porque me di cuenta entonces de que quería un hijo. Lo había deseado durante años. Había dado por sentado que tendría un hijo a su debido tiempo. Una familia. Mi marido iba a tener las dos cosas... solo que no conmigo. El dolor era tan insoportable que no podía respirar. Salí corriendo de la casa, me subí al coche y me fui.

Nora hizo una pausa para armarse de valor antes de contar el resto. Sin mirar a sus amigas, abrió la tapa de la caja de zapatos.

—Me puse a conducir de forma temeraria, como si me diera igual morir. Y, por supuesto, había bebido demasiado. Acababa de entrar en la autopista cuando perdí el control y choqué contra un coche que circulaba por el carril contrario. No recuerdo el impacto. Solo recuerdo que, al recobrar el conocimiento, vi el otro coche envuelto en llamas.

Nora sacó un par de zapatitos carbonizados de la caja. Parecían increíblemente pequeños encima de la palma de su mano.

—Los pasajeros de aquel coche eran una mujer y su hijo pequeño. Saqué primero a la madre porque el fuego salía del motor. Estaba inconsciente. Cargar con ella debió de pasarme factura porque volví a desmayarme.

Como si viniera de muy lejos, Nora oyó el suspiro estremecido de una de sus amigas. Sabía que alguna estaba llorando, pero no podía levantar la vista. Todavía no. Tenía que llegar hasta el final.

—Cuando abrí los ojos, vi que las llamas engullían el coche. —Le costaba mucho verbalizar cada palabra, tenía que ir empujándolas una a una desde el fondo de la garganta—. Miré a la madre y me di cuenta de que el niño seguía dentro del coche en llamas. Dios..., ese momento fue tan horrible, cuando me di cuenta...

Nora sacudió la cabeza. Tenía que dominar sus emociones para poder terminar.

—El fuego ya estaba devorando los asientos delanteros cuando abrí la puerta de atrás y empecé a pelearme con las correas de la sillita del niño. No tenía ninguna experiencia con esos trastos, para mí eran como un enigma, un puzle muy difícil de resolver. La sillita estaba en el lado del pasajero, así que ladeé el cuerpo para impedir que las llamas lo alcanzaran, por eso tengo todo el lado derecho quemado. —Nora levantó un momento el brazo lleno de cicatrices—. Pero logré sacar al niño. Empecé a practicarle la respiración artificial. También pedí ayuda.

Nora esperó a que alguien hiciera la pregunta obvia.

Fue Estella quien la hizo.

—¿Y sobrevivieron? ¿La madre y el hijo?

—Sí —contestó Nora—. La madre sufrió quemaduras leves a consecuencia del airbag y algunas laceraciones. Las lesiones de su hijo fueron más graves. Había inhalado una cantidad excesiva de humo y tenía quemaduras en los pies y la parte inferior de las piernas. Estuvo ingresado en el hospital más de una semana. Por suerte, los niños tienen una increíble capacidad para recuperarse, y él no fue una excepción. Cabía la posibilidad de que le quedaran algunas secuelas en las pantorrillas, pero nadie podía asegurarlo. El padre del niño me envió sus zapatitos como recuerdo de lo que había hecho.

—Eso es cruel.

—No —dijo Nora, mirando a Hester—. Era necesario. Y los he guardado desde entonces, los zapatos y el secreto. Casi mato a ese niño y a su madre porque dejé que el dolor me dominara por completo. Habría ido a la cárcel de no ser por mis heridas, que eran muy extensas. Lo cierto es que tengo antecedentes penales. Además, me retiraron el carnet y nunca volveré a conducir.

—Nora soltó la caja de zapatos y volvió a coger su taza de café. Sabía que, en el mejor de los casos, el líquido estaría tibio, pero necesitaba humedecerse la boca—. Nunca volví a ver a mi marido. Ni la casa que compartimos durante más de una década.

Nunca lo he buscado en internet, ni a él ni a nadie de mi vida anterior. En mi cabeza, la persona que yo era murió aquella Nochevieja. Todavía estoy descubriendo quién soy, pero de momento, me gusta más la Nora de ahora.

Sonrió a cada una de sus amigas y dejó escapar un largo y firme suspiro. Había terminado.

Hester señaló la cesta de bollería.

—Ahora, cómete tu bollo.

Nora estaba cansada. Contar su secreto la había dejado exhausta. No tenía hambre, pero sí la sensación de que el bollito reconfortante que la panadera había preparado especialmente para ella la ayudaría a reponer fuerzas.

Le sorprendió que el suyo pareciera un bollo normal y corriente. No llevaba bayas, frutos secos ni trocitos de caramelo. Tampoco glaseado ni azúcar espolvoreado por encima. Sin embargo, cuando lo cogió, vio que estaba cortado por la mitad y relleno de una mermelada de frutos rojos.

Nora aspiró el aroma a mantequilla del bollo dorado antes de darle un buen mordisco. Inmediatamente, su cerebro se vio inundado por el recuerdo de su madre leyendo en voz alta el libro favorito de su infancia: *Bread and Jam for Frances.*

Era el primer recuerdo que tenía de haberse enamorado de una historia, y recordarlo en ese instante la llenó de una alegría tan pura que sentía como si sus venas ya no transportaran sangre a cada rincón de su cuerpo, sino partículas de luz nutritiva.

Después de compartir el recuerdo con sus amigas, Nora cerró el compartimento oculto de la mesita y puso el dedo encima de la cerradura.

—Este ya no es el lugar donde esconder mi secreto. Sin embargo, si alguna integrante del Club Secreto de la Lectura y la

Merienda necesita esconder algo, ya tiene un sitio. Las demás le guardaremos el secreto.

—Supongo que, mientras tanto, deberíamos usar estas llaves tan bonitas como marcapáginas —dijo June.

Nora observó cómo Estella, June y Hester echaban un vistazo a las estanterías a su alrededor y esbozó una sonrisa radiante.

—¿Qué os parece que deberíamos leer, mis queridas amigas? —preguntó.

Un mes más tarde, el Club Secreto de la Lectura y la Merienda se reunió para la última sesión de debate sobre la lectura de *Un hombre llamado Ove*. Sin embargo, había cosas más urgentes de las que hablar, así que la entrañable novela de Backman quedó aparcada hasta la siguiente reunión.

—¡Es terrible! —exclamó Hester mientras se desplomaba en el sillón—. El Madison Valley Community Bank ha quebrado y todos los empleados se han quedado sin trabajo.

—Yo traigo más malas noticias —añadió Estella con gesto grave—. El banco solo podía asegurar hasta una determinada cantidad en dólares, así que cualquiera que les confiara una suma superior ha perdido su dinero.

June lanzó un gruñido.

—Espero que esos cabrones a los que ayudamos a inculpar se atraganten con un hueso de pollo en la cárcel. Sé que a Dawson le cayó una condena más leve porque nadie pudo demostrar su implicación en los asesinatos, pero yo sigo fantaseando con su vida cuando salga en libertad. Me gusta imaginármelo limpiando fosas sépticas o los baños públicos.

Nora asintió.

—A mí también me gusta esa imagen. Y aunque tendremos que esperar un poco más para que condenen al *sheriff* Sapo,

Collin Stone y Vanessa MacCavity, al menos sabemos que los han declarado culpables de conspiración para cometer asesinato y fraude hipotecario.

—Miracle Springs va a necesitar un nuevo *sheriff* —dijo Estella, dando un codazo a Hester—. ¿Está pensando tu novio en hacer campaña para presentarse?

La panadera se sonrojó.

—No es mi novio. Solo hemos salido una vez. He estado muy ocupada —miró a Nora—. A ti te pasa lo mismo, ¿verdad?

—Una locura total —aseguró Nora—. Hay días que ni siquiera tengo tiempo de almorzar. Me zampo unos frutos secos o unas pasas a hurtadillas mientras paso las tarjetas de crédito por el datáfono. No me sorprende que Miracle Springs haya acaparado las portadas de los periódicos nacionales, lo que me sorprende es que la gente no pierda el interés por la historia. La prensa sigue sacando nuevos trapos sucios sobre los socios de Pine Ridge y los hermanos Hendricks.

Estella se apartó un mechón de pelo del hombro.

—Es como si todo el año fuera temporada alta. Yo he tenido que contratar personal a tiempo parcial para el *spa* y no puedo hacer más reservas porque no me quedan horas. Me gusta el dinero extra, pero estoy agotada.

—Yo también —dijo June—. Desde que me ascendieron al puesto de gerente, no paro ni un segundo. —Se arrellanó en el sillón—. Al menos tenemos trabajo. Tenemos ingresos. No como esa pobre gente del banco. Ojalá pudiéramos ayudarles.

Hester se quitó los zapatos y empezó a masajearse el pie derecho. De repente, se quedó inmóvil y con la mirada perdida a lo lejos.

—¿Hester? —Nora le puso una mano en la parte baja de la espalda—. ¿Estás bien?

—¡Podemos ayudarles! —exclamó, dándole un buen susto a Nora—. No podemos devolverles el trabajo ni podemos darles dinero, pero sí podemos levantarles el ánimo. ¿Por qué no enviamos de forma anónima un paquetito sorpresa a todo aquel que necesite un poquito de ilusión? ¿Una bolsa con alguna golosina o alguna cosa sencilla? Yo podría poner una hogaza de pan de pueblo, por ejemplo.

June asintió con entusiasmo.

—Y yo podría incluir un par de mis calcetines de aromaterapia.

—Yo tengo muchos libros sobre cómo alentar la esperanza.

—Nora hizo un movimiento con la mano abarcando la tienda—. También podría añadir una lata de té o un paquete de café.

—Y yo podría preparar unas cestitas con productos relajantes que incluyeran una vela, una loción para las manos y una esponja vegetal —dijo Estella—. Hester, me gusta mucho tu idea.

—A mí también —convino Nora—. Ahora solo tenemos que encontrar tiempo para montar y entregar esos paquetitos secretos.

June señaló la parte delantera de la librería.

—Pensaba que ibas a colgar un cartel de SE NECESITA PERSONAL en el escaparate.

Nora se volvió hacia ella frunciendo el ceño.

—Y lo he hecho. Lo he colgado esta tarde.

—Pues no está.

Sin dejar de fruncir el ceño, Nora dijo a sus amigas que siguieran planeando los repartos anónimos mientras ella iba a mirar el escaparate.

Mientras avanzaba por el pasillo, tuvo la inquietante sensación de que había alguien observándola.

No se dirigió directamente a la puerta principal, sino que se situó detrás de la caja. Cerró la mano alrededor del bate de béisbol Louisville Slugger que guardaba entre la caja de rollos de cinta para la caja y el papel de burbujas que utilizaba para envolver los objetos de decoración más frágiles.

—Vale —dijo con calma—. Ya puedes salir. Es evidente que has esperado a que cerrara la librería, pero ¿por qué?

Nora percibió un movimiento a su izquierda. Una mujer muy delgada y de aspecto juvenil salió de entre las sombras de la sección de ficción y se acercó a la caja despacio, casi con miedo. Nora se fijó en que llevaba unas chanclas baratas y un vestido de flores varias tallas más grandes que la suya. Sujetaba en la mano el cartel de SE NECESITA PERSONAL y llevaba una pulsera de plástico para la identificación hospitalaria en la huesuda muñeca.

—Por favor —le susurró—. Necesito un trabajo.

Nora salió de detrás del mostrador. Con mucha delicadeza y en voz baja, para no asustar a la joven, le dijo:

—Lo que necesitas es algo de comer. Sígueme.

Cuando dobló la esquina, Nora miró hacia atrás y vio a la chica acariciando el lomo de un libro especialmente vistoso. En ese momento supo que la desconocida iba a quedarse para tomar algo más que un bollo.

ELLERY ADAMS

Ellery Adams es una escritora superventas del *New York Times*, autora de dos libros de cocina y más de treinta novelas de misterio, entre ellas las series *Book Retreat Mysteries, The Secret, Book, & Scone Society, Books by the Bay Mysteries* y *Charmed Pie Shoppe Mysteries*. Nacida en Nueva York, siempre ha sentido un amor especial por las historias, la comida, los animales rescatados y las grandes masas de agua. Cuando no está trabajando en su siguiente novela, lee, prepara tartas, trabaja en el jardín, mima a sus tres gatos y ordena sus libros. Vive con su marido y sus dos hijos en Chapel Hill (Carolina del Norte).

Para más información y sugerencias sobre biblioterapia, visita ElleryAdamsMysteries.com o YourBookRX.com.

Descubre más títulos de la serie en:
www.almacozymystery.com

COZY MYSTERY

Serie *Misterios de*
Hannah Swensen
JOANNE FLUKE

⌂ 1   ⌂ 2

Serie *Misterios bibliófilos*
KATE CARLISLE

📖 1   📖 2

Serie *Misterios en la*
librería Sherlock Holmes
VICKI DELANY

🕵 1

Serie *Misterios felinos*
Miranda James

 1   2

Serie *Coffee Lovers Club*
Cleo Coyle

1

Serie *Misterios de una
diva* doméstica
Krista Davis

1